Garry Disher

Drachenmann

Garry Disher

Drachenmann

Aus dem Englischen von Peter Friedrich

Unionsverlag

Spannungsliteratur im Unionsverlag
herausgegeben von Thomas Wörtche

Die Originalausgabe erschien 1999
unter dem Titel *The Dragon Man*
bei Allen & Unwin in St Leonards, Australien

Deutsche Erstausgabe

Auf Internet
Aktuelle Informationen
Dokumente, Materialien
www.unionsverlag.ch

Rieterstrasse 18, CH-8027 Zürich
Telefon 0041-1-281 14 00, Fax 0041-1-281 114 40
mail@unionsverlag

Umschlaggestaltung: Heinz Unternährer, Zürich
Umschlagfoto: Bill Bachmann
Druck und Bindung: Clausen & Bosse, Leck
ISBN 3-293-00292-7

Für Helen Sargeant

Dank

Ich möchte mich bei den Kriminalbeamten und der uniformierten Polizei von Victoria bedanken, die mir großzügig ihre Zeit zur Verfügung stellten, als ich Hintergrundinformationen für dieses Buch sammelte. Alle Abweichungen von der üblichen Vorgehensweise der Polizei gehen auf mein Konto (zum Beispiel die Einführung eines örtlichen Inspektors der Kriminalpolizei).

Meinem Herausgeber Carl Harrison-Ford schulde ich großen Dank dafür, dass er mir zeigte, wie ich hieraus ein viel besseres Buch machen konnte.

Prolog

Manchmal fühlte es sich so an, als streifte er durch das Dach des Himmels, als ritte er hoch durch die Nacht, die Sterne dicht über sich, mutterseelenallein, denn die wimmelnden Massen mit ihren kleinen Kümmernissen lagen sicher in ihren Betten. Er war so ruhelos wie ein Fuchs. Zu Zeiten wie diesen schien er einen eigenen Tunnel durch das Leben zu besitzen, einen Pfad durch diese ausgedehnte Dunkelheit, die ›Old Peninsula Highway‹ hieß, wo ihn nichts und niemand bedrängen konnte. Er fuhr die ganze Länge der schlummernden Landzunge hinunter bis zu der Stelle, wo er auf den Ozean traf. Dann zurück zur östlichsten Spitze der Stadt, zu den Lichtern und dem Gestank der Menschen, wo er in einem Haus ohne Liebe lebte. Er wendete an einem Kreisverkehr und fuhr wieder auf den Ozean zu.

Ungefähr auf halbem Weg entlang des Highways sah er sie. Bei Nacht stellten andere Autos beinahe einen Affront für ihn dar, aber sie waren immer blitzschnell vorbei, lediglich ein Paar Scheinwerfer, das er kaum wahrnahm. Dieser Wagen aber hatte angehalten und parkte auf dem Schotter vor einem Obst- und Gemüseverkauf an der Straße, einem wuchtigen, scheunenähnlichen Gebilde in der Nacht. Beim Vorbeifahren bremste er auf Schritttempo ab. Das Auto wirkte verloren, die Motorhaube stand offen und Dampf stieg aus dem Kühler. Eine einzelne Lampe auf einem Mast in der Nähe warf einen schwachen, graugelben Lichtkegel auf eine Telefonzelle und die junge Frau, die darin stand. Sie redete eindringlich und gestikulierte, aber als sie ihn vorbeifahren sah, schien sie plötzlich zu erstarren und trat heraus, um besser sehen zu können. Er beschleunigte. Das Bild, das er von ihr hatte, war das der einsamsten Gestalt am einsamsten Ort der Erde. Ende der Welt. Amen.

Er wendete an der nächsten Kreuzung, und als er die Frau wieder erreichte, bog er von der Straße ab und lenkte dicht an den abgetakelten Wagen heran, der sie im Stich gelassen hatte. Gut. Sie war allein. Er fuhr weiter, bis er neben der Telefonzelle war, dann kurbelte er das Fenster herunter. Er wollte sie nicht beunruhigen, indem er die Tür öffnete und ausstieg.

Sie stand zögernd in der Telefonzelle. Er rief hinüber: »Alles in Ordnung? Funktioniert das Telefon? Manchmal machen diese Vandalen es kaputt.«

Er klang wie ein Einheimischer. Das würde helfen. Er sah, wie sie die

Arme um sich schlang. »Bestens, danke. Ich habe einen Pannendienst gerufen. Sie sind unterwegs.«

Wie zufällig sah er von ihr weg zu ihrem Wagen. Er versteifte sich und blickte sie alarmiert an: »Haben Sie jemanden mitgenommen?«

Sie erstarrte, begann zu zittern, und als sie ihre Stimme wieder fand, war sie nur noch ein Piepsen. »Was meinen Sie damit?«

»Da ist jemand hinten in Ihrem Wagen, hinter dem Sitz.«

Sie schob sich seitlich näher an ihn heran. »Wer? Ich habe niemanden gesehen.«

Er öffnete seine Tür und stellte einen Fuß auf den Boden. »Das gefällt mir nicht. Haben Sie den Wagen irgendwann unbeaufsichtigt gelassen?«

»Am Bahnhofsparkplatz. Er stand den ganzen Tag da.«

»Es hat schon Fälle gegeben…«, sagte er.

Er stieg aus, ließ aber seine Tür offen. Jetzt beäugten sie beide fluchtbereit ihren Wagen. »Hören Sie«, sagte er, »Sie steigen besser bei mir ein. Rutschen Sie auf die Beifahrerseite durch.«

Sie ließ es sich durch den Kopf gehen. Er achtete darauf, sie nicht anzusehen, sie aber die Furcht auf seinem Gesicht merken zu lassen. Dann, als sie auf ihn zukam, trat er zur Seite und schob sich um seinen eigenen Wagen herum auf den ihren zu.

Sie fuhr mit den Händen zum Mund. »Was tun Sie da? Kommen Sie zurück, bitte kommen Sie zurück.«

»Ich will ihn mir erst genauer ansehen. Für die Polizei.«

»Nein!«

Ihre Angst schien sich auf ihn zu übertragen. »Ich glaube, Sie haben Recht.«

»Bringen Sie mich nur fort von hier.«

»Gut.«

So leicht ging das. Wirklich genial. Die Erste, damals, letzte Woche, das war überhaupt keine Herausforderung gewesen. Betrunken, von Drogen halb betäubt, eine Tramperin. Ein Kinderspiel. Heute Nacht hatte er wenigsten seinen Verstand ein bisschen einsetzen müssen. Die Scheinwerfer bohrten sich in die Dunkelheit, während er die Frau mit sich davontrug, hoch über die Verderbtheit hinweg, die allgegenwärtig war unter dem Licht der Sonne.

1

Detective Inspector Hal Challis duschte mit den Füßen in einem Eimer. Er ging sparsam mit dem Wasser um, aber trotzdem lief der Eimer über. Er frottierte sich trocken, zog sich an, und während die Espressokanne auf dem Beistellkocher in der Küche heiß wurde, schüttete er das Wasser im Eimer in die Waschmaschine. Noch ein paar Duschen, und er hatte genügend Wasser für eine Ladung Wäsche. Erst der neunzehnte Dezember, aber schon näherte sich der Pegel seiner Wassertanks dem Tiefstand und es war ein langer, trockener Sommer vorhergesagt. Er wollte nicht wieder Wasser kaufen müssen wie im letzten Sommer.

Der Kaffee war fertig. Während er sich eingoss, warf er einen Blick auf den alten Kalender, den er vor drei Jahren im Versandhandel bestellt hatte und seitdem beim März aufgeschlagen ließ. Der Flugzeugoldtimer dieses Monats war ein Prototyp der de Havilland DH84 Dragon, ›Drache‹. Dann klackte der Toaster und Challis machte sich auf die Suche nach Butter und Marmelade und nahm schließlich seinen Toast und den Kaffee mit auf die Veranda hinter dem Haus.

Die Strahlen der frühen Morgensonne trafen ihn durch die Glyzinien hindurch. Heute würde sicher wieder ein heißer Tag werden. Er fühlte sich todmüde. Verdacht auf eine Entführung auf dem Old Peninsula Highway vor zwei Nächten – und die Ermittlungen waren schließlich an ihm hängen geblieben. Die Streifenpolizei in Frankston hatte den Anruf entgegengenommen und an den Superintendenten des gesamten Gebiets weitergeleitet, der seinerseits um ein Uhr nachts Challis angerufen und gesagt hatte: »Möglicherweise hat ihr Knabe ein zweites Mal zugeschlagen, Hal.« Challis hatte die nächsten vier Stunden vor Ort verbracht und die ersten Ermittlungen geleitet. Als er dann gestern um fünf Uhr früh endlich zurück war, hatte er nicht mehr viel Sinn darin gesehen, wieder ins Bett zu gehen, und den Rest des Tages im Auto oder am Telefon zugebracht.

Ein kleiner Viertaktmotor tuckerte am Damm seines Nachbarn

entlang. Früher war dort eine Viehtränke gewesen. Jetzt waren die Kühe verschwunden und entlang der Hügelflanke erstreckten sich ordentliche Reihen von Weinstöcken. Challis konnte seinen Nachbarn nicht zwischen den Rebstöcken erkennen. Aber der Mann war bestimmt irgendwo dort, jätete Unkraut, schnitt die Stöcke zurück, sprühte Insektenschutzmittel, las die Trauben. Challis musste an die Insektizide denken, die der Wind auf sein Dach trug und der Regen in seinen unterirdischen Tank spülte, und goss seinen Kaffee weg.

Er stieg von der Veranda und machte einen Rundgang entlang seines Grenzzaunes. Ein halber Hektar, an einer ungeteerten Straße westlich des Old Peninsula Highway, eingebettet zwischen Obstgärten, einem Weingut und einem Gestüt. Challis unternahm diesen Spaziergang jeden Morgen und Abend als eine Art Test für seine Gefühle. Fünf Jahre schon, und der Ort war immer noch sein sicherer Hafen im Sturm.

Als er die Zeitung aus dem Briefkasten an der Schotterstraße vor seinem Haus holte, rief eine Stimme aus der nächsten Einfahrt: »Hal, haben Sie mal eine Minute Zeit?«

Der Mann vom Weingut kam auf ihn zu. Klein, die Augen vor der Sonne zugekniffen, um die Sechzig. Challis wartete und musterte ihn ausdruckslos, wie er es mit Verdächtigen tat. Tatsächlich wurde der Mann unruhig.

Challis riss sich zusammen. Der Typ hatte seine Kripotricks nicht verdient. »Was kann ich für Sie tun?«

»Ich weiß, dass es nur eine Kleinigkeit ist, aber Sie kennen doch den Teich, den ich drüben beim Haus angelegt habe?«

»Ja.«

»Jemand hat darin geangelt«, sagte der Nachbar. »Nach Forellen. Das Problem ist, dass sie mir die Vögel verjagen.«

Ibisse, Reiher, ein schwarzer Schwan, Sumpfhühner. Challis hatte sie einmal einen halben Tag lang von einem winzigen Versteck aus beobachtet, das der Mann im Schilf angelegt hatte. »Wissen Sie, wer?«

»Kinder wahrscheinlich. Ich habe ein paar verknäulte Schnüre gefunden und Angelhaken, sowie ein halbes Dutzend leere Coladosen.«

Challis nickte. »Haben Sie die zuständige Wache verständigt?«

»Ich dachte, Sie als Inspector –«

»Verständigen Sie die hiesige Wache«, sagte Challis. »Die werden ab und zu einen Streifenwagen vorbeischicken und Präsenz zeigen.«

»Könnten Sie nicht…«

»Tut mir sehr Leid, aber es wäre besser, wenn Sie Anzeige erstatten.«

Bald darauf machte Challis sich auf den Weg. Er sperrte das Haus ab, lenkte seinen Triumph rückwärts aus der Garage, bog am Tor rechts ab und fuhr die Straße vorsichtig im ersten Gang entlang. Im Winter musste er sich vor Schlaglöchern, Schlamm und kleineren Überschwemmungen in Acht nehmen, im Sommer vor Spurrillen und trügerischen weichen Banketten.

Er fuhr Richtung Osten und hörte dabei die Achtuhrnachrichten. Um fünf nach acht traf er ganz in der Nähe des Schauplatzes der Entführung auf den Old Peninsula Highway, bog ab und fuhr in Richtung Süden weiter, auf die Stadt Waterloo zu, während er den Nachhall der verzweifelten Schreie der Sterbenden hinter sich zu hören glaubte.

Er hätte seinem Nachbarn gegenüber hilfsbereiter sein sollen. Er fragte sich, was der Mann wohl von ihm hielt, dem Inspector, und von der ›Neuen Halbinsel‹.

Die Halbinsel. Die Leute redeten von ihr, als wäre sie eine homogene Einheit. Das tat man nur, wenn man sie nicht kannte, dachte Challis. Das tat man nur, wenn man dachte, dass ihre unverwechselbare Form – ein kommaähnliches Landstück, das sich südöstlich von Melbourne ins Meer hineinkrümmte – ihr eine eigene Identität verlieh, oder wenn man nur ein einziges Mal durchgefahren war und dabei lediglich Strände, Ackerland und ruhige Küstenorte gesehen hatte.

Nicht, dass sie eine große Fläche bedeckt hätte – weniger als eine Autostunde von oben bis unten und an der breitesten Stelle etwa zwanzig Minuten quer hindurch –, aber für einen Polizisten wie Challis gab es mehrere Halbinseln. Die alte Halbinsel mit ihren kleinen Farmen und Obstgärten, abgeschiedenen Landsitzen, ein wenig Kleinindustrie und Fischerei und ruhigen, von Rentnern und Urlauberfamilien bevölkerten Küstenorten wich langsam der neuen Halbinsel der Weinboutiquen, Wochenendfarmen und Nebenstraßen voller Bed&Breakfast-Pensionen, Töpfereien, Naturheilkundekliniken, Kongresszentren, Teestuben und Galerien. Der Tourismus war einer der größten Industriezweige, und Leute, die ihrem Beruf nachgehen mussten – wie Challis selbst –, flüchteten aufs Land, um sich dort einen Schlupfwinkel zu sichern. Einige einheimische Firmen verdienten gut daran, Scheunen in amerikanischem Stil hochzuziehen und gusseiserne Kochherde einzubauen. Und die Ortschaften waren verstopft mit teuren Allradfahrzeugen.

Aber obwohl mehr Geld im Umlauf war, verteilte es sich nicht zwangsläufig auf mehr Menschen. Eine befreundete Sozialpädagogin in der Stadtverwaltung hatte Challis von der wachsenden Anzahl obdachloser, drogenabhängiger Jugendlicher berichtet, mit denen sie zu tun hatte. Industriebetriebe und Geschäfte wurden aufgegeben, gleichzeitig zogen immer mehr Familien in die billigen Wohnsiedlungen, die sich an den Rändern der größten Orte, Waterloo und Mornington, ausbreiteten. Die Regionalverwaltung, einst einer der größten Arbeitgeber, kürzte die Ausgaben auf das Allernotwendigste und beschäftigte Manager, deren Menschlichkeit ebenfalls auf das Allernotwendigste reduziert war. ›Freistellungen‹ erfolgten ohne Vorwarnung und niemals von Angesicht zu Angesicht. Die Sozialpädagogin verkaufte jetzt hausgemachte Pickles und Marmeladen auf den Märkten der Gegend. Sie hatte einen Brief mit der Mitteilung bekommen, dass sie überflüssig sei und ihre ganze Abteilung geschlossen werde. »Nur drei Tage Frist, Hal.«

Das geschah jetzt überall, und mit den Folgen musste sich die Polizei herumschlagen.

Was nicht hieß, dass die Halbinsel kein angenehmer Ort zum Leben war. Challis hatte das Gefühl, endlich nach Hause gefunden zu haben.

Und die Arbeit lag ihm. Wenn er früher in Mord- oder Entführungsfällen ermittelt hatte, war er mit einer Truppe von Spezialisten durch das ganze Land gehetzt worden, durch Stadt und Busch, aber der Commissioner hatte ein neues System eingeführt, das den Beamten vor Ort mehr Erfahrung bei der Untersuchung von Schwerverbrechen verschaffen sollte, neben den üblichen Kleindelikten wie Einbrüchen, Körperverletzung oder Diebstahl. Mittlerweile waren höhere Kriminalbeamte wie Challis für ein bestimmtes Gebiet zuständig. In Challis' Fall war es die Halbinsel. Obwohl er ein Büro im regionalen Hauptquartier hatte, verbrachte er die meiste Zeit in den verschiedenen Polizeirevieren der Halbinsel, führte die Ermittlungen mithilfe der örtlichen Kripo durch und zog die Spezialisten nur hinzu, wenn er anders nicht mehr weiterkam. Es war eine Aufgabe, die Takt erforderte, denn er durfte die Kompetenzen der örtlichen Kripo nicht zu sehr einschränken. Das hätte zu Missstimmungen und schleppenden Ermittlungen geführt.

Bei der Kripo von Waterloo rechnete er nicht mit etwas Derartigem. Er hatte schon früher mit ihr zusammengearbeitet.

Challis fuhr zwanzig Kilometer weiter in südlicher Richtung. Der Highway folgte dem Ostrand der Halbinsel, sodass er gelegentlich einen Blick auf die Bucht hatte. Dann kam hinter den Mangrovensümpfen die Raffinerie von Waterloo in Sicht mit ihren grellweißen Tanks und Schornsteinen, aus denen leuchtende Flammen schlugen. Ein großer Tanker lag vor Anker. Der Highway wurde zu einer Nebenstraße, die ein Neubaugebiet durchschnitt. Die hohen Bretterzäune zu beiden Seiten verbargen höchst unterschiedlich geformte Dächer, die aber nie mehr als einen Meter weit auseinander lagen. Er überquerte die Eisenbahnschienen und bog rechts auf die Ortsumgehung ab, dann links auf die Hauptstraße, die ihn an Holzhandlungen, Bootswerften, der Taxizentrale, Autowerkstätten, einem Aerobic-Center und dem Fiddlers Creek Pub vorbeiführte, schließlich an einem Eckgrundstück, das mit fahrbaren Rasenmähern und Kleintraktoren voll gestopft war.

Das Polizeirevier und das angrenzende Gerichtsgebäude lagen an einem Kreisverkehr am Ende der High Street, gegenüber von Pizza Hut. Beim Abbiegen warf Challis einen Blick die High Street entlang. Am anderen Ende glitzerte das Wasser. Mit Kunstschnee verzierte Weihnachtsmänner, Rentiere, Schlitten, Kerzen, Krippen und Glocken baumelten von Lichtmasten und Bäumen.

Er parkte in der Seitenstraße gegenüber dem Haupteingang des Polizeireviers, stieg aus und war sofort in Schwierigkeiten.

»Ihre Windschutzscheibe ist nicht verkehrssicher.«

Ein Streifenpolizist hatte gerade in einen Polizeibus steigen wollen, der mit einer jungen Polizistin am Steuer im Leerlauf am Straßenrand stand, überlegte es sich dann aber anders und kam auf Challis zu. Er zückte seinen Strafzettelblock und fischte in der Brusttasche nach einem Stift. Der verpasst mir glatt ein Strafmandat, dachte Challis.

»Die neue Scheibe ist schon bestellt.«

»Das reicht nicht.«

Der Triumph hatte flache, schnittige Linien. Auf den Nebenstraßen der Halbinsel schleuderte er immer wieder Steine und Kiesel hoch und einer davon hatte die Windschutzscheibe auf der Beifahrerseite beschädigt.

»Ist das Ihr Wagen?«

»Allerdings.«

Ein Fingerschnippen. »Führerschein.«

Challis gehorchte. Der Constable war groß – hoch gewachsen und grobknochig, aber er hatte auch Übergewicht. Er war jung, die Haut noch unberührt von Zeit und Witterung, und sein Haar war so kurz geschnitten, dass die Kopfhaut durchschimmerte. Challis hatte den Eindruck von quadratmeterweise rosa Haut.

»Schneller, schneller.«

Ein klassischer Leuteschinder, dachte Challis.

Dann sah der Polizist den Namen auf Challis' Führerschein.

Aber er hielt sich gut, das musste man ihm lassen. »Challis. Inspector Challis.«

»Ja.«

»Sir, diese Windschutzscheibe ist nicht verkehrssicher. Sie stellt eine Gefahr dar.«

»Das ist mir klar. Ich habe eine neue bestellt.«

Der Constable musterte ihn für lange Sekunden, dann nickte er. Er steckte seinen Block weg. »Na schön.«

Challis war nicht erpicht auf einen Strafzettel, und dem Constable jetzt zu sagen, er solle nach Vorschrift handeln und ihn aufschreiben, wäre für sie beide peinlich und ärgerlich gewesen, also schwieg er. Der Constable wandte sich ab und ging zum Bus. Challis sah ihm nach, als er wegfuhr.

»Eine echte Nervensäge, der Kerl«, sagte eine Stimme.

Vor dem Gerichtsgebäude parkte ein verbeulter Jeep. Die Hecktüren standen offen und ein Mann im Overall lud Lüftungsöffnungen für eine Klimaanlage aus. Challis warf einen Blick auf die Seite des Jeeps. *Rhys Hartnett – Klimaanlagen.*

»Der Mistkerl hat mich gestern in die Mangel genommen. War noch keine fünf Minuten hier, da hat er mich schon wegen einem gesprungenen Rücklicht aufgeschrieben. Hat herumgebrüllt und gegeifert, als wäre ich irgendein Krimineller.«

Challis wechselte das Thema. »Arbeiten Sie im Polizeigebäude?«

Der Mann schüttelte den Kopf. »Im Gericht.«

Er schnippte Challis eine Visitenkarte entgegen. Es war eine automatische Geste und Challis hatte eine Vision von hunderten von Leuten, die mit unerwünschten Visitenkarten in den Taschen herumspazierten. Er warf einen Blick darauf. *Rhys Hartnett – Spezialist für Klimaanlagen.*

»Na, es wäre noch schöner, Sie würden im Polizeigebäude arbeiten.«

Hartnett schien sich zu straffen. »Sie sind Polizist?«

»Ja.«

»Na bravo. Das hätte ich mir sparen können, mich bei Ihnen über Polizeimethoden zu beschweren.«

»Nicht unbedingt«, sagte Challis, bevor er sich abwandte und die Straße überquerte.

Das Polizeirevier erstreckte sich über zwei Stockwerke. Im Erdgeschoss war ein Gewirr von Vernehmungszimmern, Büros, Arrestzellen, einem Bereitschaftsraum, einer Kantine und einer Kaffeestube. Im ersten Stock war es ruhiger: ein kleiner Fitnessraum, Spinde, das Krankenrevier. Außerdem war hier die Einsatzzentrale, die gleichzeitig als Fahndungsbüro diente, wenn eine größere Ermittlung anstand.

Ein dienstälterer Sergeant hatte die Gesamtleitung des Reviers. Er hatte vier einfache Sergeants und etwa zwanzig niederere Dienstränge unter sich, einschließlich einer Hand voll Auszubildender, denn Waterloo war ein Ausbildungsrevier. Die Kripoabteilung selbst war klein, nur ein Sergeant und drei Detective Constables. Es gab auch zwei Kriminaltechniker, die für die ganze Halbinsel in Bereitschaft standen – und ein paar zivile Büroangestellte.

Weil über dreißig Personen, die meisten davon im Schichtdienst, auf dem Revier arbeiteten und die uniformierte Abteilung im Allgemeinen wenig Kontakt mit der Kripo hatte, wunderte sich Challis nicht besonders, dass der junge Constable ihn nicht von seinen beiden früheren Ermittlungen in Waterloo wieder erkannt hatte.

Die Kaffeestube lag neben dem Fotokopierraum. Challis ging zu der Spüle voller schmutzigem Geschirr in der Ecke und nahm zur Kenntnis, dass das Gespräch der vier jungen, uniformierten Polizisten verstummte, während er sich eine Tasse mit Leitungswasser füllte. Er sah auf die Uhr. Zeit für die Besprechung.

In der Einsatzzentrale im ersten Stock erwarteten ihn bereits die Kripobeamten und ein Paar uniformierter Sergeants. Morgenlicht strömte herein. Es war ein großer, luftiger Raum, aber er wusste, dass es bis zum Ende des Tages ganz schön stickig werden würde. Der Raum war mit zusätzlichen Telefonleitungen ausgestattet, Fotokopierern, Computern, großformatigen Wandkarten und einem Fernsehgerät. Jeder eingehende Anruf konnte automatisch auf Kassette aufgezeichnet werden. Außerdem gab es eine direkte Leitung zur Telstra, der australischen Telefongesellschaft, sodass Anrufe zurückverfolgt werden konnten.

Challis nickte, als er den Raum betrat. Sein Gruß wurde mit ein paar gemurmelten Hallos erwidert und jemand sagte: »Da kommt der Drachenmann.« Er ging weiter zu einem Schreibtisch, der zwischen einer weißen Schreibtafel und einer Wand voller Landkarten stand. Er bezog seine Position hinter dem Tisch, stützte seine Hände auf die Stuhllehne und sagte ohne Vorrede: »Samstag Nacht wurde von einer jungen Frau namens Jane Gideon aus einer Telefonzelle am Old Peninsula Highway ein Notruf abgegeben. Seitdem fehlt von ihr jede Spur, und weil eine andere junge Frau, Kymbly Abbott, vor einer Woche vergewaltigt und ermordet neben dem Highway aufgefunden wurde, betrachten wir die Umstände als verdächtig.«

Er richtete sich auf und sah über ihre Köpfe hinweg. »Sie sind Jane Gideon. Sie arbeiten im Odeon-Kino. Sie erwischen den letzten Zug aus der Stadt nach Frankston, holen Ihren Wagen, einen alten Holden, und fahren den Highway entlang. Es ist ihr üblicher Nachhauseweg. Stellen Sie sich den Highway bei Nacht vor. Beinahe Mitternacht. Keine Straßenbeleuchtung, der Mond wolkenverhangen, kaum Autos unterwegs, die Gegend verlassen abgesehen von den Lichtern der einen oder anderen Farm auf einem entfernten Hügel. Es ist eine heiße Nacht, die Anstiege sind teilweise recht steil, Ihr Wagen müsste eigentlich dringend zur Inspektion. Irgendwann kocht der Kühler. Sie schaffen es gerade noch bis zu dem geschotterten Platz vor der Firma Foursquare Produce, die dort eine Art riesiger Scheune unterhält, mitten im Nirgendwo, aber es gibt eine Telstra-Telefonzelle gleich daneben. Sie hat keine Türen, kaum Glas, besteht fast ausschließlich aus blaugrauem Maschendraht. Sie fühlen sich exponiert in der Finsternis und rufen die VAA an.«

Er schob eine Kassette in ein Abspielgerät und drückte den Startknopf. Sie lauschten angestrengt:

»Victoria Automobile Association. Was kann ich für Sie tun?«

»Ja, mein Name ist Jane Gideon. Ich bin mit dem Wagen liegen geblieben. Ich glaube, es ist der Kühler. Ich habe Angst, dass etwas kaputtgeht, wenn ich weiterfahre.«

»Ihre Mitgliedsnummer?«

»Äh…«

Man hörte das Klimpern von Schlüsseln. *»Hier ist sie: MP sechs drei null null vier Schrägstrich neun sechs.«*

Eine kurze Pause, dann: *»Tut mir Leid, wir haben diese Nummer nicht in unseren Unterlagen. Ist Ihre Mitgliedschaft vielleicht abgelaufen?«*

»Bitte, könnten Sie trotzdem jemand schicken?«

»Sie müssten erst wieder beitreten.«

»Herrgottnochmal«, murmelte jemand. Challis hob um Ruhe bittend die Hand.

»Ist mir gleich. Bloß schicken Sie jemand.«

»Wie möchten Sie bezahlen?«

Es gab eine Pause, in der man nur das Pfeifen von Funksignalen in hörte.

»Da kommt jemand.«

»Dann brauchen Sie also doch keine Hilfe?«

»Ich meine, da kommt ein Wagen. Er fährt jetzt ganz langsam. Bleiben Sie dran.«

Das Klimpern von weiteren Münzen, mit denen sie den Apparat fütterte. *»Ich bin wieder da.«*

Die Stimme der Telefonistin klang neutral, als könnte sie die pechschwarze Nacht nicht spüren, die Isoliertheit der Telefonzelle und die Angst der jungen Frau. *»Wo genau sind Sie, bitte?«*

»Hm, da ist dieser Schuppen, steht Foursquare Produce dran.«

»Aber wo? Ihre Mitgliedsnummer, das ist auf der Halbinsel, richtig?«

»Ich bin auf dem Old Peninsula Highway. Oh nein, er hält an!«

»Wo auf dem Highway? Können Sie mir einen Anhaltspunkt geben? Eine Hausnummer? Eine Querstraße?«

»Es ist ein Mann. Oh Gott.«

Die Stimme der Telefonistin wurde schärfer. *»Jane, hören Sie, was ist da los bei Ihnen?«*

»Ein Wagen.«

»Gibt es ein Haus in der Nähe?«

»Nein.« Sie schluchzte jetzt. *»Nirgends ein Haus, nur dieser Schuppen.«*

»Ich sage Ihnen, was ich tun werde. Sie –«

»Schon gut, er fährt weiter.«

»Jane, steigen Sie in Ihren Wagen. Wenn er noch fährt, stellen Sie ihn irgendwo neben der Straße ab, wo man ihn nicht sehen kann. Hinter diesem Schuppen vielleicht. Bleiben Sie dann im Wagen. Versperren Sie die Türen und kurbeln Sie alle Fenster hoch. Würden Sie das für mich tun?«

»Ich glaube, ja.«

»Inzwischen rufe ich die Polizei an, und ich werde auch eines unserer Pannenfahrzeuge zu Ihnen hinausschicken. Sie können dann vor Ort wieder dem VAA beitreten. Okay? Jane? Sind Sie noch dran?«

»Und wenn er zurückkommt? Ich hab Angst. Ich hab noch nie im Leben so viel Angst gehabt.«

Ihre Stimme brach unter der wachsenden Furcht. Die Telefonistin wiederholte ruhig ihre Anweisungen, aber es lag kein Trost darin: *»Steigen Sie ins Auto, sperren Sie die Türen zu, sprechen Sie mit niemandem, auch wenn er seine Hilfe anbietet.«*

»Ich könnte mich verstecken.«

Die Telefonistin war offensichtlich hin- und hergerissen. Der Automobilclub von Victoria zeichnete alle Notrufe auf, seit ein Mitglied sie wegen eines falschen Ratschlags verklagt hatte, der sich als kostspielig erwiesen hatte. Seitdem waren die Telefonistinnen ziemlich zurückhaltend mit Ratschlägen – aber eine junge Frau nachts allein auf einer verlassenen Straße? Sie hatte ein Anrecht auf irgendeinen guten Rat.

»Ich weiß nicht«, gestand die Telefonistin. *»Wenn Sie meinen, es nützt etwas. Wo verstecken? Hallo? Hallo?«*

Man vernahm das Geräusch eines Wagens, gedämpfte Stimmen, eine lange Pause, dann war die Leitung tot.

»Den Rest wissen Sie«, sagte Challis. »Die VAA-Telefonistin wählte die Eins-Eins-Null, die wiederum Frankston alarmierten, und die schickten einen Streifenwagen hin. Sie fanden Jane Gideons Wagen. Das Telefon war eingehängt. Keine Anzeichen eines

Kampfes. Sie haben in den umliegenden Schuppen und Gärten gesucht, falls Gideon doch beschlossen hatte, sich zu verstecken, fanden aber nichts.« Er sah auf die Uhr. »Gestern bei Tagesanbruch hat die uniformierte Polizei die Suche aufgenommen. Unsere erste Aufgabe wird darin bestehen, Klinken zu putzen.«

Er machte eine Pause. »Wir stehen noch ganz am Anfang, also sollten wir nicht den einen Fall mit dem anderen durcheinander bringen, aber wir können eine mögliche Verbindung zwischen der Ermordung Kymbly Abbotts und Jane Gideons Verschwinden nicht von der Hand weisen. Da ich bereits am Fall Abbott arbeite, habe ich ihre Akten mitgebracht. So weit irgendwelche Fragen?«

»Wo liegen die möglichen Verbindungen, Chef?«

»Da wäre zunächst der Old Peninsula Highway«, sagte Challis. Er drehte sich zu einer Wandkarte um. Sie zeigte die Stadt Melbourne und ihre Hauptverkehrsadern in die ländlichen Gebiete hinaus. Auf ein Netz von Straßen deutend, das die Vorstadt Frankston am Südostrand der Stadt darstellte, sagte er: »Kymbly Abbott war hier in Frankston auf einer Party. Der Highway beginnt dort, ein paar hundert Meter entfernt. Abbott wurde zuletzt gesehen, als sie in Richtung Highway ging, um nach Hause zu trampen.« Er zeichnete den Verlauf des Highways entlang des Kommas der Halbinsel nach. »Sie lebte bei ihren Eltern, hier in Dromana. Sie haben dort ein Schuhgeschäft. Unseres Wissens verließ sie die Party um ein Uhr morgens, möglicherweise betrunken, möglicherweise unter Drogen, also könnte ihr Urteilsvermögen getrübt gewesen sein. Es scheint, dass keiner von der Party sie mitgenommen hat, ich werde aber mit allen noch einmal reden. Ihre Leiche wurde hier gefunden, neben dem Highway, nur sieben Kilometer südlich von Frankston. Wir bitten mögliche Zeugen, sich zu melden. Das Übliche: Hat sie jemand gesehen, sie mitgenommen oder gesehen, wie jemand anders sie mitgenommen hat.«

»Das spricht aber doch dafür, dass unser Mann auch in Frankston selbst unterwegs ist, nicht nur den Highway rauf und runter.«

»Ich weiß. Oder er lebt in der Gegend von Frankston und war gerade beim Wegfahren, oder er lebt hier unten und war gerade auf dem Nachhauseweg. – Gut, zu den anderen Parallelen. Beide Vorfälle ereigneten sich spätnachts. Beide Opfer waren junge Frauen und zu diesem Zeitpunkt allein unterwegs.«

Er ließ Fotos des Tatorts herumgehen. Sie zeigten Kymbly Abbott, die wie eine weggeworfene Stoffpuppe aussah, Hals und Oberschenkel angeschwollen und brutal misshandelt. »Vergewaltigt und erwürgt. Wenn es für unseren Mann das erste Mal war, könnte seine Euphorie ein paar Tage lang angehalten haben, bevor es ihn dann Sonntagnacht danach drängte, es wieder zu versuchen.«

»Ziemlich vage, Chef«, sagte jemand.

»Ich weiß, dass es vage ist«, sagte Challis und zeigte erstmals einen Anflug von Emotion. »Aber solange wir nicht mehr haben, können wir nichts anderes tun, als unsere Fantasie zu benutzen und zu versuchen, uns in die Geschehnisse hineinzudenken.« Er tippte sich an die rechte Schläfe. »Versuchen Sie, ein Gespür für den Kerl zu entwickeln.«

»Was ist mit dem VAA-Mechaniker?«

»Er traf erst nach der Polizei dort ein. Er ist außer Verdacht.«

Ein Beamter sagte: »Ich wurde vor sechs oder vielleicht sieben Monaten zu einer Jane Gideon gerufen. Man hatte bei ihr eingebrochen. Ein Apartment in der Nähe der Mole.«

»Das ist sie«, sagte Challis. »Ich habe am Montag frühmorgens ihr Apartment überprüft, ob sie nicht einfach jemand zu Hause abgesetzt hatte.«

Er stemmte die Arme in die Hüften. »An dem Fall hängt eine Menge dran. Waterloo ist ein kleiner Ort. Viele Leute werden sie gekannt haben. Sie werden aufgeregt sein, nervös, und nach schnellen Resultaten schreien.«

Er wartete. Da keine Fragen mehr kamen, drehte er sich zu der Luftbildkarte des Vermessungsamtes an der Wand hinter ihm um. »Ich möchte, dass zwei von Ihnen mit ein paar Uniformierten entlang des Highways von Haustür zu Haustür gehen und Fragen stellen. Ein ganzes Stück davon verläuft durch landwirtschaftliches Gebiet, das macht es etwas einfacher. Ich bin auf dem Herweg heute Morgen durchgefahren und nur ein paar Transportern und einem Schulbus begegnet. Eine 24-Stunden-Tankstelle hier an der Kreuzung mit der Straße nach Mornington. Die meisten Farmhäuser liegen ein Stück von der Straße zurückversetzt, aber wir müssen sie trotzdem überprüfen. Und einige Firmen. Einen Laden namens ›The Stables‹, der Antiquitäten verkauft. Ein paar Weinläden. Eine Rotwildzucht, Straußenfarm, Flugschule, Weihnachtsbaumplantage – da ist um diese Jahreszeit sicher viel los. Eine Töpferei, ein Pannendienst – den nehmen Sie sich bitte besonders gründlich vor, ja? Stellen Sie fest, ob er Sonntag spätnachts noch gerufen wurde, außerdem in der Nacht von Kymbly Abbotts Ermordung. Dann gibt es neben Foursquare Produce noch zwei weitere Obst- und Gemüseproduzenten mit Straßenverkaufsständen.«

Er wandte sich ihnen wieder zu. »Das wär's für den Augenblick. Wir treffen uns hier wieder um fünf. Scobie, bitte stellen Sie eine Liste zusammen mit allen bekannten Sexualverbrechern, die auf der Halbinsel leben. Ellen, Sie kommen mit mir.«

2

»Ein junger Streifenpolizist wollte mich wegen einer gesprungenen Windschutzscheibe aufschreiben, als ich heute Morgen ankam. Ziemlich kräftig, arrogant. Wissen Sie, wer das sein könnte?«

Als Kripobeamtin in Waterloo hatte Ellen Destry wenig mit den uniformierten Streifenpolizisten zu tun, aber sie wusste, von wem Challis sprach. »Das muss John Tankard sein. Sie nennen ihn Tank.«

»Wie passend. Gebaut wie ein Wassertank und überrollt einen wie ein Panzer.«

»Es hat ein paar Beschwerden gegeben«, gab Ellen zu. »Irgendjemand hat Flugblätter über ihn verteilt, auf denen er als Sturmbannführer bezeichnet wird.«

Sie schloss den Sicherheitsgurt und ließ den Motor an. Sie wollten zu Jane Gideons Apartment, und sie lenkte den Kripo-Falcon aus dem Parkplatz hinter dem Revier die High Street hinunter zur Mole. Der ganze Weihnachtsflitter erinnerte sie daran, dass sie am Weihnachtsmorgen Gäste auf ein paar Drinks erwartete und immer noch keine Geschenke für ihren Mann und ihre Tochter gekauft hatte.

Das lenkte ihre Gedanken auf Kymbly Abbott und Jane Gideon. Für sie würde es gar kein Weihnachten mehr geben, und ein schreckliches für ihre Familien. Sie versuchte, den Gedanken abzuschütteln. Man durfte die Dinge nicht zu nahe an sich heranlassen. Challis hatte ihr einmal erklärt, dass Polizist zu sein bedeutete, dass man in die Haut anderer Menschen schlüpfte – Opfer, Täter, Zeuge – und Rollen spielte – Beichtvater, Ratgeber, Schulter zum Ausweinen. Aber letzten Endes, hatte er gesagt, war man da, um Gerechtigkeit zu üben, und wenn es um Schwerverbrechen ging, bedeutete das, Gerechtigkeit für diejenigen zu üben, die sonst niemanden hatten, der für sie eintrat.

Sie warf ihm einen Blick zu, wie er sich in den Beifahrersitz lehnte, den Ellbogen auf den Rahmen des Seitenfensters und die

Stirn in die Hand gestützt. Bei der Besprechung hatte er wie immer seine rastlose Intelligenz gezeigt, aber jetzt, wo er ruhig war, lagen Trauer und Müdigkeit in seinen schmalen, dunklen Gesichtszügen. Sie wusste, dass er eine lange Unglückssträhne hinter sich hatte, und sie vermutete, dass die ihn nie ganz loslassen würde. Aber er war erst vierzig und auf seine unruhige und gequälte Weise attraktiv. Er hatte einen Neuanfang verdient.

Unerwartet sagte er: »Sie leben gerne auf der Halbinsel?«

»Ich liebe sie.«

»Ich auch.«

Er verfiel wieder in Schweigen. Sie liebte die Halbinsel, aber das hieß nicht, dass sie das Leben an sich liebte. Die Dinge standen ziemlich problematisch mit ihrem Mann und ihrer Tochter. Alan, der bei der Streifenpolizei im Ostteil war, hatte jeden Tag eine lange Anfahrt zur Arbeit und er nahm ihr die Beförderung zum Sergeant übel. ›Du bist nur die Karriereleiter raufgefallen, weil du eine Frau bist‹, sagte er. Und Larrayne mit ihren fünfzehn Jahren war eine echte Nervensäge, ein Bündel aus Hormonen und Auflehnung.

Die Immobilienfirma, die Jane Gideons Apartmenthaus verwaltete, lag direkt neben einem Kleiderladen, der vor sechs Monaten zugemacht hatte. Ein Schild mit der Aufschrift »Unterstützen Sie die ortsansässigen Geschäfte« klebte hinter der staubigen Schaufensterscheibe. Ellen parkte in zweiter Reihe und wartete, während Challis den Schlüssel holte. Sie beobachtete eine Horde Teenager auf dem Fußweg. Sie trugen Hosen, die auf dem Boden schleiften, übergroße T-Shirts über den mageren Körpern, schmale, seitlich herumgezogene Sonnenbrillen und das Haar war mit Gel zu Stachelschweinfrisuren hochgepappt. Sie flippten müßig ihre Skateboards mit den Füßen in die Luft und ein oder zwei kurvten auf alten Fahrrädern herum. ›Alles Langweiler und Proleten, Ma‹, sagte Larrayne immer. ›Du zwingst mich, unter Langweilern und Proleten zu leben.‹

Challis stieg wieder in den Wagen und sie fuhr los. An der Mole bremste sie ab. Das Wasser vermittelte ihr ein Gefühl von Frieden.

Jetzt war gerade Ebbe und sie beobachtete ein Fischerboot, das seinen Kurs zwischen den roten und grünen Bojen im Fahrwasser suchte. Waterloo hatte etwas Heruntergekommenes, Provinzielles an sich, deshalb konnte sie Larraynes Standpunkt durchaus verstehen, aber vorher hatten sie in der Großstadt gewohnt, wo Alans Asthma sich verschlimmerte und die Teenager anfälliger für Drogen waren. Ellen hatte ihre Familie da rausholen wollen.

Jane Gideons Apartment lag in einer schmalen Straße mit einfachen, backsteinverkleideten Häusern. Abgestandene Gerüche hingen im Treppenhaus: Curry, Katzenpisse, Hasch. »Nummer vier, oben rechts«, sagte Challis.

Ellen versuchte, sich ihn vor zwei Nächten vorzustellen, in der Dunkelheit, erschöpft durch die lange Fahrt hierher, nur um in der Hoffnung an die Tür zu klopfen, dass Jane Gideon nicht entführt, sondern von einem freundlichen Fremden nach Hause gebracht worden war. Er drehte den Schlüssel. Ellen folgte ihm in dem Bewusstsein, dass es hier nichts zu finden gab, außer der Telefonnummer einer bedauernswerten Mutter.

Bevor er sich in den Computer einloggte, um die Liste der Sexualverbrecher auszudrucken, quittierte Detective Constable Scobie Sutton für einen Falcon aus dem Wagenpark und fuhr zum Kinderhort von Waterloo. Es war ihm nur mühsam gelungen, während der Besprechung seine Gefühle zu kontrollieren. Er fuhr vornübergebeugt und hielt mit weißen Knöcheln das Lenkrad umklammert. Er lenkte den Wagen auf das Gras neben dem Drahtzaun und sah zu. Zeit für den Morgentee. Die Kinder saßen in Kreisen im Gras, nach Altersgruppen geordnet. Dann sah er sie, fröhlich und ausgelassen, in dem Kleid, das sie ihr »blaues Ballett« nannte. Das Gesichtchen im Schatten eines baumwollenen Tropenhuts verborgen schlürfte sie aus einer Plastiktasse und steckte ihre kleine Faust in etwas, was wie eine Tupperware-Dose voller Biskuits aussah. Sie wandte sich zu dem Kind neben ihr, und Sutton sah sie lächeln, und dann steckten die beiden Kinder die Köpfe zusammen, bis sie sich berührten.

Er fühlte, wie die Anspannung von ihm wich. Aber das änderte nichts an der Tatsache, dass seine Tochter Zeter und Mordio geschrien hatte, als er sie um acht Uhr abgeliefert hatte. »Ich will nicht da rein! Ich will bei dir bleiben!« Sechs Wochen zuvor hatte der Kreisrat unter dem Druck von Etatkürzungen einen weiteren Kinderhort geschlossen und dessen Zusammenlegung mit Waterloo erzwungen. Zwanzig neue Kinder, sechs neue Angestellte und nicht genug Platz für sie alle. Kinder sind konservativ. Sie mögen keine Umwälzungen in ihren Gewohnheiten. Die fröhliche Frau, die in der Gruppe seiner Tochter die Leitung gehabt hatte, hatte eine Abfindung akzeptiert und war gegangen – zweifellos aus Zorn und Frustration. Jetzt leitete eine Fremde die Gruppe der Zwei- bis Dreijährigen und Roslyn machte jedes Mal ein Riesentheater, wenn Sutton sie am Morgen ablieferte. Schlug diese Frau sie insgeheim? War sie fies zu ihr?

Wenigstens war sie im Augenblick glücklich. Sutton ließ den Falcon an und schlängelte sich durch die Stadt zurück zum Polizeirevier.

Der Dienst habende Sergeant fing ihn am Fuß der Treppe ab. »Scobe, da vorne ist so eine Frau. Behauptet, sie hätte Informationen über Jane Gideon.«

»Was macht sie für einen Eindruck?«

»Eine Spinnerin«, sagte der Dienst habende Beamte nur.

Scobie führte die Frau in ein Vernehmungszimmer. Man musste sie mit Geduld ertragen, all die Spinner.

»Name?«

Die Frau richtete sich auf. »Sofia.«

»Sofia. Sie sagen, Sie hätten Informationen über das Verschwinden von Jane Gideon?«

Die Frau beugte sich vor und sagte mit leiser, krächzender Stimme und Augen, die glitzerten wie Steine: »Nicht einfach Verschwinden. Mord.«

»Wissen Sie das aus erster Hand?«

»Ich habe es gefühlt.«

»Sie haben es gefühlt.«

»Ich bin eine Romni. Ich bin Seherin.«

Sie starrte ihn an. Diese Augen: Er hatte noch nie so eine Intensität gesehen. Sie schien den Effekt an- und abschalten zu können. Er betrachtete ihre Haare, schwarz und wild, ihre Ohren, beringt mit filigranen Goldreifen, ihren Hals, behängt mit Goldketten, der Ansatz ihrer braunen Brüste in einem dünnen, weiten und schreiend bunten Baumwollkleid. Eine Zigeunerin, dachte er und fragte sich, ob es in Australien überhaupt Zigeuner gab.

»Sie meinen, Sie haben es irgendwie gespürt?«

»Sie ist eines gewaltsamen Todes gestorben.«

Er malte Kringel auf seinen Block. »Aber Sie haben keine Kenntnis aus erster Hand?«

»Wasser«, sagte sie. »Dort werden Sie sie finden.«

»Sie meinen im Meer?«

Die Frau schien in unermessliche Fernen zu starren. »Ich glaube nicht. Ein stehendes Gewässer.«

Er stieß seinen Stuhl zurück. »Gut, wir werden dem auf jeden Fall nachgehen. Danke, dass Sie gekommen sind.«

Sie strahlte ihn an und wartete, dass er ihr die Tür aufhielt. Sie war außergewöhnlich, und auf geheimnisvolle Art überwältigend. Das Gold, das Haar, das leuchtende Kleid, das alles schien ganz natürlich zu ihr zu passen.

»Sie haben ein kleines Mädchen«, sagte sie, als sie aus dem Zimmer trat.

Sutton erstarrte. Es war eine eherne Polizeiregel, die Öffentlichkeit niemals etwas über das Privatleben erfahren zu lassen. Er musterte sie kühl. Auch sie konnte ein Kind im Kinderhort haben, vielleicht hatte sie ihn morgens einmal gesehen, als er Roslyn ablieferte. Aber sie schien nicht nach einem Druckmittel gegen ihn zu suchen, also sagte er einfach: »Ja.«

»Sie ist durch die Veränderungen in ihrem Leben verwirrt, aber sie wird darüber hinwegkommen. Sie ist widerstandsfähig.«

»Danke«, sagte Sutton und fragte sich, warum er ihr – einfach so, von einer Sekunde auf die andere – glaubte.

Challis kehrte am Nachmittag zum Tatort der Entführung zurück und fuhr anschließend zu der Vorstadt in der Bucht, wo Jane Gideons Eltern lebten. Sie hatten dem, was sie ihm am vorigen Tag erzählt hatten, nichts hinzuzufügen. Ihre Tochter war auf die Halbinsel gezogen, weil sie einen Kadetten auf dem Marinestützpunkt dort kennen gelernt hatte, und nachdem er sie verlassen hatte, war sie einfach geblieben. Nein, er diente irgendwo in der Golfregion.

Als Challis nach Waterloo zurückkam, fand er Tessa Kane auf der Kante eines Klappstuhls sitzend vor, misstrauisch beobachtet von Sergeant Ellen Destry, für die die Art, wie Tessa Kane lächelte, eine einzige Provokation sein musste.

»Tess, wie geht's Ihnen?«

»Hal.«

»In letzter Zeit irgendwelche Sensationen veröffentlicht?«

»Sensationen ist ein relativer Ausdruck bei einer Wochenzeitung, Hal.«

»Chef, ich habe ihr gesagt, dass Sie beschäftigt sind und –«

»Ist schon in Ordnung, Ellen«, sagte Challis.

»Sie sagt, es ginge um Informationen.«

»Haben Sie welche oder wollen Sie welche, Tess?«

Tessa Kanes Stimme klang leise, tief und leicht amüsiert. »Beides.«

»Wann erscheint Ihre nächste Ausgabe?«

»Donnerstag. Dann lassen wir die Ausgabe zwischen Weihnachten und Neujahr aus und kommen am vierten Januar wieder heraus.«

Challis sagte: »Da kann eine Menge passieren.«

»Es ist schon eine Menge passiert.«

Challis sah zu, wie sie aufstand und ihren Rock über den Schenkeln glatt strich. Sie war kleiner als Ellen Destry und steckte immer voller Lächeln, manche davon falsch und gefährlich, andere träge und unkompliziert. Er mochte ihre vollen Wangen. Frauen konnten Tessa Kane nicht leiden. Challis hatte in der Angelegenheit keine Meinung. Er musste bloß aufpassen, was er ihr sagte.

»Diese Information, die Sie zu haben behaupten –«, begann er.

Sie unterbrach ihn. »Können wir das da drinnen erledigen?«

»Im Vernehmungszimmer? Tess, ich bitte Sie!«

Sie grinste. »Nur ein Gedanke. In einem Büro vielleicht, statt hier auf dem Gang?«

Challis wandte sich an Ellen. »Sergeant, bringen wir Miss Kane doch in Ihr Büro, wenn es Ihnen recht ist?«

Er sah, wie Ellen sich darüber klar zu werden versuchte, was das bedeutete. Er bezog sie mit ein, schob sie nicht ab, also sagte sie: »Ist mir recht, Sir.«

Das Büro war eine Kabine aus Gipskartonplatten und mattiertem Glas ein Stück weiter den Korridor entlang, und sobald sie drin waren, drehte Tessa Kane sich um und sagte: »Ich hatte gehofft –«

»Dies ist Sergeant Destrys Revier, ihr Büro, ihre Ermittlung – als meine rechte Hand. Also, was immer Sie mir sagen wollen, sagen Sie auch ihr.«

»Wie Sie wollen.«

Sie sahen zu, wie sie einen durchsichtigen Gefrierbeutel aus ihrer Aktentasche zog und auf den Tisch legte. »Das kam heute Morgen mit der Post.«

Ein paar Zeilen in deutlicher Schrift auf einem Blatt Papier ausgedruckt. Challis beugte sich vor und las durch die Folie hindurch.

Das ist ein offener Brief an die Menschen von Victoria. An eurer Stelle hätt ich kein Vertrauen in die Polizei mehr. Die rennen auf der Suche nach mir bloß im Kreis herum. Und was haben sie in der Hand? Eine Leiche. Aber wo ist die zweite? In nem wässrigen Grab? Und jetzt wird's noch ne dritte geben. Ich hab sie schon im Visier.

»Oh Gott«, sagte Ellen.

Kriegt ihr langsam Angst? Solltet ihr auch.

»Umschlag?«, fragte Challis.

Tessa Kane zog einen zweiten Gefrierbeutel heraus. Er stocherte mit seinem Stift danach und drehte ihn um, sodass er ihn lesen konnte. Er seufzte. Blockschrift. Keine brauchbaren Fingerabdrücke und keine Speichelspuren, denn der Umschlag war vorfrankiert und hatte eine selbstklebende Klappe. In jedem Postamt erhältlich. Er sah die Worte ›Eastern Mail Centre‹, aber keinen weiteren Hinweis, wo er aufgegeben worden war.

»Sie haben ihn heute Morgen erhalten und bis jetzt gewartet, ihn uns zu zeigen?«

»Ich war den ganzen Tag unterwegs. Sie haben ihn mir auf den Schreibtisch gelegt und ich habe ihn erst vor ein paar Minuten entdeckt.«

Er fasste sie genauer ins Auge. »Gab es vorher schon welche?«

»Nein.« Sie schob sich eine Haarsträhne hinters Ohr. »Ich glaube, die Schreibweise sagt etwas über ihn aus.«

Ellen konnte es nicht lassen, ihr zu widersprechen. »Nicht unbedingt. Er versucht vielleicht nur, uns in die Irre zu führen. Sehen Sie sich den Stil an, die Effekthascherei mit kurzen Sätzen, die umgangssprachlichen Verkürzungen, aber andererseits ein Begriff wie ›wässriges Grab‹, und ›bloß‹ schreibt er auch richtig. Ich würde sagen, er hat eine brauchbare Schulbildung, möchte aber, dass wir das Gegenteil glauben.«

Sie rümpfte die Nase. »Sie sind die Expertin.«

Challis ging dazwischen. »Wir müssen den Brief untersuchen, Tess.«

»Kein Problem. Ich habe eine Kopie gemacht.«

»Sie wollen ihn doch hoffentlich nicht veröffentlichen?«

Ihr Stimme wurde schärfer. »Er spricht von einer dritten Leiche, Hal. Die Leute haben ein Recht darauf, gewarnt zu werden.«

»Wir haben noch nicht einmal die zweite Leiche gefunden«, sagte Ellen. »Soweit wir wissen, kann Jane Gideon noch am Leben sein.«

Challis kam ihr zu Hilfe. »Ihr Briefeschreiber könnte ein Spinner sein, Tess. Ein Trittbrettfahrer. Jemand mit einem Groll gegen die Polizei.«

Er beobachtete sie genau und sah, dass ihr die Implikationen klar waren.

»Und es gibt nichts, was Sie mir vorenthalten?«

»Ich schwöre es.«

»Aber ich darf sagen, dass die Polizei glaubt, es könnte eine Verbindung zwischen den ersten beiden Fällen geben?«

Er seufzte. »Vielleicht gibt es keine, aber wahrscheinlich schon.«

»Allerdings würde es mir nicht viel bringen, Sie zu zitieren, wenn Sie ihn vor der Donnerstagsausgabe verhaften.«

»Das kann ich nicht ändern.«

Sie blickte zu ihm hoch. »Die Leute haben Angst, Hal. Heute Morgen rief mich ein Makler an und sagte, dass etliche Leute ihre Buchungen storniert hätten. Ich habe beim Wohnwagenpark und beim Campingplatz angerufen. Dieselbe Geschichte. Eine Menge Einheimische leben von den Sommergästen.«

»Wir tun alles, was wir können, Tess. Wir verfolgen die Spuren und durchforsten unsere Datenbanken. Sobald sich etwas Neues ergibt, rufe ich Sie als Allererste an.«

Sie legte ihre Fingerspitzen gegen seine Brust und drückte ganz leicht. »Würden Sie das wirklich tun? Das wäre großartig, selbst wenn Sie wie ein Polizeisprecher klingen.« Sie trat einen Schritt zurück. »Schön, Weihnachten steht vor der Tür. Alle guten Wünsche zum Fest und so.«

»Ihnen auch.«

Sie wandte sich an Ellen. »Jemand verteilt Flugblätter über Constable Tankard. Haben Sie irgendeinen Kommentar dazu?«

»Nein.«

»Na gut. Tschüss dann.«

Als Tessa Kane verschwunden war, sagte Ellen: »Ich hasse Leute, die ›Tschüss dann‹ sagen.«

»Ach, sie ist ganz in Ordnung. Man muss sie nur zu nehmen wissen.«

»Hal, lassen Sie sich da besser auf nichts ein.«

Er runzelte die Stirn. »Seit wann sind Sie mein Kindermädchen?«

»Ich meine als PR-Mann der Polizei. Nicht Ihr Privatleben.«

Challis war peinlich berührt. »Tut mir Leid.«

»Ich bringe den Brief ins Labor.«
»Er wird uns nicht weiterbringen.«
»Ich weiß.«

Durch den Kantinenklatsch verbreitete sich die Nachricht von John Tankards Versuch, Challis einen Strafzettel zu verpassen, in Windeseile. Daher war er am Nachmittag ein miserabler Gesellschafter – als wäre er nicht schon wegen der Flugblattkampagne gegen ihn reizbar genug gewesen. Pam Murphy wich ihm aus, so gut es ging, während sie den Boden am Tatort von Jane Gideons Entführung absuchten. Und sie hätte gut darauf verzichten können, auf der Rückfahrt zum Revier mit ihm über Funk zu einem Familienstreit gerufen zu werden. Tankards Methode, Familienstreitigkeiten zu schlichten, bestand aus Gebrüll und dem Austeilen von Kopfnüssen.

Sie lenkte den Wagen durch die drückende Schwüle des späten Nachmittags. Erst eine Woche vor Weihnachten, und gut vier Monate Hitze lagen noch vor ihnen, was der Verbrechensrate einen besonderen Kick geben würde: mehr Einbrüche, weil die Leute in Urlaub gingen oder ihre Fenster offen stehen ließen, um die leiseste Brise einzufangen. Skrupellose Wassertransportfirmen, die Wasser aus den Leitungen stahlen. Und mehr Raufereien – in den Familien, im Pub, auf der Straße, vor Spielhallen, am Strand während der Silvesterpartys. Surfer meldeten Diebstähle aus ihren Kleinbussen. Wochenendfarmer kamen in ihren BMWs oder Range Rovers am Freitagabend von Toorak oder Brighton herunter und mussten feststellen, dass ihre Rasentraktoren und Motorsensen aus den Schuppen verschwunden waren. Oder Rinder, Schafe, Pferde und Angoraziegen von ihren Koppeln. Und jetzt kam noch ein Mord auf dem Highway dazu.

»Nächste rechts«, sagte Tankard. Er strahlte Vorfreude aus, als spürte er, dass eine Festnahme bevorstand.

Pam bog um die Ecke. Ein Teil des Problems war die Festnahmequote. Der Sergeant drang ständig auf eine höhere Quote und behauptete, sie wäre zu niedrig für die Region. Es war ja nicht so, dass sie hier in den Vorstadtghettos waren und sich mit Banden von Messerstechern herumschlagen mussten, dachte Pam. Hier unten sollte manchmal eine leise Warnung genügen.

Aber, dachte sie, schließlich bin ich hier der Neuling. Was weiß ich denn schon?

Sie bremste den Wagen auf halbem Weg entlang der Straße langsam ab. Es war nicht nötig, nach Hausnummern Ausschau zu halten: Der Knäuel von Nachbarn auf dem Bürgersteig sagte alles. Sie fuhr hart an den Bordstein heran, steckte die Schlüssel ein und beeilte sich, vor Tankard die Haustür zu erreichen.

Sie stand offen. Sie klopfte. »Polizei.«

Der Mann, der durch die Diele auf sie zukam, hatte eine richtiggehende Badematte von Körperbehaarung auf dem weißen, schlaffen Oberkörper. Er war barfuß und seine Knie wirkten unter den abgetragenen Shorts wie die Knäufe von Bettpfosten. Seine fleischigen Schultern waren zerkratzt. Außerdem würde er am Abend ein blaues Auge haben. »Hören Sie, tut mir Leid, dass Sie gerufen wurden, aber es ist alles wieder in Ordnung.«

Pam sagte: »Ich bin Constable Murphy, das hier ist Constable Tankard. Wer ist sonst noch im Haus, Sir?«

»Nur meine Frau, außerdem der –«

John Tankard drängte sich vor. »Wo ist sie, Freundchen?«

Der Mann zog sich erschrocken zurück. »Sie ist –«

Pam erkannte die Besorgnis, die unter der Müdigkeit, der Armut und dem Bier lag. Sie berührte warnend Tankards Unterarm und sagte: »Constable Tankard und ich möchten nur schnell ein paar Worte mit Ihrer Frau sprechen, wenn es Ihnen nichts ausmacht.«

Der Mann wandte ihr sein Gesicht zu. »Hören Sie, Kleine, ich –«

Es war ein langer, harter Tag gewesen. Pam schob ihr Gesicht nahe an das seine heran und atmete flach. Sie wurde schon auf dem Revier rauf und runter die »Kleine« genannt; sie musste es sich nicht auch noch von einem Zivilisten bieten lassen. »Wollen Sie uns in Ausübung unserer Pflicht behindern, Sir? Wenn das nämlich so ist –«

Aus einem der hinteren Räume tauchte ein Priester auf. »Schon gut, schon gut, ich rede mit ihnen. Wir klären das. Es gibt keinen Anlass für eine polizeiliche Intervention.«

»Sehen Sie? Sag ich doch.«

Pam winkte mit dem gekrümmten Finger. »Herr Pfarrer, würden Sie mir eine Minute Ihrer Zeit schenken?«

Sie nahm den Priester mit auf den Rasen vor dem Haus. Tankard sah ihr finster nach. Sie ignorierte ihn. »Herr Pfarrer, mir liegt ebenso wenig an Schwierigkeiten wie Ihnen.«

Der Priester nickte. »Inzwischen hat sich alles beruhigt. Seine Frau ist chronisch krank, eine Persönlichkeitsstörung. Manchmal, wenn es ein paar Tage lang zu heiß war, wachsen ihr die Dinge über den Kopf und sie explodiert plötzlich. So ist es zu dem ganzen Tohuwabohu gekommen. Sie hat ihn geschlagen, nicht umgekehrt.«

»Und wie geht es ihr jetzt?«

»Sie hat sich beruhigt. Schämt sich. Sie hatte ihre Pillen nicht genommen.«

Pam begleitete den Priester zurück zur Haustür. »Sir, wir werden nichts weiter unternehmen.«

Zurück im Dienstwagen ließ Tankard seinem Zorn freien Lauf. »Wir hätten mit der Frau sprechen sollen, verdammt noch mal.«

Pam klärte ihn auf. Tankard schwieg. Er sagte auf dem gesamten Rückweg zum Revier kein einziges Wort mehr. Nicht, bis er Inspector Challis vor der Wache sah, der gerade in seinen Wagen stieg, um heimzufahren.

»Arschloch.«

Es hatte eine Zeit gegeben, da wollte Challis ein Buch über die Dinge schreiben, die er erlebt und getan hatte, darunter eine Menge schlimmer Geschichten. Als Roman, denn wer würde ihm schon glauben, wenn er es als Tatsachenbericht verkaufen wollte? Er hatte einen Kurs im Romanschreiben bei einem Schriftsteller am TAFE College in Frankston belegt, jeden Mittwochabend von sechs bis zehn – wenn er nicht gerade irgendwo im Einsatz war, ein

Haus überwachte, einen Puls fühlte oder jemanden verhaftete, der sich nicht verhaften lassen wollte –, aber er begriff schnell, dass er zwar viel zu sagen hatte, aber nicht wusste, wie. Es blieb in seinem Inneren eingeschlossen, in der steifen Sprache eines offiziellen Berichts. Er konnte den Schlüssel nicht finden, der die Worte auf dem Papier zum Klingen brachte. Schließlich hatte er dem Schriftsteller das alles gestanden, und der hatte ihm gratuliert und gesagt: »Meine anderen Studenten haben entweder nichts zu sagen oder sie begreifen nie, dass sie sich nicht ausdrücken können, deshalb sollten Sie sich beglückwünschen.«

Challis lächelte müde. »Sie meinen, Sie beglückwünschen sich, weil Sie einen schlechten Schriftsteller weniger am Hals haben.«

Der Schriftsteller hatte gelacht und ihn zum Abschied ins Pub eingeladen.

Aber eines war Challis im Gedächtnis geblieben – ein Zitat aus einem Handbuch für Schriftsteller. Georges Simenon hatte einmal gesagt: »Am liebsten würde ich meine Romane aus einem Stück Holz schnitzen.« Das traf Challis' Gefühle. Als er jetzt um sechs Uhr abends vom Polizeirevier in Waterloo wegfuhr, hatte er den vergeblichen Wunsch, ein paar Schritte zurückzutreten und diesen Fall und sein ganzes Leben mit Abstand betrachten zu können, zu sehen, wo etwas passte und wo nicht.

Er bog beim Wegweiser zum Flugplatz rechts ab und brachte den Triumph in einer Staubwolke auf dem Parkplatz hinter dem Haupthangar zum Stehen. Er ging hinein. Ein Ende war abgeteilt, und hier schlüpfte Challis in seinen Overall, stellte Radio National ein und machte sich an die Arbeit.

Als er auf die Halbinsel gezogen und dem hiesigen Aeroclub beigetreten war, hatte er erfahren, dass eine zerlegte Dragon Rapide in einer Scheune nördlich von Toowoomba vor sich hin moderte. Er hatte das Wrack für zehntausend Dollar gekauft und es für weitere fünfzehnhundert nach Victoria verfrachten lassen. Er kannte die Seriennummer, A33-8, und auch die alte australische Zulassungsnummer, aber sonst wusste Challis nichts Genaueres über die Geschichte seines Flugzeugs. Er wusste, dass de Havilland den Prototyp 1934 in Stag Lane in England als eine schnellere und bequemere Variante der DH84 Dragon, ›Drache‹, erprobt hatte, mit Gipsy-Queen-6-Zylinder-Motoren statt des Gipsy-Major-4-Zylinders. Aber wer hatte seine Rapide importiert, und wie war sie eingesetzt worden?

Er schaltete eine Drehbank ein. Mehrere Teile des Rumpfs waren beschädigt, Stücke der Sperrholzbeplankung lösten sich ab, die sechs Passagiersitze waren durchgemodert und beide Motoren mussten neu aufgebaut werden. Er war auch auf der Suche nach neuen Reifen und hatte einen Maschinenschlosser beauftragt, diejenigen Metallteile neu anzufertigen, die für eine Restaurierung zu sehr verrostet waren. Das alles konnte noch Jahre dauern. Challis hatte keine Eile.

Eine Frau kam herein und grüßte lächelnd. »Der Drachenmann.«

»Kitty.«

Challis wusste, dass Kitty nicht ihr wirklicher Name war, sondern sich von Kittyhawk ableitete. So wie seiner von ›Dragon‹, Drache.

Sie tauschten ein paar Höflichkeiten aus, dann nahm Kitty ihren Overall von einem Haken an der Wand und ging ans andere Ende des abgeteilten Raumes, wo der Rumpf ihres 1943er Kittyhawk-Jägers auf dem Betonboden neben einem Motorblock ruhte. Das einzige weitere Restaurierungsobjekt im Raum war eine 1930er Desoutter, die beinahe fertig war.

Challis machte sich wieder an seine Drechselarbeit. Hinter ihm begann Kitty, den Ölschlamm aus dem Motorblock zu entfernen. Es war ein angenehmes Arbeiten mit ihr. Challis fühlte, wie die Düsternis um ihn sich ein wenig lichtete. Hier musste er sich für nichts rechtfertigen, nicht einmal für seine Besessenheit, was die Dragon betraf. Es schien ihm, als hinge ihm hier nicht mehr der Gestank von Leuten an, die eines schrecklichen Todes gestorben waren oder schreckliche Dinge getan hatten. Er war einfach Hal Challis, der gerne flog und eine Rapide aus den Dreißigern restaurierte.

Der Mond war aufgegangen, als er endlich nach Hause fuhr. Die Augen kleiner Tiere glühten im Licht seiner Scheinwerfer. In seiner Diele klingelte das Telefon.

»Ja.« Er meldete sich nie mit Namen.

»Hal?«

Das Gefühl von Frieden verflüchtigte sich. Etwas von der Bösartigkeit des Tages sickerte zurück und trat an dessen Stelle. Er ließ sich auf den kleinen Hocker neben dem Telefon fallen. »Hallo, Ange.«

Sie sagte eine Weile lang gar nichts. »Ein vorzeitiges frohes Fest, Hal.«

»Dir auch.«

»Ich dachte, ich habe vielleicht nächste Woche keine Gelegenheit, dich anzurufen. An Weihnachten sind hier die Telefone blockiert, weil alle anrufen wollen, also dachte ich mir, warum nicht heute Abend und mal rechtzeitig dran sein.«

»Gute Idee«, sagte Challis. Er sehnte sich nach einem Drink. »Hör mal, Ange, ich lege den Anruf in die Küche, ja?«

»Wenn ich gerade störe, dann –«

»Nein, es passt schon, bleib nur einen Moment dran, bis ich in der Küche bin.«

Er goss sich einen Scotch ein, stellte das Glas auf die Arbeitsfläche, starrte einen Moment lang das Wandtelefon neben dem Kühlschrank an und atmete langsam aus.

»Da bin ich wieder, Ange.«

»Ich versuch mir dein Haus vorzustellen.«

»Es ist einfach ein Haus.«

Ihre Stimme stockte. »Nicht, dass ich je sehen werde, wie es darin aussieht.«

»Ange, ich –«

»Ich stelle es mir irgendwie friedvoll und ruhig vor. Das vermisse ich.«

»Ja.«

»Ich bin kein schlechter Mensch, Hal. Ganz tief drinnen nicht.«

»Das weiß ich doch.«

»Ein Anfall von Wahnsinn.«

»Ja.«

»Ich kann kaum glauben, dass das alles wirklich so passiert ist. Wie ein schlimmer Traum.«

»Ja.«

»Du verzeihst mir, oder?«

»Ich verzeihe dir.«

Die Antworten kamen automatisch. Es waren seit Jahren dieselben.

Sie sagte mit einem Anflug von Staunen in der Stimme: »Du bist ein ungewöhnlicher Mann, Hal. Andere Ehemänner würden ihrer Frau nicht verzeihen. Nicht so etwas.«

Challis nahm einen Schluck von seinem Drink. »Und, kommen deine Eltern an Weihnachten, Ange?«

»Du willst, dass ich das Thema wechsle? Mutter kommt, Vater nicht. Er will nichts mehr von mir wissen.« Sie verlor die Fassung. »Mein Gott, sieben Jahre, und er hat mich nicht ein einziges Mal besucht.«

Challis ließ sie sich ausweinen.

»Bist du noch dran, Hal?«

»Ich bin hier.«

Die Nacht war still und dunkel. Das Haus wie eine widerhallende Muschel um ihn herum.

»Du sagst gar nichts.«

»Ange –«

»Ist schon gut, Hal, ich muss sowieso Schluss machen. Meine Telefonkarte ist beinahe aufgebraucht.«

»Nur ruhig, Ange.«

»Ich sollte nicht hier sein, Hal. Ich gehöre nicht hierher, nicht wirklich.«

Challis sagte sanft: »Ich weiß.«

»Ich hab doch gar nichts getan. Beihilfe zum Mord, mein Gott. Wie hätte ich denn wissen sollen, dass er so etwas versucht?«

»Ange –«

Sie seufzte. »Schnee von gestern, was?«

»Schnee von gestern.«

»Muss mein Leben weiterleben.«

»Das ist die richtige Einstellung.«

»Ich begreife nicht, dass ich ihn lieber wollte als dich.«

Challis leerte sein Glas. Er sagte: »Ange, ich muss jetzt los. Nimm's nicht so schwer, hörst du? Halt die Ohren steif.«

»Du bist mein Rettungsanker«, sagte seine Frau.

3

In derselben Nacht riss eine Frau in der Quarterhouse Lane den Vorhang zurück und sah, dass ihr Briefkasten in Flammen stand. Dann brannte auch die Pinie und sprühte Funken in die Nacht. Oh Gott, war das eine perverse Art, ihr zu sagen, dass sie sie aufgespürt hatten?

Vor achtzehn Monaten war sie gründlich gedrillt worden: Ziehen Sie nie Aufmerksamkeit auf sich. Benehmen Sie sich unauffällig. Übertreten Sie keine Gesetze – nicht einmal Fahren in angetrunkenem Zustand oder mit überhöhter Geschwindigkeit. Tun Sie vor allem nichts, was dazu führt, dass man Ihre Fingerabdrücke abnimmt. Vermeiden Sie jeden Kontakt zu Ihrer Familie, zu Freunden, zu allen aus den alten Tagen. Ändern Sie alle Ihre Gewohnheiten und Interessen. Kleiden Sie sich anders. Lernen Sie, anders zu denken. Sie haben früher gerne Porzellanfigurinen gesammelt? Sind zu Auktionen gegangen? Haben Zeitschriften abonniert? Vergessen Sie das alles. Verlegen Sie sich aufs Nähen, aufs Kochen, was auch immer. Es ist gut, den Leuten eine Schublade anzubieten, in die sie Sie stecken können – mit anderen Worten: Machen Sie sich zum Klischee, damit die Leute die Lücken in Ihrer neuen Identität von alleine auffüllen. Kehren Sie aber vor allem nie zurück, nicht einmal wenn Sie die Nachricht erhalten, dass Ihre Mutter im Sterben liegt. Rufen Sie zuerst uns an. Es könnte eine Falle sein. Wenn Sie einen einzigen Fehler machen oder missachten, was wir Ihnen gesagt haben, dann werden sie Sie finden und töten. Sie haben eine neue Identität. Sie ist ziemlich wasserdicht; Sie werden zurechtkommen. Sie werden einsam sein, aber viele Menschen fangen noch einmal von vorne an. Seien Sie nur auf der Hut. Achten Sie darauf, was Sie den Leuten erzählen. Es gibt jede Menge Neuseeländer in Australien, Sie werden also nicht allzu sehr auffallen. Gleichzeitig werden wir von unserer Seite aus alles tun, um Ihr Leben zu schützen.

Das hatten sie ihr gesagt. Sie hatte sich nicht allzu sehr bemüht. Das schien auch nicht viel Sinn zu haben, denn die Situation war außer Kontrolle geraten, noch bevor das Flugzeug abgehoben hatte, das sie außer Landes bringen sollte.

Sie hatte in der Abflughalle im Flughafen von Christchurch gesessen, vor achtzehn Monaten, neben dem Polizeibeamten, der den Auftrag hatte, sie übers Meer und in ein neues Leben zu eskortieren, als zwei Männer aus ihrem früheren Leben hereinmarschiert kamen und in der Nähe Platz nahmen. Der Beamte spannte sich an. Er hatte sie ebenfalls erkannt.

»Na großartig«, sagte sie. »Sie haben mich schon gefunden.«

»Warten Sie hier.«

Sie sah ihm nach, während er zu einem Schalter ging und seinen Ausweis zeigte. Für eine Weile sah es so aus, als würde er keinen Erfolg haben. Doch dann sagte der Polizist etwas, was den Angestellten am Reservierungsschalter dazu brachte, mürrisch einzulenken, ein paar Tasten zu drücken und auf seinen Bildschirm zu starren.

In der Zwischenzeit hatte einer der Männer sie entdeckt. Er stieß den anderen an, flüsterte ihm etwas ins Ohr, und dann starrten sie sie düster über den tristen grünen Teppichboden hinweg an. Sie las den Hass und die Begierde in ihren Gesichtern. Einer von ihnen vollführte eine Pantomime, die zeigte, was sie erwartete, wenn sie sie in die Finger bekamen: eine Kugel in den Kopf und ein Messer, das ihre Kehle durchschnitt. Sie hievte ihre Reisetasche auf den Schoß, stand auf.

Eine Hand fasste sie an der Schulter. Der Polizist sagte eindringlich: »Clara, folgen Sie mir.«

Sie riss sich los. »Sie machen wohl Witze. Ich verpiss mich.«

»Nein. Wenn Sie jetzt hier rausgehen, werden die Sie aufspüren, und dann ist Ihr Leben keinen Pfifferling mehr wert.«

»Sie haben mich bereits aufgespürt«, sagte sie. »Eine tolle Truppe seid ihr Jungs. Da, schauen Sie, da sitzen sie, in voller Lebensgröße.«

Der Polizist zwang sie mitzugehen. »Zufall«, sagte er.

»Ja, klar.«

»Ich hab's überprüft. Die beiden steigen in Auckland aus.«

»Aber dann wissen sie, dass ich nach Australien weiterfliege«, sagte sie. »Sie werden nach mir suchen.«

»Australien ist groß.«

»Nicht groß genug.«

»Hören Sie, die können nicht wissen, ob Sie nicht nach Europa weiterfliegen oder sonst wohin.«

Sie hatte über die Schulter geblickt. Einer der beiden Männer war aufgestanden und beobachtete sie. Sie sah, wie er sich an die Schläfe tippte, grinste und mit einer geschickten Bewegung aus dem Handgelenk sein Handy aufklappte. Er war auffällig angezogen, wie alle aus jener Ecke ihres Lebens: das Hemd bis zum Kragen zugeknöpft, keine Krawatte, teurer Schlabberanzug, exklusive italienische Schuhe, das öligglänzende Haar nach hinten gekämmt.

»Er ruft jemanden an«, sagte sie.

»Soll er doch.«

»Wohin bringen Sie mich?«

»Wir haben bei einer anderen Fluggesellschaft einen Ersatzplatz für Sie reserviert. Die Maschine geht in einer Viertelstunde.«

Sechs Uhr dreißig, früher Abend, ein Flug mit Abendessen, ein Sitz in der ersten Klasse. Clara aß Steak und Salat und ließ Messer und Gabel mitgehen. Das Besteck war nichts Besonderes, aber in der ersten Klasse wenigstens aus Edelstahl, und es würde ihr vielleicht irgendwann einen kleinen Vorteil verschaffen. Die Art von Vorteil, auf den zu bauen sie in ihrem kurzen Leben gelernt hatte.

Achtzehn Monate war das jetzt her. Sie hatte ein neues Leben begonnen in einer ruhigen Ecke von Südwestaustralien, nahe dem Meer, auf einer Halbinsel, auf der nicht viel los war. Die Alteingesessenen akzeptierten sie. Sie konnte alle Fragen beantworten, aber es kamen nicht allzu viele Fragen. Ihr nächster Nachbar in der Quarterhouse Lane wohnte einen halben Kilometer weiter auf der anderen Seite eines Hügels, von ihr getrennt durch einen Weinberg und eine Kellerei. Wenn sie auf den Hügel stieg, hatte sie einen Blick auf die Western Bay mit Phillip Island zur Rechten. Sie wohnte an einer Schotterstraße, die nur von Anliegern benutzt wurde und an den wenigen Tagen, an denen die kleine Weinkellerei geöffnet hatte, also jeden ersten Sonntag im Monat, von einem halben Dutzend Autos zusätzlich. Niemand kannte sie. Niemandem lag etwas an ihr.

Wie hatten sie sie also gefunden? War das Feuer ein Zeichen? Und warum überhaupt ein Zeichen? Warum nicht einfach hereinstürmen und sie erledigen? Außer, sie wollten sie erst weich klopfen. Eine Art seelische Grausamkeit. Ihre Hände zitterten. Herrgott, jetzt hätte sie ein bisschen Koks gebrauchen können, nur ein paar Linien, genug, um den Druck in ihrem Schädel abzubauen. Sie starrte die Finger mit den abgekauten Nägeln an. Dann umklammerte sie das rechte Handgelenk mit der Linken, um das Zittern abzustellen, und wählte die Nummer des Polizeireviers in Waterloo. Über ihr peitschten die Flügel des Deckenventilators wirkungslos durch die Luft. Gott, was für eine Hitze! 35 Grad. Und das noch vor Weihnachten.

Danny Holsinger drehte sich im Beifahrersitz um, spähte zurück in die Quarterhouse Lane und sagte: »Brennt klasse.«

Boyd Jolic spürte, wie das Heck des Transporters auf dem losen Schotter schlingerte. »Come on baby, light my fire«, sang er.

Danny stieß sein auffälliges, hohes und wieherndes Lachen hervor. Er konnte nichts dagegen machen. Er nahm einen Schluck aus einer Dose Wodka mit Orangensaft und rief aufgeregt: »Da ist einer, Jolic.«

Jolic bremste scharf, nur um das Gefühl der verlorenen Bodenhaftung zu genießen, dann beschleunigte er. Der Briefkasten vor der Weinkellerei war eine umgebaute Milchkanne, ganz aus Metall, reine Streichholzverschwendung. Anders als der Holzkasten weiter hinten.

Sie kamen an eine Kreuzung. »Na, rechts oder links?«

Danny dachte nach. »Links kommen ein paar Obstgärten, ein paar Gestüte. Rechts noch 'ne Weinkellerei, 'ne Geflügelfarm, so'n Typ, der Töpfe und Krüge macht, und außerdem, wart mal, 'ne Naturheilkundetussi, das Ferienhaus von 'nem reichen alten Knacker, und dann Waterloo und die Bullen.« Er kicherte wieder. Tagsüber fuhr er den Recycling-Laster der Kreisverwaltung und er kannte die Nebenstraßen wie seine Westentasche.

»Links«, entschied Jolic. »Rechts klingt verdammt überfüllt.« Er drückte den Fuß hinunter und ließ den Pritschenwagen mittels geschickter Handhabung von Bremse und Lenkrad eine 360-Grad-Drehung in der Mitte der Kreuzung vollführen, bevor er nach links fuhr, weg von Waterloo.

Der erste Briefkasten entpuppte sich als eine weitere massive Milchkanne, aber die nächsten beiden waren aus Holz. Der erste davon wollte nicht richtig Feuer fangen, bekam zu wenig Zug oder so, aber der zweite brannte wie Zunder. Funken schossen in den Himmel und regneten auf der anderen Seite des Zauns herunter. Bald hatten sie ein nettes kleines Grasfeuer brennen.

»Wohin jetzt, Joll?«

Jolic blinzelte und kam langsam wieder zu sich. Er merkte, dass sein Mund offen stand. Alle Nervenenden vibrierten im Rhythmus der tanzenden Flammen.

»Joll?« Danny zupfte ihn am Ärmel. »He, Kumpel, lass uns die Fliege machen.«

Sie kletterten wieder in den Pritschenwagen und brausten davon, gerade als der Schein einer Taschenlampe die Schotterauffahrt von einem Haus herunterflackerte, das hinter einer Reihe von Zypressen versteckt lag.

»He, Kumpel, wohin jetzt?«

»Andere Seite der Halbinsel«, entschied Jolic. »Weit genug weg von hier. Neuland.«

Danny ließ sich in den Sitz sinken. Es war Spitze, mit einem Kumpel unterwegs zu sein, ein bisschen nächtlichen Unfrieden zu stiften – aber das reichte dann auch. Jolic hingegen ... Der Schweinehund war total feuergeil. Vielleicht lag's daran, dass er bei der freiwilligen Feuerwehr war.

Die Halbinsel war trügerisch. Es gab Stellen, wie am Red Hill und Main Ridge, wo das Land Welle auf Welle in tiefen Schluchten und Falten und hoch aufragenden Kämmen heranzurollen schien. Später im Jahr waren die Reben an den Hügeln mit feinmaschigen Vogelnetzen eingehüllt, die sich wie lange, träge weiße Schnecken durch die Nacht wanden.

Schließlich landeten sie auf einer kurvenreichen Straße oberhalb der Bucht. Von einem Augenblick auf den anderen verschluckten Pinien das Mondlicht, und die Scheinwerfer bohrten sich wie ein Lichttunnel in die Dunkelheit, während sie den Berg hinab auf die Küstenstraße zurasten.

Am Kreisverkehr ein Stück landeinwärts von Mornington bogen sie rechts ab in ein Gebiet mit kleinen Farmen, dann nochmals rechts in ein Gewirr von Feldwegen.

»Sieh mal da.«

Ein großer hölzerner Briefkasten, mit einer s-förmig zusammengeschweißten Kette als Fuß und der Zahl Neun in reflektierender Farbe darauf. Jolic bremste. Glänzend schwarze Lackierung. Kleine Messingscharniere. Ein Aufkleber mit der Aufforderung »Keine Werbung«.

»Eins A«, sagte Danny.

Sie stiegen aus, standen eine Weile wartend auf der Straße herum. Kein Lüftchen regte sich, während sie lauschten. Nur der Motor tuckerte im Leerlauf. Es war eine lange und heiße Nacht gewesen und Danny begann sich zu fragen, was er hier draußen mit diesem verrückten Hund von Jolic zu suchen hatte, statt Megan Stokes einen reinzuschieben. In ihrem Bett oder unter den Kahikatoa-Bäumen am Strand, mit einem kühlenden Sprung in die Wellen danach. Na ja, er wusste schon, warum. Sie war sauer auf ihn, weil er ihren Geburtstag vergessen hatte, und es würde eine Menge Süßholzraspeln und Geschenke brauchen, um sie wieder zu versöhnen. »He, Kumpel, lass uns Schluss machen, packen wir's.«

Es traf einen immer unerwartet. Die Art, wie Jolic explodieren konnte, wenn Explosion das richtige Wort dafür war, dass eine Faust einen dicken Klumpen T-Shirt packte, einem die Luft abschnürte und ein Gesicht einen aus solcher Nähe anzischte, dass man mit Speichel voll gesprüht wurde.

»Du willst doch nicht etwa die Fliege machen, du feiger Hund?«

Danny spuckte es aus: »Es ist nur, ich muss früh zur Arbeit. Ich fange um fünf an. Ich brauche Schlaf.«

»Schlappschwanz«, sagte Jolic und schüttelte ihn. Danny war klein, nur Haut und Knochen, und er merkte, dass er sich auf die Spitzen der Turnschuhe stellen musste, während Jolic ihn wie nebenbei an seinem zusammengeknüllten T-Shirt hochhob. Jolic war gebaut wie ein Betonmast, schlank und hart. Er trug fettverschmierte Jeans, die aussahen, als würden sie von selbst stehen bleiben, wenn er sie auszog, ein rotschwarz kariertes Hemd über einem blauen Unterhemd und schmierige Stiefel. Die Arme von oben bis unten mit Tätowierungen bedeckt und ein knochiger Schädel unter dem kurz geschorenen Haar. Danny hing seit der Volksschule mit Jolic herum und brauchte – so meinte Megan – pausenlos die Anerkennung des großen Stinktiers.

»He Kumpel, ich krieg keine Luft.«

Jolic ließ ihn los. »Jammerlappen.«

Danny rieb sich den Hals. »Gib die Streichhölzer her. Ich mach's.«

Er öffnete die kleine Klappe vorn am Briefkasten, stopfte ihn mit benzingetränkten Papiertüchern voll, warf ein Streichholz hinein und trat zurück. Die Klappe fiel zu und erstickte die Flammen. Sie warteten. Danny machte die Klappe wieder auf. Das Innere des Kastens war angekohlt und stellenweise glühte es noch rot, aber es brannte nicht. Er beugte sich vor und blies. Herrgott, was für ein Gestank! Lack, Holzschutzmittel oder sonst was.

»Komm jetzt«, sagte Jolic. »Ich bring dich heim zu Mami.«

Heim war eine Neubausiedlung in den Randbezirken von Waterloo, eng gedrängt stehende Häuser, die nach allen möglichen Richtungen ausgerichtet waren, weil sie an ohne erkennbare Ordnung gewundenen Straßen und Plätzen lagen. Es gab in der ganzen Gegend nicht eine einzige gerade Straße. Danny sah Jolic nach, als er wegfuhr. Das Aufbrüllen des Transporters hätte Tote aufwecken können, die Bremslichter flackerten kurz auf, bevor er abbog. Danny steckte sich eine Zigarette an. Er wollte noch nicht hineingehen und sich anhören, wie seine Mutter ihn anschrie.

Danny kaute auf der Unterlippe. Ganz zuletzt hatte Jolic gesagt, dass er Hilfe bei einem weiteren Einbruch brauchte, irgendwann nach Weihnachten. »Ich warte auf 'ne Nachricht, wann die Besitzer in Urlaub sind.« Danny lachte bitter auf. Warum sollte es Jolic kümmern, ob die Besitzer weg waren oder nicht? Seine Vorstellung von einem Einbruch war, die Haustür einzutreten und die Bewohner zusammenzuschlagen, bevor er sie fesselte und das Haus verwüstete. Schwerer Einbruch und Raub, das war kein Spaß, wenn die Bullen einen am Wickel kriegten. Danny hatte Jolic bei zwei solchen Jobs begleitet. Überhaupt kein Spaß, aber er konnte sich nicht drücken, nicht ohne dass es einen Riesenstunk gab.

Er warf die Zigarette in die Dunkelheit. Sein eigener Stil war wissenschaftlicher. Er kundschaftete eine Straße erst ein paar Nachmittage lang nach Feierabend aus, um ein Gefühl für die Gegend zu kriegen. Gab es Hunde? Nachbarn in der Nähe? Musste ein Rasen dringend gemäht werden, türmte sich die Post in einem Briefkasten, wurden Zeitungen nicht eingesammelt? Dann, wenn er sich ein Haus ausgeguckt hatte, schlich er drum herum und untersuchte die Fenster nach einer Alarmanlage. Darin war er gut. Seinen Kopf zu benutzen. Er stahl nie etwas Großes, nichts Größeres als eine Kamera. Ringe, Bargeld, Broschen, Kreditkarten, CDs. Alles, was in seinen neuen Rucksack passte, ein tolles weiches Lederding, mit einem ausländischen Namen ins schwarze Leder eingeprägt. Er hatte ihn vor ein paar Tagen aus einem Haus am Stadtrand von Frankston mitgehen lassen. Fast neu, und er roch gut. Er würde ihn Megan schenken, wenn er sie das nächste Mal sah, und ihr sagen, dass es ihm Leid tat, dass er ihren Geburtstag vergessen hatte.

Ein Uhr morgens. Die Bar machte zu und John Tankard war bei der Krankenschwester abgeblitzt, also konnte er auch nach Hause fahren.

Er hatte sie angebaggert – sie war nicht übel, ungefähr eine Sieben auf seiner Skala – und damit begonnen, dass er ihr ein Glas Riesling spendierte und sich vorstellte: »John. John Tankard, aber meine Freunde nennen mich Tank.« Sie hatte ihn von oben bis unten betrachtet und gesagt: »Sie sind auch gebaut wie einer.« Dann fuhr sie sich mit der Hand zum Mund und errötete. »Tut mir Leid, ich wollte nicht sagen, dass Sie dick sind oder so, nur stark, wissen Sie, als ob Sie sich fit halten und so.« Als sie ihre Entschuldigung zu Ende gestammelt hatte, war sie ein wenig atemlos, lächelnd und erleichtert, dass sie eine mögliche Beleidigung in ein Kompliment verwandelt hatte. Er grinste sie freundlich an. Sie hatten es sich Ellbogen an Ellbogen an der Bar gemütlich gemacht und sich unterhalten.

Und dann kam der entscheidende Augenblick. Er lauerte immer und überall, überschattete alles, was er tat, wenn er nicht im Dienst war:

»Was machen Sie beruflich?«

Er sagte rundheraus: »Ich bin Polizist. Ein Bulle.«

Von einer Sekunde auf die andere verdunkelten Vorsicht und Ablehnung ihren Blick. Eine weitere verpasste Gelegenheit, nur ein Misserfolg von hunderten über die Jahre hinweg. Ein einziges Mal hätte er gerne Anerkennung oder Interesse oder Neugier im Gesicht von jemandem gelesen, dem er sagte, er sei ein Bulle.

Es hatte eine Zeit gegeben, wo er den ganzen Schmus geglaubt hatte vom Freund und Helfer. Jetzt betrachtete er es als ein »Wir gegen sie«, die Polizei gegen jedermann. Jeder hatte sich irgendwann etwas zu Schulden kommen lassen, wenn man nur gründlich nachbohrte. Und hatten sie seinen Schutz verdient? Alle schrien sie »Polizeiwillkür«, wann immer er eine ganz normale Verhaftung vornahm. Auf Partys krümmten sie sich ulkig zusammen und flehten ihn an: »Bitte nicht schießen, bitte nicht schießen!« Er hatte vier ungerechtfertigte Zivilklagen am Hals gehabt von Leuten, die er verhaftet hatte. Sie probierten es einfach. Hauptsache, er hatte Schwierigkeiten.

Die Jahre hatten ihn hart gemacht. Er war jetzt misstrauischer als früher. Sein Beruf brachte zunehmend mehr Gewalttätigkeit mit sich. Man sah immer mehr hässliche Dinge. Tote Menschen. Spritzen oder Speed oder Dope offen auf Küchentischen vor kleinen Kindern. Tankard war voller Frustration. Tagtäglich kamen Wiederholungstäter auf Kaution wieder frei. Sergeant van Alphen versuchte ihm einzuhämmern: »Nehmen Sie die Arbeit nicht persönlich. Sie sind lediglich dafür verantwortlich, Ihren Fall vorzutragen. Es ist nicht Ihre Schuld, wenn so ein Abschaum freikommt, weil er auf die Tränendrüse drückt, weil er einen guten Anwalt hat oder weil der Richter ein Schlappschwanz ist« – aber so einfach war es nicht.

Er war sich nicht länger sicher, was richtig und was falsch war, und es war ihm auch egal geworden. Im Lauf der Zeit hatte er ein paar ziemlich schurkenhafte Polizisten und ein paar halbwegs anständige Mörder, Vergewaltiger und Diebe getroffen. Die meisten Leute waren auf die ein oder andere Art korrupt. Ein Nicken und ein kleiner Gefallen hier, ein Zwinkern und ein guter Tropfen da, oder ein halber Riese in einem Umschlag dort. Zur Hölle mit ihnen!

Und inzwischen fühlte er sich ständig müde, ausgelaugt von Schlaflosigkeit. Er aß und trank zu viel. Sein Rücken schmerzte so sehr, dass er in einem Stuhl keine bequeme Stellung mehr fand, und das lange Sitzen im Dienstwagen war die reinste Hölle. Die Innenseiten seiner Wangen waren wund, wo er sie sich aufgebissen hatte. Stress. Man hätte meinen sollen, dass die Arbeit ihm nach all der Zeit nichts mehr anhaben konnte. Aber sie tat es. Es hatte ihn überrascht, wie verletzt er sich fühlte, als sein Name in der Lokalzeitung auftauchte. »Polizeiwillkür«. Was für ein Mist! Und jetzt überschwemmte jemand den Ort mit Flugblättern, in denen er als Nazi-Sturmbannführer beschimpft wurde. Der Kerl hatte nicht den Mumm, es ihm ins Gesicht zu sagen.

Er hatte einen Frequenzscanner im Wagen. Er schaltete ihn ein. Irgendjemand setzte Briefkästen in Brand. Das sagte für ihn so ziemlich alles über das Leben aus.

Sergeant Kees van Alphen, klamm und mit Asche beschmiert, weil er der Feuerwehr von Waterloo geholfen hatte, die Pinie der Frau zu löschen, war schockiert. Er hatte noch nie jemanden in solcher Seelenqual erlebt. Es war schon schwierig gewesen, sie überhaupt dazu zu bringen, herauszukommen, aber sie bekam noch kein Wort heraus. Sie schnappte nach Luft und stand offensichtlich Todesängste aus. Er stand neben ihr auf der Veranda und wollte sagen: »Es waren doch bloß Vandalen, bloß ein Briefkasten«, aber ihre Furcht war so greifbar, dass er einfach einen Arm um sie legte, ihr den Rücken tätschelte und sagte: »Schhht, schhht«, so wie es seine Mutter immer mit ihm getan hatte.

Er fühlte sich unbeholfen. So etwas konnte er nicht besonders gut.

Dann drehte sie sich, als wollte sie sich näher an ihn drücken, und griff nach seiner freien Hand. Er schrie auf. Er hatte sich irgendwie verbrannt. Den Handrücken.

Die Frau sagte ernüchtert: »Fehlt Ihnen etwas?«

»Hab mich verbrannt.«

Sie blickte fahrig zur offenen Tür hinter ihr. »Soll ich Sie verbinden?«

»Ist nicht nötig.«

Hinter ihm wendete der Löschzug in der Einfahrt. Mit einem Aufheulen der Sirene war er verschwunden. Die Luft roch feucht und rauchig. Das Dach seines Polizeiwagens glänzte nass und das Mondlicht so hell, dass er dampfenden Rauch von dem verkohlten Briefkasten aufsteigen sah.

Er seufzte und fischte sein Notizbuch heraus. »Haben Sie irgendetwas bemerkt? Etwas gehört?«

»Nein.«

»Name?«

»Einfach Clara.«

Er zuckte die Achseln, notierte den Namen und steckte das Buch weg. Neuseeländischer Akzent. Er wandte sich zum Gehen. »Ich schreibe einen Bericht und sorge dafür, dass einer unserer Streifenwagen die nächsten ein oder zwei Wochen jede Nacht hier vorbeifährt.«

Sie hatte wieder einen hysterischen Anfall. »Sie gehen? Sie lassen mich doch jetzt nicht allein?«

»Miss, das Feuer ist aus. Es waren wahrscheinlich Kinder und sie werden nicht wiederkommen. Ich kann hier nichts mehr tun. Soll ich jemanden verständigen? Einen Nachbarn? Ihre Familie? Freunde?«

Er sah, wie sich ihr Blick verschloss, als würde sie ihm nicht trauen. Wer war sie? Was quälte sie?

»Warum wollen Sie jemanden benachrichtigen? Wen?«

Von ihrem Stimmungsumschwung irritiert antwortete er: »Nun, jemand, der bei Ihnen bleiben kann, sich um Sie kümmern. Ihre Familie vielleicht?«

Sie wandte den Blick ab. »Die sind alle in Darwin.«

»Darwin? Ihrem Akzent nach hätte ich Neuseeland gesagt.«

Sie warf ihm einen scharfen Blick zu. »Das ist lange her.«

Er glaubte ihr nicht, aber er drang nicht weiter in sie. »Nachbarn?«

»Ich kenne sie nicht. Außerdem ist es schon spät. Können Sie nicht noch ein Weilchen bleiben? Ich könnte Ihnen die verbrannte Hand verbinden.«

»Ich bin im Dienst, Miss.«

»Clara.«

»Clara. Ich bin im Dienst. Ich schaue morgen wieder vorbei, gegen Mittag.«

Er konnte die feuchte Asche und den Rauch riechen und sah im Mondlicht das Skelett der Pinie am anderen Ende ihrer Zufahrt. Als er den Polizeiwagen erreicht hatte und die Tür aufmachte, heulte sie los.

»Die wollen mich erledigen!«

»Wer denn? Warum?«

»Ich weiß nicht, warum. Sie sind da, das ist alles. Es war ein Zeichen.«

»Ein Zeichen?«

»Sie sagen damit: Wir kommen wieder, und beim nächsten Mal erwischen wir dich.«

Er schloss die Tür und ging zu ihr zurück. »Clara, es waren Kinder.«

»Das glaube ich nicht.«

»Ich habe es im Funk gehört. Mindestens ein Dutzend Briefkästen zwischen hier und Mornington haben gebrannt. Völlig wahllos, einfach beliebige Briefkästen irgendwo in einer abgelegenen Straße. Sie sind eine von vielen.«

Sie schlang die Arme um sich. »Sind Sie sicher? Sie wollen mich nicht nur trösten?«

»Ich schwöre es.«

Sie lachte, löste ihre Arme und starrte im Halbdunkel auf die verschwommenen Umrisse ihrer Hände. »Sehen Sie mich an. Ich kann es nicht kontrollieren, ich zittere wie Espenlaub.«

»Sie brauchen einen Schnaps.«

»Kann man sagen. Scotch, Wodka. Wollen Sie auch einen?«

»Ich bin im Dienst, Clara.«

Sie trat näher. »Wie heißen Sie?«

Er sagte unbeholfen: »Kees. Kees van Alphen. Kommt aus dem Holländischen. Es gibt einige von uns bei der Truppe.«

»Kees. Der Name gefällt mir.« Sie grinste schief.

»Ich werde meistens Van genannt.«

»Und was ist Ihnen lieber?«

»Bei der Truppe wird man einen Namen nicht wieder los. Ich bin an Van gewöhnt. Meine Frau hat mich Alf oder Alfie genannt, aber das war abwertend gemeint.«

Sie berührte kurz seine Brust. »Nicht sehr nett von ihr.«

»Nein, nicht besonders nett. Aber das ist Schnee von gestern.«

»Nur einen Drink. Oder setzen Sie sich wenigstens zu mir, bis das Zittern aufhört.«

Er stellte fest, dass er sich für sie zu erwärmen begann, vielleicht auch nur für die Vorstellung, dass jemand ihn berühren wollte, dass jemand ihn brauchte. »Ich muss in der Zentrale anrufen und Bescheid geben, dass ich noch hier bleibe.«

»Erzählen Sie einfach, dass Ihnen am Tatort noch etwas aufgefallen ist«, sagte Clara mit zaghaftem Humor.

4

Sieben Uhr morgens und die Sonne brannte bereits richtig herunter. Erst für später in der Woche waren Schauer und eine leichte Wetteränderung vorhergesagt. Ellen Destry streckte den Kopf ins Zimmer ihrer Tochter. Larrayne lag schlafend auf dem Rücken, anscheinend friedlich, aber wie üblich hatte sich das Decklaken um ihre schlanken Beine verwickelt und ihre Haare waren über Kopfkissen und Wange aufgefächert. Sie hatte schon als Kind einen unruhigen Schlaf gehabt. Ellen ging in die Küche zurück, gab ihrem Mann einen Kuss und legte ihm flüchtig die Arme um den Hals, während er am Küchentisch seine Zeitung las. Auf dem Weg nach draußen hielt sie inne, blieb in der Tür stehen, die zum Parkplatz führte, und blickte zurück. Nein, Alan sah nicht auf, wünschte ihr nicht einmal einen guten Tag.

Sie lenkte den Wagen an Ferienhäusern und kleinen Hütten vorbei und fuhr vorsichtig über die Bodenschwellen. Sie wohnten in Penzance Beach, ein Stück die Küste entlang von Waterloo (denn man wohnte nicht dort, wo man arbeitete, wenn man ein Bulle war). Aus einem Impuls heraus begann sie auf dem Weg zur Hauptstraße ein paar der Nebenstraßen des Ortes zu patrouillieren. Die Einbruchsquote war in Penzance Beach innerhalb eines Jahres um achtzehn Prozent gestiegen.

Penzance. Was bedeutete eigentlich die Vorsilbe ›Pen‹? Penzance, Penrose, Penhaligon, Penrith, Penleigh, Penbank, Penfold, Pengilly. Vielleicht einfach ›Stadt‹...?

Dann sah sie die neue Streifenpolizistin, wie war noch gleich ihr Name, Pam Murphy, die mit einem Surfbrett an der Bushaltestelle wartete.

Ellen hielt an und kurbelte das Fenster herunter. »Morgen.«

Die jüngere Frau spannte sich, und ihre Augen glitten misstrauisch nach links und rechts, bevor sie sich auf den Wagen selbst richteten. Polizeiinstinkt, dachte Ellen.

»Sergeant Destry. Ich hab Sie nicht gleich erkannt.«

»Freier Tag?«

»Nur der Vormittag. Heute Nachmittag habe ich wieder Dienst.«

»Surfen. Sie Glückspilz!«, sagte Ellen. »Wo denn?«

Pam Murphy deutete in Richtung Süden. »Myers Point.«

Sie starrten sich einen Augenblick lang an. Ellen sagte: »Wie kommen Sie zurecht? Haben Sie sich gut eingewöhnt?«

»Ja, danke.«

Ellen wagte sich weiter vor. »Was ist mit John Tankard? Oder Sergeant van Alphen?«

Sie bemerkte die Vorsicht in Murphys Augen. Wem konnte man bei diesem Job schon trauen? »Ich weiß nicht, was Sie meinen, Sarge.«

»Wirklich nicht?« Ellen streckte ihren Kopf ein wenig weiter hinaus. »Das ist inoffiziell.«

»Inoffiziell?«

»Ja.«

Die jüngere Frau blickte zur Seite. »Sie haben ihre eigene Art, die Dinge anzupacken.«

»Wie zum Beispiel?«

Ihr Blick schwenkte zurück. »Sie bringen die Menschen gegen sich auf. Brüllen herum. Teilen Ohrfeigen aus. Winken alte Leute zur Alkoholkontrolle heraus, die im ganzen Leben noch keinen Tropfen angerührt haben. Ständig lauern sie darauf, Leute bei Geschwindigkeitsüberschreitungen zu ertappen. Nur um ihre Quote zu erhöhen. Sie sagen, ich sei zu nachgiebig. Dass ich es nicht bringe.«

Ellen sann darüber nach und seufzte dann. »Ich bin bei der Kripo, nicht bei der Streife. Ich kann da nicht viel unternehmen.«

»War das alles, Sarge?«

»Sie müssen sich ein Auto besorgen«, sagte Ellen. »Dieser Bus …«

Sie sah, wie das Gesicht der jüngeren Frau sich verschloss und sie wegsah. Was hatte sie da für einen wunden Punkt getroffen? »Nun, ich will Sie nicht aufhalten.«

»Schönen Tag noch, Sarge.«

Ellen Destry umrundete den Marinestützpunkt und fuhr dann weiter nach Waterloo. Murphy schien einsam zu sein. Sie versuchte sich zu entsinnen, wie das Leben bei der Streife war, wenn man mit ein paar Rowdys wie van Alphen und Tankard zusammenarbeiten musste. Ich könnte ihr anbieten, sie früh mit zum Dienst zu nehmen, dachte sie. Andererseits könnte das die Dinge komplizieren.

Sie parkte den Wagen hinter dem Polizeirevier. Es war inzwischen sieben Uhr fünfzehn, ihre normale Ankunftszeit, wenn der Dienst um acht Uhr begann. Sie dehnte sich, um ihren verspannten Rücken zu lockern. Im ersten Stock war ein Fitnessraum. Es würde ihr gut tun, ihn gelegentlich zu benutzen.

Der Klimaanlagenmann fuhr beim benachbarten Gerichtsgebäude vor. Der Dachgepäckträger seines Jeeps war überladen mit Leitern und PVC-Rohren. Ellen registrierte den Namen *Rhys Hartnett,* der auf die Seite gemalt war, und nahm sich einen Augenblick Zeit, Hartnett zuzusehen, wie er ausstieg. Sie tat das oft in letzter Zeit, Männer beobachten. Wie sie sich bewegten.

Er ertappte sie dabei und zwinkerte ihr über die Durchfahrt zwischen Polizeirevier und Gericht hinweg zu. »Wird wieder heiß.«

»Dabei ist es noch nicht einmal Januar«, stimmte sie zu.

Sie beobachtete ihn, wie er die Hecktüren des Lieferwagens aufschlug und arretierte. »Typisch«, bemerkte sie. »Das Gericht wird bloß ein- oder zweimal die Woche benutzt und bekommt eine Klimaanlage. Wir sind vierundzwanzig Stunden am Tag im Polizeirevier im Dienst und kriegen nicht einmal einen Ventilator genehmigt.«

Er trat zurück und musterte die Fenster des Gerichtsgebäudes. Er hatte das Interesse an ihr verloren.

»Na, dann bis später. Sie werden sicher noch ein paar Tage hier zu tun haben.«

»Paar Wochen mindestens.«

Ganz spontan sagte sie: »Vielleicht könnten Sie mir ein Angebot für eine Klimaanlage bei mir zu Hause machen.«

Damit gewann sie seine Aufmerksamkeit. Sie konnte er wohl

ignorieren, nicht aber die Gelegenheit, ein paar Mäuse zusätzlich zu verdienen. »Wo wohnen Sie?«

»Penzance Beach.«

»Ich kann ja mal vorbeischauen. Haben Sie eine Karte?«

Sie musste über eine Reihe weiß gestrichener Fahrwegsteine und niedrige Büsche hinwegsteigen, um ihn zu erreichen. Der Boden war von Blättern und Kapseln der blühenden Eukalyptusbäume übersät. Sie nahm das Summen und Flirren der Sommerhitze in der Luft in sich auf, den Duft der Eukalyptusbäume und den salzigen Geruch des nahen Meers. Sie reichte ihm ihre Karte. Er war sehr gut aussehend, hatte geschmeidige Bewegungen und eine sanfte Stimme, und sein Lächeln war wirklich charmant. Kein Wunder, dass all ihre Sinne erwacht waren.

Er wirkte beeindruckt. »Sergeant. Wo ist Ihre Uniform?«

»Ich bin bei der Kripo.«

»Im Ernst?«

»Chefin der Kripoabteilung.«

Er hob die Hand mit der Fläche nach oben. »Sie wissen ja, wie es ist. Kaum sieht man einen Polizisten, schon fühlt man sich irgendwie schuldig.«

»Ich bin aus Fleisch und Blut«, sagte sie, um ihm etwas zum Nachdenken zu geben. »Es ist mir ernst mit dem Angebot. Rufen Sie mich an.«

»Abgemacht.«

Sie betrat das Revier und ging sofort zur uniformierten Abteilung, um sich die Kriminalberichte der vergangenen Nacht anzusehen. Ein Dutzend Briefkästen abgefackelt, dabei zwei kleinere Brände ausgelöst. Der Sommer hat angefangen, dachte sie. Sie blätterte die Berichte durch. Drei Einbrüche. Ein Zelt im Wohnwagenpark aufgeschlitzt. Ein tätlicher Angriff. Drei Kneipenschlägereien. Ein Autodiebstahl.

Dann klinkte sie sich ins Netz des Central Data Entry Bureau ein, einer landesweiten Datenbank, in der alle Details von Verbrechen gespeichert waren, Namen von Zeugen und Opfern, von Beteiligten und so weiter.

Es klopfte an der Tür, und Kellock, der Leiter des Polizeireviers, kam herein. Wie üblich schien er sie mit Abneigung zu betrachten. Schließlich war sie in Zivil und eine Frau. »Sie haben mir eine Notiz hinterlassen, in der Sie ein halbes Dutzend Streifenpolizisten für Ihre Tür-zu-Tür-Befragung am Highway anfordern.«

»Stimmt.«

»Kommt nicht infrage, Ellen. Das ist im Budget nicht drin.«

»Sir, wir sind unterbesetzt bei der Kripo.«

»Nicht mein Problem«, sagte Kellock.

Kellock war Senior Sergeant in mittlerem Alter und schien sich mit seinem Rang und seiner Uniform wohl zu fühlen. »Ich kann Ihnen maximal zwei Leute geben.«

»Danke.«

Kellock verließ den Raum. Wenig später klinkte Ellen sich aus, ging zur Treppe und bekam mit, wie Kellock Kees van Alphen Vorhaltungen machte, weil er Überstunden geltend machen wollte. »Sie mussten doch lediglich ihre Aussage aufnehmen. Sie können nicht drei Stunden zusätzlich zu Ihrer normalen Schicht gestern Nacht aufschreiben.« Sie bemerkte, wie müde van Alphen war, als hätte die lange Nacht seine ganze Arroganz weggeschliffen. Er trug einen Verband an einer Hand. »Sie riechen nach Rauch, Van«, sagte Kellock. »Gehen Sie sich duschen.«

Ellen stieg die Treppen in den ersten Stock hinauf. Sie ließ den Blick über den Parkplatz schweifen. Challis war noch nicht eingetroffen.

Challis erwachte um sieben, blieb noch liegen und lauschte der Konversation zwischen den Kookaburras im Naturschutzgebiet gegenüber seinem Haus. Es klang wie ein Streit: plötzliche Ausbrüche von Schimpfworten, die im Murmeln verletzter Gefühle verklangen. Dann erinnerte er sich an letzte Nacht, an Angelas Telefonanruf und dass McQuarrie irgendwann im Laufe des Tages nach Waterloo kommen wollte, um die Folgerungen durchzusprechen, die sich aus dem Brief des Mörders ergaben.

Seine Laune besserte sich nicht, als er seinen Briefkasten öffnete, um die Zeitung herauszuholen, und feststellte, dass jemand während der Nacht versucht hatte, ihn anzuzünden.

Das Äußere war noch intakt, das Innere zwar verkohlt, aber noch benutzbar. Die s-förmige Kettensäule war geschwärzt. Challis wischte sich die Finger ab und betrachtete den Kasten düster. Er wohnte ein ganzes Stück von der Straße zurückversetzt, aber er hatte einen leichten Schlaf und es war ein Wunder, dass er nichts gehört hatte. In seinem Leben war ihm genug zugestoßen, um ihn beim Klang eines Autos mitten in der Nacht hellhörig werden zu lassen.

Eine Stimme rief: »Wie ich sehe, hat es Sie auch erwischt.«

Es war sein Nachbar. Er hat auf mich gewartet, dachte Challis. »Sie auch?«

»Meiner ist eine Milchkanne«, sagte der Nachbar. »Aber die Dreckskerle haben trotzdem einen brennenden Lappen hineingestopft. Und Mrs Gibbs um die Ecke? Die hat ihren Briefkasten in kleinen Stücken auf der Hauptstraße gefunden.«

»Ich werde ein Wörtchen mit der Wache reden«, sagte Challis. »Mal sehen, ob sie die nächsten paar Nächte eine Streife vorbeischicken können.«

»Das wüsste ich zu schätzen«, sagte sein Nachbar.

Challis las die Zeitung bei Toast und Kaffee. Mittwoch, zwanzigster Dezember. Ein Werbebanner quer über den Kopf der Seite besagte: »Noch fünf Einkaufstage bis Weihnachten.« Es gibt keine Zeitungen mehr, die Nachrichten bringen, dachte er. Nur noch Lifestyle-Blätter.

Er sperrte das Haus ab und steuerte den Triumph vorsichtig über die Spurrillen außerhalb seiner Einfahrt. Er freute sich nicht auf Weihnachten. Die Welt ging davon aus, dass er am Weihnachtstag einsam sein würde, und tat alles in ihrer Macht stehende, um das zu verhindern. Ein Umtrunk am Morgen bei Ellen Destry. Mittagessen mit seinen Eltern und Geschwistern. Dann, um sechs Uhr abends, das Mittagessen noch kaum verdaut, ein frühes Abendessen mit Angelas Eltern. Einige seiner Verwandten konnten nicht verstehen, warum er sich noch mit seinen Schwiegereltern traf, begriffen nicht, dass er sie einfach mochte und sie ihn mochten. Du hast doch nicht etwa die Absicht …? Nein, Challis hatte nicht die Absicht, wieder mit Angela zusammenzuleben, wenn und falls sie jemals entlassen wurde. Warum hast du dich dann nicht scheiden lassen? Mache ich irgendwann schon noch, erwiderte er.

Er fuhr weiter. Weihnachten. Mit etwas Glück würde jemand eine Leiche entdecken und ihm Weihnachten ersparen.

Challis befand sich auf der Verbindungsstraße zum Old Highway, als er die beiden erblickte: zwei Teenager mit Angelruten, Eimern, einem Netz und Köderboxen. Die Wilderer vom Forellenteich seines Nachbarn? Aber der Forellenteich lag in der entgegengesetzten Richtung. Vielleicht waren sie auf die Fische im Teich oder im Bach von jemand anderem aus. Sie wirkten schuldbewusst. Was sie auch vorhaben mochten, sie hielten sich jedenfalls dicht unter den Gummibäumen und Pinien am Wegrand und wandten ihre Gesichter ab, als er vorbeifuhr. Challis schnippte im Geiste mit den Fingern. Saltmarsh, das war der Name. Zwei Cousins.

Er erreichte Waterloo um acht Uhr fünfzehn. Der Ort wirkte frisch und sauber. Er parkte den Triumph hinter dem Revier und stieg die Treppen zum Besprechungszimmer hinauf.

Um zehn Uhr betrat ein älteres Paar das Revier und sagte: »Constable Murphy hat uns gesagt, wir sollten vorbeikommen.«

»Ach ja?«

»Sie hat gestern Nacht vorbeigeschaut. Sie besucht uns jede Woche.«

Der Dienst habende Sergeant nickte. Das Revier hatte eine Liste von älteren Mitbürgern, allein stehenden Männern und Frauen, aber auch Ehepaaren, bei denen sich die Streifenpolizisten gelegentlich meldeten.

»Und warum hat Constable Murphy Ihnen gesagt, Sie sollten herkommen?«

»Wir sind beraubt worden.«

Nachdem der Sergeant vom Dienst ihre Personalien aufgenommen hatte, führte er sie in ein Vernehmungszimmer. »Das ist ein Fall für die Kripo«, sagte er. »Es wird gleich jemand kommen.«

Der Mann, der ein paar Minuten später hereinkam war groß und schlaksig, hatte hervortretende Augen und lange, knochige Hände. »Ich bin Detective Constable Scobie Sutton. Sie sind von einer Frau beraubt worden? Können Sie sie beschreiben?«

Der Ehemann mit den schlecht gekämmten Haaren und Flecken auf der Strickjacke sagte: »Sie war Neuaustralierin.«

Seine Frau formulierte es schärfer. »Du Riesenross.« Sie neigte sich zu Sutton. »Er meint, sie sah ein wenig exotisch aus. Dunkle Haut, bunte Kleidung, eine Menge Gold – Ringe, Ohrringe, Armbänder, Halsketten. Aber sie war keine Ausländerin. Nach ihrem Akzent zu schließen war sie Australierin.«

»Wie alt, würden Sie schätzen?«

»Schwer zu sagen. Vierzig plus?«

»Sie sagen, Sie wäre hereingekommen und hätte angeboten, Ihr Haus zu segnen?«

Die alte Frau sagte: »Fragen Sie ihn, fragen Sie das Genie. Er hat sie reingelassen. Ich war im Garten.«

Sutton wandte sich an den alten Mann, der sagte: »Ich konnte nichts Schlimmes daran finden. Sie sagte, es würde uns finanzielle Vorteile bringen. Es ist nicht leicht, mit unserer Pension auszukommen.«

»Spinner. Nicht ganz richtig im Kopf«, sagte seine Frau.

»Die Frau meinte«, fuhr der alte Mann halsstarrig fort, »dass, was immer sie segnete, sich zu unserem Vorteil vervielfachen würde. Sie sagte, das Haus sei verflucht. Sie konnte schwarzen Rauch daraus aufsteigen sehen, und es musste gereinigt werden.«

»Hat sie Sie um Bezahlung gebeten?«

»Nur eine Gabe. Ich gab ihr einen Dollar.«

»Du Riesenross.«

»Einen Dollar«, sagte Sutton. Einen Augenblick lang wirkte er zornentbrannt, als hätte man ihn gebeten, eine Katze von einem Baum zu holen. »Und dann?«

»Das Telefon klingelte. Ich war an der Haustür, aber das Telefon steht in der Küche am anderen Ende der Diele. Ich war nur eine Minute lang weg.«

»Sie war allein, diese Frau?«

»Hatte ein Kind dabei. Kann nicht sagen, ob Junge oder Mädchen. Süßes kleines Ding.«

Sutton nickte. Die Frau lenkte die Bewohner ab – bevorzugt ältere Männer und Frauen –, während das Kind sich davonschlich, um Geldbörsen, Uhren und Schmuck zusammenzuraffen. Oder die Frau führte den Diebstahl aus, während die Bewohner dem Kind etwas zu essen oder trinken holten.

Aber diesmal war kein Ablenkungsmanöver nötig gewesen. Das hatte das Telefon erledigt. »Und als Sie zurückkamen …?«

»Sie waren weg«, sagte der alte Mann. »Ich habe gewartet, aber –«

»Narr.«

»– aber sie kamen nicht zurück.«

»Was wurde gestohlen?«

»Meine Börse«, sagte die alte Frau. »Ich lasse sie immer auf der Garderobe, zusammen mit den Schlüsseln, Handschuhen und Hut. Vierzig Dollar und etwas Kleingeld, meine Kreditkarte von Myers, Krankenkassenkarte, Pensionskarte und Krimskrams.«

Sutton kritzelte die Einzelheiten hin. »Nur die Börse oder auch die Schlüssel?«

»Die Schlüssel auch.«

»Dann lassen Sie lieber die Schlösser austauschen.«

»Ach du liebe Zeit.«

Der alte Mann sagte: »Ihre Augen, an die erinnere ich mich. Sie wussten Bescheid. Sie konnten direkt durch einen hindurchsehen.«

Der Fall Jane Gideon war jetzt fast achtundvierzig Stunden alt und immer noch gab es keine Leiche. Die Spur wurde langsam kalt. Challis ging die Akte Kymbly Abbott noch einmal durch, sprach mit der VAA-Telefonistin, die Jane Gideons Notruf entgegengenommen hatte, und begann, die Nummern aus einer Rotationskartei durchzuprobieren, die sie neben dem Telefon in Jane Gideons Apartment gefunden hatten.

Ein kleiner zusätzlicher Informationsfetzen kam um elf Uhr herein. Challis bekam einen Anruf von einer Frau, die behauptete, dass sie Kymbly Abbott in der Nacht des Zwölften gesehen habe.

»Sind Sie sich sicher über das Datum?«

»Unser Hochzeitstag. Mein Mann und ich kamen aus der Stadt zurück.«

»Hat er sie auch gesehen?«

Ein Lachen. »Er hat im Auto geschlafen. Ich war am Steuer.« Noch ein Auflachen. »Aber ich hatte nichts getrunken. Jedenfalls nicht viel.«

Challis reagierte auf die Wärme in ihrer Stimme. »Können Sie mir sagen, was Miss Abbott tat, als Sie sie gesehen haben?«

»Das arme Ding, sie saß am Randstein an der Kreuzung und hielt den Daumen hoch, wann immer ein Auto kam.«

»Meinen Sie die Kreuzung am Beginn des Highways?«

»Ja.«

»Sie haben nicht zufällig gesehen, ob jemand angehalten hat? Kein Fahrzeug, das irgendwie auffällig war?«

»Ich fürchte nicht, nein.« Die Frau schwieg einen Moment lang. Ihre Stimme klang gepresst. »Ich wollte, ich hätte angehalten, um nachzusehen, ob mit ihr alles in Ordnung ist, aber ich wohne nur einen Block von der Kreuzung entfernt, und letzten Monat hat mich eine Bande junger Mädchen in ihrem Alter am Geldautomaten ausgeraubt.«

»Ich verstehe«, sagte Challis. »Sind Sie sicher, dass sie es war?«

»Ich konnte sie ziemlich deutlich sehen, und die Kleider, die sie anhatte, entsprachen der Beschreibung in der Zeitung.«

»Gibt es einen Grund, warum Sie bis jetzt gewartet haben, um sich mit uns in Verbindung zu setzen?«

»Ich habe mir nichts weiter dabei gedacht, bis ich den Artikel über den letzten Fall gelesen habe.«

»Gut, vielen Dank«, sagte Challis. Er notierte sich die Einzelheiten und speicherte sie im Computer ab.

Den ganzen Morgen arbeitete er stetig, eingehüllt in die Hintergrundgeräusche aus Stimmen und klappernden Tastaturen. Um zwölf Uhr dreißig fragte er Ellen Destry, ob sie mit ihm zum Essen gehen wolle. Er wusste, dass der Zusammenstoß mit Tessa Kane noch in ihr nagte. »Irgendetwas Einfaches«, sagte er.

»Ich kenne einen Imbiss, wo es gute Brote gibt.«

»Ist mir recht.«

Sie schlenderten die High Street hinunter. Ein Lautsprecher über dem Eingang zum 2-Dollar-Schnäppchenladen schmetterte ihnen Weihnachtslieder entgegen. Alle Schaufenster waren weiß überpudert und mit Silber- und Goldlametta behängt. Der Schnäppchenladen war gerammelt voll, die anderen weniger. Hie und da sah Challis Schilder, die um Unterstützung der einheimischen Geschäftsleute baten, und er vermutete, dass es im neuen Jahr ein paar Konkurse geben werde. Aber nicht bei 2-Dollar-Schnäppchen.

»Weihnachtseinkäufe schon erledigt?«

»Noch nicht. Ich weiß genau, wie es läuft: Ich kaufe in letzter Minute ein paar T- Shirts und Wein für Alan, und ein paar T-Shirts und CD-Gutscheine für Larrayne. Genau wie letztes Jahr und das Jahr davor. Es ist deprimierend. Und Sie?«

»Nein. Offen gesagt, Weihnachten macht mir Angst. So viele Menschen legen so viel Bedeutung hinein, dass man sich irgendwie für ihr Glück verantwortlich fühlt.«

Sie warf ihm einen besorgten Blick zu. »Sie kommen aber trotzdem zum Umtrunk am Weihnachtsmorgen, oder?«

Er blieb stehen und berührte ihren Arm. »Sicher. Ich habe nicht Sie gemeint, als ich das sagte.«

Sie gingen weiter. Challis fühlte, wie ihn eine kleine Welle der Freude durchflutete. Die Stadt hatte zu kämpfen und ein Mörder lief frei herum, aber es fühlte sich gut an, mit Ellen Destry eine sonnige Straße entlangzugehen und die Läden und die Leute bei den Weihnachtseinkäufen zu betrachten. Ein Gefühl allgemeinen Wohlwollens lag in der Luft.

»Es ist eigenartig«, sagte er, »aber manchmal muss ich Dinge wie dies hier tun, um mich daran zu erinnern, dass ich einfach ein arbeitender Lohnempfänger wie alle anderen bin. Nicht ein Bulle und deshalb anders.«

Sie verstand. Sie hakte sich bei ihm unter und führte ihn munteren Schritts an der Metzgerei vorbei in den Naturkostimbiss.

Zwei Frauen mittleren Alters warteten vor ihnen darauf, bedient zu werden. Challis hörte ihrer Unterhaltung mit der jungen Frau hinter der Theke zu.

»Ich lasse meine Tochter nicht mehr auf den Highway.«

»Meine Nichte nimmt inzwischen den Bus nach Frankston. Sie hat Angst vor einer Autopanne.«

Die Bedienung sagte: »Da denkt man zweimal darüber nach, ob man ins Kino geht.« Sie schauderte. »Lieber zu Hause bleiben und ein Video anschauen.«

»Solche Kerle sind Feiglinge, wissen Sie? Wenn Sie als Frau nachts alleine fahren müssen, dann nehmen Sie jemanden mit. Auf zwei gehen sie nicht los.«

»Das macht einen nachdenklich.«

»Kann man wohl sagen.«

Es gab keinen Rat, den Challis ihnen hätte geben können, also ließ er es bleiben. Er hatte erlebt, dass Frauen unvernünftige Risiken eingingen und dafür bezahlen mussten. Er hatte erlebt, dass sie besondere Vorsicht walten ließen und trotzdem Vergewaltigern und Mördern zum Opfer fielen. Er hatte erlebt, dass sie auf belebten öffentlichen Straßen zum Opfer wurden, wo sie ein gewisses Maß an Sicherheit erwarten durften. Was hätte es genutzt, wenn er den Frauen im Laden gesagt hätte: »Sie haben ganz Recht, vorsichtig zu sein.«

Er kaufte sich ein gefülltes Pittabrot mit grünem Salat, Tomaten und Fetakäse, das vor Mayonnaise triefte. Ellen nahm ein Stück Quiche. Sie schlenderten weiter zum Spielplatz neben dem Schwimmbad. Ein Teil ihrer Unbeschwertheit hatte sich verflüchtigt. »Und dann passiert so etwas«, sagte Challis, wohl wissend, dass Ellen dem Lauf seiner Gedanken folgen würde. »Und dann wird mir bewusst, dass ich tatsächlich anders bin, dass ich mich von allen anderen unterscheide. Das wird von mir erwartet. Niemand sagt zu einem Bullen: ›Kommen Sie doch herein zu uns.‹ Sie sagen: ›Bleiben Sie ja draußen und geben Sie acht auf uns.‹ Es ist eine verdammte Schande«, meinte er und warf die Reste seines Mittagessens den Möwen zu. »Und man kann nichts daran ändern.«

Ellen lehnte sich flüchtig gegen ihn und sagte sanft: »Hal.«

Sie wanderten zurück zum Revier, ohne viel zu reden, aber sie spürten eine Art Verbundenheit miteinander. Und Traurigkeit.

Sie waren noch nicht lange im Fahndungsbüro, als Ellen murmelte: »McQuarrie ist da.«

Der Mann, der auf sie zukam, trug einen schmucken Anzug und das wache, schneidige Aussehen eines Armeeoffiziers aus einem alten englischen Film. »Tag, allesamt.«

»Superintendent.«

»Hal, haben Sie das schon gesehen?«

Challis warf einen Blick darauf: ein Flugblatt mit der Überschrift »Brauchen wir einen Sturmbannführer?«.

»Ich wusste, dass sie im Umlauf sind, Sir.«

»Die Nachtschicht hat sie heute früh an ihren Autos gefunden. Jemand hatte die Frechheit, direkt unter unserer Nase durchzuschlüpfen.«

Da McQuarrie in Frankston stationiert war und die regionalen Reviere selten aufsuchte, wusste Challis nicht, warum er unter »unserer Nase« sagte. »Ich verstehe.«

»Ich habe mit Mr Kellock gesprochen. Er wird heute Nacht eine versteckte Wache auf dem Parkplatz postieren.«

Challis sah am Superintendent vorbei und ertappte Ellen Destry gerade noch bei einem schnellen Grinsen. »Genau, Sir.«

»Da muss man hart durchgreifen.«

Trotz seinem Gerede von Hart-Durchgreifen war der Superintendent ein Diplomat, ein Mann, der sein Fähnchen nach dem Wind hängte. Es war jedes Mal sein Gesicht, das die Öffentlichkeit sah, wenn die Polizei irgendeine Erklärung abgeben musste.

Challis wusste, dass McQuarrie mit wichtigen und wohlbetuchten Männern Golf spielte, und er konnte ihn sich sehr gut vorstellen, wie er eilfertig hinterhertrippelte, während sie den Weg vorgaben.

»Gut, zu Kymbly Abbott«, sagte McQuarrie. »Setzen Sie mich ins Bild. Gute Nachrichten von der Gerichtsmedizin?«

»Nichts, was der Rede wert ist. Er hat ein Kondom benutzt. Keine Fingerabdrücke, aber Anzeichen von Latexhandschuhen.«

»Reifen, Fußspuren, Augenzeugen, nichts dergleichen?«

»Nichts, Sir, außer einer Zeugin, die heute Morgen angerufen hat. Sie sah Abbott auf dem Highway in der Nacht ihrer Ermordung.«

McQuarrie wirbelte auf dem Absatz herum und betrachtete die Wandkarte, die Hände in die knochigen Hüften gestemmt. Challis zwinkerte Ellen zu, dann trat er zu McQuarrie an die Landkarte. »Hier, Sir, wo er anfängt. Anscheinend saß sie auf dem Gehsteig, die Füße im Rinnstein, und streckte den Daumen raus.«

»Ein Jammer, dass unsere Zeugin sie nicht mitgenommen hat.«

»Ja, Sir.«

»Verrückt. Diese jungen Dinger, ich weiß nicht.«

Challis fand keine passende Erwiderung darauf. Er deutete auf die Karte. »Und hier ist Jane Gideon verschwunden.«

»Möglicherweise gibt es gar keine Verbindung zwischen den Fällen.«

»Den Gedanken hatten wir auch.«

»Sie könnte einen Bekannten getroffen haben und mit ihm weggefahren sein. Weiß vielleicht gar nicht, dass Leute sich ihretwegen Sorgen machen.«

Challis rieb sich gereizt die Stirn. »Das ist wahr.«

McQuarrie sagte: »Aber zweifelhaft. Zu lange her, und wir müssen diesen Brief bedenken.«

»Da stimme ich zu.«

»Ich hatte Tessa Kane an der Strippe.«

»Ja, Sir.«

»Wollte einen Kommentar. Habe ihr nichts gesagt, natürlich.«

»Das war klug, Sir.«

McQuarrie klatschte in die Hände. »Gut. Nun, halten Sie mich auf dem Laufenden.«

5

Nach ihrer Begegnung mit Sergeant Destry an diesem Morgen war Pam Murphy in den Bus nach Myers Point gestiegen. Er hatte sie über die Küstenstraße geschaukelt. Das Surfbrett war aufrecht gegen ihre Knie gelehnt wie ein breiter, gesichtsloser, gelber Extrapassagier. Die Fahrer kannten sie inzwischen. Seit Mitte Oktober jeden Mittwochmorgen – wenn der Schichtdienst es zuließ. Die anderen Passagiere hatte sie noch nie gesehen: zwei müde wirkende Arbeiter in blauen Overalls, die heisere Mutter einer Vierjährigen, die Ohrfeigen scheinbar ohne Schmerzen wegsteckte, und eine ältere Frau mit Handtasche.

Die ältere Frau stieg mit ihr bei Myers Point aus und humpelte zu einem kleinen, holzverschalten Häuschen. Eine andere Frau, die dort gerade gewissenhaft den Garten goss, drehte den Hahn zu und umarmte ihre Besucherin. Pam merkte, dass die kleine Begebenheit sie berührte. Sie hatte den Eindruck von lebenslangen Freundinnen, die sich so oft wie möglich sahen und täglich miteinander telefonierten.

Sie ging weiter zum Surferstrand. Das Brett wurde ihr schwer und unhandlich. Ihr war heiß. Eigentlich brauchte sie ein Auto, aber irgendwie rann ihr das Geld zwischen den Fingern hindurch. Sie war chronisch verschuldet. Sie hatte kaum die dreißig Dollar für die morgendliche Unterrichtsstunde zusammenkratzen können – nicht, dass Ginger darauf bestanden hätte, aber er war noch so jung und das wäre ihm gegenüber nicht richtig gewesen.

Er wartete am Parkplatz neben den öffentlichen Toiletten am Scheitel der Dünen. Fünf weitere Schüler heute Morgen, vier Frauen in ihrem Alter und ein Mann in den Fünfzigern, ein fit wirkender Typ mit Pferdeschwanz und Tätowierungen. Natürlich stand eine große, schwarze Harley mit viel Chrom nahebei geparkt.

Ginger schenkte Pam ein Lächeln. Sie wünschte, sie wäre heute Morgen mit ihm und der weiten blauen See allein gewesen – wie schon früher ein-, zweimal.

Die kleine Gruppe lief durch den Einschnitt in den Dünen hinunter und kam an einem flachen Sandstrand mit leicht bewegter See heraus. Ginger wandte sich nach rechts und führte sie ein Stück weiter, während er mit kritischem Blick aufs Wasser starrte, wo die Wellen sich aufbauten und brachen. Pam bewunderte die Art, wie er leichtfüßig durch den Sand sprang, während es bei ihr und den anderen nach harter Arbeit aussah. Es lag viel natürliche Grazie in diesem Gang, hübsche, feste Muskeln, lange Arme und Beine, ein hochgerecktes Kinn, sodass sein kurz geschnittenes, sonnengebleichtes Haar in der Sonne aufleuchtete. Ein wunderbar ebenmäßiges Gesicht für einen Siebzehnjährigen. Kein Baby-speck, Pickel oder pubertärer Bartflaum. Fröhlich. Unkompliziert. Sein ganzes Interesse galt der Brandung und der Surfschule. Sie dachte manchmal, es wäre schön, wenn er auch ein bisschen für sie übrig hätte, trotz seiner Jugend. Selbst wenn es nicht direkt Unzucht mit Minderjährigen war – es hätte ihr durchaus einen Verweis eintragen oder sogar die Entlassung bedeuten können.

Die anderen zogen davon. Pams Atem ging mühsam. Ihr ganzer Körper schmerzte. Viel Bewegung, hatte der Spezialist gesagt, aber nichts mit Stoßbelastung. Kein Joggen, nur vorsichtige Gymnastik, viel Schwimmen, regelmäßige Massagen und Physiotherapie. Vom Surfen hatte er nichts gesagt, aber Pam hatte immer mit Begeisterung im Fernsehen zugeschaut, beim Bell's Beach Classic, Hawaii, die schnellen, eleganten Manöver. Sie bewunderte die Surferinnen. So viel Mut und angeborenes Talent! Es sah nach unglaublich viel Spaß aus. Seit dem Unfall – einem Auffahrunfall mit drei Wagen bei der Verfolgung eines gestohlenen Porsche in South Yarra –, seit ihrer Reha und einem psychischen Zusammenbruch war sie voller Furcht und Zweifel und ohne Selbstvertrauen gewesen. Und dann, nach der Versetzung auf die Halbinsel, weit weg von den Gespenstern der Vergangenheit, hatte sie in der Milchbar das Angebot für Surfunterricht gesehen und sich gedacht: Warum nicht?

Inzwischen hatte Ginger bemerkt, dass sie Mühe hatte Schritt zu halten. Er ließ die anderen anhalten und sich bereit machen, während er zu ihr zurückging, lächelnd und besorgt.

»Fehlt Ihnen etwas?«

Sein Neoprenanzug füllte ihr Gesichtsfeld. Sie stellte sich seine blasse, schlanke, harte, unbehaarte Brust und den flachen Bauch vor. »Ein paar Wehwehchen.«

Ihr eigener Neoprenanzug verbarg die Narben. Sie waren nicht allzu schlimm, es gab schwerere Narben, aber nur sie allein konnte den Schmerz und die Verletzungen ermessen, die sie verkörperten. Gingers Blick glitt zu ihrer Hüfte und Schulter. »Wollen Sie, dass ich Sie massiere?«

Sie errötete. »Ginger.«

»Im Ernst. Ich habe schon oft Leute massiert, die im Wasser einen Krampf hatten.«

»Mal sehen.«

»Nicht vergessen«, sagte er, nahm ihr das Brett ab und ging in ihrem eigenen Tempo neben ihr her.

Sie war dreißig, beinahe doppelt so alt wie er. Soviel sie wusste, hatte er keine Freundin. Aber irgendwann würde ihm jemand den Kopf verdrehen, jemand in seinem Alter. Das musste sie sich immer wieder vorbeten.

Zwei Stunden später, wieder zurück in Penzance Beach, wo sie schnell noch duschte, bevor sie den Bus zur Arbeit nahm, beobachtete sie, wie ein Mann, eigentlich eher ein mageres Kind, ein Seitenfenster des Hauses gegenüber ihrem Apartment aufstemmte und hineinkletterte. Sie wartete bereits auf ihn, als er herauskam.

Clara hatte gemischte Gefühle wegen van Alphen. Weil er ein Bulle war, und wegen letzter Nacht, als er so lieb zu ihr gewesen war, aufmerksam, schüchtern und unbeholfen. Sie hatte schlecht geschlafen und schlecht geträumt von maskierten Gestalten, die ihre Masken nur herunterrissen, um andere Masken zu enthüllen. Sie hatte nicht viel von dem Wodka getrunken, sich einfach mit dem großen Bullen auf dem Sofa zusammengerollt, bis sie schläfrig wurde. Jetzt dröhnte ihr der Schädel. Sie brauchte etwas, um wieder ins Gleichgewicht zu kommen. Sie hatte dem Koks abgeschworen, aber was hätte sie jetzt nicht alles für eine Linie getan! Sie konnte es sich nicht leisten, nach einem Lieferanten zu suchen. Es gab niemanden, dem sie trauen durfte. Dope rauchen und koksen, das war die alte Clara, und ihre Feinde wussten das. Und deshalb würden sie ihre Fühler ausgestreckt halten, sogar vom entfernten Christchurch aus.

Mittag. Ihr Haus in der Quarterhouse Lane stand gegenüber einer weiten Koppel mit hohem Hafergras. Sie sah zu, wie der Wind in langen Wellen durch die Halme strich, hin und her, wie die Brandung eines Ozeans. Es sah hübsch aus, aber es stellte auch ein Brandrisiko dar, und sie begann wieder zu zittern.

Der Streifenwagen fuhr langsam über die Schotterstraße auf ihre Toreinfahrt zu. Sie sah, wie er am Briefkasten anhielt, dann einbog. Er war zurückgekommen, wie er es versprochen hatte.

Sie drückte ihn flüchtig an sich. Er wirkte müde. Seine Haare waren feucht. Sie fühlte sich gehemmt. »Sie sind zurückgekommen.«

»Wollte nur schnell vorbeischauen. Konnten Sie schlafen?«

»So lala. – Sie?«

»Hab mich auf dem Revier ein paar Stunden hingelegt.«

Er war schlecht rasiert. Sie berührte seinen Kiefer. »Kaffee, Van? Das bläst die Spinnweben weg.«

»Ich kann nicht lange bleiben. Vor drei Tagen wurde eine Frau entführt und ich muss schon wieder eine Suchkette organisieren.«

Sie zupfte sanft an den Fingern seiner verbrannten Hand. »Ich halte Sie nicht auf. Nur eine schnelle Tasse Kaffee, dann können Sie sich auf den Weg machen.« Aber in der Küche merkte sie, dass sie wieder heftig zu zittern begann, und die Tasse klirrte zu Boden. »Eine Frau entführt?«

Er fasste sie an den Oberarmen. »Fehlt Ihnen etwas?«

»Mit den Nerven fertig, sehen Sie das nicht?«

»Kommen Sie, setzen Sie sich erst mal hin.«

Er nahm die Zeitung vom Sofa und setzte sich neben sie. Ihre Knie berührten sich. »Eine Entführung«, sagte sie. »Ich weiß genau, dass sie da draußen sind und darauf lauern, mich zu kriegen.«

»Clara, das hatte nichts mit der Brandstiftung an Ihrem Briefkasten zu tun.«

»Es kommt mir aber so vor!«

»Schhht, schhht.«

Groß wie er war, barg er sie in seinen Armen. Sie konnten gegenseitig ihre Wärme spüren, Hitze, die durch dünnen Baumwollstoff drang, und wo ihr bloßer Unterarm den seinen berührte, floss eine Art elektrischer Strom. Ihre Stimme klang gedämpft durch seine Uniform. »Van, ich brauche dringend etwas, um mich abzuregen.«

Sie war nicht überrascht, dass er sie missverstand. Er begann sie zu streicheln, dachte, das wäre es, was sie wollte. Egal, das Streicheln fühlte sich auch gut an. Das andere konnte warten und würde sich eher früher als später ergeben, wenn sie ihn während der nächsten paar Tage weich machen konnte.

Sie streichelte ihn jetzt auch, die weiche Haut in seiner Ellenbeuge. Sie langte hoch und zog seinen Kopf zu sich herunter. Der Kuss begann zögernd, kaum mehr als ein Knabbern, aber Clara war überrascht, dass es ihr Spaß machte. Die Grenze zwischen Berechnung und Verlangen verwischte sich.

Danach, schläfrig und halb nackt auf dem marokkanischen Teppich, sagte er: »Mein Gott, das hatte ich nötig.«

»Schon so lange her?«

»Das meine ich nicht. Ich meine, die Welt ist ein so mieser Ort, dass man das Schöne darin vergisst.«

Jesus, er würde sich doch nicht in sie verlieben, oder? »Ich bin also ein guter Fick«, sagte sie, um seine Perspektive wieder zurechtzurücken.

Er war gekränkt. »Nein! Na ja, schon, aber auf nette Art.«

Sie lachte. »Ich nehm dich nur auf den Arm.« Sie rollte sich auf die Seite und legte ihre Wange an seinen Brustkorb, eine harte Fläche aus Muskeln und Knochen. »Sehe ich dich wieder?«

Sie hörte seine Stimme dumpf durch die Brustwand. »Ich könnte morgen wieder kommen.«

»Oder ich könnte zu dir kommen.«

Er rollte sich weg und schlüpfte in seine Unterhosen und Hosen. »Herrgott, nein, tu das nicht.«

»Warum? Schämst du dich meinetwegen?«

»Es ist besser, wenn ich hierher komme, das ist alles. Hier ist es ruhig. Abgeschieden. Niemand, der mich kommen und gehen sieht.«

Alles schien entschieden zu sein.

Im Fahndungsraum war es stickig. Ellen Destry schnappte sich einen Ventilator aus der Krankenstation, stellte ihn auf ihren Schreibtisch und ließ den Luftstrom über sich streichen, während sie Scobie Suttons Akte über verurteilte Sexualverbrecher öffnete, die derzeit auf der Halbinsel lebten. Zweiundzwanzig Namen. Acht davon schloss sie aus, da sie zurzeit eine Gefängnisstrafe verbüßten. Von den verbleibenden vierzehn waren fünf in einen anderen Staat gezogen, zwei hatten Selbstmord begangen und drei hatten Vorstrafen wegen Pädophilie. Sie machte einen Ausdruck aller Namen, falls einige inzwischen aus dem Gefängnis entlassen oder in die Gegend zurückgezogen waren, und druckte die vollen Strafakten der verbleibenden vier Männer aus. Einer fiel ihr besonders ins Auge: Lance Arthur Ledwich, geboren 1955, und 1991 verurteilt wegen unter Vorspiegelung falscher Tatsachen erschlichenen Sexualverkehrs in fünf und Vergewaltigung in drei Fällen. 1995 entlassen. Anscheinend hatte er Anzeigen in einer Zeitung in Geelong aufgegeben, in denen er junge Frauen für einen Film suchte. Er machte beruflich Hochzeitsvideos und hatte die jungen Frauen zum Vorsprechen in sein Studio in Newton bestellt, wo seine Kameras, Scheinwerfer und Requisiten die nötige Glaubwürdigkeit vermittelten. Er hatte jede Frau gebeten, sich auszuziehen und für die Rolle eines Schulmädchens, das nach einer Vergewaltigung sexuell erwacht war, in ein Gymnastiktrikot zu schlüpfen. Er hatte es geschafft, fünf Frauen dazu zu bringen, Sex mit ihm zu haben, und weitere drei vergewaltigt. Eine Frau behauptete auch, er habe sie geschlagen und gewürgt, als sie sich weigerte, mit ihm

Geschlechtsverkehr zu haben, aber diese Anklage wurde später fallen gelassen.

Gewalttätig, verschlagen. War er jetzt auf dem Highway zugange?

Das Telefon klingelte. Es war die neue Streifenpolizistin. Ob jemand von der Kripo bei der Vernehmung eines Einbruchsverdächtigen zugegen sein könne? Ellen schob Ledwichs Akte beiseite und ging nach unten.

»Zeit: vierzehn Uhr dreißig, Mittwoch, den zwanzigsten Dezember. Zugegen sind der Beschuldigte, Daniel Holsinger, Detective Sergeant Ellen Destry, Constable Pam Murphy. Also, Danny, diese Vernehmung wird aufgezeichnet. Du sagst, dass du auf dein Recht auf einen Anwalt verzichtest?«

Danny stieß ein wieherndes Lachen hervor. »Die? Sie legt mir Dinge in den Mund. Letztes Mal hat sie mich dazu gebracht, mich für einen Monat in den Knast zu reden.«

Sergeant Destry regte sich. »Danny, sie steht nicht gerade auf unserer Liste für Weihnachtsglückwünsche, aber wenn sie damals nicht eingegriffen hätte, hättest du sechs Monate bekommen.«

Pam wartete. Ellen lehnte sich wieder zurück und bedeutete ihr mit einem Nicken, dass es ihre Festnahme war und sie die Vernehmung führen sollte. Sie erwiderte das Nicken und sagte: »Danny, fangen wir mit dem Rucksack an.«

Er sträubte sich. »Das ist meiner.«

»Außerdem ist es ein italienischer und kostet eine Menge Geld.«

»Und?«

Sergeant Destry warf ein: »Und ich hätte gedacht, dass eine Plastiksporttasche eher dein Stil ist.« Pam hätte sie umbringen können. Danny errötete, sah verletzt und verärgert aus über die Demütigung, und jetzt würde es sie viel Mühe kosten, bis sie ihn wieder so weit hatte. Nach der Festnahme, während sie darauf warteten, dass ein Dienstwagen sie auflas, hatte sie eine Art Verbindung zu ihm hergestellt. Er war nicht bösartig oder schlecht, es mangelte ihm nur an grauen Zellen.

Danny schmollte: »Was wissen Sie denn schon, Sie Schnalle?«

»Danny, das reicht«, sagte Pam. »Also, ein solch schöner Rucksack – hattest du keine Angst, ihn schmutzig zu machen?«

»Ich hatte immer Arbeit, seit ich aus der Schule bin«, sagte Danny, immer noch verärgert. »Sie glauben, ich hätte kein Geld, um mir schöne Dinge zu kaufen?«

»Lassen wir mal den Rucksack. Was uns mehr interessiert, ist, was du in dem Sack hattest.«

»Alles meine Sachen.«

»Wohl kaum.« Pam nahm eine Seite aus einem Ordner. »Im Rucksack des Verdächtigen gefundene Gegenstände: eine Damenarmbanduhr, Marke Citizen; eine Kamera, Nikon; eine VISA-Karte auf den Namen Anne M. Francis; fünfundvierzig Dollar in bar; ein Leihausweis der öffentlichen Bibliothek, ebenfalls auf den Namen Anne Francis; goldgefasste Amethyst-Ohrringe.«

»Meine Freundin.«

»Das glaube ich nicht, Danny. Mrs Francis ist mindestens siebzig.«

»Meine Großmutter.«

»Hör endlich auf damit, Danny«, sagte Pam. »Ich habe dich dabei erwischt, wie du die Wohnung durch ein Fenster verlassen hast. Ich habe mit Mrs Francis gesprochen, und sie hat noch nie von dir gehört.«

»Ja, und ich wette, sie hat auch noch nie von dem Rucksack gehört, das ist nämlich nicht ihrer.«

»Jetzt mach mal halblang, Danny.«

»Na schön, hab ich eben ihre Wohnung ausgeräumt.«

Sergeant Destry sagte: »Warst du dabei allein, Danny?«

»Was meinen Sie?«

»Du hängst dauernd mit Boyd Jolic herum, nicht wahr?«

Danny sah plötzlich gehetzt aus. »Manchmal.«

»Brichst du mit ihm in Häuser ein?«

Danny murmelte, ohne sie anzusehen: »Nein. Hören Sie, es ist heiß hier drin. Wie wär's mit 'ner Pepsi?«

Pam sah Sergeant Destry an, die ihr ein müdes Lächeln zuwarf und sagte: »Vernehmung unterbrochen, während Sergeant Destry den Raum verlässt.« Sie ging nach draußen.

Danny sagte: »Hören Sie, Miss, kann man da nicht etwas machen?«

»Was zum Beispiel?«

»Ich weiß, dass es nicht gerade gut für mich aussieht. Was, wenn ich Ihnen etwas anbieten könnte?«

»Willst du mich bestechen, Danny?«

Danny winkte abwehrend. »Nein, nein, nicht so was. Na ja, so ähnlich. Ich meine, ich krieg ab und zu was zu hören, was Sie interessieren könnte.«

»Es ist eine Menge passiert, Danny. Entführungen, Mord.«

Danny wirkte schockiert. »He, kommen Sie schon. Davon weiß ich nix.«

»Was dann? Hängst du mit Leuten herum, die Brandsätze in Briefkästen schmeißen, Danny? Oder mit den schweren Jungs, die räuberischen Diebstahl begehen?«

»Ich weiß nix von räuberischem Diebstahl«, murmelte Danny, als Sergeant Destry wieder ins Zimmer kam.

Die Beamtin stand plötzlich ganz konzentriert und still da. »Was für räuberische Diebstähle, Danny?«

Pam schaltete augenblicklich das Band wieder ein und sagte: »Sergeant Destry betritt den Raum wieder. Das Verhör wird fortgesetzt, vierzehn Uhr fünfundvierzig. Danny, wenn du Informationen über ein Verbrechen hast, dann ist jetzt der richtige Zeitpunkt, auszupacken.«

»Warum muss es unbedingt hier sein?«

»Vorschriften, Danny.«

Die Tür ging auf, und die Frau, die den Raum betrat, verkörperte Geld und Macht. Teuer aussehendes Kleid, kostspielige Frisur und eine Menge Goldschmuck. Sie war um die Fünfzig, schlank, zäh und schnell. »Sie haben kein Recht, meinen Klienten in meiner Abwesenheit zu vernehmen. Danny, du kommst mit mir.«

Pam hatte nichts dagegen, dass Sergeant Destry die Sache in die

Hand nahm. »Marion, er hat auf sein Recht verzichtet, einen Anwalt zu konsultieren.«

»Ellen, von Ihnen hätte ich mehr erwartet. Weshalb ist er hier?«

»Verdacht auf Diebstahl.«

»Wer hat ihn festgenommen?«

»Marion, darf ich Ihnen Constable Murphy vorstellen? Pam, das ist Marion Nunn.«

»Ich hoffe, Sie haben ihm seine Rechte vorgelesen, Constable.«

»Hallo?«, sagte Danny. »Ich bin hier, im selben Raum wie ihr alle.«

»Danny, überlass das Reden einfach mir.«

Ab da war die Sache festgefahren. Danny wurde unter Anklage gestellt und auf Kaution entlassen und ging, ohne etwas ausgesagt zu haben. Pam musste ihm sogar, auf Verlangen von Marion Nunn, den Rucksack zurückgeben.

Früher Nachmittag. Challis nahm den Anruf entgegen, während er durch das Fenster des Fahndungsbüros auf den Parkplatz starrte. »Eine Leiche, sagen Sie?«

»Tot. Eine Frau.«

»Wo?«

»Am Devil Bend Reservoir. Nahe beim Ufer. Es führt ein Pfad hin.«

Er blickte automatisch auf die Wandkarte. Nicht weit von seinem Wohnort entfernt, ein Staubecken der Wasserversorgung. »Ihr Name, Sir?«

Hörbares Atmen, wie in tiefer Konzentration. Challis war überzeugt, dass noch eine zweite Person beim Anrufer war.

»Ich will da nicht reingezogen werden.«

»Nur für unsere Akten, Sir.« Sir. Der Anrufer war ein Junge, klang nicht älter als fünfzehn.

»Sie wollen das zurückverfolgen, richtig? Ich geh lieber aus der Leitung, bevor Sie mir was anhängen.«

6

Challis sah von der Uferböschung aus zu. Sein Schatten war lang geworden, da die Sonne schon tief im Westen stand. Innerhalb des mit Absperrband gesicherten Tatorts machten sie Aufnahmen der Leiche, von Fußabdrücken und Reifenspuren. Danach Gipsabgüsse, dann eine Überprüfung mit dem Metalldetektor, ob irgendetwas – ein Ring, eine Waffe, die Halskette eines Mannes, eine Armbanduhr – in den Matsch und das verschlammte Gras und Schilf getrampelt worden war. Hinter Challis und unter der Aufsicht von Ellen Destry hatte mittlerweile eine Suchkette von zehn uniformierten Polizisten und Kadetten die Reifenspuren zwischen der Leiche, die am Rand des Reservoirs lag, und dem Betriebsweg der Wasserversorgung abgesucht und verfolgte jetzt zwei Fußspuren, die von der Leiche weg in westlicher Richtung zu einem Gürtel dürrer Gummibäume führten. Dahinter kam Ackerland. Nicht mehr als vier Kilometer entfernt lag Challis' Haus.

Challis ließ den Blick über das Reservoir schweifen. Was für ein gottserbärmlicher Ort zum Sterben. Brombeerdickichte, Farnkraut, steifes, drahtartiges Gras, kleine, düstere, knotige Bäume, heruntergekommen aussehender Eukalyptus, der Gestank urzeitlicher Gase. Die wenigen Wasservögel blieben stumm, und anstatt kühl und lebendig zu wirken, lag das Wasser schwer und still unter einer dicken Schicht Algen. Die feuchte Luft ließ ihn kaum atmen. Stechmücken schwärmten aus. Eine landete auf seinem Handgelenk. Er erwischte sie und sah einen Schmierer Blut.

Freya Berg, die Gerichtsmedizinerin, stand auf und winkte. »Hal, Sie können jetzt hereinkommen.«

Challis stieg über das Absperrband und näherte sich der Leiche. Er hätte Gummiüberschuhe anziehen sollen. Er fühlte, wie ihm das Wasser in einen Socken lief.

Zuerst versuchte er, die Spuren zu lesen. Die Leiche selbst konnte warten. »Ein Fahrzeug, ziemlich deutliche Reifenabdrücke, zwei Leute zu Fuß. In Gummistiefeln?«

»Sieht so aus, Sir«, sagte der Beamte von der Spurensicherung.

Challis folgte den Fußspuren mit den Augen. »Sie kamen um das Reservoir, sahen die Leiche, sind ein- oder zweimal darum herum gelaufen und dann in diese Richtung verschwunden.« Er deutete auf die Eukalyptusbäume und das Ackerland in der Ferne.

»Wollen Sie meinen Job haben, Sir?«, fragte der Beamte.

Challis grinste. »Erzählen Sie mir den Rest.«

»Keine weiteren Spuren. Ich würde sagen, das Opfer wurde hinten aus einem Wagen geworfen. Sehen Sie, wie er zurückgestoßen und dann wieder hinausgefahren ist?«

»Er ist nicht aus dem Wagen gestiegen, hat den Boden nicht betreten?«

»Keine weiteren Spuren, Sir, nur diese beiden.«

»Eine Limousine? Ein Transporter?«

»Wahrscheinlich ein Fahrzeug mit einer Tür, die nach hinten aufgeht, ein Kombi zum Beispiel, wenn es ein Personenwagen war, aber die Reifenspuren deuten auf ein schwereres Fahrzeug hin. Minivan? Geländewagen? Etwas, wo man im Inneren ins Heck gelangt.«

»Oder ein Transporter, ein Pritschenwagen, und er hat sich vom Trittbrett auf die Ladefläche geschwungen.«

»Das ist auch eine Möglichkeit, Sir.«

Challis wandte sich der Leiche zu. Sie lag in einer Schlammpfütze am Wasserrand. Er wunderte sich, dass es kein Gras gab. Er kam zu dem Schluss, dass hier häufig jemand stand. Vogelbeobachter, Ingenieure vom Wasserwerk, Kinder, die Steine über das träge Wasser springen ließen, später im Jahr auch Brombeerpflücker. Angler. Eigentlich kam jeder infrage.

Die Leiche hatte mit dem Gesicht nach unten gelegen. Jetzt lag sie auf dem Rücken. Die Gerichtsmedizinerin hatte beide Hände in Plastikbeutel gesteckt; damit sie sie später nach Hautfetzen und Stoffspuren untersuchen konnte. Sie würde außerdem Abstriche aus Mund, Vagina und Anus nehmen, um nach Spuren von Speichel, Sperma oder saurer Phosphatase zu suchen, den Hauptkriterien für eine Vergewaltigung. Wenn es derselbe Mörder war, dachte Challis, wird sie Spuren vom Gleitmittel eines Latexkondoms finden und sonst nicht viel. Die Beine, von der entblößten Schamgegend voller Blutergüsse bis zu den Nike-Laufschuhen, sahen grau und fleckig aus. Der Oberkörper war mit einem am Hals aufgerissenen T-Shirt bekleidet. Challis sah näher hin. Bissspuren. Es gab auch schon die ersten Anzeichen von Verwesung. Das Gesicht war angeschwollen durch die Strangulierung und dennoch seltsam schlaff. Aber es war eindeutig das Gesicht von Jane Gideon.

Wo war der untere Teil ihrer Kleidung geblieben?

»Haben Sie einen Rock gefunden, Hosen, Slip, irgendetwas?«

»Nein, Chef.«

Wie bei Kymbly Abbott.

Ellen Destry trat zu ihnen. »Wir haben nicht mehr lange Tageslicht, Chef.«

»Ich weiß, aber wir sind hier so gut wie fertig. Sehen Sie nur zu, dass der Tatort weiträumig abgesperrt wird, damit wir am Morgen die Suche wieder aufnehmen können.«

»Wird gemacht.« Sie nickte zu der Leiche hin. »Vergewaltigt, Freya?«

Freya Berg sagte: »Sieht so aus. Sie wissen ja, dass ich nichts Definitives sagen kann, bis ich sie genauer untersucht habe.«

»Was können Sie jetzt schon sagen?«

»Sie wurde am siebzehnten um Mitternacht entführt, richtig? Ich würde meinen, dass sie bald darauf getötet und hier abgeladen wurde. Vor mehr als achtundvierzig Stunden, daher hat bereits Verwesung eingesetzt. Todesursache war Erdrosseln, aber sie hat auch einen Schlag auf den Kopf erhalten.«

Anders als Kymbly Abbott, dachte Challis. Andererseits war Kymbly Abbott betrunken gewesen oder stand unter Drogen und war deshalb gefügiger. Jane Gideon war zum Zeitpunkt ihrer Entführung fit und gesund und hellwach gewesen. Entweder hatte sie sich gewehrt, oder ihr Mörder hatte befürchtet, sie würde es tun, und sie deshalb niedergeschlagen. »Was für eine Art Schlag? Der bekannte stumpfe Gegenstand?«

»Es gibt stumpf und es gibt stumpf, Hal. Dieser hier war abgerundet.«

»Wie ein Stein oder schmaler?«

»Schmaler. Zeichnet sich deutlicher ab. Irgendeine Metallstange, oder ein Stück Holz.«

Er sinnierte. Ein Werkzeuggriff. Ein Montiereisen. »Es ist nicht hier im Dreck passiert. Können Sie mir irgendwelche Hinweise auf den eigentlichen Tatort geben?«

»Das hängt davon ab, was Ihre Leute von der Spurensicherung bei ihr finden. Ansonsten muss ich sie mir erst auf dem Tisch genauer ansehen, bevor ich etwas sagen kann.«

Challis nickte düster. Jane Gideon konnte im Fahrzeug des Mörders vergewaltigt und erwürgt oder sonstwohin gebracht worden sein. In jedem Fall weg vom Highway, denn Jane Gideon hatte telefoniert und der Mörder musste damit rechnen, dass bald jemand kommen würde.

»Er wollte, dass wir sie finden«, sagte Challis. »Genau wie er bei Kymbly Abbott wollte, dass sie gefunden wird.«

Das war alles, was er wusste. Das und dass er mit einer weiteren Leiche rechnen musste.

Tessa Kane wartete an der Mole auf Challis. Es war sechs Uhr abends, ihr Schatten lag lang über dem Wasser. Der Tag neigte sich dem Ende entgegen. Sie hatte zwei Kabeljaufilets zum Abendessen besorgt, und während sie wartete, sah sie dem Fischhändler zu, wie er die Fischköpfe und Innereien des Tages den Möwen und Pelikanen vorwarf. Plötzlich erschrak sie und sagte: »Mein Gott, ein Seehund!«

Der Fischhändler deutete über die Westernport Bay auf die Nobbies, die Seehundkolonie am westlichen Ende von Phillip Island. »Der kommt schon seit vier, fünf Tagen und lässt sich füttern. Er muss ziemlich alt sein, denke ich. Sehen Sie die Narben? Kann nicht mehr richtig für sich selbst sorgen.«

Sie sah staunend zu. Der Seehund peitschte das Wasser auf. Ganze Fischtorsos verschwanden in seinem Maul. Es war Wind aufgekommen. Die Takelage der Segelboote, die im Jachthafen festgemacht hatten, klackte metallisch gegen die Masten. Sie sog die Luft ein, die durchtränkt war von Salz und Mangrovensumpf, dieser Ursuppe aus schlammigen Wurzeln, trübem Wasser, Sumpfgasen und wimmelndem Unterwasserleben.

»Ist das Leben nicht schön?«

Es war Challis. Sie legte ihm die Handfläche flüchtig gegen die Brust. »Sie haben gesagt, Sie hätten etwas für mich?«

Challis berichtete ihr von der Leiche und wie sie entdeckt worden war. Er bestätigte, dass es sich um Jane Gideon handelte, und erläuterte die Parallelen zur Ermordung von Kymbly Abbott.

Sie kritzelte in ihr Notizbuch und spürte, wie sein gelassener Blick auf ihr ruhte. »Verhaften Sie bloß niemanden vor Mitternacht, okay? Sonst verpasse ich die morgige Ausgabe.«

»Tess, was wollen Sie wegen des Briefes unternehmen?«

»Mal sehen.«

»Ich denke, es ist ein Fehler, ihn zu veröffentlichen.«

Sie zuckte die Achseln. »Was können Sie mir sonst noch sagen? Ich brauche ein bisschen Farbe, Hal. Ich brauche ungeschminkte Tatsachen.«

»Die ungeschminkten Tatsachen sind deutlich genug. Da draußen läuft ein Mörder herum und jede Frau wäre verrückt, nachts alleine auszugehen. Keine Frau sollte alleine fahren oder trampen.«

»Darf ich das zitieren?«

»Ja.«

»Das könnte ihn kaltstellen.«

»Das ist der Hintergedanke dabei.«

»Was bedeutet, dass Sie als Ausgangspunkt nur die Fakten haben, die Sie bereits besitzen.«

»Tess, Sie meinen das doch nicht im Ernst! Hätten Sie lieber noch mehr Entführungen, noch mehr am Straßenrand abgeladene Leichen?«

»Nein, natürlich nicht. Ich habe nur versucht, es von einem polizeilichen Standpunkt aus zu betrachten.«

»Versuchen Sie nicht, uns etwas zu unterstellen.«

»Ich werde nach Verbindungsgliedern zwischen den Opfern suchen.«

»Suchen Sie, soviel Sie wollen.«

Sie schloss ihr Notizbuch. »Ihnen hat nie gefallen, was ich tue. Sie mögen mich, aber nicht das, was ich tue. Daher diese Feindseligkeit.«

Als ständen sie sich so nahe. Tatsächlich dachte Challis kaum an Tessa Kane. Aber wenn er sie sah, dann spürte er, wie sich etwas in ihm regte, und es war nicht immer ein unangenehmes Gefühl.

»Ich halte Sie auf dem Laufenden.«

»Ich bin noch nicht fertig«, sagte sie. »Die Öffentlichkeit ist aufgebracht wegen zweier Ihrer Streifenpolizisten, John Tankard und Kees van Alphen.«

»Geht mich nichts an. Fragen Sie Senior Sergeant Kellock oder Superintendent McQuarrie.«

»McQuarrie. Eine echte Fundgrube an verlässlicher Information. Ist es wahr, dass vielleicht die Dienstaufsicht hinzugezogen wird?«

»McQuarrie.«

»Scheiß auf McQuarrie.«

»Danke, nein«, sagte Challis. Er rieb sich müde das Gesicht. »Tess, tun Sie mir einen Gefallen? Jane Gideons Eltern sind immer noch nicht verständigt. Sie müssen noch die Leiche identifizieren. Bitte warten Sie ein paar Tage, bevor Sie mit ihnen sprechen.«

»Wofür halten Sie mich?«

Sie blickten beide beim Klang eines Flugzeugmotors nach oben. Sie sahen die sinkende Sonne auf dem Rumpf aufblitzen. Challis beschattete seine Augen. »Eine Desoutter II, dreisitziger Hochdecker«, sagte er automatisch. »Vor vier Jahren auf einem Spielplatz in Tasmanien entdeckt.«

»Tatsache?«

Er grinste schüchtern, wie ertappt. »Ich habe geholfen, sie zu restaurieren.«

Sie sah ihn an.

Als Ellen zum Revierparkplatz zurückkehrte, überprüfte sie, ob ihre Initialen und die des Technikers von der Spurensuche in die

Gipsabgüsse der Reifen- und Fußabdrücke gekratzt waren. Als sie gerade dabei war, sie aus dem Heck des Vans der Spurensuche zu laden, sagte Rhys Hartnett hinter ihr: »Sergeant Destry?«

Sie zog hastig die Tücher, mit denen die Kisten ausgelegt waren, über die Abgüsse und drehte sich um. Er hatte die sinkende Sonne im Rücken und rollte ein Elektrokabel über Ellbogen und Hand auf. Es war eine automatische, aber säuberlich und geschickt durchgeführte Handlung, die ihr unter die Haut ging. Männer, die mit den Händen arbeiteten, hatten so etwas an sich. Sie fühlte sich, als schwebte sie ein paar Zentimeter über dem Boden. »Sagen Sie Ellen zu mir.«

Er neigte zurückhaltend den Kopf. »Sagen Sie Rhys zu mir. Wenn Sie wollen, könnte ich mir am Samstag Ihr Haus anschauen.«

»Sind Sie sicher? Das ist nur zwei Tage vor Weihnachten.«

»Ganz sicher. Ich arbeite durch, außer am Weihnachtstag selbst und an Neujahr. Ich nehme meinen Sommerurlaub im Februar, wenn die Schule wieder anfängt.«

»Eine weise Entscheidung«, sagte Ellen. »Wie wär's mit spätem Vormittag, gegen zwölf?«

»Gut.«

Danny Holsinger wartete bis sieben Uhr dreißig am Abend, bevor er sich auf den Weg zur Polizeistation machte. Die Kleine, die ihn verhaftet hatte, hatte gesagt, dass sie bis acht Uhr im Dienst war, und er wollte mit niemandem sonst über Boyd Jolic reden. Sie war nett. Aber erst genehmigte er sich eine extradicke Pizza bei Pizza Hut, wo er sich an ein Fenster setzte, von dem aus er die Bullen auf der anderen Seite des Kreisverkehrs kommen und gehen sah. Er fühlte sich rastlos. Nachdem die Nunn-Zicke ihn heimgebracht und einen Schwachkopf genannt hatte, war er gleich zu Megan gegangen und hatte ihr den Rucksack geschenkt. Gewissermaßen um Beweismaterial zu beseitigen, obwohl er den Rucksack nicht im Haus der alten Frau hatte mitgehen lassen, sondern in einem anderen, das er letzte Woche geplündert hatte. »Happy Birthday,

Meg«, hatte er gesagt. »Tut mir Leid, dass ich so spät dran bin.« Und sie hatte an dem Leder gerochen und war ganz rührselig geworden und dann hatten sie eine schnelle Nummer auf dem Bett hingelegt. Also war alles wieder in Ordnung.

Aber dann war er wieder nach Hause gegangen und Boyd Jolic hatte angerufen, um ihn daran zu erinnern, dass er bald auf seine Hilfe bei einem Einbruch zählte. »Ich will nicht, dass du's vergisst, Danny, oder dass du mich hängen lässt.« Dannys Lage war mittlerweile so, dass er selbst Hilfe brauchte.

Er raffte sich auf, ging über die Straße, erreichte den Eingang und bekam Schiss. Boyd Jolics Arm war länger als der des Gesetzes. Selbst wenn das Gesetz Jolic wegsperrte, hatte er immer noch Kumpels, die wussten, wo Danny zu finden war.

7

Am nächsten Morgen las Challis auf dem Beifahrersitz den *Progress,* während Scobie Sutton fuhr. Tessa Kane hatte den Brief des Mörders quer über die ganze Titelseite gedruckt. Die Hauptstadtblätter würden die Geschichte bald aufgreifen, und mittlerweile hatte McQuarrie telefonische Nachrichten hinterlassen und eine Erklärung gefordert. Und das alles, nachdem Challis eine schlechte Nacht gehabt hatte, während ihn das Bild von Jane Gideons Eltern bis in die frühen Morgenstunden verfolgte. Besser, den Vormittag außerhalb des Reviers zu verbringen. »Sie sagt zu mir: ›Iss dein Pampf, Papa. Sitz gelade und iss dein Pampf.‹«

Challis setzte mühsam ein Lächeln auf. »›Pampf‹. Das ist lustig.«

»Wo sie das nur herhat, Chef? Nicht von mir und Beth. Bestimmt vom Kinderhort.«

»Da haben Sie wahrscheinlich Recht.«

»Ich meine, in dem Alter sind sie wie Schwämme. Saugen alles in sich auf.« Sutton wurde trübsinnig. »Gutes wie Schlechtes.«

»Vermutlich ist es Sache der Eltern, den größten Teil des Guten beizusteuern und dem Schlechten entgegenzuwirken«, sagte Challis, nur um etwas zu sagen, aber er überlegte, ob er eigentlich daran glaubte. Man brauchte nur seine eigene Frau zu nehmen. Guter, anständiger Familienhintergrund, und was passierte? Sie verfiel der Wollust – so ihre eigene Erklärung. »Hal, ich bin in Wollust verfallen, ich konnte nichts dagegen machen. Ich musste ihn einfach haben und er musste mich haben.« Sicher, aber um das zu erreichen, musste man niemanden umbringen.

»Wohin, Chef?«

Challis blinzelte. »Ein ziemliches Stück noch. Weiter oben in der Nähe, wo ich wohne.«

»Wie lange wohnen Sie jetzt schon dort?«

»Ein paar Jahre. – Sie haben ein Haus in Mornington, richtig?«

Sutton nickte. »Aber wir überlegen umzuziehen. Bei all den Neubauten, Sie wissen schon, Haus und Land im Paket, Billigangebote, Jungverheiratete und Wohlfahrtsbetrüger und wer sich sonst noch so auf Kosten der Allgemeinheit durchmogelt, es ist nicht mehr dasselbe. Kommt auf keinen Fall infrage, dass ich mein Kind an die örtliche Volksschule schicke. Sie kennen nicht eine Montessori-Schule?«

»Tut mir Leid, nein.«

»Ich hatte vergessen, dass Sie keine Kinder haben«, sagte Sutton und verfiel in verlegenes Schweigen.

Er hat die Geschichten gehört, dachte Challis. »Wie kommt Ihre Tochter im Hort zurecht? Macht sie immer noch Rabatz am Morgen?«

Sutton zuckte die Achseln. »So lala. Aber morgen ist der letzte Tag und sie veranstalten eine Party im Hort, und darauf freut sie sich.«

Die Tage flogen nur so dahin. Morgen war der Zweiundzwanzigste. Montag war Weihnachten. Challis wand sich in seinem Sitz. Es passte ihm nicht.

Er entdeckte die Abzweigung. »Nächste links und dann etwa zwei Kilometer die Straße weiter.«

Sutton bog auf eine stark ausgefahrene unbefestigte Straße ab, die sie über eine einspurige Holzbrücke führte. »Sheepwash Creek«, las er laut. »Schafswaschbach. Was für ein Name!«

Challis mochte die alten Namen. Sie formten eine Landkarte der Halbinsel, wie sie im letzten Jahrhundert ausgesehen hatte. Blacks Camp Road – Schwarzenlager-Straße. Tarpot Corner – Teerpott-Ecke. Er sagte: »Sie haben in den alten Tagen hier die Schafe gewaschen, um sie fürs Scheren vorzubereiten.«

»Im Ernst?« fragte Sutton abwesend und Challis wusste, dass der Mann wieder an seine Tochter dachte. Als ob man den Sinn für das zeitliche Kontinuum verlor, wenn man ein Kind hatte. Zeit reduzierte sich auf die Gegenwart und nichts anderes.

»Irgendwo hier«, sagte er. »Schauen Sie nach dem Namen Saltmarsh auf einem Briefkasten oder an einem Zaungatter.«

Sie fuhren noch einen Kilometer weiter, bevor sie es fanden. Einen Briefkasten mit den handgeschriebenen Buchstaben M. Saltmarsh. Sie bogen ein und sahen ein kleines, mit rotem

Backstein verkleidetes Haus mit Ziegeldach. Dahinter lag eine moderne Scheune, deren offen stehende Türen den Blick freigaben auf einen Traktor, einen verbeulten Land Cruiser, Seilrollen, Fahrradteile, Holzpaletten, irgendwelche Geräte und verstaubte Kisten voll gestopft mit einstmals nützlichem Krimskrams – Kettenglieder, Zahnräder, Umlenkrollen, Kühlerschläuche und Schraubzwingen. Das rostige Chassis eines Lastwagens saß neben der Scheune im hohen Gras. Die Äpfel im benachbarten Garten waren noch klein und grün. Ein Hund bellte und peitschte mit dem Schwanz die ölgetränkte Erde, machte sich jedoch nicht die Mühe, sich ihretwegen zu erheben.

»Nicht gerade auf der Höhe«, sagte Sutton und meinte damit die Farm und wer immer sie führte.

»Die Saltmarshs sind alter Halbinsel-Adel«, erklärte Challis. »Sind seit Generationen hier und leben schlecht und recht von ein paar Morgen alter Apfelbäume. Zwei Brüder und ihre Familien in benachbarten Farmen. Beide Brüder haben andere Arbeit, um über die Runden zu kommen. Ken hier arbeitet Teilzeit im Stahlwerk in Waterloo. Mike nebenan fährt Schulbus.«

»Verarmter weißer Abschaum.«

Challis dachte an die beiden Saltmarsh-Teenager, zwei Cousins, die er am Morgen zuvor mit ihren Angelruten gesehen hatte. Wie weit war dieses Bild vom armen Süden Amerikas entfernt, wie er sich in Film und Literatur präsentierte? Endlich sagte er: »Nein, kein verarmter weißer Abschaum. Arm, aber zuverlässig und anständig.«

Maureen Saltmarsh kam an die Tür. Sie war groß, sonnenverbrannt und mehlbestäubt, roch nach Küche und der Hitze des frühen Morgens. Sie war nicht misstrauischer Natur, sondern lächelte und sagte: »Mein Mann ist nicht zu Hause. Hat das Pleuellager von seinem Laster geknackt.« Das Lächeln verschwand. »Sie sind dieser Inspektor.«

»Hal Challis, Mrs Saltmarsh. Und das ist Detective Constable Sutton. Wir möchten mit Ihrem ältesten Sohn und seinem Cousin sprechen.«

»Brett und Luke? Warum, was haben sie angestellt?«

»Ich muss lediglich mit ihnen sprechen. Es wäre mir sehr recht, wenn Sie dabei wären.«

Sie verlor ein bisschen die Fassung. Ihre Hand glitt zur Kehle. »Sie sind drinnen und schauen fern. Sie wissen schon, Schulferien.«

»Könnten Sie sie bitte in die Küche bringen? Sie brauchen sich keine Sorgen zu machen. Es besteht keinerlei Verdacht gegen sie. Wir werden sie nicht festnehmen, müssen sie nur etwas fragen.«

Sie führte Challis und Sutton in die Küche, räumte Frühstücksgeschirr vom Tisch und bat sie Platz zu nehmen. Während sie aus dem Zimmer war, machte Challis Bestandsaufnahme: über den Bänken Wandfliesen aus den Siebzigern, deren orange Farbe sich mit dem Braungrün des Linoleumbodens biss, Chrom-Vinyl-Stühle, ein Tisch mit Chrombeinen und Resopalplatte, ein kleines Fernsehgerät, in dem eine Talkshow ohne Ton lief, Geschirr in der Spüle, eine riesige Teigschüssel neben einem bemehlten Nudelholz und einem eingefetteten Backblech.

Die Saltmarsh-Cousins hätten Brüder sein können. Sie waren ungefähr sechzehn, groß und schlaksig, beide atmeten durch den Mund und hatten weiche, begriffsstutzige Gesichter. Challis bekam einen Eindruck von Schlaffheit und Ungelenkigkeit, von Pickeln und dünnen Schnurrbarthaaren, von gewöhnlicher Teenager-Sturheit und Dummheit, aber nicht von Bösartigkeit oder Berechnung. Sie schienen die kleine Küche auszufüllen. Wenn sie sprachen, kamen die Worte halb verschluckt und bruchstückhaft heraus, als ob sie der Sprache nicht vertrauten und nicht viel Verwendung dafür hätten.

»Ihr Jungs wart gestern am Devil Bend Reservoir, nicht wahr?«

»Wir? Nie.«

Challis musterte sie einen Augenblick lang. »Aber ihr angelt beide gerne?«

»Angeln?«

Scobie Sutton wurde ungeduldig. »Mit Angelschnur und Ruten und Haken und Ködern. Ihr geht gerne angeln.«

»Wir haben kein Boot.«

Das war Brett, Maureen Saltmarshs Sohn. Challis lehnte sich über den Tisch zu ihm. »Ich habe dich und deinen Cousin neulich zu Fuß gesehen, in voller Anglermontur. Ihr seid über einen Zaun geklettert und über eine Koppel gelaufen. Keine zwei Kilometer von hier.«

»Na und?«

»Ihr wart da nicht zum Brombeerpflücken. Warum erzählt ihr uns nicht einfach vom Devil Bend Reservoir?«

Brett starrte auf die Tischplatte. Seine Mutter sagte: »Brett? Was habt ihr Jungs angestellt?«

»Nichts, Ma.«

Challis sagte: »Wir hatten aus der Gegend Anzeigen wegen Fischwilderei auf Forellen, in den Staubecken und Seen.«

»Waren wir nicht.«

»Tut mir Leid, aber ich habe keine andere Wahl, als euch unter Anklage zu stellen wegen –«

»Sie haben gesagt, sie hätten nichts getan!«

»Mrs Saltmarsh, bitte…«

»Sie können sie nicht unter Anklage stellen, wenn sie nichts getan haben.«

Challis konnte sich selbst nicht leiden für das, was er da tat. Er sagte: »Brett, sieh mich an. Die illegale Anglerei ist mir egal, und das unbefugte Betreten auch. Ich habe nicht einmal die Absicht, dem örtlichen Revier eure Namen zu nennen. Aber wenn ihr mir nicht sagt, was ihr gestern am Reservoir gesehen habt, lasse ich euch verhaften und unter Anklage stellen, das dürft ihr mir glauben.«

Brett warf seinem Cousin einen schnellen Blick zu. Der Cousin sagte: »Wir haben überhaupt nichts gemacht. Wir haben sie nur gefunden, das ist alles.«

Challis seufzte und lehnte sich zurück. »Ihr wart zum Angeln da?«

»Kann sein.«

»Na gut, na gut, vergesst das mit dem Angeln. Ihr habt einen Spaziergang gemacht. Ihr seid um das Reservoir lustgewandelt und dabei auf eine Leiche gestoßen.«

Bei dem Wort lustgewandelt schauten sie bedenklich. Bedeutete das, dass er sie irgendeiner unaussprechlichen Schandtat am Reservoir verdächtigte? Aber Brett murmelte: »Ja, wir haben sie gefunden.«

»Was habt ihr gemacht?«

»Nichts! Wir haben sie nicht umgebracht! Sie war schon so.«

»Habt ihr sie berührt?«

»Aber nie.«

»Habt ihr irgendetwas mitgenommen?«

»Eine Tote berauben? Aber nie!«

»Habt ihr etwas aus der Nähe der Leiche mitgenommen?«

»Was denn?«

»Ich werde die Frage anders formulieren: Lag in der Nähe der Leiche irgendetwas auf dem Boden? Und wenn ja, habt ihr es mitgenommen?«

»Nichts.«

»Wir würden euch nicht wegen Diebstahls belangen«, sagte Scobie Sutton. »Wir müssen es nur wissen.«

»Da war nichts.«

Challis sagte: »Habt ihr jemanden gesehen?«

»Nein. Nur sie.«

Luke sagte: »War das die, die sich einer geschnappt hat, als ihr Wagen liegen blieb?«

Challis dachte darüber nach. Er wollte sich den Jungs erkenntlich zeigen. »Ja.«

»Cool.«

»Um welche Uhrzeit habt ihr sie gefunden?«

»Weiß nich. Ziemlich früh.«

Mrs Saltmarsh sagte: »An einem Schultag kriegen Sie die kleinen Scheißer nicht aus dem Bett. Aber kaum sind Ferien, stehen sie mit den Hühnern auf.«

Scobie Sutton fragte: »Warum habt ihr gewartet, bevor ihr die Polizei angerufen habt?«

Die Jungen sahen sich gegenseitig an. Mrs Saltmarsh beobachtete sie misstrauisch. »Die haben gewartet, bis ich einkaufen war.«

»Stimmt das?«

Brett kratzte mit einem schmutzigen Fingernagel an einer Brandnarbe im Resopal. »Ja, schon.«

»Ihre Mutter hat das Haus wann verlassen?«

»Gegen zwei«, sagte Mrs Saltmarsh.

Challis hatte den Anruf um zwei Uhr fünfundvierzig eingetragen.

»Ihr hättet uns eine Menge Arbeit erspart, wenn ihr uns gleich eure Namen genannt und früher angerufen hättet«, sagte Sutton.

»Sie haben sowieso nicht lange gebraucht, um uns zu finden«, murmelte Luke missmutig.

»Wir brauchen eure Gummistiefel«, sagte Challis.

Mrs Saltmarshs Augen verengten sich. »Wozu denn, wenn sie nichts getan haben?«

»Um ihre Fußabdrücke mit denen am Tatort zu vergleichen.«

»Um sie zu eliminieren«, erklärte Sutton.

Beide Jungen sahen bestürzt drein, als bedeute eliminieren etwas Bedrohliches und Endgültiges.

»Ich hol sie«, sagte Mrs Saltmarsh.

»Stecken Sie sie in eine Tüte vom Supermarkt«, rief Sutton ihrem entschwindenden Rücken nach.

Die Jungen wirkten jetzt verängstigt. Challis kam auf die Füße. »Kein heimliches Angeln mehr bei den Nachbarn, ja? Jemand könnte mit einer Schrotflinte auf euch losgehen, und dann hätte ich noch eine Morduntersuchung am Hals.«

Sie wurden blass. »Kleiner Witz, Jungs«, sagte Sutton.

Sie grinsten unsicher.

Als sie draußen waren, sagte Challis plötzlich: »Wir haben etwas vergessen.«

»Mrs Saltmarsh«, sagte er, als sie ihm die Tür wieder aufmachte. »Nur eine schnelle Frage. Was für Fahrzeuge haben Sie hier?«

Sie verstand und errötete mürrisch. »Traktor, Land Cruiser, Laster, Holden.«

»Der Holden – eine Limousine oder ein Kombi?«

»Limousine.«

»Der Lastwagen. Ist –?«

»Wie gesagt, vor ein paar Tagen ist ein Pleuellager kaputtgegangen.«

»Maureen, wenn es Ihnen nichts ausmacht, ich habe eine Kamera im Auto. Ein paar Schnappschüsse von den Reifen des Land Cruiser, und schon sind wir weg.«

»Er ist schon ein paar Tage nicht gefahren worden.«

Er ignorierte sie lächelnd. »Können die Jungs damit fahren?«

»Sie sind zu jung für den Führerschein.«

»Aber sie können fahren?«

»Ich nehme schon an.«

»Nur ein Schnappschuss von den Reifen, und dann verschwinden wir«, sagte Challis abermals.

»In dem verdammten Schuppen«, sagte Maureen Saltmarsh und schlug ihnen die Tür vor der Nase zu.

»Hab mir gestern im Pub 'ne echte Abfuhr geholt, Murph.«

»Eieiei«, sagte Pam und hielt vor dem Kreisverkehr wegen eines Kombis an, der begonnen hatte, unsicher darum herumzurollen, als hätte er sich verfahren. Ein Dachgepäckträger voller Koffer, im Heck konnte man Teile von Bettzeug, Eimern, Spaten und Surfbrettern erkennen. Kinder starrten aus den Seitenfenstern, eine Frau fuhr, und der Mann neben ihr steckte den Kopf in eine Karte und wedelte mit einem Arm vor ihrem Gesicht herum. Vielleicht, dachte Pam, werden sie in Penzance Beach gleich nebenan sein, wenn ich heute Feierabend mache, untergebracht wie die Könige, bis die Schule Ende Januar wieder anfängt.

»Wieso lassen Sie sich denn nie im Pub blicken?«, wollte Tankard wissen.

»Hab Besseres zu tun.«

»Was denn? Erzählen Sie mir nicht, Sie hätten ein Liebesleben.«

Das tat weh. Sie nahm den Blick kurz von der Straße und funkelte ihn an. »Warum sollte ich kein Liebesleben haben?«

»Verstehen Sie mich nicht falsch. Ich habe nichts dagegen.«

»Wogegen?«

»Wenn Sie lieber Frauen als Kerle haben, ist mir das piepe.«

Pam rieb sich müde die Wange. »Jetzt reicht's aber, Tank. Sie wissen nicht das Geringste über mich.« Sie bremste vor der Fußgängerampel vor dem Postamt.

»Quatsch.« Er gähnte. »Wo, sagten Sie, fahren wir hin?«

»Zum Fotoladen. Der Geschäftsführer will, dass wir uns einen Film ansehen, den er heute Morgen entwickelt hat.«

Tankard schaute angewidert drein. »Wen kümmert's? Gibt doch heute alles mögliche Zeugs, und keiner schert sich drum. Nacktfotos aus dem Urlaub, von Schwangeren, Mädels bei der Geburt. Niemand ist so bescheuert, echten Pornokram zur Entwicklung wegzugeben.«

Pam wünschte sich, Tankard würde den Mund halten. »Ich weiß nur, dass der Geschäftsführer auf dem Revier angerufen hat, nach Scobie Sutton fragte, aber der ist beschäftigt, also hat er's uns aufgehalst.«

Pam bog links ab ins Einkaufszentrum und hielt Ausschau nach Kwiksnap. Tankard betrachtete sie eindringlich, mit einem Anflug von nicht unfreundlichem Humor. »Sie wären lieber bei der Kripo, als Streife zu fahren, was?«

Sie zuckte die Achseln. »Ich will nicht mein ganzes Leben in Uniform zubringen.«

Tankard lachte auf. »In dem Job sehen Sie immer nur die beschissene Seite der menschlichen Natur, egal was für Klamotten Sie tragen. Wenn die Arbeit in Uniform Sie gegen Ihre Mitmenschen misstrauisch macht – in Zivilkleidung werden Sie das nur bestätigt finden.«

Pam erinnerte sich: Er war eine Zeit lang bei der Kripo gewesen, auf seiner letzten Stelle.

»Parklücke.«

»Schon gesehen.« Sie bremste und parkte ein.

In einem der Schaufenster von Kwiksnap standen Hochzeitsfotos, in einem anderen eine automatische Entwicklungsmaschine, daneben eine junge Frau, die die Knöpfe drückte. Im Laden waren Ständer mit Filmdosen, Glasvitrinen mit Kameras und Bilderrahmen und an der Seite eine Kabine für Passfotos. Der Geschäftsführer zerrte den Vorhang zum hinteren Teil des Ladens auf und sagte: »Ich habe nach Scobie gefragt.«

»Constable Sutton ist zurzeit unabkömmlich«, sagte Pam. Sie stellte erst sich und dann Tankard vor und sagte: »Sie sind Mr Jackson?«

»Ja.« Der Manager warf Tankard einen Blick zu. »Und ich weiß auch, wer er ist.«

Tankard stellte die Stacheln auf. Pam sagte eilig: »Sie haben wegen verdächtiger Fotos angerufen?«

Der Geschäftsführer blickte unruhig zur Tür. »Ja. Hören Sie, sie kann sie jeden Moment abholen kommen.«

»Wer?«

»Die Kundin. Sie hat den Film gestern Nachmittag um fünf zum Entwickeln gegeben und wollte ihn um zehn heute früh abholen. Das war« – er sah auf die Uhr – »vor zehn Minuten.«

»Dann wollen wir uns die Aufnahmen mal ansehen, ja?«

Der Geschäftsführer wühlte in einem Schuhkarton nach einem Kodak-Umschlag, zog dann die Fotos heraus und legte sie auf dem Tresen aus wie Karten in einem Patience-Spiel. Pam sah sie sich genau an. Innen- und Außenaufnahmen eines riesigen Hauses inmitten einer weitläufigen Rasenfläche. Weiße Gatterzäune, schemenhafte Nebengebäude. Ihr fiel auf, dass die Innenaufnahmen vom Allgemeinen zum Speziellen gingen: ein Zimmer, dann was sich im Zimmer befand. Gemälde auf einem Foto, eine Vitrine mit silbernen Schnupftabakdosen auf einem anderen. Eine Vase. Eine antike Kaminuhr. Sie fing an, sich Notizen in ihr kleines Buch zu kritzeln.

Aber John Tankard blieb unbeeindruckt. Er schob die Fotografien zur Seite. »Na und?«

Der Geschäftsführer schluckte. »Na, sehen Sie doch selbst.«

»Ich sehe sentimentale Schnappschüsse«, sagte Tankard. »Oder vielleicht Aufnahmen für Versicherungszwecke. Vielleicht haben die Besitzer Angst, dass ihnen ein Buschfeuer einmal alles zerstört, und wollen Aufzeichnungen haben.«

»Sehen Sie sich diese beiden an, John«, sagte Pam. »Die Alarmanlage.«

»Sehen Sie?«, sagte der Manager.

»Wenn eine Alarmanlage mich ein paar tausend Mäuse gekostet hätte«, sagte Tankard, »dann würde ich Fotos davon haben wollen, falls das Haus abbrennt.«

Pam starrte ihn an. Alles an ihm war zweitklassig, seine Ansichten, die Art, wie er seine Arbeit tat, sein Umgang mit Menschen. Sie wandte sich an den Geschäftsführer. »Dann sehen wir mal, wer die zur Entwicklung gegeben hat, nicht wahr, Sir?«

Sie versuchte, die Handschrift zu entziffern. »Marion irgendwer.«

»Marion Nunn«, sagte der Geschäftsführer.

Tankard lachte. »Marion Nunn? Der Liebling jedes Polizisten. Abgesehen davon, dass sie Anwältin ist«, sagte er und neigte sein Gesicht dicht zu ihrem. »Sie macht in Immobilien. Daher die Fotos. Leben heißt lernen, Pammy. Früher oder später werden Sie mit der entzückenden Mrs Nunn zusammentreffen.«

Pam schob die Fotos weg. »Das bin ich schon.«

Ellen Destry wimmelte die Anrufe von Journalisten ab und kümmerte sich wieder um die Akte mit den Sexualverbrechern. Sie hatte sie zu lange liegen lassen. Klar, dass sie Lance Ledwich genauer unter die Lupe nehmen mussten. Sie hob den Hörer ab. Sie würde es erst bei seinem Arbeitgeber versuchen, dann unter seiner Privatnummer.

Als Sutton ins Revier zurückkehrte, war sie fertig zum Abmarsch. Der Kripo-Falcon stand mit einem Techniker der Spurensuche auf dem Rücksitz bereit. »Machen Sie sich's gar nicht erst bequem, Scobie, Sie kommen mit mir.«

Ledwich wohnte in einer neuen Siedlung nahe der Rennbahn am nördlichen Ende von Waterloo, und sie mussten im Schritttempo über die Bodenschwellen kriechen, um sein Haus neben einer schmalen Seitenstraße zu erreichen. Die Gegend deprimierte Ellen. Ein schmutziger Holzzaun und ein Meter Luft waren alles, was die Häuser in dieser Siedlung voneinander trennte. Es gab keine nennenswerten Bäume. Die Grünflächen wirkten nackt und mussten sich erst noch von der Arbeit der Bagger und von der sommerlichen Dürre erholen. Eine abschließbare Stahlgarage mit geschlossenem Tor lag am Ende von Ledwichs Einfahrt. Ein gepflegter Volvo-Kombi stand vor der Garage geparkt, neben einem unebenen Platz voller Ölflecken. Der Mann von der Spurensuche lief sofort auf den Volvo zu.

Als Ellen und Sutton zur Haustür gingen, schlüpfte ein Mann aus der metallenen Seitentür der Garage und versperrte sie eilends mit einem Vorhängeschloss, bevor er – sich die Handflächen an den Hosen reibend – auf sie zukam. Ellen erkannte ihn nach dem Foto aus seiner Akte.

»Mr Ledwich? Wir sind –«

»Sie brauchen mir gar nicht erst zu sagen, wer Sie sind«, sagte Ledwich.

»Nein?«

Ledwich hatte etwas Schmieriges an sich. Öliges Haar, eine Aura von verborgenen Ausdünstungen. »Lasst ihr Mistkerle einen denn nie in Ruhe?«

»Kommt darauf an«, sagte Sutton.

Ledwich starrte den Techniker wütend an, der Fotos von den Reifen des Volvo schoss. »Was macht das Arschloch da?«

»Warum gehen wir nicht hinein, Lance?«, fragte Ellen und machte eine Geste, um Ledwich zur Haustür zu geleiten.

Ledwich zuckte vor ihr zurück. »Was immer Sie wollen, wir erledigen es hier draußen. Ich will nicht, dass meine Frau –«

»Also schön, Lance. Das kann ich verstehen. Gehen wir da rüber und lassen den Techniker seine Arbeit machen?«

Sie brachten Ledwich zu ihrem Falcon. Ellen nahm im Fahrersitz Platz, Ledwich neben ihr, Sutton auf dem Rücksitz. »Ihr seid doch alle gleich«, sagte Ledwich. »Da hat ein Mann eine ehrliche Arbeit, aber ihr lasst einen nicht in Ruhe und hofft, dass man Scheiße baut und ihr einen wieder einsperren könnt.«

»Haben Sie denn eine ehrliche Arbeit, Lance?«

»Ich bin Lagerarbeiter.«

»Unregelmäßige Arbeitszeit, gelegentliche Nachtschichten, stimmt's?«

»Na und? Was geht Sie das an? Diese andere Geschichte, das ist Jahre her.«

»So lang auch wieder nicht«, sagte Sutton.

Ellen beugte sich vertraulich zu Ledwich. »Wegen Ihrem Volvo.«

Sein Blick flackerte. »Was ist damit?«

»Hübscher Ofen«, bemerkte Sutton.

Ledwich musste den Kopf drehen, um von Ellen zu Sutton und wieder zurück zu sehen. »Ich passe gut drauf auf, ja.«

»Wie konnten Sie sich den leisten, Lance?«, fragte Ellen.

»Herrgott, er ist zwölf Jahre alt. Er ist nicht allzu viel wert.«

»Wie lange haben Sie ihn schon?«

»Paar Jahre.«

»Warum einen Volvo«, fragte Sutton. »Warum nicht einen Ford oder Holden, wie andere auch?«

Ellen beugte sich noch näher zu ihm. »Damit die Leute Sie für einen ganz normalen Menschen halten, Lance, und nicht für einen Perversen?«

Er errötete. »Der Wagen gehört meiner Frau, okay?«

»Wie steht's mit Reifen, Lance, so zwischen Ihnen und der Straße? Da ziehen Sie doch sicher ziemlich gute auf, oder?«

Ledwichs Augen verengten sich. »Keine Ahnung, was für eine Marke. Was soll das eigentlich?«

»Besitzen Sie noch andere Fahrzeuge?«

Ledwich sah weg, hinaus zu dem Gerichtstechniker. »Nö.«

»Wir können das bei der Zulassungsstelle überprüfen.«

»Überprüfen Sie, soviel Sie wollen«, sagte Ledwich. Er wandte sich wieder zu ihnen. »Sagen Sie mir jetzt, was das alles soll?«

»Sie sind hier wirklich gut versorgt, nicht wahr, Lance? Geräumiges Auto und die Möglichkeit, nachts herumzufahren.«

Ledwich brummelte: »Bin vor einer Weile meinen Schein losgeworden.«

»Aber das hält Sie nicht vom Fahren ab.«

Ledwich verschränkte die Arme. »Wenn ich lange genug hier sitze, werden Sie mir wahrscheinlich mal sagen, worum es eigentlich geht.«

Ellen sagte ihm sachte direkt ins Gesicht: »Entführung, Vergewaltigung und Mord.«

Er fuhr zurück. »Ich? Nie im Leben!«

»Sie können keinen normalen Sex haben, Sie müssen Frauen unter irgendeinem Vorwand zum Sex zwingen. Das wissen wir. Es steht in den Akten. Aber gegen Ende wurden Sie immer gewalttätiger, nicht wahr? Da fingen Sie an, Ihre Fäuste zu gebrauchen.«

»Der Anklagepunkt wurde fallen gelassen.«

»Na und? Das heißt nicht, dass Sie's nicht getan haben.«

»Wissen Sie, was wir glauben, Lance?«, sagte Sutton. »Wir glauben, dass Sie dazugelernt haben. Wir glauben, dass Sie inzwischen begriffen haben, dass es viel einfacher ist, mit Gewalt zu einem Fick zu kommen.«

»Die Frauen zu unterwerfen«, sagte Ellen. »Sie hinten in Ihren Kombi zu zerren, sie zu vergewaltigen und zu erwürgen.«

Ledwich schluckte. »So was mache ich nicht. Ich bin jetzt verheiratet.«

»Arme Frau«, sagte Ellen.

Das schien Ledwich besonders wütend zu machen, mehr als ihre Hetze gegen ihn. »Sie lausiges Dreckstück! Dafür kriege ich Sie. Irgendwann im Dunkeln, wenn Sie sich nicht hinter jemandem verstecken können. Dann werden wir ja sehen, wie hart Sie wirklich sind.«

»Wollen Sie mir drohen, Lance? Oder ist das ein Geständnis über Ihre Vorgehensweise? Eine wehrlose Frau, allein in der Nacht ...«

»Sie legen mir Worte in den Mund.«

»Kymbly Abbott«, sagte Sutton. »Jane Gideon. Sie haben sie hinten in Ihren Kombi gezerrt, sie vergewaltigt und ermordet und dann ihre Leichen einfach rausgeschmissen.«

»Ich wette, dass ich da bei der Arbeit war. Fragen Sie meinen Chef.«

»Habe ich, Lance.« Ellen zählte an den Fingern ab: »Zu spät zur

Arbeit, früher Schluss gemacht, manchmal eine Stunde oder länger einfach verschwunden. Sie sind nicht gerade ein Kandidat für den Angestellten des Jahres, Lance.«

Ledwich wirkte gehetzt. »Ich hab verdammt noch mal nie jemanden umgebracht. Das müssen Sie erst mal beweisen.«

»Das werden wir.«

»Der Sexkram liegt hinter mir.«

»Lance«, sagte Ellen und sah prüfend in sein schweißnasses Gesicht. Sie konnte seine Furcht riechen. »Sie waren 1991 ein kranker Mann, Sie sind jetzt ein kranker Mann, und Sie werden es immer sein.«

»Zwei Tage hintereinander«, sagte Clara zu ihm. »Das ist nett.« Sie drückte ihn auf der Schwelle eng an sich, bevor sie ihn ins Haus führte. Die Räucherstäbchen brannten bereits. Zugezogene Vorhänge.

»Kam zufällig vorbei«, sagte Kees van Alphen.

»Ja, sicher.«

Sie löste seine Gürtelschnalle. Er stöhnte. Er hatte solches Verlangen nach ihr! Danach sagte er: »Hast du letzte Nacht gut geschlafen?«

Das war die Frage, auf die sie gewartet hatte. »Nein«, sagte sie mit einem gequälten Auflachen, das sie nicht simulieren musste. »Es war schrecklich, einfach schrecklich.«

»Du solltest dir etwas besorgen, was dir beim Einschlafen hilft.«

»Dich dazuhaben würde mir beim Einschlafen helfen, großer Junge.«

Er war erfreut und verlegen. »Vielleicht bald. In dieser Jahreszeit habe ich oft Nachtschicht. Was ist mit Schlaftabletten?«

»Die machen mich am nächsten Tag ganz benommen im Kopf. Hör mal, auch wenn du böse mit mir bist, aber das Einzige, womit ich mich entspannen könnte, ist Dope oder Koks.« Sie hielt inne. »Jetzt bist du enttäuscht. Tut mir Leid, ich hätte nichts sagen sollen.«

Er hatte sich in ihren Armen versteift. Sie hielt ihn fest, damit er sich wieder entspannen würde.

»Entschuldige, ich habe offensichtlich etwas Falsches gesagt.«

»Ist schon gut. Nur, ich verstehe es einfach nicht, das ist alles. Es stört mich nicht besonders, wenn jemand privat etwas nimmt. Es sind die Kotzbrocken, die das Zeug an Schulkinder vertickern, die mich wirklich auf die Palme bringen.«

»Ich weiß. Tut mir Leid. Ich hätte es nicht erwähnen sollen.«

Sie rollte sich von ihm weg und begann sich anzuziehen. Sie schloss ihn aus, und sie sah, dass er es ein bisschen mit der Angst zu tun bekam. Er zog sie wieder zu sich herab. »Hör mal, bei meinem Beruf vergisst man leicht, dass die meisten Menschen im Grunde anständig sind. Du musst gedacht haben, dass ich dich verurteile. Aber das stimmt nicht.«

»Es sind nur meine Nerven im Moment«, sagte sie. »Ich bin nicht abhängig, wenn du das meinst. Ich habe ab und zu Hasch geraucht und ein oder zwei Linien Koks geschnupft, aber das ist Jahre her. Ich war noch keine zwanzig. Ich bin jetzt sauber. Es ist nur, ich bin so kribbelig, so voller Panik in der Nacht. Wenn ich nur ein bisschen Dope oder Koks hätte, ich glaube, das würde mir helfen, meine Nerven in den Griff zu kriegen.«

Er sagte nichts. Sie fing an, mit der Zunge Kreise auf seinem Bauch zu ziehen. Er war so empfindlich! Sie hörte ihn aufstöhnen, als sie ihn in den Mund nahm. Sie handelte ganz bewusst, aber auch so tauchte ein Teil von ihr in physische Freude und Geborgenheit ein. Sie verlor sich für eine Weile.

Als er fertig war, kuschelte sie sich eng an seinen Körper an und schluckte ein paar Mal, um den klebrigen Salzgeschmack wegzubekommen.

Sie hörte seine Stimme in ihr Ohr brummen: »Ich könnte dir besorgen, was du willst.«

Sie lag ganz still. »Wie war das?«

»Etwas Gras, wenn du das willst. Vielleicht ein paar Gramm Koks.«

Sie setzte sich auf und sagte ernsthaft: »Das ist wirklich alles, was ich möchte, Van. Ich brauche nicht viel. Wie –?«

»Frag nicht. Und wenn du irgendjemandem etwas sagst, werde ich es ableugnen.«

Sie rückte von ihm ab. »Sei doch nicht so. Sei mir nicht böse.«

Er zog sie wieder an sich.

»Ich würde dich nie verraten.«

»Tut mir Leid, Clara, ehrlich, vergiss, was ich gesagt habe.«

»Ich meine, das würde uns beide reinreiten, Van. Unser Leben ruinieren.«

»Genau.«

»Wann?«, sagte sie. »Wann kannst du das Zeug beschaffen?«

»Ich komme irgendwann heute Nacht vorbei.«

»Was ist mit deiner Frau?«

»Die?« Er lachte. »Wir haben uns schon vor langer Zeit getrennt.«

Plötzlich wurde ihr klar, dass sie nichts von ihm wusste. »Kinder?«

»Eine Tochter. Ich sehe sie nicht mehr.«

McQuarrie tauchte am Nachmittag auf. »Dieser Brief, Hal. Irgendwas Neues?«

»Wir suchen nach einem Canon-Drucker, aber die Techniker bezweifeln, dass wir das tatsächlich benutzte Gerät identifizieren können.«

McQuarrie schwang in seinem Drehstuhl hin und her. Er schien über die Größe des Einsatzraums und die Tauglichkeit von Challis und seinen Leuten nachzugrübeln. Wandkarte, ein halbes Dutzend Schreibtische, Akten, Telefone, Computer und drei Beamte, die nicht nach links und rechts schauten, weil der Superintendent im Raum war.

»Zwei Morde, und wahrscheinlich ist das noch nicht das Ende.«

»Mehr als zwei, falls er nicht von hier stammt und so etwas schon früher gemacht hat. Droben in Newcastle gab es eine Serie, die dafür in Frage kommt.«

»Ich überlege mir, die Mordkommission hinzuzuziehen, Hal.«

Es gab Gelegenheiten, bei denen auch Challis McQuarrie mit Vornamen ansprach. Normalerweise nur bei geselligen Anlässen. Dies war kein geselliger Anlass, aber in McQuarries Stimme schwangen Zweifel mit, als ob er befürchtete, der Fall würde der Kontrolle entgleiten – Challis', seiner, der Polizei im Allgemeinen. Er war im Grunde ein Politiker. Er wollte sich rückversichern, also sagte Challis zuversichtlich: »Das ist zum gegenwärtigen Zeitpunkt nicht unbedingt nötig, Mark.«

McQuarrie blickte sich hilflos um. »Brauchen Sie noch irgendetwas?«

»Ja. Ein paar zusätzliche Beamte wären nicht schlecht. Vielleicht können Sie sie von zwei oder drei verschiedenen Stationen abziehen, damit keine unterbesetzt ist. Ich habe schon zusätzliche Schreibtische, Telefone und Computer angefordert.«

McQuarrie seufzte. »Na schön. Aber sobald –«

»Sobald es aus dem Ruder zu laufen droht, lasse ich es Sie wissen.«

»Ich meine, das ist nicht bloß so ein Fall, wo ein Ehemann seine Frau erledigt hat, Hal. Das ist etwas anderes. Das ist eine große Sache. Ich hatte gestern Nacht den *Daily Telegraph* aus London in der Leitung.«

Nur aus Neugier fragte Challis: »Was haben Sie denen erzählt?«

»Oh, dass alles unter Kontrolle ist und nicht vergleichbar mit den Belanglo-Forest-Morden. Ich hoffe, ich habe das Richtige gesagt.«

»Sir, wir haben einige handfeste spurentechnische Hinweise, was Jane Gideon betrifft. Reifenspuren im Schlamm, also haben wir eine Vorstellung von dem Fahrzeug, nach dem wir Ausschau halten müssen. Abgesehen von dem Schlag auf den Kopf ähnelt ihr Tod dem Kymbly Abbotts. Ich denke, wir können ein zufälliges Zusammentreffen ausschließen. Wir schalten Warnhinweise in den Medien. Mit etwas Glück wird unserem Mann der Nachschub ausgehen.«

McQuarrie verzog den Mund. »Hübsch formuliert.«

»Sir, für ihn sind junge Frauen nur eine Nachschubquelle, sie sind nicht real.«

»So kann man es auch sehen.«

»Sonst noch etwas?«

»Ja.« McQuarrie kam auf die Füße. Er legte den Kopf zurück. »Alle mal herhören.«

Ellen Destry warf ihren Stift hin. Was wollte der Idiot jetzt wieder? Sie hatte zu tun. Mit Ledwich war fast der ganze Morgen verstrichen und sie wartete immer noch, dass die Techniker die Reifenmarke nach den Gipsabgüssen identifizierten. Bis jetzt konnten sie nur sagen, dass es ein Geländereifen war, kaum abgefahren – zehn oder vielleicht fünfzehntausend Kilometer – und eindeutig zu identifizieren, weil er eine runde Schulter und sehr tiefes Profil hatte. Keine weiteren unverkennbaren Merkmale wie Kerben, Grate oder ungleichmäßiger Gummiabrieb. »Aber bringen Sie mir den Reifen, und ich sehe zu, ob ich eine Übereinstimmung nachweisen kann«, sagte der Techniker. – »Ja, sicher, Kinderspiel«, hatte sie erwidert. Dass der Abguss zu den Reifen von Lance Ledwichs Volvo passte, erschien sehr unwahrscheinlich, sogar für ihr ungeübtes Auge. Ein ziemlich unterschiedlicher »Fußabdruck«, wie die Techniker sagten. Sie hatte wirklich keine Lust, sich irgendwelchen Schwachsinn von McQuarrie anzuhören.

Sie blickte auf und bemerkte, dass McQuarrie sie ansah und darauf wartete, dass sie ihm ihre Aufmerksamkeit widmete. »Zunächst mal möchte ich sagen, dass ich finde, Sie leisten hier großartige Arbeit unter schwierigen Umständen. Aus dem Grund werde ich arrangieren, dass zusätzliche Beamte aus Rosebud und Mornington für den Fall abgestellt werden. Sergeant Destry, Sie werden weiterhin die Ermittlungen vor Ort leiten und unterstehen dabei Inspector Challis.«

Sie schenkte ihm ein dünnes Lächeln. Er rieb sich die Hände. »Also, wir haben hier deutlich das Werk eines einzelnen Mannes vor uns. Es hat absolute Priorität, ihn zu finden, bevor er wieder morden kann. Gleichzeitig müssen wir bis dahin auf der Halbinsel die Sicherheit garantieren. Wir müssen außerdem das Fahrzeug finden, mit dem Jane Gideons Leiche transportiert wurde. Und schließlich müssen wir uns Gedanken über die Geistesverfassung der Person machen, die hinter diesen Morden steht.«

Geistesverfassung, dachte Ellen. Oh Gott.

»Ähnlichkeiten zwischen den Opfern«, fuhr McQuarrie fort. »Unterschiede. Ob sie einander kannten.«

Jetzt will er uns auch noch erzählen, wie wir unsere Arbeit machen sollen, dachte Ellen.

»Kymbly Abbott, Jane Gideon.« McQuarrie schüttelte den Kopf und lachte – ein Lachen, das ihm gründlich missriet. Er sagte: »Kymbly. Wo haben die Leute nur ihre Namen her?«

Niemand stimmte in sein Lachen ein. Er sprach schlecht von den Toten. Ellen spürte , wie sie errötete, denn sie hatte ihre Tochter Larrayne genannt, nicht Lorraine. Was also sagte das über sie aus? McQuarrie war eine Flasche.

Nach der Arbeit ging sie erleichtert zu ihrem Wagen und begegnete sogar noch Rhys Hartnett. Sie war nicht sicher, aber es lag etwas in der Luft zwischen ihnen, in der Art, wie er sie ansah. »Klappt es am Samstag um zwölf?«

»Ich werde da sein.«

»Wenn Sie möchten, bleiben Sie doch noch und essen Sie mit uns zu Mittag.«

Challis arbeitete an diesem Abend bis halb sieben. Als er gerade das Revier verlassen wollte, rief das Gefängnis an. Anscheinend hatte seine Frau versucht, sich mit einem Plastikmesser die Handgelenke aufzuschneiden, und einen Zettel hinterlassen, auf dem stand: »Verzeih mir.« Sie vermuteten, dass der Zettel für ihn bestimmt war. Vielleicht war er das. Challis hatte ihr schon lange verziehen. Er war darüber hinaus, sie zu verurteilen, und er sagte sich sogar, dass er nicht mehr die Verantwortung für sie trug. Aber sie riefen immer ihn an, wenn sie aus der Bahn geriet. Der Anruf deprimierte ihn. Er ließ sich in seinen Stuhl zurücksinken und starrte die Wandkarten an.

Dann klingelte ihn der Anmeldungsschalter an. »Tessa Kane für Sie, Sir.«

Er legte flüchtig die Hand an die Stirn. »Bringen Sie sie rauf.«

Er trat auf den Korridor und wartete. Er war allein im ersten

Stock. Als Tessa Kane in Begleitung einer jungen Beamtin in Uniform erschien, schickte er die Polizistin wieder hinunter. Tessas Augen waren lebhaft und suchend. Sie war mit sich zufrieden, versuchte aber einzuschätzen, was er jetzt von ihr dachte. »Hal, seien Sie nicht sauer auf mich.«

»Ich dachte, wir wären uns einig, dass Sie es nicht drucken.«

»Nein, ich sagte, dass ich es mir überlege, es nicht zu drucken. Als Sie Jane Gideon gefunden hatten, wurde es unumgänglich, Hal. Es war eine Sensation. Das konnte ich mir nicht entgehen lassen, und ich glaube, es war im öffentlichen Interesse.«

»Ich habe nie im Leben eine zynischere –«

»Hal«, sagte sie, reckte sich hoch und küsste ihn. Er schloss die Augen.

Mit ihrer leisen Stimme sagte sie: »Das wollte ich schon seit Ewigkeiten tun.«

Überrascht stellte er fest, dass sein Ärger verflogen war, und seine Kehle formte einen Laut, der Zustimmung und Behagen bedeuten konnte.

»Hal, würdest du heute Abend mit mir essen gehen?«

Challis dachte darüber nach. Er fühlte sich jetzt besser, was Tessa Kane betraf, aber er bezweifelte, dass er die Energie und Selbstlosigkeit aufbringen würde, ein guter Gesellschafter zu sein. Er wollte nur noch zum Flugplatz fahren und an der Dragon arbeiten.

»Nicht heute Abend. Morgen?«

»Fein.«

»Irgendwo außerhalb des Blickfelds der Öffentlichkeit.«

»Das ist kein Problem.«

Als er zwanzig Minuten später den Hangar aufschloss, sah er, dass Kitty ihm die neueste Ausgabe von Vintage Aircraft auf das Höhenleitwerk gelegt hatte. Aufgeschlagen in der Mitte. Sie zeigte die Farbaufnahme einer restaurierten Dragon am Flugplatz von Bankston, in den Farben Rot und Silber einer Fluggesellschaft, die 1936 dichtgemacht hatte. Challis hatte nie ein schöneres Flugzeug gesehen. Die runde Nase erinnerte ihn an eine tastende, suchende Schlange, aber sonst hatte die Dragon Rapide nichts mit einer

Schlange gemeinsam. Eher mit einem Insekt? Sie suggerierte Zierlichkeit, Zurückhaltung, Eleganz und die Atmosphäre einer Epoche der Rekorde und der Flugrennen zwischen England und Australien, in einer Welt, die gerade aus der großen Wirtschaftskrise der Dreißiger heraus und noch nicht in die nächste Katastrophe hineingeschlittert war.

Er blätterte weiter zur Rubrik mit den Leserfragen. Sein Brief war abgedruckt. Irgendwo auf der Welt gab es vielleicht einen Menschen, der etwas über die Vergangenheit seines Flugzeugs wusste.

Kees van Alphen saß am Fenster von Pizza Hut. Man kannte ihn, er aß oft hier. Er sah Tessa Kane das Revier verlassen. Um sieben Uhr fünfzehn bog Challis' Wagen aus dem Parkplatz der Polizeistation. Van Alphen wartete, bis die Achtuhrschicht die Arbeit aufgenommen hatte, bevor er über die Straße ging und die Station betrat.

Donnerstagnacht war einiges los in der Stadt, die Leute verprassten ihre Gehaltsschecks und stimmten sich auf Weihnachten und die Sommerferien ein. Aber im Revier selbst war es ruhig. Van Alphen strich durchs Gebäude, machte Türen auf und zu, schwatzte mit dem jungen Constable am Anmeldeschalter, den Polizeianwärtern in der Kaffeestube, ein paar anderen Sergeants, die Berichte schrieben. In Wirklichkeit legte er eine geistige Karte des Reviers an, hielt den Standort jedes Einzelnen fest, um vorhersehen zu können, wo er vielleicht zufällig auftauchen würde. Dann ging er ins Büro von Senior Sergeant Kellock, dessen Tür offen war, und fand den Schlüssel zum Asservatensafe.

Die Drogen lagen auf dem obersten Bord, eine Hand voll kleiner versiegelter Plastikbeutel mit Koks und Haschisch, ein paar Pillendöschen mit Ecstasy, ein paar Amphetamine aus einem Hinterhoflabor in einem Briefchen. Van Alphen tauschte zwei der Kokain-Beutelchen gegen Beutelchen mit Puderzucker aus, überprüfte noch einmal den Papierkram – sie würden innerhalb der nächsten sechs Wochen noch nicht vor Gericht gebraucht werden –, sperrte den Safe hinter sich ab und verließ das Büro.

»Ich werde ein paar Stunden lang unterwegs sein«, sagte er dem Constable an der Anmeldung.

»In Ordnung, Sarge.«

»Unser Pyromane könnte vorhaben, noch einmal zurückzukommen.«

»Gute Idee, Sarge.«

Der Constable schien ihn abzuschätzen.

»Was starren Sie denn so, Sonnenscheinchen?«

»Tut mir Leid, Sarge. Ich meine, Sie sind heute nicht bei der Nachtschicht.«

»Vor Weihnachten ist immer eine heiße Zeit, das wissen Sie doch. Außerdem haben wir ein paar Ausfälle wegen Magengeschichten. Ich bin den Entwicklungen gerne voraus. Das ist es, was einen echten Bullen ausmacht, dieses bisschen extra.«

»Ja, Sarge.«

»Also gut, dann.«

Van Alphen nahm einen zivilen Commodore aus dem Wagenpark und fuhr zu Claras Haus, während die Stimme des Funkkoordinators aus der Dunkelheit krächzte und ihm all seine Sorgen durch den Kopf schwirrten. Diese verdammte Tessa Kane und ihre Leitartikel. Was hatte sie auf dem Revier zu suchen? Wollte sie noch mehr Dreck aufwirbeln?

Aller schlechten Dinge sind drei. Er war in seinen beiden früheren Distrikten wegen übereifriger Polizeiarbeit verwarnt worden, und wenn es jetzt wieder passierte, bedeutete es das Ende seiner Karriere: Niemand schien zu begreifen, dass man von Anfang an hart durchgreifen musste, sonst gewannen die Stinkstiefel. Aber die Lamettaträger waren hypersensibel gegenüber dem Image, das die Truppe bei der Presse hatte, und die Bürgerrechtler machten ständig Geschrei wegen angeblicher Polizeibrutalität. Scheiß auf die. Er wusste, dass seine Methoden wirksam waren. Er hatte die höchste Verhaftungsquote in all seinen Bezirken gehabt, was bewies, dass das Verbrechen immer unter der Oberfläche lauerte, sich aber vor seinem Eingreifen ungehindert hatte ausbreiten dürfen.

Es war ein Jammer, dass die Frauen in seinem Leben es nicht

ausgehalten hatten. Seine Frau und seine Tochter hatten ihn schließlich verlassen und gesagt, dass sie die Blicke, das Getuschel und den Ärger nicht mehr ertragen konnten. Er bedauerte, dass sie hatten leiden müssen. Aber die Tatsache, dass sie nicht zu ihm gehalten hatten, hinterließ einen bitteren Nachgeschmack in seinem Mund.

Dann schlang sich Clara wie eine Katze um ihn und all seine Sorgen lösten sich in Luft auf.

8

Challis stand am Freitagmorgen um sechs auf und setzte sich in Hosen, Hemd und Krawatte auf die Veranda hinter seinem Haus, um zuzusehen, wie der Himmel heller wurde und die Schwalben im Flug Moskitos und andere Insekten fingen. Der Garten, soweit man ihn so nennen konnte, zeigte erste Anzeichen von Rissen in der Erde. Sogar das Unkraut verdorrte. Es war reines Glück, dass wir diesen Reifenabdruck bekommen haben, dachte er. Der Rest der Halbinsel ist knochentrocken. Aber der Reifen war alles, was sie hatten. Keine Spermaspuren, da der Mörder ein Kondom benutzt hatte. Keine Fingerabdrücke, denn er hatte Handschuhe getragen. Er hatte an seinen Opfern nichts hinterlassen außer dem Tod.

Und was hatten die Opfer an ihm hinterlassen?

Challis erwartete die neuen Beamten aus Rosebud und Mornington zur Morgenbesprechung. Er trank den Rest seines Kaffees und lief wieder die Grundstücksgrenze ab. Gerade als er das Tor zur Straße erreichte, bremste der Wagen der Müllabfuhr ab, sah, dass Challis vergessen hatte, seinen Eimer hinauszurollen, und beschleunigte wieder. Challis bekam Staub und Dieselabgase zu schmecken. Immer, wenn ein Fall sich lange hinzog, passierte dasselbe – Challis vernachlässigte sein Alltagsleben.

Er hielt in einem Außenbezirk von Waterloo zum Tanken. Ein Wagen mit Wohnanhänger stand in einiger Entfernung von den Zapfsäulen und eine Familie sah schlecht gelaunt dem Mechaniker zu, der auf dem Rücken unter dem Heck des Wagens lag. Nummernschilder aus Queensland. Challis stellte sich die drückende Sommerhitze von Queensland vor, vor der die Familie auf der Suche nach der milderen Sonne der Halbinsel Jahr für Jahr zur selben Strandhütte oder zum selben Wohnwagenpark floh.

Würden sie den Progress lesen, Angst bekommen und dahin zurückfahren, wo sie hergekommen waren?

Als er hinter der Polizeistation in Waterloo parkte, sah er, wie Ellen Destry, die Schlüssel fest zwischen die Zähne geklemmt, aus ihrem Wagen stieg, eine Aktentasche und gebündelte Aktenmappen in den Armen. Sie jonglierte mit ihrer Last und beugte sich dann, als sie alles im Gleichgewicht hatte, flugs hinunter, um den Wagen abzusperren und einen schnellen Blick auf ihr Bild im Außenspiegel zu werfen. Glänzende braune Haare fielen ihr über die Wangen. Challis fiel auf, dass sie sich hübsch gemacht hatte, und er nahm sich einen Moment Zeit, sie zu betrachten. Sie war eine gute Ermittlerin, aber leider litt sie unter Spannungen zu Hause. Was sie mit neunzig Prozent der Bevölkerung gemein hatte. Er sah, wie sie dem Klimaanlagenmann zuwinkte, der hinter seinem Jeep bei der Arbeit war. Dann standen sie dicht beieinander und unterhielten sich angeregt. Challis hegte dieser Tage gegen jeden irgendeinen Verdacht. Er fällte keine Urteile, er beobachtete einfach.

Rhys Hartnett hatte auf sie gewartet. Dessen war sie sich sicher. Sie hatte ihn müßig hinter seinem Van herumstehen sehen, als sie herfuhr, und er rief ihren Namen, als sie den Wagen zusperrte. Sie wollte nicht zu interessiert wirken und freute sich, als er den ersten Schritt tat und über das Gebüsch entlang der Einfahrt hinweg auf sie zukam.

»Wieder früh unterwegs?«

»Das Böse schläft nie«, sagte sie und spürte noch im selben Moment, dass sie etwas Albernes gesagt hatte.

Sie unterhielten sich eine Weile. Dann fischte er nach einem Blatt Papier, das er in seinen Overall gefaltet hatte, und schüttelte es auf. »Das hing an meiner Windschutzscheibe, als ich gestern Feierabend machte.«

Dieses hier kannte sie noch nicht: SIND SIE AUCH VON TANKARD UND VAN ALPHEN BEHELLIGT WORDEN? SCHLUSS MIT DIESEN FASCHISTEN! REICHEN SIE BESCHWERDE EIN. JETZT.

Sie gab es zurück. »Nichts, worüber man sich Gedanken machen müsste.«

»Worum geht es?«

Man war loyal gegenüber Arbeitgeber und den Kollegen. Ellen

Destry mochte Tankard und van Alphen nicht besonders, aber schließlich kannte sie Rhys Hartnett kaum, auch wenn sie ihn gerne ansah und an ihn dachte, also sagte sie: »Die Welt ist voller missgünstiger Menschen.«

Er sagte finster: »Es gibt da einen jüngeren Kerl, mit dickem Bierbauch. Er hat mich rausgezogen, als ich zum ersten Mal hier war, und den Van von hinten bis vorne auf Verkehrstauglichkeit geprüft. Hat mich behandelt, als wäre ich der letzte Dreck.«

»Sagen wir einfach, einige meiner Kollegen sind ein bisschen übereifrig«, sagte Ellen.

Rhys wedelte mit dem Flugblatt. »Sieht so aus, als bringen sie die Leute gegen sich auf.«

»Rhys, wegen morgen. Ich muss Ihnen den Weg erklären. Penzance Beach ist ein ziemlicher Irrgarten.«

Und sie ratterte die Wegbeschreibung herunter, sogar als er sagte, dass er Penzance kenne und einen Stadtplan habe.

Er grinste und hörte weg, bis sie fertig war. »Ich freue mich darauf.«

Sie ging hinein und fand einen Umschlag auf ihrem Schreibtisch. Der vorläufige Bericht über den Reifenabguss.

Challis stand vor der Wandkarte und sagte: »Ich möchte die Beamten aus Mornington und Rosebud willkommen heißen. Schön, Sie an Bord zu haben. Die meisten von Ihnen kennen sich bereits. Wenn Sie jemanden sehen, den Sie noch nicht kennen, stellen Sie sich bitte selbst vor, wenn die Besprechung beendet ist.

Lassen Sie mich rekapitulieren. Zwei junge Frauen wurden ermordet, und ein Brief, den wir für authentisch halten, kündigt einen weiteren Mord an. Kymbly Abbott verließ eine Party in Frankston in der Nacht vom zwölften Dezember, wurde gesehen, wie sie am Beginn des Old Peninsula Highway eine Mitfahrgelegenheit suchte, und schließlich am nächsten Morgen vergewaltigt und erwürgt neben der Straße gefunden. Nicht ganz eine Woche später, am siebzehnten Dezember, zeichnete die VAA den Notruf einer gewissen Jane Gideon auf, deren Wagen vor einem Verkaufsstand am Old Peninsula Highway zusammengebrochen war. Das Band deutet auf die Gegenwart einer weiteren Person hin. Gideon war nicht mehr da, als die Polizei und der VAA-Mechaniker eintrafen, und ihre Leiche wurde am Mittwoch am Rand des Devil Bend Reservoir aufgefunden.«

Challis machte eine Pause, um an seinem Kaffee zu nippen. Er nahm die Gesichter von Ellen Destrys Leuten und jedem der neuen Beamten in sich auf und betrachtete sie gelassen. Er hatte keine Ahnung, was sie von ihm dachten. Es war ihm egal. Aber er wollte sie wissen lassen, dass dies seine Ermittlung war und sie in seinen Augen alle gleich waren.

»Worauf können wir aufbauen? Auf sehr wenig. Es gibt Anzeichen dafür, dass unser Mann Handschuhe trägt, vermutlich aus Latex, die Art, wie sie beim Umgang mit Lebensmitteln verwendet werden, und daher leicht zu bekommen, und dass er Kondome benutzt.

Wir haben Spuren von Baumwolle und anderen Stoffen an Abbott und Gideon festgestellt, aber einige davon sind sicher bedeutungslos, und die, die nicht bedeutungslos sind, nützen uns nichts, wenn der Mann nach jedem Mord seine Kleidung verbrannt hat. Seine Vorsicht in anderer Beziehung weist darauf hin, dass das der Fall sein könnte.

Abbot und Gideon wurden nicht am Fundort ermordet. Wir wissen nicht, welche Spuren des Tatorts möglicherweise mit ihren Leichen verschleppt wurden, weil wir nicht wissen, ob unser Mann in einem Haus, in einem Fahrzeug oder irgendwo sonst mordet. Aber wir wissen, dass die Frauen nicht am Ort ihrer Entführung umgebracht wurden. Nicht im Freien, denn die einzigen Spuren von Gras oder Schmutz an den Leichen stammen von dem Ort, an dem sie gefunden wurden.

Jetzt zu den Opfern. Beiden ist gemeinsam, dass sie junge Frauen ohne Begleitung waren und bei Nacht auf dem Old Peninsula Highway entführt wurden. Wir haben keinerlei Hinweis darauf gefunden, dass sie sich kannten, und ich glaube, wir können sagen, dass sie auch ihren Mörder nicht kannten.«

Er machte eine Pause. »Alles, was wir haben, ist ein Satz Geländereifenspuren von dem Fahrzeug, mit dem Jane Gideons Leiche transportiert worden sein muss. Ellen kann uns darüber mehr erzählen.«

Er sah sie hüsteln, als hätte er sie dabei ertappt, dass ihre Aufmerksamkeit abschweifte. »Wir haben zwei Paar identischer Reifenspuren gefunden – von den Hinterrädern, falls er zurückgesetzt hat, und das ist wahrscheinlich, weil er so die Leiche leichter hinauswerfen konnte – und die sind als Coopers identifiziert worden. Das ist ein amerikanisches Reifenfabrikat, in einer Geländeausführung, ziemlich charakteristisch und hier zu Lande relativ selten.«

Ein Beamter aus Rosebud sagte: »Ellen, ich habe auch schon Kleinlaster mit Geländereifen gesehen.«

Andere murmelten zustimmend.

Challis mischte sich ein. »Versuchen Sie doch, sich in ihn hineinzuversetzen. Er hat sich eine junge Frau geschnappt und sie überwältigt, und jetzt muss er sie verstecken. Auf dem Vorder- oder Rücksitz ist das zu riskant. Und wenn er einen Kleinlaster hätte, würde er es dann riskieren, sie auf der Ladefläche unterzubringen, unter der Plane oder einer Decke oder ein paar alten Säcken? Ich kann mir das nicht vorstellen.«

»Ein Kleinlaster mit Aufbau und Verdeckplane an Dach und Seiten«, sagte jemand.

»Ja, möglich«, sagte Challis. »Aber das würde bedeuten, dass er aus der Kabine aussteigen und hinten herumgehen muss, und als er Jane Gideon ablud, hat er keine Fußspuren hinterlassen. Die einzigen Fußspuren am Fundort waren die der Jungs, die sie entdeckt haben. Aus dem Bauch heraus würde ich sagen, dass unser Mann die Leiche aus dem Heck seines Fahrzeugs geworfen hat, und er hat es getan, ohne aus dem Fahrzeug auszusteigen, und das weist auf einen Geländewagen oder etwas Ähnliches hin, mit Türen, die nach hinten aufgehen.

Aber bleiben Sie unvoreingenommen«, fuhr er fort. »Nun zu den vorbeugenden Maßnahmen. Es ist Ihnen vermutlich nicht entgangen, dass sich in letzter Zeit eine leichte Panik in der Bevölkerung verbreitet hat. Viele Frauen haben verständlicherweise Angst. Das wird es unserem Mann erschweren, erneut zuzuschlagen. Vielleicht hört er auf, vielleicht wendet er sich einem anderen Teil der Halbinsel zu – aber alle sind vorsichtig geworden, nicht nur hier in Waterloo. Vielleicht zieht er weiter in einen anderen Staat, dann müsste sich jemand anders über ihn den Kopf zerbrechen, aber das würde natürlich nicht bedeuten, dass wir unsere Ermittlungen einstellen. Ich bin in anderen Staaten auf ähnliche Fälle gestoßen, also war er vielleicht schon früher aktiv, aber das reicht etwa zehn Jahre zurück und die Einzelheiten sind unklar. Ein gemeinsames Schema lässt sich nur erkennen, wenn man es hineininterpretiert. – Irgendwelche Fragen?«

Scobie Sutton klopfte sich mit einem Stift gegen seine langen Zähne. »Dieser Land Cruiser, den wir auf der Farm der Saltmarshs gesehen haben.«

Challis wandte sich an Ellen Destry, die den Kopf schüttelte und sagte: »Andere Marke, andere Felgengröße. Der Cooper, nach dem wir suchen, passt auf eine 235-75-15er Felge, das deutet auf ein kleineres Fahrzeug hin, einen Jackaroo oder einen Pajero.«

»Und kein Volvo-Kombi?«

»Nein. Ledwich ist aus dem Schneider.«

»Und wir müssen uns die Frage stellen«, warf Challis ein, »ob ein Mann wie Ledwich – im Grunde ein Feigling, der sich auf K.o.-Tropfen und Täuschung verlässt – überhaupt fähig ist, das Maß an Gewalttätigkeit und Risikobereitschaft zu entwickeln, das nötig ist, um junge Frauen von einer öffentlichen Straße zu entführen.«

Scobie sank in sich zusammen. Das taten sie alle ein wenig.

Danny Holsinger beendete seine Arbeit um ein Uhr mittags, ging nach Hause, zog T-Shirt und Jeans aus, die von einem Vormittag auf dem Müllwagen staubig und nass geschwitzt waren, und stellte sich zehn Minuten lang unter die Dusche. Der Gedanke an Megan Stokes genügte, dass er anfing, sein Geschlechtsteil zu bearbeiten, bis seine Mutter auf der anderen Seite der Tür schrie: »Brauchst du den ganzen Tag da drinnen?!«

»Ach, verpiss dich, du alte Kuh.«

»Sprich nicht so mit mir!«

Er wartete. Es kam nichts mehr. Seine Mutter hackte nur auf ihm herum, um nicht aus der Übung zu kommen. Er trocknete sich ab und zog Shorts, ein T-Shirt und Sandalen an. Schwuli-Kram, Yuppie-Zeugs, dachte er insgeheim, aber es war feuchtheiß draußen und Megan hatte ihm den Kram vor ein paar Wochen geschenkt, und er musste sie bei Laune halten.

Er traf sie in einer seltsamen Stimmung an. Sie wollte ihm nicht in die Augen sehen und duckte sich halb unter seinem Kuss weg. »Schau mal, die Shorts, Meg«, sagte er.

»Sie stehen dir gut«, sagte sie geistesabwesend.

»Wie geht's dem Rucksack?«

»Oh, gut.«

»Dein Enthusiasmus ist überwältigend«, sagte Danny und war sehr zufrieden mit seiner Formulierung. »Deine Ma da?«

»Die ist Oma besuchen.«

Danny ruckte mit dem Kopf in Richtung Schlafzimmer. »Wie wär's?«

»Na gut.«

Sie war wie ein nasser Lappen. Sie lag nur so da und sagte Sachen wie »Au, das tut weh« oder einfach überhaupt nichts.

»Hast du deine Periode?«

»Ja.«

»Na schön. Aber du könntest mir einen runterholen oder einen blasen. Deswegen müssen wir nicht aufhören.«

»Mir ist einfach nicht danach.«

Danny machte den Mund auf, um sich zu beklagen, ließ sich dann aber großzügig neben ihr auf den Rücken plumpsen und sah sich im Zimmer um: ein Poster von Hutchence, wie er ins Mikrofon brüllte; Lady Di; eine Katze mit riesigen, seelenvollen Augen; Schals hingen vom Spiegel ihres Toilettentisches; eine Spur von Make-up war darauf verschmiert.

»Wo ist der Rucksack?«

Er hatte gestern gesehen, wie sie ihn an die Innenseite ihrer Tür hängte.

Sie brach in Tränen aus. »Diese bescheuerte Kuh.«

»Wer?«

»Ma.«

»Warum?«

»Sie hat ihn sich klauen lassen.«

»Klauen? Ich hab ihn dir doch erst gestern gegeben.«

»Da kam so eine Frau mit einem Kind vorbei. Sagte, sie würde das Haus segnen. Ma hat sie reingelassen, die blöde Kuh, und wie sie ihr den Rücken zuwendet, krallen sie sich ihren Geldbeutel, das Handy, Papas Uhr, lauter so Zeugs. Ich hab erst später gemerkt, dass sie den Rucksack auch haben mitgehen lassen. Dan, es tut mir wirklich Leid. Ich mach's wieder gut.«

Der Rucksack kommt ganz schön rum, dachte Danny. Vielleicht kann ich was anderes für Megan klauen, wo Jolic doch einen neuen Job für uns in Aussicht hat.

»Bitte schlag mich nicht.«

Er starrte sie an. »Schlagen? Wofür hältst du mich?«

»Du hättest das Recht dazu«, sagte Megan. »So ein schöner Rucksack.«

Seit es auf Weihnachten zuging, kam der Postbote später und später. Jolic war nicht einmal sicher gewesen, ob das Päckchen vor dem Wochenende ankommen würde. Aber da war es und wartete in seinem Briefkasten auf ihn, als er um fünf aus dem Pub zurückkehrte. Er stapfte durch knietiefes Unkraut zu seinem Hinterhof und tippte eine Mobilnummer in sein Handy. »Das Zeug ist angekommen.«

»Kannst du einen Grundriss danach machen?«

»Kein Problem.«

»Die Besitzer verreisen nach Weihnachten, zwei Wochen Bali, also musst du diesmal nicht unbedingt jemanden zusammenschlagen.«

»Oh, herzlichen Dank«, sagte er. »Sehr komisch.«

»Nimm nur die Sachen, die auf der Liste stehen. Wenn noch irgendwelches Bargeld herumliegt, das gehört dir. Aber werd nicht gierig. Halt dich nicht zu lange auf und lass dich nicht erwischen, mit anderen Worten.«

»Wenn ich in den Bau gehe, gehst du auch.«

»Das will ich nicht gehört haben. Wird Danny bei der Sache mitmachen?«

»Ich weiß, wie ich mit Danny umgehen muss. Er tut, was ich ihm sage.«

»Solange er weiter im Dunkeln tappt.«

Jolic lachte. »Danny tappt immer im Dunkeln, oh meine Schöne.«

»Wie kommt es, dass es immer spöttisch klingt, wenn du jemals etwas halbwegs Nettes zu mir sagst?«

Jolic war die Veränderung in ihrem Tonfall nicht entgangen. Er wusste, wie er die Situation retten konnte. Er legte einen schüchternen, unsicheren Klang in seine Stimme, als er sagte: »Ich lache nicht über dich, ich lache über mich, wenn du's genau wissen willst, falls du denkst, ich nehme mir zu viel raus, weißt du, und Sachen sage, die du nicht hören willst.«

Puh.

Er hörte, wie ihr Ton wieder umschlug. »Boyd, ich bin nicht so hartgesotten, dass ich nicht dann und wann gerne einen Hauch von Romantik hätte.«

Challis kam um sieben nach Hause. Tessa Kane erwartete ihn um halb acht bei sich daheim und er hätte beinahe angerufen, um abzusagen. Er wollte sich nicht abhetzen, sondern mit einem Glas Roten in der Hand zusehen, wie die Sonne unterging. Ein Buch lesen. Irgendetwas aus dem Gefrierschrank in die Mikrowelle stecken. Den Tag ausklingen lassen, und seine Sorgen mit dem schwindenden Licht im Westen auszublenden.

Aber er hatte seit geraumer Zeit kein Rendezvous zum Essen mehr gehabt – wenn man das jetzt ein Rendezvous nennen konnte. Die Essenseinladungen bei Polizeikollegen hatten während der letzten Jahre nachgelassen. Das hatte zum Teil mit seinem Singledasein zu tun. Eine ungebundene Person am Esstisch war eine Fleisch gewordene Kritik an der Paarbildung. Und Challis fragte sich, ob diese Ehemänner und Ehefrauen ihn als verhext ansahen, als lebenden Toten oder als die leere Hülse eines Mannes.

Er zog sich aus und stieg unter die Dusche. Er hatte einen Duschkopf über der Badewanne, aber Challis zog die Duschkabine an seiner Hintertür, neben der Waschküche vor. Er war dankbar, dass die Erbauer des Hauses so viel Weitblick gezeigt hatten. Wenn er von einer Stunde Gartenarbeit oder einem Spaziergang zurückkam, warf er seine Kleider einfach in den Wäschekorb und stellte sich in eine Kabine voll dampfend heißer Luft und Wasser.

Er massierte sich Shampoo in die Haare und ließ es einwirken, während er sich den Körper einseifte. Langsam füllte sich der Eimer zu seinen Füßen mit schaumigem Wasser.

Dann prasselte plötzlich kein Wasser mehr auf Kopf und Schultern herunter und er hatte das Shampoo noch nicht ausgespült und wusste, dass die elektrische Wasserpumpe über dem unterirdischen Tank leer kreischte und Luft ansog.

Challis stürmte nackt aus der Hintertür und schaltete die Pumpe ab. Er musste sich die Haare ausspülen. Er füllte einen Topf mit Wasser aus dem an seiner Garage hängenden Wellblechtank und schüttete es sich über den Kopf. Es war wie Eis. Er wiederholte den Vorgang und begann sich Gedanken darüber zu machen, dass das Verschwendung war. Beim dritten Mal versuchte er seinen Kopf in den Topf zu stecken und sich das Wasser in die Haare zu spritzen. Er betrachtete das Ergebnis. Das Wasser enthielt Spuren von Seife. Er goss es am Fuß eines alten absterbenden Zitronenbaums aus. Er war nicht davon überzeugt, dass seine Haare shampoofrei waren.

Schließlich kleidete er sich an, zog einen Kamm über seine juckende Kopfhaut und ging wieder hinaus. Ganz klar, er brauchte Wasser, aber um diese Uhrzeit würde kein Tankwagen mehr kommen, möglicherweise sogar mehrere Tage lang nicht, wenn es in der Gegend einen Run auf Wasser gab. Challis fand drei Schlauchstücke in seiner Garage und verband sie miteinander. Er befestigte ein Ende an dem Hahn am Boden des Blechtanks, steckte das andere in den Überlauf seines unterirdischen Tanks und drehte den Hahn auf. Es würde ein paar Stunden dauern, bis das Wasser umgefüllt war. Er machte sich im Geiste eine Notiz, die Pumpe zu entlüften.

Drinnen klingelte das Telefon.

»Hal, es ist beinahe halb neun.«

Sie gab sich Mühe, nicht verletzt oder sitzen gelassen zu klingen. Challis blickte auf seine Uhr: acht Uhr fünfzehn. »Tut mir Leid, Tess. Ein kleiner Notfall hier.«

»So müssen sich Polizistenfrauen fühlen. Hal, du hattest es doch nicht vergessen?«

»Schon unterwegs.«

Als er ging, fühlte er sich verdreckt und schuppig und konnte sich nicht erinnern, je in seinem ganzen verwirrenden Leben kribbeliger gewesen zu sein.

John Tankard und Pam Murphy waren am Wochenende vor Weihnachten für die Nachtschicht eingeteilt. Routinemäßiger Streifendienst, und Tankard, der dachte, das würde ihn von seinen Kreuzschmerzen ablenken, saß zur Abwechslung am Steuer des Dienstwagens. Er fand das krächzende Gemurmel aus dem Polizeifunk irgendwie tröstlich.

Sie fuhren schweigend dahin im grünlichen Licht der Armaturenbeleuchtung. Neun Uhr abends. Zehn. Elf.

Dann konnte Murphy die Surferin das Schweigen nicht länger ertragen: »Nicht viel los.«

»Warten Sie bis Silvester. Jung und Alt auf den Beinen, Partys überall.«

Sie nickte. »Die Stadt füllt sich allmählich, ist Ihnen das aufgefallen? Drunten, wo ich wohne, ist jetzt tagsüber viel mehr Verkehr. Die Feriengäste trudeln ein.«

Tankard grunzte.

Stille. Dann: »Sie sollten mal zum Physiotherapeuten gehen oder zum Chiropraktiker.«

Tankard blinzelte. Was quatschte sie da? »Was?«

»Sie sehen aus, als hätten Sie Schmerzen, Tank. Ist es der Rücken?«

»Mir geht's gut.«

»Es liegt an der ganzen Ausrüstung, die wir um die Hüfte herumschleppen. Schwerer Gürtel, Handschellen, Schlagstock, Pfefferspray, Halfter, Pistole. Das belastet das Kreuz. Und noch dazu ist das Gewicht ungleichmäßig verteilt.«

Er blickte sie an. Im Moment war sie ihm ungefähr so sympathisch wie eine Busladung voller Arschlöcher. »Was Sie nicht sagen.«

»Eine sportmedizinische Klinik sollte Ihnen da helfen können.«

»Mir geht's bestens.«

»Nein, tut es nicht. Es ist keine Schwäche, zuzugeben, dass Ihr Rücken eingerenkt werden muss.«

»Hören Sie, Murph, warum halten Sie nicht einfach die Klappe?«

Er sah, wie sie sich in den Sitz fallen ließ. »Wie Sie wollen.«

Ein Auto kam wie eine Rakete aus einer Seitenstraße geschossen. Ein BMW- Sportwagen.

Tankard frohlockte. »Also schön, du Sackratte, sehen wir mal, wie dir das gefällt.« Er aktivierte die Sirene und trat das Gaspedal durch.

Als sie näher herankamen, tauchte eine träge Hand auf und zeigte ihnen den Finger, und der BMW schwänzelte unter der starken Beschleunigung, während er rasch davonzog.

»Na warte, Freundchen, dich rauche ich in der Pfeife.«

Neben ihm stemmte sich Pam Murphy angespannt mit den Händen gegen das Armaturenbrett. »Vorsicht, Tank.«

»Vorsicht? Vorsichtig kann man niemanden verfolgen.«

»Passen Sie einfach auf, wo Sie hinfahren.«

Der BMW raste in südwestlicher Richtung aus Waterloo raus,

weg von der Küste ins Landesinnere. Tankard wollte ihn nicht verlieren. Die Halbinsel wurde von einem Netz schmaler Straßen und Wege zusammengehalten, wo es keine Beleuchtung gab, nur schemenhafte Auffahrten, tiefe Baumschatten und hunderte von Zugangstoren.

Dann verloren sie ihn. Sie fuhren gerade durch die Tubbarubba Road, als der BMW plötzlich weg war. »Langsam«, sagte Pam Murphy. »Ich hab was gesehen.«

»Was? Wo?«

»Hinter dem komischen Gebäude da an der Ecke.«

»Das ist eine automatische Telefonvermittlungsstelle«, sagte Tankard. »Was haben Sie gesehen?«

»Ein Licht, als hätte jemand eine Autotür aufgemacht.«

Tankard wendete so hart und schnell, dass der Motor aufheulte und das Heck des Vans ausbrach und eine Menge Gummi auf der Straße ließ. »Volltreffer. Da ist der Penner.«

Er parkte, schaltete den Motor ab, stieg aus. »Sie warten hier. Funken Sie das Nummernschild an die Zentrale, die sollen nachsehen, ob der Wagen gestohlen ist.«

Er sah, dass ihr das nicht passte, aber sie gehorchte. Er näherte sich dem BMW, der auf einem langen Grasstreifen neben einem Drahtzaun geparkt stand, und richtete den Strahl seiner Taschenlampe auf die Fahrertür. »Steigen Sie bitte aus dem Wagen, Sir.«

Es war eine Frau. Sie war jung und hatte eine Tendenz zum Stottern und Kichern. Eine Menge blonder Haare, einschließlich der Strähne, auf der sie herumkaute, während sie ihn musterte. Beine bis zum Arsch und brauchbare Titten. Für Tankard war sie die Verkörperung der Reichen und Privilegierten, die sich amüsierten, während die Arbeiterschaft sich abrackern musste. Er rief: »Murph, kommen Sie mal her?«

Er ließ seine Augen nicht von dem Mädchen. Als Pam Murphy neben ihm stand, sagte er: »Diese junge Dame ist aus dem Fahrersitz gestiegen.«

»Unmöglich.«

»Genau.«

Die Blondine machte ein verblüfftes Gesicht. »Was meinen Sie?«

»Miss, ist jemand bei Ihnen?«

»Sie meinen meinen Freund?«

Tankard legte den Kopf zurück und rief: »Sir, würden Sie bitte aus dem Wagen steigen?«

Pam Murphy zog sich zurück, bis sie die Flanke des Wagens und die Beifahrertür im Blick hatte. Sie legte die Hand an die Waffe. »Bitte machen Sie uns keine Schwierigkeiten, Sir.«

»Herrgott, jetzt komm schon raus, was soll das denn?«, sagte die Blondine.

Sie beobachteten, wie die Tür aufging. Ein junger Mann entstieg dem Wagen. »Was spielen Sie sich denn so auf?«, fragte er.

Pam sagte: »Sir, sind Sie der Besitzer dieses Wagens?«

»Und wenn?«

»Sind Sie gefahren?«

»Ich doch nicht.«

»Wir haben Grund zu der Annahme, dass Sie mit Ihrer Freundin den Platz getauscht haben.«

»Sind Sie noch ganz dicht?«

Tankard sagte: »Sir, wir haben Grund zu der Annahme, dass Sie diesen Wagen gefahren haben. Sie haben die Höchstgeschwindigkeit überschritten und wir werden einen Alkoholtest machen, um festzustellen, ob Sie unter Alkoholeinfluss am Steuer waren. Wir glauben auch, dass Sie mit Ihrer Freundin den Platz getauscht haben, um sich einer möglichen Strafverfolgung zu entziehen. Darf ich bitte Ihren Führerschein sehen, Sir, und Ihren auch, junge Dame, und Sie höflich bitten, sich einem Atemtest zu unterziehen?«

»Jetzt hören Sie aber auf! Ihr blöden Bullen habt doch keine Ahnung, mit wem ihr es zu tun habt. Diesmal habt ihr einen schweren Fehler gemacht.«

Sie ignorierten ihn. Sie trennten das Pärchen und brachten sie einen nach dem anderen zum Alkoholtest in den Van. Als Tankard mit der Frau allein war, sagte er: »Sie könnten es sich leichter machen.«

»Was meinen Sie?«

»Sie tun etwas für mich, ich tue etwas für Sie.«

Sie sagte nichts, aber ihre Augen verengten sich, während sie wartete, was noch kommen würde.

»Wie heißen Sie?«

»Cindy Price.«

»Cindy. Schön, Cindy, wollen Sie ernsthaft wegen Trunkenheit am Steuer und Falschaussage gegenüber der Polizei eingebuchtet werden?« Tankard ruckte mit dem Kopf. »Nur um das Arschloch zu schützen? Ist er Ihr Freund, ja?«

»So was in der Art.«

»In der Art. Also hegen Sie wohl keine besonders starken Gefühle. Das ist gut. Nun, Cindy, irgendjemandem werden wir hierfür das halbe Strafgesetzbuch anhängen, also warum denken Sie nicht ein bisschen an sich selbst? Erzählen Sie uns, was wirklich passiert ist, wie er sie gebeten hat, den Platz mit ihm zu tauschen, und ich sorge dafür, dass keine Anklage gegen Sie erhoben wird.«

»Und?«

»Und was?«

»Ist das alles?«

Jetzt kamen sie langsam auf den Punkt. Sie lagen auf derselben Wellenlänge. »Wenn Sie eine wasserdichte Versicherung abschließen wollen, Cindy, müssen Sie noch eine Sache für mich tun.«

Sie sagte herausfordernd: »Versuchen Sie Ihr Glück.«

Er wartete einen Herzschlag lang. »Das habe ich vor.« Er angelte sein Notizbuch heraus. »Wie war die Adresse?«

Dieser Tage war das der einzige Weg, wie er ab und zu zum Schuss kam. Sie traten wieder zu den anderen.

»Das werden Sie noch bereuen«, sagte der Freund.

Er war wie das Mädchen, jung, betrunken und ein Musterbild der privilegierten Klasse. »Ich schlage Sie gleich aus den Latschen, wenn Sie nicht den Mund halten«, sagte Tankard.

»Sie wissen nicht, mit wem Sie es zu tun haben.«

Tankard sagte zu Pam Murphy: »Kennen Sie diesen Witz, er geht eigentlich über Porsches, nicht BMWs, aber er passt trotzdem. Was ist der Unterschied zwischen einem Porsche und einer Irrenanstalt?«

»Gar keiner, beide sind voller Idioten«, sagte Pam.

9

»Was machst du?«

Challis hatte gedacht, sie würde schlafen. Er selbst hatte geschlafen, war aber dann aufgewacht, und das fremde Bett, das Haus und die ungewohnte Situation hatten ihn plötzlich überwältigt – mitten in der Dunkelheit, die nur von der Digitalanzeige ihres Weckers und einem Schimmer von Mondlicht hinter den Vorhängen erhellt wurde. Schweren Vorhängen, wie er sich erinnerte, zu schwer für den Raum. Er hatte seine Kleider angezogen und suchte gerade nach seinen Schuhen, aber sie hatte ihn erwischt.

Er beugte sich über das Bett und küsste sie. »Ich muss gehen, Tess.«

Sie starrte ihn an, dann sah sie weg. »Ich dachte, wir würden zusammen frühstücken.«

Er saß eine Weile neben ihr, eine Hand an ihren Hals gelegt, bis ihm die Sehnen dort sagten, dass sie sich nicht entspannte. Er zog seine Hand zurück. »Ich konnte nicht schlafen.«

Sie rollte sich von ihm weg. »Schön. Man sieht sich.«

»Tess –«

Sie wandte sich ihm wieder zu. »Hal, ist schon gut. Ich bin nicht böse. Du fühlst dich fremd, das verstehe ich, also sollst du gehen.«

»Ich sehe dich dann.«

Sie küsste ihn und ließ sich in die Kissen zurückfallen. »Nicht reden. Ich bin müde. Bis dann.«

Am Sonntagmorgen unterrichtete Ginger zwei Klassen. Er konnte Pam noch in der um zehn Uhr unterbringen. Aus Angst, sich zum Narren zu machen, hätte sie beinahe die Bollé-Sonnebrille nicht eingepackt, die sie für ihn gekauft hatte. Aber er schien ihr keine spezielle Aufmerksamkeit zu schenken, also präsentierte sie sie ihm ohne großes Aufhebens am Ende der Stunde, während die anderen sich umzogen und wegfuhren.

»Weihnachtsgeschenk für Sie.«

Er errötete. »Ich habe gar nichts für Sie.«

»Das habe ich auch nicht erwartet.«

»Aber ich wollte eigentlich.«

»Wirklich?«

»Ich dachte, Sie würden es vielleicht falsch verstehen.«

»Nein«, sagte sie.

Die Farben von Himmel und Wasser waren rosa und grau, ein typischer lauer Strandtag auf der Halbinsel. Pam fuhr angenehm verwirrt nach Hause, ein Prickeln auf der Haut, aber das verflüchtigte sich bald. Der Knopf an ihrem Anrufbeantworter blinkte. Sergeant Kellock wollte sie um Punkt zwei auf dem Revier sehen, und sie solle sich gefälligst nicht verspäten, wenn sie wisse, was gut für sie sei.

Rhys Hartnett war zehn Minuten zu früh. Gerade kam Ellen mit den Sachen fürs Mittagessen und der Samstagszeitung vom Einkaufen zurück. Sie stellte alles in die Küche und führte ihn durchs Haus, wobei sie sich für dessen Mängel entschuldigte. Alan heftete sich misstrauisch an ihre Fersen und fragte nach der besten Kühlmethode ohne Klimaanlage. Ellen wusste, worum es ihm dabei ging: Er wollte sehen, ob Rhys sie neutral beraten würde.

»Zunächst Isolierung.«

»Es ist schon isoliert«, sagte Alan.

»Haben Sie schon an Deckenventilatoren gedacht?«

»Die taugen nichts, wenn die Luft bereits heiß ist.«

»Fensterläden? Jalousien? Ein Weinspalier?«

Ellen sagte: »Das ist offensichtlich ziemlich hoffnungslos, Rhys, also warum beenden Sie nicht Ihren Rundgang und machen uns ein Angebot?«

»Das können wir uns nicht leisten«, sagte Alan.

Rhys blickte fragend zu Ellen, die sagte: »Es kann nicht schaden, sich ein Angebot machen zu lassen.«

»Lärmende Scheißdinger.«

»Man kann das Hauptaggregat in einiger Entfernung von Ihrem Wohnbereich installieren«, sagte Rhys. »Dann hören Sie nichts.«

Sie kamen in Larraynes Zimmer. Sie lag in engen Shorts und

einem Trikotoberteil auf dem Bett und las. Ein kleiner Schreibtischventilator zauste ihr glattes Haar. Rhys Hartnett warf ihr ein Grinsen zu und sagte: »Hallihallo. Heiß genug für dich?«

Ellen fühlte einen Stich reinster Eifersucht. Es überraschte sie. Sie beobachtete die Reaktion ihrer Tochter auf Hartnett und freute sich, die gewohnte finstere Miene zu sehen. Larrayne warf sich herum und sagte: »Hat man in diesem Haus überhaupt kein Privatleben mehr?«

Ellen verdrehte die Augen. »Entschuldigen Sie, Rhys. Sie kann manchmal sehr unhöflich sein.«

»Unhöflich? Das? Nee. Ich habe schon Angebote für High Society-Tanten in Brighton für ihre Steuerabschreibungs-Farmen gemacht, und die könnten Ihrer Tochter noch ein, zwei Dinge über Unhöflichkeit beibringen.«

Challis hatte den zentralen Großhändler des Staates für Cooper-Reifen angerufen, und der sagte: »Ich war früher der einzige Großhändler, aber inzwischen gibt es noch so eine Schwindelfirma in Ihrer Gegend, die sie verkauft.« Und deshalb fuhr er jetzt eine Nebenstraße in Rosebud entlang. Tyre City erstreckte sich über einen halben Block. Ein Schandfleck aus Reifenstapeln, schmierigen Schuppen, öligem Dreck und Gras, das sich mit der Maschendraht-Einzäunung verflochten hatte. Der Schriftzug »Billige Reifen« in mehr als mannshohen Buchstaben bedeckte die Stirnwand des Hauptgebäudes. Als Challis hineinfuhr, an der Seite parkte und sich zeigte, schien die halbe Belegschaft mit den Schatten zu verschmelzen, während die andere Hälfte ihn feindselig anstarrte. Challis wusste, dass er nach Bulle roch. Alle Bullen tun das – für diejenigen, die Grund haben, nach einem zu schnüffeln. Der Krach – eine Mischung aus Rockmusik, dem Zischen von Druckluft und dem Gehämmer von Werkzeugen – war ohrenbetäubend.

Er zeigte dem Mann, der aus einem kleinen, verglasten Büro kam, seine Marke. »Sind Sie der Chef?«

Der Mann nickte. »Höchstpersönlich.«

»Verkaufen Sie Reifen der Marke Cooper?«

Eine Zigarette wippte im Mundwinkel des Mannes. »Könnte sein.«

»Entweder Sie tun's oder Sie tun's nicht.«

»Also gut, ich tu's. Na und?«

»Ein ungewöhnlicher Reifen.«

»Ziemlich, ja.«

»Geht er nicht gut?«

Der Mann zuckte die Achseln. »Wird schon gekauft.«

»Würden Sie sich an jemanden erinnern, der einen Satz Coopers aufziehen ließ?«

Öl- und Schmiereablagerungen schienen eine untrennbare Verbindung mit Gesicht, Händen und Kleidung des Mannes eingegangen zu sein. Er war klein, gebaut wie ein Fass und hatte ein permanentes Stirnrunzeln aufgesetzt. »Wahrscheinlich nicht.«

»Kommen Sie. Ein solcher Kauf ist doch ungewöhnlich in so einem Geschäft.«

Der Mann schob den Unterkiefer vor. »Und was genau wollen Sie damit sagen?«

»Ich will damit sagen, dass Ihr Hauptgeschäft daraus besteht, kaum noch verkehrssichere Reifen an Leute zu verkaufen, die Rostlauben fahren«, sagte Challis grob. »Und ich will, dass Sie mir einen Augenblick lang Ihre ungeteilte Aufmerksamkeit widmen.«

»Mann, ich verkaufe alle Arten von Reifen und ich verkaufe alle Marken. Hier kommen Typen im Jaguar genauso her wie welche im VW. Ich verkaufe Lastwagenreifen. Weiter hinten habe ich Traktorreifen. Ich kaufe ganze Posten auf Versteigerungen und ich kaufe einzelne Reifen. Ich kaufe bei anderen Händlern. Ich kaufe aus Konkursmassen. Ich bin Vertragshändler für die meisten Marken.«

»Schon verstanden, schon verstanden«, sagte Challis. »Die einzige Art, wie wir Ihre Verkäufe von Cooper-Reifen nachvollziehen können, ist also, wenn wir in Ihre Bücher schauen, ja? Sie haben sie doch sicher verbucht, oder? Ich bin sicher, dass Sie der Typ sind, der alles korrekt festhält fürs Finanzamt.«

Der Mann wand sich unbehaglich. »Bin diesen Monat mit dem Papierkram ein bisschen in Rückstand. Würde nicht leicht zu finden sein, im Büro ist ziemliches Chaos. Und ich hätte nicht unbedingt den Namen des Kunden auf die Rechnung geschrieben.«

»Wie steht's mit den Kennzeichen? Die halten Sie doch bestimmt auf den Rechnungen fest?«

Der Mann kratzte sich am Kopf. »Nicht immer.«

Eine Stunde später kapitulierte Challis vor dem Durcheinander im Büro des Mannes und kehrte nach Waterloo zurück. Als er auf den Parkplatz der Polizeistation fuhr, erblickte er McQuarries Wagen auf dem Besucherparkplatz und fühlte sich versucht, umzukehren und wieder wegzufahren. Er musste zum Frisör, er hatte seit Wochen keinen Strandspaziergang gemacht, er musste Weihnachtseinkäufe erledigen.

Das Telefon klingelte, als er oben ankam. Es war niemand sonst da, um den Anruf entgegenzunehmen.

Er erkannte die Stimme am Telefon. »Hier ist Hal Challis, Mrs Gideon.«

Ihre Stimme klang leise und müde. »Haben Ihre Leute schon irgendetwas herausgefunden, Mr Challis?«

Er sagte vorsichtig: »Wir verfolgen verschiedene Spuren. Wir haben eine ziemlich genaue Vorstellung, in welcher Art Fahrzeug Ihre Tochter entführt wurde.«

»Und was für eine Art soll das sein?«

»Eine Art Geländewagen.«

Sie schwieg.

»Mrs Gideon?«

»Danke.«

Dann war die Leitung tot.

Pam Murphy meldete sich im Konferenzsaal, einem Raum mit einem riesigen Tisch und einer erdrückenden Decke, der, wie sie glaubte, gewählt worden war, um sie einzuschüchtern. Alle Stühle bis auf zwei starrten sie leer und anklagend an. Sie nahm auf einem dritten Stuhl Platz und sah zu, wie Superintendent McQuarrie, das Kinn in die Hände gestützt, sie musterte. Ihr war schlecht. Warum musste der sich einmischen? Sie sah zu Sergeant Kellock, der ihrem Blick auswich.

»Sir, wir sind streng nach Vorschrift vorgegangen.«

»Lady Bastian sagt etwas anderes«, sagte McQuarrie.

»Sir, bei allem Respekt, sie war nicht dabei.«

»Ein junger Mann aus guter Familie, der nie zuvor in Schwierigkeiten gesteckt hat.«

»Das ist nicht wahr, Sir. Zwei Verkehrsverstöße und –«

»Kleinkram«, sagte der Superintendent. »Wir haben hier einen jungen Mann aus guter Familie und zwei Polizeibeamte am Ende einer langen Schicht zu einer der arbeitsreichsten Zeiten des Jahres, nämlich Weihnachten. Es ist spät und sehr dunkel draußen. Keine unabhängigen Zeugen. Einer der Beamten ist für seine aggressive Polizeiarbeit bekannt. Tatsächlich steht er im Mittelpunkt der öffentlichen Aufmerksamkeit, und ich musste lange und hart mit der Dienstaufsicht verhandeln, damit sie kein Untersuchungsteam herbeordern.«

Tank hatte ihr gesagt, dass so etwas passieren konnte. Wenn sich genügend Leute über ihn beschwerten, konnte die Dienstaufsicht sich verpflichtet fühlen, ihn unter die Lupe zu nehmen.

»Vielleicht sind Sie sich nicht im Klaren darüber, Constable Murphy«, warf Kellock ein, »was genau eine Untersuchung der Dienstaufsicht bedeuten kann. Wenn sie etwas gegen Sie finden, bedeutet das nicht nur, dass in Ihrem Revier unangekündigte Überprüfungen des Führungsstils stattfinden, sondern die kontrollierten Beamten sind auch gezwungen, zusätzliche Kurse in Verhalten und Menschenführung an der Akademie zu belegen. Wollen Sie das wirklich?«

»Nein, Sir.«

»Glücklicherweise sind der Superintendent und ich zuversichtlich, dass Mr Bastians Beschwerde sich gütlich beilegen lässt. Es besteht kein Anlass für weitergehende Untersuchungen von außen.«

»Beschwerde, Sir?«

»Willkür.«

Pam schüttelte den Kopf und dachte, das glaub ich einfach nicht.

McQuarrie beugte sich vor. »Constable Murphy, ist es nicht möglich, dass an der Verhaftung etwas faul war? Ist es nicht möglich, dass Constable Tankard überreagiert hat?«

»Nein, Sir.«

»Sie waren die ganze Zeit mit ihm zusammen?«

»Sir, es ist Vorschrift, Zeugen oder Täter während der Befragung voneinander zu trennen. Constable Tankard nahm das Mädchen zur Befragung beiseite, während ich Mr Bastian vernahm. Standardvorgehensweise. Wir wollten ihnen so wenig wie möglich Gelegenheit geben, die Geschichte abzusprechen, die sie für uns ausgekocht hatten.«

»Miss Price behauptet, dass sie den Wagen gefahren hat.«

»Das ist eine Lüge, Sir. Wir haben beide zu Anfang der Verfolgung den Fahrer gesehen. Es war ein Mann.«

»Konnten Sie ihn deutlich sehen?«

»Ziemlich deutlich. Der Arm eines Mannes.«

»Vielleicht trug sie seine Jacke.«

»Es war eine warme Nacht, Sir. Keiner von beiden trug eine Jacke.«

»Verstehen Sie, worauf ich hinauswill, Constable Murphy? Die Sache könnte ziemlich dumm ausgehen für uns – oder vielmehr für Sie.«

Der Mann war ein Leuteschinder. Sauber, hellwach, gepflegt und dabei aalglatt und hinterhältig. Und ein Schlappschwanz. Ein Mann, der lieber einer reichen Familie in den Arsch kroch, als für die Interessen seiner Leute einzutreten.

»Zweifel, Constable Murphy. Zweifel schleichen sich ein.«

»Ich stehe zu meiner Aussage, Sir.«

McQuarrie versenkte sein scharf geschnittenes Gesicht in der Akte. »Miss Price sagte auch, ich zitiere: ›Der männliche Polizeibeamte hat Gefälligkeiten verlangt. Er wollte Sex, und dass ich zugab, nicht gefahren zu sein, sonst würde ich ins Gefängnis kommen.‹ Haben Sie diese Unterhaltung gehört, Constable?«

»Nein, Sir.«

»Aber es hat den richtigen Klang, meinen Sie nicht? So etwas wäre Constable Tankard absolut zuzutrauen, oder?«

»Er erscheint mir als ein kompetenter Beamter, Sir. Professionell.«

Statt zu antworten, starrte McQuarrie sie nur an. Er schien im Geiste Berechnungen anzustellen, über sie, oder Tankard, oder den Fall selbst. Sie wusste es nicht.

John Tankard sah sie aus dem Konferenzsaal kommen. »Pam. Wie geht's, Kollegin?«

»Nicht schlecht, Tank, wenn man bedenkt.«

»Sie halten sich gut?«

»Ich versuch's.«

»Lassen Sie sich von den Mistkerlen nicht unterkriegen.«

»Das werde ich nicht.«

Er ergriff ihren Arm, zog sie in eine Ecke und sagte mit unterdrückter Stimme: »Hören Sie, Pam, was haben die über mich gesagt?«

Die Tür zum Konferenzsaal ging auf und Kellock streckte den Kopf heraus. »Constable Tankard, Sie können jetzt hereinkommen.«

Drei Uhr, es war still geworden auf dem Revier, alle waren nach Hause gegangen oder erledigten Weihnachtseinkäufe oder spielten Kricket oder Tennis. Scobie Sutton war deshalb erleichtert, als er John Tankard aus dem Konferenzsaal kommen sah. »Tank, sind Sie gerade beschäftigt?«

Tankard wirkte trübsinnig und kalt. »Ich habe erst in einer Stunde wieder Dienst.«

Sutton warf einen Blick zum Konferenzsaal hin. »Was geht da vor?«

»Nichts.«

Sutton ließ das Thema fallen. »Sie können mir einen Gefallen tun.«

»Und was?«

»Ich muss mit ein paar Zigeunern reden.«

Endlich musste Tankard grinsen. »Zigeuner? Sie wollen mich auf den Arm nehmen. Haben sie Ihnen aus der Hand gelesen und gesagt, Sie sollen alle Ihre Ersparnisse auf einen lahmen Gaul setzen? Na gut, ich habe nichts Besseres zu tun.«

Sutton schilderte die Situation, während Tankard fuhr. »Ich habe die Zusammenhänge erst gestern Nacht auf die Reihe bekommen, als ich meiner Tochter eine Geschichte vorgelesen habe. Sie fragte mich, was ein Zigeuner sei. Vor ein paar Tagen habe ich mit einem älteren Paar gesprochen. Bei denen kam eine Frau an die Haustür und bot an, das Haus zu segnen und alles Kleingeld, das sie so herumliegen hatten. Dann hat sie alles mitgenommen, was nicht niet- und nagelfest war, sobald die alten Leutchen ihr den Rücken kehrten. Und ein paar Tage davor kam eine Frau aufs Revier, vermutlich eine ›Roma-Seherin‹, und erzählte mir, wir würden Jane Gideons Leiche in der Nähe eines Gewässers finden.«

»Ohne Scheiß?«

Sutton schürzte die Lippen, starrte nach vorn durch die Windschutzscheibe und erinnerte sich daran, was diese Sofia über seine Tochter gesagt hatte. Wie hatte sie das wissen können? Neben ihm sagte Tankard: »Scobe? Schlafen Sie mit offenen Augen?«

»Verzeihung?«

»Jane Gideon.«

Sutton gestikulierte mit dem Arm. »Oh, die Information war zu vage. Der springende Punkt ist, dass ich den täglichen Verbrechensbericht überprüft habe. Wenn es dieselbe Frau ist, hat sie ein halbes Dutzend Leute bestohlen.«

Tankard fuhr langsam über einen Bahnübergang. Die Reifen klatschten über die Schienen und er beschleunigte wieder. »Sie können sie ja festnehmen und eine Gegenüberstellung machen. Vielleicht kann sie jemand identifizieren.«

»Dazu würde der Chef nie sein Okay geben. Das ist nur so eine Ahnung«, sagte Sutton. »Aber ein Foto, das wäre etwas anderes.«

Er langte zwischen den Sitzen nach hinten und warf Tankard eine Kamera in den Schoß. Es war eine Canon mit Teleobjektiv.

»Ich hoffe, Sie können damit umgehen«, sagte Sutton.

»Kein Problem. Verwickeln Sie sie nur irgendwo in ein Gespräch, wo ich freie Sicht auf sie habe.«

Sie erreichten den Tidal-River-Wohnwagenpark, einen tristen Flecken aus verkrüppelten Kahikatoa-Bäumen, schmutzigem Sand und einem stehenden, stechmückenverseuchten Gewässer. In der Mitte des Geländes befanden sich die Toilettengebäude, eine Wäscherei und das Hauptbüro sowie einige frühe Sommerurlauber in großen Campingbussen mit Vorzelten. Die Ränder des Parks, der Hauptstraße zunächst gelegen und schlecht geschützt vor Staub, Lärm, Wind und Sonne, waren den Langzeitgästen in Wohnwagen, Wohnmobilen und transportablen Häuschen aus Sperrholz oder Aluminium vorbehalten.

»Zigeuner?«, fragte der Parkmanager.

»Eine Frau, die sich Sofia nennt. Eine Wahrsagerin«, sagte Sutton.

»Ach die. Eine Zigeunerin? Wusste gar nicht, dass es hier welche gibt. Ich dachte einfach, sie wäre ein Schlitzauge. Da sieht man mal wieder.«

»Wenn Sie es mir auf dem Plan zeigen würden?«, sagte Sutton.

Der vom Regen fleckige und sonnenverblichene Plan steckte hinter einer dicken, verkratzten Plexiglasscheibe. Der Manager zeigte darauf. »Da in der Ecke. Sie und ihre Brüder und ein paar Kinder.«

Tankard fuhr langsam durch den Park. Sutton spürte seinen ruhelos umherschweifenden Blick. Wenn man so besessen ist, fordert man ein Magengeschwür geradezu heraus, dachte er. Er deutete. »Da.«

Sofia und ein nacktes kleines Mädchen saßen auf ausgefransten Nylon-Campingstühlen unter einer Segeltuchplane an der Seite eines schmutzigen, weißen Holden Jackaroo, der zu einem kleinen Wohnmobil umgebaut worden war. Dahinter standen ein dazu passender Jackaroo und noch weiter hinten ein Wohnwagen. Der Wohnwagen war nicht an ein Fahrzeug gekoppelt, aber ein zerbeulter, ungepflegter Land Cruiser stand unter einem Baum in der

Nähe geparkt. Sutton sah sich von drei Männern beobachtet, die auf einer Zementbank im Schatten einer schiefen Akazie saßen. Der Boden war nackt und hart. Sutton gewann den Eindruck von Verwahrlosung, obwohl Sofia und die Männer sauber gekleidet waren und kein Abfall herumlag.

Vielleicht lag es an dem Hund, einem mageren, räudigen Blue Heeler, einem australischen Hütehund. Seine Pfoten lagen im Staub auf etwas, was, wie Sutton erkannte, vor kurzem noch ein teurer Lederrucksack gewesen war. Doch jetzt war das feine Leder zerrissen und durchgekaut.

Die drei Männer beobachteten ihn, als er aus dem Commodore stieg. Als er die Tür schloss, kam einer auf die Füße und schlenderte weg. Bevor Sutton Sofia und das Kind erreicht hatte, bummelte ein zweiter Mann mit den Händen in den Hosentaschen davon. Schließlich der dritte. Was Sutton in diesem Moment blitzartig durch den Kopf schoss, war die Anwesenheit der Geländewagen mit Heckabteil. Dann dachte er an Sofia und den Grund seines Besuchs und erkannte, dass nun, da die Männer weg waren, John Tankard unbemerkt mit der Kamera zielen konnte.

»Erinnern Sie sich an mich, Sofia?«

Sie betrachtete ihn. Ihr Gesicht zeigte keine Regung. »Ihr kleines Mädchen ist glücklicher.«

»Das liegt daran, dass die Krippe über Weihnachten bis Ende Januar zumacht. Meine Frau –«

»Sie braucht Zeit, sich umzugewöhnen.«

Sutton vermutete, dass Sofia seine Tochter meinte, nicht seine Frau, und er fragte sich, ob sie gerade hellsah oder einfach eine offensichtliche Wahrheit formulierte.

»Zwei Dinge, Sofia. Nummer eins. Als Sie zu uns kamen, sagten Sie, dass Sie wüssten, wo Jane Gideon ist. Haben Sie noch einmal darüber nachgedacht? War es nur so ein Gefühl, hat Ihnen jemand gesagt, wo sie ist, oder haben Sie sie tatsächlich gesehen? Ich war neulich ein wenig unhöflich«, schloss er hastig.

»Nicht unhöflich. Ungläubig. Sie haben mir nicht geglaubt.«

»Na ja, es passiert nicht jeden Tag –«

»Sie haben sie in der Nähe von Wasser gefunden, nicht wahr, genau wie ich es Ihnen vorausgesagt habe.«

»Vielleicht haben Ihre Brüder –«

»Die wissen gar nichts.«

»Schön. Sie haben also gespürt, dass Jane Gideon tot ist. Wollen Sie das sagen? Sie hatten keine unmittelbare Kenntnis?«

»Wenn Sie es so ausdrücken wollen. Was ist die zweite Angelegenheit, über die Sie sprechen wollen?«

Sutton betrachtete den Hund. Er war mit dem Rucksack zwischen den Kiefern eingeschlafen. »Sofia, in Ihrer Rolle als Wahrsagerin –«

»Seherin.«

»– als Seherin, segnen Sie da gelegentlich Menschen? Ihre Häuser oder ihre Besitztümer, meine ich. Erzählen ihnen, ihr weltlicher Besitz würde sich vervielfachen, oder etwas Ähnliches?«

Sofia schien aus ihren Reserven an Würde zu schöpfen. »Ich bin keine Magierin. Ich zaubere keine Dinge her, die es gar nicht gibt.«

»Schön, schön.«

»Es gibt Scharlatane, die behaupten, so etwas zu können.«

»Kennen Sie vielleicht welche? Wo kann ich sie finden?«

In diesem Moment überquerte eine kleine braune Schlange die Fläche zwischen den verrottenden Nylonstühlen und dem Wohnwagen. Weder Sofia noch Sutton sagten irgendetwas, aber Sofia trat sachte zu dem Kind im zweiten Stuhl und hob es heraus. Die Schlange glitt unbeeindruckt unter den Wohnwagen.

»Man lernt, mit ihnen zu leben«, sagte Sofia.

Sie hatten einen speziellen Artikel über ihn in der wichtigsten Samstagszeitung. Es hieß, er hätte die beiden Frauen »geschnappt«. Was für ein Witz; sie waren beide freiwillig in sein Auto gestiegen. Nummer drei aber, die hatte er sich geschnappt, nach Strich und Faden.

Er war nicht auf der Pirsch gewesen, als er sie das erste Mal sah. Es war im Morgengrauen gewesen, im ersten Licht des Tages, und er war auf dem Weg zur Arbeit. Er sah sie dahinjoggen, mit stampfenden schlanken Beinen, pumpenden Ellbogen und Schulterblättern, die sich unter den dünnen

Trägern eines Trikotoberteils abzeichneten. Ein Stirnband, um ihre Haare zurückzubinden. Seine Scheinwerfer pickten im ungewissen Morgenlicht die reflektierenden Streifen an den Fersen ihrer Laufschuhe auf. Die Luft war kühl. Später würde es wieder heiß werden und sie musste wahrscheinlich zur Arbeit, und darum lief sie im Morgengrauen. Er machte einen großen Bogen um sie herum, fuhr weiter den Old Peninsula Highway entlang und durchdachte die Angelegenheit.

Das war vor mehreren Tagen gewesen. Jeden Morgen danach war es nach dem gleichen Schema abgelaufen.

An diesem Morgen war er eine halbe Stunde früher aufgebrochen, hatte auf dem Streifen am Rand der Straße angehalten, das Hinterrad auf der Beifahrerseite mit einem Schnelllöse-Wagenheber hochgebockt, die Radkappe und eine Radmutter entfernt und gewartet.

Als sie auf ihn zukam, lief er in kleinen Kreisen gebückt neben dem Hinterrad herum, die Hände hinter dem Rücken verschränkt. Ihre Schritte stampften, kamen näher und wurden dann langsamer.

»Etwas verloren?«

Er sah erleichtert zu ihr hoch, warf ihr ein Lächeln zu. »Die verflixte Radmutter. Das Licht ist zu schlecht und ich habe keine Taschenlampe.«

Halb vornübergebeugt suchte er weiter neben dem Wagenheber. Sie half ihm. Unter diesen Umständen – Morgengrauen, noch kaum ein Windhauch – würde er genügend Vorwarnzeit haben, wenn ein anderes Auto kam. Er und Nummer drei gingen eine Weile so herum, und dann, als sie das Suchgebiet auf die Gegend um den Auspuff ausdehnte und sich hinkauerte, um unter die Hinterachse zu spähen, da packte er sie.

Das hieß sich jemanden schnappen.

10

»Tschüsschen, Frosch«, sagte Scobie Sutton.

»Nicht Frosch. Roslyn. Ros … lyn.«

»Roslyn.«

Ihre kleinen Arme schossen in die Höhe. Sie standen neben der Hintertür. »Papa, nimm mich mit.«

»Ich muss jetzt zur Arbeit, meine Süße.«

»Nimmst du mich mit? Bitte?«

»Ein andermal vielleicht.«

»Scobie, mein Lieber, du machst ihr falsche Hoffnungen.«

So war es oft. Man musste wirklich gründlich nachdenken, bevor man in Gegenwart einer Dreijährigen etwas sagte oder tat, denn wenn sie irgendetwas falsch verstanden, konnte die halbe Erziehung zum Teufel sein.

Er sagte: »Gib Papa einen Abschiedskuss. Wir machen heute Abend ein Barbecue, wie wär das?«

»Würschen?«

»Würschen auf Brot mit ganz viel Sauce.«

»Zwei Würschen?«

»So viele du magst.«

Durch die Abschiedsküsse hindurch hörte er seine Frau sagen: »Ich kann mein Glück noch kaum fassen.«

»Ich versuche, früher nach Hause zu kommen.«

»Es ist Heiligabend, mein Lieber.«

Pam Murphy ging früh an diesem Morgen zum Surfen und hoffte, auf Ginger mit einer Gruppe Schüler zu treffen, aber er war nicht da. Sonntag, Heiligabend, sie hätte damit rechnen können. Der Tag schien sich endlos vor ihr auszudehnen. Sie rief ihre Eltern an.

Neunzig Minuten später stieg sie aus dem Zug nach Melbourne und nahm die Straßenbahn nach Kew. Ihre Eltern wohnten in einem Haus aus der Jahrhundertwende, das in einem verwilderten Garten auf einem Hügel mit Blick auf den Strudley Park lag. Sie besuchte sie von Zeit zu Zeit, nicht nur, weil sie ihre Eltern waren und nicht jünger wurden, sondern auch, weil sie gerne ein einziges Mal gehört hätte, dass sie etwas Anerkennendes über das Leben sagten, das sie sich aufgebaut hatte.

Und heute wollte sie Tankard, Kellock und McQuarrie aus ihren Gedanken verbannen, ihren Eltern ihre Weihnachtsgeschenke geben, ihre eigenen in Empfang nehmen und ganz allgemein ihr Polizistinnenleben ein paar Stunden lang vergessen, bevor sie sich um vier Uhr nachmittags wieder zum Dienst melden musste.

Das Haus war in schlechtem Zustand, verrottende Fensterrahmen, abblätternde Farbe und Tapeten, Salzfeuchte in den Wänden, undichtes Dach, und das, obwohl das Haus auf einem halben Morgen besten Baulandes stand.

Sie hatte einen eigenen Schlüssel.

»Bist du das, Liebes?«

Wer sonst, dachte Pam. »Ich, Ma.«

Klink, klank und dann ein Schaben, als ihre Mutter die Gehstütze durch die Wohnzimmertür manövrierte, und noch mehr Klink-klank, während sie sich durch die Diele bewegte. Im Haus war es dunkel, trotz der blendenden Sonne draußen. Sie brannte gegen die schwere Haustür, leuchtete aber nur schwach durch das bunte Glas.

Pam küsste ihre Mutter. »Wie geht's Papa?«

Ein abwägendes Stirnrunzeln: »Sagen wir, er hat einen so lala Tag.«

»Tippt er?«

»Ja.«

Pam rieb die Handflächen aneinander und wappnete sich für den langen Gang an ihrer Mutter vorbei die düstere, feuchte Diele entlang zu dem Hinterzimmer, wo ihr Vater mittlerweile hauste, umgeben von seinen Büchern. Dr. Murphy schien keinen Schlaf zu brauchen. Er verbrachte seine ganze Zeit sitzend in die Kissen gelehnt mit einer Reiseschreibmaschine auf dem Schoß.

Pam zögerte. »Wie läuft es?«

»Wir haben den Morgen damit verbracht, uns über den Gebrauch eines Bindestrichs zu zanken«, erwiderte ihre Mutter. »Er bestand darauf, dass es Renaissance Bindestrich Gemälde heißt. Ich sagte, dass das für mich altmodisch aussieht und man den Bindestrich heute genauso gut weglassen kann.«

Es gab drei Doktoren der Philosophie in der Familie. Pams Vater und ihre beiden Brüder, die mehrere Jahre älter waren als sie. Die Brüder lehrten an Universitäten in den Vereinigten Staaten und kamen nie zu Besuch. Pam war noch ein Kind gewesen, als ihre Brüder das Haus verließen, um zur Uni zu gehen. Ein wenig von der intellektuellen Brillanz der Familie schien mit ihnen verloren gegangen zu sein, und Pam wuchs in dem Glauben auf, dass ihren Eltern an ihrer eigenen Entwicklung nicht so viel lag, weil sie den Verstand der Familie nicht geerbt hätte. Und so machte sie deutlich, dass sie lieber schwamm und Rad fuhr und Tennis spielte und Skilanglauf betrieb. Zumeist Einzelsportarten. Aber sie machte dabei eine interessante Entdeckung: Diese Sportarten formten ihren Geist, denn sie zwangen sie dazu, Probleme anzupacken, Einsamkeit zu ertragen und den Dingen auf den Grund zu gehen, und so glaubte sie nicht länger, dass sie dumm war. Sie bestand die Abschlussprüfung an der Polizeiakademie als Drittbeste ihrer Klasse.

Nicht, dass ihre Familie das zur Kenntnis genommen hätte.

»Hi, Papa.«

»Was soll dieses ›Hi‹-Gerede? Soll ich vielleicht mit ›Ho‹ antworten?«

»Hallo, Papa, Vater, Pater, oh du Königlicher.«

Ihr Vater grinste. Das Zimmer roch muffig. Ein Geruch, der sich aus altem Fleisch und alten Möbeln und Büchern zusammensetzte. Pam ging zum Fenster.

»Lass das«, sagte ihr Vater.

»Wie du willst.«

»Setz dich, meine Süße. Was führen die Gesetzlosen im Schilde?«

Also erzählte Pam, schmückte aus und beobachtete das begierige Gesicht ihres Vaters. Es war mehr als die Neugier nach den saftigen Details. Pam hatte den Verdacht, dass er eine Art rassehygienischer Position gegenüber dem Verbrechen einnahm.

»Und wie hat dieser Bursche ausgesehen?«

»Ach, ziemlich durchschnittlich. Was macht das Buch?«

Dr. Murphy war Mathematikdozent gewesen. Er hatte ein ereignisloses Leben geführt, aber er versuchte, daraus eine Autobiographie zu quetschen.

»Bei dem Tempo, in dem ich schreibe«, sagte er säuerlich, »werde ich wahrscheinlich tot sein, bevor ich auf die Welt gekommen bin.«

An diesem Nachmittag dachte van Alphen über die Beziehung zwischen sexueller Begierde und Kokain nach. Clara wollte ihn, ganz klar, aber er wusste nicht, was er davon halten sollte. Einfaches Begehren nach ihm als Individuum? Dankbarkeit, weil er für sie da gewesen war, als sie ihn brauchte, nach dem Brand? Oder war es etwas Chemisches, das Kokain selbst, was auf sie einwirkte, und nichts, was mit ihm als Person zu tun hatte?

Sie war diskret. Er hatte sie das Zeug nie nehmen sehen. In der Nacht, als er es abgeliefert hatte, hatte sie es versteckt, ohne etwas zu nehmen. Und als er gestern vorbeigeschaut hatte, hatte sie offensichtlich schon etwas intus. Auf keinen Fall wollte er zusehen, wie sie es schnupfte, und sie schützte ihn davor, indem sie darauf bestand, dass er immer anrief, bevor er sie besuchen kam.

Wie auch immer, sie war allzeit bereit für ihn. Aber musste sie sich erst zudröhnen? Sah sie in ihm lediglich den Lieferanten, der bei Laune gehalten werden musste, weil er als Bezahlung kein Geld sondern Sex wollte?

Er steckte inzwischen tief drin. Er hatte ihr Gramm um Gramm von dem Zeugs beschafft. »Clara, sei nicht böse, aber du verkaufst das Zeug doch nicht weiter, oder?«

Sie war schockiert und ehrlich empört. »Van, ich hab dir doch gesagt, es ist wegen meiner Nerven!«

»Ich weiß.«

»Du siehst doch, dass es hilft, oder etwa nicht? Ich meine, wirke ich immer noch so fahrig?«

»Ich glaube nicht.«

»Nein. Also frag mich nicht so was. Ich schäme mich so schon genug.«

»Gut.«

»Es ist ja nicht so, als wäre ich ein Junkie oder so.«

Da waren alte Narben, kaum sichtbar. Vielleicht war sie es doch einmal gewesen. »Vergiss, was ich gesagt habe, Clara, ja?«

»Na gut«, sagte sie, immer noch verärgert, und schmiegte sich dann der Länge nach an seine Seite. »Mein Gott, du tust mir so gut.«

Sie hatte die Vorhänge zugezogen. Räucherstäbchen brannten. In dem parfümierten Dämmerlicht drehte er sich herum und küsste sie. Sie machte sich von ihm frei. »Wir vergessen dich, Van. Du wirkst überreizt.«

»Ahhh«, sagte er, rollte sich auf den Rücken und legte einen Arm über die Augen, »seit ein paar Tagen ist die Hölle los. Zwei von meinen Beamten haben vor zwei Nächten so einen reichen Arsch verhaftet, und jetzt schlägt die Mutter Radau und beschwert sich beim Superintendent.«

»Und dann noch das Mädchen, das man ermordet hat.«

»Auch das.«

Sie verfielen in Schweigen und begannen sich zu streicheln. Danach, als die Herzfrequenz und das Pulsieren des Blutes angenehm nachließen, stützte er sich auf einen Ellbogen und begann mit den Fingerspitzen ihre Brüste und ihren Bauch nachzuzeichnen und die herrliche Vertiefung zwischen ihren Schenkeln. »Unglaubliche Haut«, sagte er. »Du bist nicht etwa zum Teil Maori, oder?«

Ihr Körper schien sich unter seinem Blick zu verändern, zurückzuschrecken und ihn auszuschließen. »Das war's dann«, sagte sie. »Das musste ja früher oder später so kommen.«

»Was?«

»Macht es irgendeinen Unterschied, wer oder was ich bin?«

»Natürlich nicht. Ich hab doch nur gefragt –«

»Du hast gerne ein Stück schwarzes Fleisch, ist es das? Oder vielleicht ekelst du dich und kannst nichts dagegen tun? Oder versuchst du, mit mir Schluss zu machen?«

»Ich hab doch nur gesagt –«

»Denk nur immer dran, wo der Koks hergekommen ist, großer Held. Wenn du mich noch einmal beleidigst, mir wehtust, mich in Schwierigkeiten bringst, dann plaudere ich alles so schnell aus, dass du gar nicht weißt, wie dir geschieht. ›Bulle stiehlt Drogen für Geliebte‹, ich seh's schon vor mir.«

»Jesus, ich hab doch nur gesagt –«

»Ich bin auch aus Fleisch und Blut, genau wie du. Oder nicht? Ich hab auch Gefühle.«

»Natürlich.«

»Ich verdiene Respekt.«

»Ich respektiere dich.«

»Dann sag nichts Verletzendes mehr zu mir. Denk es nicht einmal. Und vor allem will ich nichts mehr über Maoris oder Neuseeland oder meine Vergangenheit hören, okay?«

»Sicher.«

Sie senkte ihren Unterleib auf sein Gesicht. »Machs mir mit der Zunge. Ja, so … ja, so …«

Ihre Person war für ihn schlüpfriger Boden, Sex jedoch war sicheres Gelände und van Alphen stürzte sich hinein. Durch das feuchte Klatschen der Innenseite ihrer Schenkel an seinen Ohren hörte er einen Laut wie Lust oder Schmerz.

Um vier Uhr, gerade als John Tankard seine Tasse Kaffee in der Mannschaftskantine austrank, bevor er mit Pam Murphy auf Streife ging, rief ihm jemand zu: »He, Tank. Pech gehabt, alter Knabe.«

»Ja, vielen Dank.«

»Sie lassen die Anklage gegen die Mistkerle fallen.«

»Ja, ich weiß.«

»Sind Sie wenigstens dazu gekommen, diese Cindy zu bumsen oder was?«

John Tankard trieb den anderen Mann mit dem Unterarm über der Kehle quer durch den Raum, bis er ihn flach gegen die Wand hatte. »Sie Arschloch.«

»Regen Sie sich ab, Tank. Er hat doch nur Spaß gemacht.«

»Ja, lassen Sie ihn los, Tank. Hören Sie, wir sind doch alle auf Ihrer Seite. Die glauben, nur weil sie Geld haben, kommen sie mit allem durch. Das ist nicht recht. Wir sind auf Ihrer Seite. Also lassen Sie ihn los.«

Tankard ließ seinen Kollegen los. Es kam nicht oft vor – nie? –, dass die anderen auf seiner Seite waren.

Challis nahm das Telefon ab und hörte Tessa Kane sagen: »Hal, ich dachte, ich könnte dir jetzt schon fröhliche Weihnachten wünschen. Ich bin morgen den ganzen Tag bei meiner Familie.«

Ein Anflug von Verzweiflung klang aus ihrer Stimme. Verlief ihr Leben in ähnlichen Bahnen wie seines? Er stieß schwer den Atem aus. »Ich wünsch dir einen schönen Tag.«

»Danke.«

Dann senkte sich ihre Stimme und nahm eine leise, verlorene Färbung an. »Du hättest anrufen sollen.«

Challis wartete, dann sagte er vorsichtig: »Das hätte ich schon noch getan.«

»Ich wollte, du wärst nicht einfach so verschwunden.«

Sie blieben stumm. Nach einer Weile sagte Challis sachte: »Ich gehe jetzt besser. Ich würde dich gerne bald wieder sehen.«

»Warte! Die Verhaftung von –«

Challis legte auf. Die Festnahme von Lady Bastians Sohn, hatte sie fragen wollen, und anscheinend gab es jede Menge Fragen wegen dieser Festnahme, aber das war nicht sein Problem.

Er sah auf die Uhr. Halb sieben. Er entschied sich dagegen, extra heimzufahren und später wiederzukommen, und ging die High Street zur Fish Bar hinunter, einem zwischen der Kreisverwaltung und der Mole gelegenen Bistro. Durch das Fenster konnte er den freien Platz sehen, den die Stadt für Veranstaltungen und Jahrmärkte unbebaut ließ. Heute Nacht: Weihnachtslieder bei

Kerzenschein. Ende Januar: das Westernport Festival. Am Anzac-Tag, dem Tag der Streitkräfte am fünfundzwanzigsten April: Morgenmesse.

Er aß gern allein. Oft hatte er keine andere Wahl, aber er genoss es auch, meistens. Heute Abend hätte er lieber Gesellschaft gehabt, denn er fühlte sich zum ersten Mal seit einiger Zeit ausgeglichen und entspannt – was viel damit zu tun hatte, dass es Heiligabend war und die Stadt und sogar das Polizeirevier sich für einen Tag in einer bummeligen Stimmung befand. Alle waren gutmütig und voll guten Willens.

Um acht Uhr beglich er die Rechnung, und während er aufstand und seinen Kreditkartenbeleg in die Tasche schob, sah er Scobie Suttons Wagen auf der anderen Seite der Straße am Rinnstein anhalten. Die Rasenfläche vor dem kleinen Musikpavillon füllte sich schnell. Sutton, seine Frau und seine Tochter stiegen aus; sie hatten Decken und Gesangbücher dabei. Der Kleinen fielen die Augen zu. Challis sah ihnen nach, wie sie sich unter die Menge mischten. Jemand reichte ihnen Kerzen aus einem Pappkarton und sie ließen sich auf ihren Decken nieder. Aber Challis gesellte sich nicht zu ihnen, als die Weihnachtslieder begannen. Er hätte es tun können und wäre vermutlich willkommen gewesen, er suchte sich jedoch einen Platz in der Menge, wo er mitsingen konnte, aber nicht reden musste.

11

Challis erwachte am ersten Weihnachtsfeiertag um sechs und das Elend der Welt flutete über ihn hinweg. Er hatte nicht damit gerechnet, sich so zu fühlen. Er hatte gedacht, er würde über dem allem stehen. Er erinnerte sich, irgendwo gelesen zu haben, dass man einen langen Spaziergang machen solle, wenn man sich deprimiert fühle. Kurz entschlossen schwang er sich aus dem Bett und suchte nach den Nike-Schuhen, die er sonst zum Gärtnern verwendete, einem T-Shirt und einem Paar alter Shorts.

Er ging eine Stunde lang. Während das schlechte Gefühl sich verflüchtigte, begann er den Stimmen der Vögel zu lauschen. Er hätte schwören können, dass er zum ersten Mal in den fünf Jahren, seit er auf der Halbinsel wohnte, einen Bellbird gehört hatte, einen Vogel mit glockenähnlicher Stimme. Die Welt war ruhig und still und er war allein und durchschritt sie leichten Fußes, heute Morgen. Er holte tief Atem. Gelbkehlchen beobachteten ihn und Drosseln sangen hoch über seinem Kopf im Baldachin der Äste. Kleine Lebewesen raschelten im Farnkraut. Nur eine Plastiktüte, die sich an einem Brombeerzweig verfangen hatte, verdarb ihm den Morgen ein wenig – das und das Bewusstsein, dass er jetzt zwar nicht mehr deprimiert war, es aber jederzeit wieder werden konnte, während der Tag voranschritt.

Um halb zehn ging er aus dem Haus. Ellen Destry wohnte mit Mann und Tochter in einem Zedernholzhaus auf Pfählen in einer stickigen Senke zwischen Kahikatoa-Bäumen und einem kleinen, buckligen Hügel in Penzance Beach. Das Haus sah aus wie ein Ferienhaus – und das war es auch gewesen, bevor die Destrys es kauften. Und nichts – nicht einmal die neuen Sträucher und Kräuter und Obstbäume, der frische Anstrich oder die Pflanzen in Hängeampeln – konnte daran etwas ändern. Drei Autos in der Einfahrt, drei an der Straße. Challis stöhnte. Er war nicht in der Verfassung für eine Menschenmenge. Er bevorzugte das Alleinsein, und doch arbeitete er in einem Beruf, der ständige Geselligkeit verlangte.

Alan Destry kam an die Tür. »Hal. Kommen Sie rein, kommen Sie rein. Fröhliche Weihnachten.«

Ellens Mann wirkte unzufrieden. Er war nur Constable bei der Verkehrspolizei und wurde draußen in der Outer Eastern Zone eingesetzt, und verheiratet war er mit einer Kripo-Karrierefrau. So hatte es Ellen einmal Challis erklärt, im Pub, als sie lieber bleiben und trinken und nicht nach Hause gehen wollte. »Ihnen auch fröhliche Weihnachten«, sagte Challis und streckte ihm die Hand entgegen.

In diesem Augenblick flog ein kleines Flugzeug, das der Küstenlinie folgte, über sie hinweg. Challis sah nach oben. Eine zweimotorige Cessna. Er kannte sie nicht.

»Manche Leute bleiben mit den Füßen auf dem Boden«, sagte Alan Destry.

Es war eine ungeschickte Spitze, ausgeteilt mit einem Grinsen der Festtagsfreude. Challis wollte erwidern, dass manche Leute ihr Glück nicht zu schätzen wussten, ließ es dann aber bleiben. Die Leute unterschätzten ihn, das wusste er, und es war ihm egal. Sie dachten, dass ein Polizist, der gerne alte Flugzeuge restaurierte und mit einer Frau verheiratet war, die ihn hatte erschießen lassen wollen, dass das ein Mann war, der die Dinge schleifen ließ. Ein Mann, dem es nicht bestimmt war, es bei der Truppe noch weiter zu bringen, als er schon war, ein Inspector, nicht mehr.

Er überreichte einen in grünrotes Geschenkpapier eingewickelten Terrakottatopf. Ein Bündel Lobelien quoll über die Ränder heraus. »Nett von Ihnen«, sagte Destry, sah sich nach einer ebenen Fläche um und entschied sich für den Verandaboden neben der Eingangstür.

Sie gingen weiter ins Wohnzimmer. Die Fenster waren geöffnet und ließen einen Schwall warmer, staubiger Luft herein. Es war eine erdrückende Atmosphäre. Kein Wunder, dass Ellen eine Klimaanlage einbauen lassen wollte. Sie war nicht im Raum. Scobie Sutton auch nicht. Wohl aber die anderen Kripoleute und ein paar von Alan Destrys Kollegen, zusammen mit ihren Gattinnen und Kindern. Die Tochter der Destrys, Larrayne, saß missvergnügt in einer Ecke und versuchte, die bettelnden Hände eines kleinen Jungen abzuwehren.

»Ellen nicht da?«

»Nein, ein plötzlicher Todesfall. Ein Kind.«

Challis fühlte sich scheußlich. An Weihnachten ein Kind zu verlieren.

Er würgte ein Glas Bier hinunter und stopfte sich geistesabwesend gebrannte Nüsse aus einer Schale auf dem Fernseher in den Mund. Weihnachtskarten standen auf einem Büffet und hingen an einer über die hintere Wand gespannten Schnur. Mistelzweige. Die Päckchen waren am Fuß eines schlappen, herausgeputzten Pinienzweigs aufgehäuft, der die Nadeln verlor. Während er hinsah, fiel eine Weihnachtskugel auf den Teppich herunter. Der kleine Junge raste darauf zu, trat in seiner Hast dagegen und Challis sah, wie sie an der Sockelleiste zerschellte.

Die Tochter der Destrys sah so unglücklich und niedergeschlagen aus, dass Challis beschloss, zu ihr zu gehen. Auf dem Weg wechselte er Grüße mit verschiedenen Leuten. Sie starrte unverwandt zu Boden, als wollte sie sich verstecken oder so unbedeutend wirken, dass sich niemand mit ihr abgeben mochte. Sie trug einen kurzen Jeansrock, ein Savage-Garden-T-Shirt und Sandalen. Sie hatte sich die Nägel lackiert. Ihre Beine, mit geschlossenen Knien zur Seite geneigt, wirkten zu lang für ihre zarte Gestalt. Haarlocken umrahmten ihr junges, rundes Gesicht. Sie war fünfzehn, sah aber gleichzeitig wie zehn und wie zwanzig aus.

»Hallo, Larrayne.«

Sie saß in einem niedrigen, unbequemen Sessel und Challis ragte hoch über ihr auf. Sie musste den Kopf in den Nacken legen, um sein Gesicht zu sehen, und dadurch klang ihre Stimme gepresst. »Hallo.« Sie sagte es schnell dahin und sah gleich wieder weg.

Challis kauerte sich neben ihr nieder. »Fröhliche Weihnachten.«

Sie murmelte eine Erwiderung und drehte ihre Knie von ihm weg.

»Es ist ein Jammer, dass deine Mutter wegmusste.«

Larrayne zuckte die Achseln, dann sagte sie: »Ich und Papa mussten mal wieder alles allein machen, wie üblich. Sie lädt sich Leute ein und dann verschwindet sie und alles bleibt an uns hängen.«

Challis erhob sich mit knackenden Knien. Er hatte genug von der Destry-Tochter. Er schlenderte hinüber zum Hauptfenster.

Als Alan Destry mit einer Schale Nüsse vorbeikam fragte Challis: »Ist Scobie mit Ellen unterwegs?«

»Ja.«

»Wissen wir, was passiert ist?«

»Plötzlicher Kindstod.«

Ein plötzlicher Kindstod. Challis fragte sich, was im Leben überhaupt noch sicher war. Er fühlte sich wieder sehr allein, und als der Anruf von der Einsatzzentrale kam, war er ihm willkommen.

12

Sie waren Leute vom Land: anständig, bestürzt und auf das Schlimmste gefasst. Sie hatten Trinas Ankunft im Laufe des Heiligabends erwartet. Es war eine lange Fahrt von Frankston nach Shepparton, deshalb hatten sie sich zwar Sorgen gemacht, als ihre Tochter nicht erschien, sich aber gesagt, dass sie wohl erst kommen würde, wenn sie schon im Bett waren, oder spätestens am Morgen des ersten Feiertags. Auch wenn sie ein wenig verstimmt gewesen wären, wenn sie es tatsächlich so spät hätte werden lassen. Sie war schon immer ein bisschen eigensinnig und unzuverlässig gewesen. Nicht böswillig, bestimmt nicht, aber sie ging eben gerne ihrer eigenen Wege. Doch als sie um zehn Uhr noch nicht angekommen war, hatten sie bei ihr angerufen. Keine Antwort. Dann hatten sie sich erinnert, dass zwei Mädchen entführt und ermordet worden waren, und die Polizei in Frankston alarmiert, die einen Streifenwagen zur Adresse ihrer Tochter geschickt hatte.

Trina Unger lebte in einem kleinen, heruntergekommen aussehenden Wohnblock. Die Wohnungstür war verschlossen, die Läden zu. Die Polizei hatte die Tür schließlich aufgebrochen, aber die Wohnung war leer. Trina Ungers Bett war ungemacht. Eine halb gepackte Reisetasche lag auf dem Fußende des Betts. Das andere Schlafzimmer war oberflächlich aufgeräumt worden. Nach Auskunft der Ungers hatte sie eine Mitbewohnerin. Sie wussten nicht, wo sie sich aufhielt. Zu Weihnachten bei ihren Eltern? – Wo auch Trina hätte sein sollen.

Dann, gegen Mittag, wurde Trina Ungers Wagen an einer einsamen Strecke des Old Peninsula Highway gefunden, nur zehn Kilometer von Frankston entfernt. Alle Fenster waren eingeschlagen.

Inzwischen war es drei Uhr nachmittags. Die Eltern waren aus Shepparton gekommen und Challis und Sutton sprachen im Wohnzimmer ihrer Tochter mit ihnen. Die Wände waren leicht schmierig, die Decke zu niedrig und die üppig gepolsterten, zusammengewürfelten Lehnsessel aus Gelegenheitskäufen drängten sich auf einem kleinen, zotteligen, orangefarbenen Teppich zusammen. Die Wohnung roch trotz der Sommerhitze feucht.

»Das zweite Schlafzimmer?«, sagte Challis.

»Das gehört Den«, sagte Mrs Unger. »Denise.«

»Wissen Sie, wie wir mit ihr Kontakt aufnehmen können?«

»Leider nein.«

Challis nickte Sutton zu, der aufstand und zum Schlafzimmer ging. Alle Bewegungen des Beamten kamen langsam und automatisch, sein knochiges Gesicht war verzerrt, die Augen nahe am Überlaufen, als könne er das Bild des toten Kindes in seiner Wiege nicht aus dem Kopf bekommen.

Challis wandte sich wieder an die Ungers. »Wir haben den Wagen Ihrer Tochter gefunden.«

Kurt Unger saß aufrecht, die Hände auf den Knien zu Fäusten geballt. Die Worte wollten nicht verständlich herauskommen, also hustete er und versuchte es noch einmal. »Ja.«

»Auf dem Old Peninsula Highway«, sprach Challis weiter. »Das ist genau in der Gegenrichtung von Shepparton. Und sie hatte angefangen zu packen, war aber noch nicht fertig. Haben Sie irgendeine Ahnung, wo sie vielleicht hinwollte?«

»Keine«, sagte Freda Unger.

»Hat sie einen Freund? Könnte er sie angerufen haben?«

Freda Unger machte eine ausholende Geste mit ihren Armen. »Wer weiß? Wir haben nie einen getroffen, falls sie Freunde hat. Aber sie ist ja noch jung.«

»Zwanzig?«

»Einundzwanzig im März.«

Kurt Unger hustete. Er sagte: »Ich habe mitgehört, wie ein Polizist sagte, dass alle Fenster in ihrem Wagen eingeschlagen sind.«

Challis fluchte unterdrückt. »Ja.«

»Sie hat ihre Türen abgesperrt, aber er hat die Fenster mit einem Stein zerschmettert und sie herausgezerrt«, sagte Kurt Unger bestimmt. Nichts an ihm bewegte sich, außer seinem Unterkiefer.

Seine Frau sackte in sich zusammen. »Oh nein, Kurt, nicht.«

»Wir wissen nicht, was passiert ist«, sagte Challis. »Nach meinem Gefühl hat es nichts mit ihrem Verschwinden zu tun. Alle Fenster waren eingeschlagen, und das spricht für Vandalen, und das Radio war herausgerissen und der Kofferraum aufgestemmt. Jemand hat ihren Wagen da stehen sehen und ihn aus einem Impuls heraus aufgebrochen.«

»Aber was wollte sie dort?«

»Möglicherweise kann uns das die Wohnungsgenossin Ihrer Tochter sagen«, sagte Challis. »Wir sind bereits dabei, sie zu suchen.«

Noch während er sprach, kam Scobie Sutton mit einem offenen Umschlag zwischen den langen Fingern herein. Es steckte ein Brief darin. »Er ist von der Mutter dieser Denise«, sagte er. »Es steht ein Absender hintendrauf, irgendwo in East Bentleigh. Wissen Sie, wo das Telefon ist, Mrs Unger?«

»Küche.«

»Gut.«

»Entschuldigen Sie mich«, sagte Challis und trat zu Sutton in der Küchenecke. »Scobie«, sagte er unterdrückt, »wenn das Mädchen da ist, fragen Sie sie, was Trinas Wagen auf dem Highway zu suchen hatte.«

Sutton sah aus, als wären ihm soeben seine Manieren wieder eingefallen. Er hielt Challis den Hörer hin. »Wollen Sie den Anruf machen, Chef?«

»Nein, so war es nicht gemeint. Stellen Sie ihr die nahe liegenden Fragen, wohin Trina während der letzten Tage gegangen ist, ob Trina einen Freund hatte, ob sie von Trinas Verschwinden schon gehört hat, diese Dinge eben. Aber wir müssen unbedingt das mit dem Wagen wissen.«

Challis kehrte ins Wohnzimmer zurück. Die Eltern flüsterten miteinander. Er wollte sich nicht aufdrängen, also ging er zur Wohnungstür hinaus und schlenderte zu dem Polizeiwagen, der seit dem Morgen in der Einfahrt geparkt stand. Eine Beamtin in Uniform saß bei offener Tür hinter dem Steuer und aß ein Sandwich. Sie schluckte hastig hinunter. »Brauchen Sie mich wieder drinnen, Sir?«

»Noch nicht. Sie halten sich im Moment ganz gut.«

»Sir, es kam gerade durch, dass ein Walkman und ein Stirnband in der Nähe des Wagens gefunden wurden.«

»Wie nahe?«

»Ein paar hundert Meter entfernt.«

Jogging, dachte Challis. Das war es, was sie dort gemacht hatte. Aber wann? Gestern? Vorgestern? Warum war ihrer Mitbewohnerin ihre Abwesenheit nicht aufgefallen?

Sutton kam zu ihm heraus. Er versuchte einen leichten Ton anzuschlagen. »Denise hat ziemlich tief ins Glas mit dem Weihnachtschampagner geschaut. Schwierig, etwas Sinnvolles aus ihr herauszubekommen. Aber sie sagte, dass Trina Unger gerne auf dem Highway zum Joggen geht. Früher ging sie dazu in den Park, aber vor ein paar Monaten hat sie ein Exhibitionist erschreckt und seitdem joggt sie auf dem Highway, weil es dort ruhiger ist.«

»Um welche Tageszeit?«

»Früher Morgen. Tagesanbruch.«

»Niemals am Abend?«

»Wenn man Denise glauben darf, nicht.«

»Wann hat sie Trina zuletzt gesehen?«

»Freitagnacht. Am Samstag fuhr sie zu ihren Eltern nach East Bentleigh, um ihrer Mutter bei den Weihnachtsvorbereitungen zu helfen. Es ist ihr aufgefallen, dass Trina noch nicht vom Laufen zurück war, aber sie hat sich nichts weiter dabei gedacht.«

»Ein Freund?«

»Sie wusste von keinem.«

Challis starrte blicklos über die Dächer. Junge Männer und Frauen verließen ihr Zuhause, um ihr eigenes, privates Leben zu führen, und manche von ihnen gingen dabei zu Grunde. »Scobie, gehen Sie nach Hause und verbringen Sie ein bisschen Zeit mit Ihrer Frau und Ihrem Kind. Ich sehe Sie dann morgen.«

13

Am zweiten Weihnachtsfeiertag brachten die Zeitungen Berichte über das vermisste Mädchen. Um acht Uhr morgens kam Tessa Kane zur Polizeistation, um Challis zu sagen, dass sie nun doch eine Ausgabe zwischen Weihnachten und Neujahr herausbringen würde. »Wir haben wieder einen Brief bekommen. Jemand hat ihn in den Kasten neben unserem Haupteingang gesteckt.«

Challis breitete ihn in seiner durchsichtigen Dokumentenhülle aus und las:

Wie Sie, habe auch ich meine Augen überall. Aber ich weiß, wonach ich suchen muss. Sie auch?

»Er bildet sich auch noch etwas darauf ein«, sagte Challis. »Das passt zu ihm.« Er seufzte. »Du hast dir eine Kopie gemacht?«

»Ja.«

»Ich schicke das ins Labor.«

»Wir gehen morgen Nacht in Druck.«

»Tess, du heizt die Geschichte auf.«

»Versuch mal, mich aufzuhalten, Hal. Ich habe mich rechtlich beraten lassen.«

»Das ist nicht der Punkt«, sagte Challis. »Du machst den Leuten Angst, und es besteht die Gefahr, dass es irgendwelche Verrückten oder Nachahmungstäter gibt.«

»Das ändert nichts an der Tatsache, dass es zwei Morde und möglicherweise einen dritten gegeben hat.«

»In diesem Stadium ist es noch eine Entführung.«

»Hal, komm schon.«

Hal sagte: »Ich fände es gut, wenn du es nicht veröffentlichen würdest, das ist alles.«

Ellen stellte ihren Wagen ab. Rhys wartete wieder auf sie. Am zweiten Weihnachtsfeiertag bei der Arbeit? Ganz schön fleißig. Er kam zu ihr herüber und reichte ihr einen Umschlag. »Ihr Kostenvoranschlag.«

Sie öffnete ihn und sagte: »Rhys, jetzt ist die Zeit der Freude. Es ist auch die Zeit der Telefonrechnung, der Gasrechnung, der Stromrechnung …«

Sie sagte es mit einem Lächeln, aber er reagierte mit aufblitzender Gereiztheit und sagte: »Ich dachte, es wäre Ihnen ernst. Ich habe die Kosten so niedrig wie möglich gehalten.« Er drehte sich zu der buschbestandenen Abgrenzung um und wollte auf das Gelände des Gerichtsgebäudes zurückkehren.

»Rhys, warten Sie.«

Sie holte ihn ein und sagte: »Hören Sie, ich wollte Sie nicht verärgern. Sie konnten ja nicht ahnen, in was Sie da bei meiner Familie hineingeraten.«

Er war immer noch verschnupft. »Ich hatte neulich den deutlichen Eindruck, dass Ihr Mann keine Klimaanlage haben will.«

Ellen meinte leichthin: »Ach, irgendwann überlegt er es sich schon noch.«

»Er konnte mich anscheinend nicht besonders leiden. Darauf kann ich verzichten.«

Es hatte keinen Sinn, die Augen davor zu verschließen. Rhys war am Mittag zum Grillen geblieben und es war eine Katastrophe geworden. »Alan ist manchmal so. Seine Arbeit ist nicht angenehm, er bekommt schreckliche Verkehrsunfälle zu sehen.« Sie grinste. »Aber ja, ich glaube nicht, dass es zurzeit eine gute Idee wäre, das Barbecue zu wiederholen.«

Sie sah, wie ein Teil der Anspannung von ihm wich. Er sah auf die Uhr. »Ich mache mich lieber wieder an die Arbeit. Warum sehen Sie sich den Kostenvoranschlag nicht erst einmal an, und ich melde mich später in der Woche bei Ihnen.«

Sie sagte: »Ein Drink wäre nett.«

Er zögerte. Die Wartezeit kam ihr sehr lang vor, bis er lächelte und sagte: »Gute Idee.«

In der Besprechung um acht Uhr dreißig sagte Challis : »Die Unger wurde seltsamerweise bei Tagesanbruch entführt, als sie bei ihrem morgendlichen Lauf war. Aber was sagt uns das? Nicht viel.

Pirscht unser Mann jede Nacht stundenlang über den Highway, um zu sehen, was er finden kann? War er auf dem Nachhauseweg, als er die Unger sah, oder woandershin unterwegs, vielleicht zur Arbeit? Nutzte er einfach die Gelegenheit, oder hatte er die Unger schon zuvor beim Joggen beobachtet?

Was uns zu seiner psychischen Verfassung bringt. Ein Einzelgänger, meinen die Seelenklempner. Wahrscheinlich intelligent, in den Dreißigern, und nach außen hin ein ganz normales Mitglied der Gesellschaft. Man könnte jahrelang mit ihm Tür an Tür leben und wüsste nicht, dass er es genießt, junge Frauen zu vergewaltigen und zu töten. Wahrscheinlich irgendwelche Probleme in seiner Kindheit. Vater ein gewalttätiger Säufer, eine ungesunde Bindung an die Mutter. Unfähig, eine Beziehung zu Frauen einzugehen, die über oberflächliche Freundlichkeit hinausgeht. Das haben wir alles schon oft gehört, aber dieses Wissen bringt uns leider nicht weiter, es erweist sich erst nach der Überführung vielleicht als richtig. Der entscheidende Punkt ist, er sieht aus und benimmt sich wie der typische Mann von nebenan. Er hat weder über seine Arbeit, Familie oder sonst wie eine Beziehung zu seinen Opfern, also müssen wir uns einfach auf unser Glück und den Zufall verlassen. Neben der guten alten Detektivarbeit.

Ich will Ihnen nichts vormachen, wir treten auf der Stelle. Die Leichen haben uns nicht viele gerichtsmedizinische Erkenntnisse gebracht, auch der Brief nicht, der an den *Progress* geschickt wurde. Das Papier ist normales Kopierpapier, wie es in jedem Schreibwarenladen und vielen Supermärkten verkauft wird. Der Drucker ist ein Canon, und die gibt es wie Sand am Meer, in Geschäften wie in Privathaushalten. Der Umschlag kam direkt von der Post. Es gibt Fingerabdrücke darauf, aber die sind verschmiert und stammen wahrscheinlich vom Postsortierer oder Briefträger. Das überprüfen wir noch.«

Er machte eine Pause. »In der Zwischenzeit ist ein zweiter Brief aufgetaucht.«

»Irgendetwas Neues über das Fahrzeug, Chef?«

Es war einer der Beamten aus Rosebud. Bisher gab es keine Anzeichen dafür, dass Ellen Destrys Team oder die über McQuarrie organisierten Verstärkungen das Vertrauen in ihn verloren hatten.

»Nein. Und wenn Sie sich mal überlegen, wer auf der Insel alles einen Allradwagen fährt, dann fangen Sie an, sich nach einem Becks und Ihrem Bett zu sehnen.«

Er zählte an den Fingern ab. »Zunächst mal alle Farmer, Obst- und Weinbauern und Tierzüchter. Dann der durchschnittliche Vorstadtcowboy, der seinen Augapfel nie abseits der gepflasterten Straßen bewegt. Außerdem der durchschnittliche Malermeister, Elektriker und Handwerker. Ganz zu schweigen von Pannenmechanikern, Kurierfahrern, Kreisangestellten, Leuten vom Elektrizitätswerk, Futterlieferanten.«

Er sah sie an. »Wir könnten durch Zufall auf das Bindeglied stoßen, das wir suchen. Wir müssen wachsam sein und die täglichen Verbrechensberichte studieren. Vielleicht ist unser Mann ein alter Bekannter, oder wir bekommen es wegen eines ganz anderen Vergehens mit ihm zu tun. Vielleicht wird sein Auto in einen Unfall verwickelt oder er parkt falsch. Ja, Scobie?«

Scobie Sutton hatte sich halb von seinem Stuhl erhoben. »Chef, wo wir gerade bei diesem Thema sind, da wüsste ich eine Möglichkeit.«

»Machen Sie weiter.«

»Am Samstag fuhr ich nach Tidal River, um eine Zigeunerin wegen eines Diebstahls zu vernehmen. Sie campte dort mit drei Typen und mindestens einem Kind. Zwei Wohnmobile, ein Wohnwagen, einige Holden Jackaroos. Der springende Punkt ist, dass sie letzte Woche aufs Revier kam und mehr oder weniger behauptete, sie hätte eine Vision gehabt, wo wir die Leiche finden könnten. In der Nähe von Wasser, sagte sie. Ich hielt sie für eine Spinnerin. Tut mir Leid, Chef.«

Challis war zornig, versuchte aber, es nicht zu zeigen. »Sie sollten sofort dahin fahren.«

»Ja, Chef.«

Kees van Alphen lieferte einen zweiten Gefrierbeutel ab. »Das Zeug geht weg wie nichts, Clara. Solltest du dich nicht besser ein bisschen einschränken?«

Er fühlte, wie sich ihre Arme um seinen Hals schlangen. »Das macht mir Appetit. Ist dir das nicht aufgefallen?«

»Kann man wohl sagen.«

»Was ist dann dein Problem?«

»Nachschub, das ist mein Problem. Entdeckt zu werden. In den Knast zu wandern. Reicht das für den Anfang?«

»Dann solltest du vielleicht ein paar Dealer hopsnehmen. Den Asservatenschrank wieder auffüllen und an die Quelle gehen.«

Daran hatte er schon gedacht. Er konnte es tun, aber er hatte kein gutes Gefühl dabei.

Danach, auf ihrem gemusterten Teppich im vom Vorhang gedämpften Licht, zeichnete er ihre Brustwarze nach und sagte: »Ich muss gehen.«

»So bald?«

»Die Nachbarn werden sich noch fragen, warum ständig ein Polizeiwagen in deiner Einfahrt steht.«

»Die? Die wissen gar nicht, dass ich existiere.«

Scobie Sutton forderte zwei Vans, einen Polizeiwagen und zwei Polizeianwärter an. Pam fand sich am Steuer wieder. Sie hatte am Morgen einen Anruf bekommen, dass ihre Mutter hingefallen war, nicht schlimm, aber schlimm genug, um sich ihren alten, mageren, sehnigen Arm zu verletzen. Als der Anruf kam, hatte Pam gerade ihre Uniform gebügelt und sich eine neue CD angehört, einen Sampler mit Surfer-Titeln aus den Sechzigern: »Wipeout«, »Pipeline«, »Apache«, ein paar Beach-Boys-Hits. Ginger hatte ihr einmal erzählt, dass man bei den Instrumentalstücken der Sechziger aus dem Schlagzeug und der Gitarre das Beben einer Welle beim Brechen heraushören konnte, also hatte sie intensiv gelauscht, während sie ihre Uniform bügelte und sich nach ihm sehnte.

Sutton durchbrach ihre Gedanken. »Wissen Sie, wie meine Kleine ›flott‹ ausspricht? ›Pott‹. Um sie auf die Toilette zu bringen, wenn sie früh aufwacht, müssen wir immer so tun, als ob ihr Teddy pinkeln muss. Und dann rast sie auf ihren kleinen Beinchen aufs Klo und sagt: ›Pott, Blauer Teddy, pott, mach pott, mach pott.‹«

Sein hageres Gesicht verzog sich in tausend Lachfältchen. »Ah«, sagte Pam und versuchte, ein wenig Enthusiasmus zu zeigen.

»Und ›Schokoladenpudding‹? Sie sagt ›Bockonilli‹ dazu.«

»Süß.«

Sie spürte, dass Sutton ihr seine hervortretenden Augen zugewandt hatte, um ihre Reaktion zu prüfen. Nach einer Weile sah er wieder weg.

Fünf Tage bis Silvester. Sie hatte frei und dachte an Ginger und die Partys, zu denen er gehen würde.

Sie fuhren in den Tidal-River-Wohnwagenpark hinein, ließen das Zentrum links liegen und suchten sich ihren Weg zu einer trostlosen, ungeschützten Ecke direkt bei der Hauptstraße.

Sutton stöhnte. »Sie haben die Kurve gekratzt.«

Sonnenverbrannte, nackte Erde mit Ölflecken, aber keine Spur von Zigeunern. Pam beobachtete Sutton, wie er aus dem Commodore stieg und suchend auf den Boden starrte, als könnte er dort Reifenspuren entdecken. Er sah blass aus. Dann ging er zur Mülltonne hinüber und begann Essensreste, Wegwerfgeschirr und Flaschen herauszuzerren. Auf dem Grund lag etwas, was Pam für ein schwarzes Stoffbündel hielt. Dann schüttelte Sutton es aus und sie erkannte Träger und Schnallen und begriff, dass sie einen Rucksack vor sich hatte. Er war in einem jämmerlichen Zustand. Sutton stopfte ihn wieder in den Mülleimer.

14

Am Montag, dem siebenundzwanzigsten Dezember rollten dunkle Wolkenmassen aus dem Westen heran und türmten sich über der Bucht zu riesigen Sturmwolken auf. Bis zum Mittag hatte sich ein Gewitter zusammengebraut. Den Nachmittag hindurch grollte und wetterleuchtete es und schob sich mit immer stürmischer werdenden Böen an die Halbinsel heran, bis es sich um vier in einem Wolkenbruch entlud. Im Fahndungsbüro in Waterloo fragte sich Challis, wie verstopft seine Abflüsse waren. Er konnte es sich nicht leisten, dass das Regenwasser die Kanalabflüsse überschwemmte, bevor es die Fallleitungen erreichte, die es in seinen unterirdischen Tank leiteten. Ellen Destry, ebenfalls im Einsatzraum, dachte an ihr Haus, das die ganze Zeit abgeschlossen in der Hitze brütete. Ob Larrayne daran gedacht hatte, die Fenster zu öffnen? Sie schaute über den Parkplatz zum Gericht hinüber. Rhys Hartnett schnitt im Regen nackt bis zur Hüfte Lüftungsöffnungen aus Blech zurecht. Sein Körper glänzte. Er schien ihren Blick zu fühlen. Er richtete sich auf, hob seinen triefenden Kopf dem Regen entgegen und schüttelte sich das Wasser aus den dichten Haaren. John Tankard, der mit dem Dienstvan unterwegs war, schaltete die Scheibenwischer ein und hielt am Hintereingang des Fiddlers Creek Hotel an, ließ sein Fenster herunter, schnappte sich den Sixpack mit Crown Lager, den der Manager ihm herausgebracht hatte und glitt wieder davon, um bei seinem Apartment Station zu machen, bevor er zum Revier zurückkehrte. Mittlerweile hatte sich der Boden unter Claras Briefkasten in schwarzen Schlamm verwandelt. Kees van Alphen lag erschöpft zu Hause im Bett und bekam von dem Sturm nichts mit. Vier Tage waren seit Trina Ungers Entführung vergangen. Ihre Leiche war nicht aufgetaucht. Das Leben ging weiter.

Am Donnerstag erschien der *Progress* in einer kleinen Sonderausgabe. Es gab kaum Inserate, nur eine Hand voll Nachrichten und eine Seite mit Sportergebnissen. Die Titelseite war unter der

Schlagzeile »Mörder foppt Polizei« dem zweiten Brief gewidmet. Es gab auch eine Spalte, in der darüber spekuliert wurde, dass ein Geländewagen für die Entführungen benutzt worden war. Und, ganz am Fuß der Seite, einen Artikel mit der Überschrift: »Anzeige fallen gelassen?«:

»Diese Woche gab die Polizei bekannt, dass die Anzeige gegen Mr Julian Bastian, den einundzwanzigjährigen Playboy und Sohn von Lady Susan Bastian, einer Stütze der Gesellschaft, fallen gelassen wurde.
Mr Bastian wurde Trunkenheit am Steuer vorgeworfen. Bei seiner Festnahme saß seine Begleiterin, Miss Cindy Price aus Mount Eliza, neunzehn Jahre alt, am Steuer seines BMW Sportwagens. Die Beamten, die die Festnahme durchführten, behaupteten, dass Bastian Miss Price dazu überredete, sich als die Fahrerin auszugeben.
Senior Sergeant Kellock von der Polizeistation Waterloo sagte: ›Die Festnahme wurde völlig korrekt durchgeführt.‹
Lady Bastians verstorbener Gatte, Sir Edgar Bastian, war die treibende Kraft hinter dem White-Sands-Golfplatz, zu dessen Mitgliedern auch Mark McQuarrie von der Polizei von Victoria gehört.
Superintendent McQuarrie ist der leitende Polizeibeamte des Halbinsel-Distrikts.«

Am Freitag waren Pam Murphy und John Tankard wieder zurück bei der Tagesschicht und fuhren ihre reguläre Streife durch die Stadt und die Nebenstraßen.

»Gestern die Zeitung gelesen, Murph?«

Pams Mutter war wegen einer Thrombose behandelt worden. Die Behandlung bestand aus viel Ruhe und Pillen, um das Blutgerinnsel aufzulösen. Aber würde sie viel Ruhe haben? Kaum, solange der alte Mann in diesem Zustand war.

»Hast du's gelesen?«

Pam spähte durch die Windschutzscheibe, die Seitenfenster,

immer gefasst auf Fahrrad fahrende Kinder und Skateboarder. »Was denn?«

»Den Artikel über diesen Esel Bastian.«

»Ja, hab ich gelesen.«

»Ganz gut, was?«

»In welcher Hinsicht?«

»Na, er weckt Zweifel, oder? Wenn ich ein paar höhere Beamte dazu bringe, auf diese Linie einzuschwenken, könnte die Anklage wieder aufgegriffen werden.«

»Und vielleicht können Schweine fliegen.«

»Sie sind eine alte Schwarzseherin, wissen Sie das?«

Und Tankard lehnte sich mit verschränkten Armen und geschlossenen Augen müde und deprimiert gegen die Beifahrertür.

Am Samstagmorgen bemerkte Challis, dass die Straße vor seinem Tor wieder trocken und staubig war, beinahe, als wäre in dieser Woche kein Tropfen Regen gefallen. Er fuhr wie immer in Richtung des Old Peninsula Highway. Aber diese Woche hatte er immer auf dem geschotterten Vorplatz der Scheune von Foursquare Produce Halt gemacht. Wie üblich standen auch heute zwei Fahrzeuge dicht am Gebäude selbst geparkt – die Autos der Angestellten. Das Tor stand offen. Er konnte zwei Frauen drinnen sehen, von denen eine eine Pyramide aus Äpfeln aufschichtete und die andere Preisschilder mit einem Marker vorbereitete. Sie erkannten ihn und winkten. Er fragte sich, was sie beim Anblick des Insassen des dritten Wagens empfanden, der neben der Telefonzelle parkte. Mitleid? Und vielleicht Verlegenheit, denn vor so viel nackter Verzweiflung wenden wir uns gerne ab.

Er stieg aus. Als er sich dem Wagen näherte, schwang die Fahrertür auf und eine Frau kletterte hinter dem Steuer hervor. »Inspector Challis.«

»Hallo, Mrs Gideon.«

Plakate groß wie Fernsehbildschirme klebten am Rückfenster: *Haben Sie gesehen, wer unsere Tochter entführt hat?* Ein verschwommenes Foto, das Jane Gideon zeigte, herausgeschnitten aus einer

Gruppe von Freunden, wie sie ein wenig schief und ein wenig betrunken in die Kamera lächelte. Hinter ihr war ein Gewirr von Papierschlangen zu sehen, die Ränder von ein oder zwei Luftballons und die Schulter eines Mannes, der sich an sie drückte. Ein paar Zeilen Beschreibung unter dem Foto und die Umstände ihrer Entführung. *Wenn dies eine Erinnerung ausgelöst hat, rufen Sie die Polizei an unter der Nummer,* und dann kam eine direkte Durchwahl zum Fahndungsbüro.

Kleinere Kopien waren an die Strommasten in der Nähe und an die Telefonzelle geklebt. Mrs Gideon hatte auch ein Bündel in ihrem Wagen und den lieben langen Tag verteilte sie sie geduldig an jeden, der bei Foursquare anhielt.

Challis stellte die Frage, die er jeden Tag seit dem zweiten Weihnachtsfeiertag gestellt hatte: »Schon jemand angebissen?«

Mrs Gideon lächelte müde. Ihr Haar war ungewaschen. Sie war übergewichtig und atmete schwer, was die Verzweiflung, mit der sie sich der Welt präsentierte, noch zu verstärken schien. »Die Leute sind sehr nett. Sie schauen immer genau hin und sie hören zu, aber sie schütteln immer den Kopf.«

»Sie tun Ihr Bestes.«

»Aber tut die Polizei das auch?«, tadelte sie ihn sanft. »Es kommt mir ungewöhnlich vor, dass es keine weiteren Fortschritte gegeben hat.«

»Wir stehen vor einem Rätsel«, sagte Challis. Er hatte nie gern mit etwas hinter dem Berg gehalten oder gelogen. Indem er Mrs Gideon sagte, dass die Polizei vor einem Rätsel stand, betonte er ihre Gemeinsamkeit mit ihr und dem Mann und der Frau auf der Straße.

15

Gegen Mittag saßen Danny Holsinger und Boyd Jolic in einem gestohlenen Fairmont und näherten sich einer abgeschiedenen Schotterpiste hinter der Rennbahn von Waterloo. Samstagmittag, niemand war unterwegs, alle im Urlaub.

»Da wären wir«, sagte Jolic.

Ein großes Haus ein Stück zurückversetzt von der Straße. Eine Menge Bäume, meilenweit kurz gemähter Rasen, hunderte von Metern weißer Gatterzäune, Pferche mit denselben weißen Zäunen, Stallungen, Schuppen, ein aufgestauter Teich, Obstbäume. Ein Schild, das auf die bevorstehende Auktion verwies, war neben dem Tor zur Auffahrt festgeschraubt. Alles stank geradezu nach Geld. Kein Wunder. Der Sieger des letzten Caulfield Cup war hier gezüchtet und trainiert worden.

Aber als Jolic bremste, um abzubiegen, blieb der Motor stehen. »Dampfblasen in der Benzinleitung«, hatte er gesagt, als es zum ersten Mal passierte, und jetzt fing es wieder an. »Mistkarre«, sagte er, betätigte den Anlasser und pumpte mit dem Gaspedal. Der Fairmont hustete und schüttelte sich und so ruckelten sie weiter die saubere, weiße, geschotterte Auffahrt hinauf bis zur Seite des Hauses.

Und gerade als sie ausstiegen trat eine Frau durch eine Fliegentür und sagte: »Sind Sie der neue Schmied?«

Unbewohnt, hatte Jolic gesagt. Er habe einen Grundriss des Hauses und die Garantie, dass die Besitzer bis Mitte Januar auf Bali Urlaub machten. Nur ein Manager, um die Pferde zu füttern und zu tränken, und zwei-, dreimal die Woche der Gärtner, aber an einem Samstagnachmittag wäre bestimmt keiner da.

Also was zum Geier sollte das bedeuten? Danny wandte sich an Jolic: »Jesses, Joll«, und Jolic verpasste ihm einen harten Stoß in die Rippen. »Willst du der Schlampe erzählen, wie wir heißen?«

Dann war Jolic schon aus dem Wagen heraus und rannte direkt auf die Frau zu. Er verbarg sein Gesicht hinter dem Arm, und als er sie erreichte, wirbelte er sie herum und presste ihr eine Hand auf den Mund. »Schnauze, und Ihnen passiert nichts.«

Er fing Dannys Blick auf und ruckte den Kopf zur Fliegentür. Danny, der ebenfalls sein Gesicht verbarg, rannte knirschend und scharrend durch den Schotter und riss die Tür auf.

Sie schleppten die Frau hinein. Sie waren in der Küche gelandet. An Haken aufgehängte Kupfertöpfe, ein riesiger AGA-Herd, eine Arbeitsplatte so lang und breit wie zwei hintereinander gestellte Einzelbetten, gebeizte Holzdielen und Einbauschränke. Jolic suchte krampfhaft, riss schließlich eine gusseiserne Bratpfanne von einem Wandhaken und schmetterte sie der Frau seitlich gegen den Kopf.

Sie sackte zu Boden wie ein Stein.

Sie keuchten. Danny glaubte, dass sie vielleicht geschrien hatten.

Wer war sonst noch auf dem Anwesen?

Hatte er es laut ausgesprochen? Ja, er schrie es hinaus, und es war ein Vorwurf gegen Jolic, der mit absolut beschissenen Informationen ein angeblich unbewohntes Haus ausräumen wollte. Jetzt war es schwerer Raub, und vielleicht Mord, soweit Danny das nach der Art beurteilen konnte, wie die Frau zu Boden gegangen war und jetzt dalag wie eine Stoffpuppe.

»Du Arschloch, wer ist sonst noch hier?«

Er hatte Jolic noch nie so genannt, nicht ins Gesicht.

»Warum zum Henker gehst du nicht nachschauen, Dan?«

»Ich nicht!«

»Wir gehen beide.«

Sie rannten durchs Haus, Zimmer für Zimmer, und fanden niemanden. Sie beruhigten sich ein wenig, Jolic beugte sich über die Frau, nahm ihr die einfache Goldkette vom Hals und gab sie Danny. »Tut mir Leid, Kumpel. Gib das deiner Tussi.«

Besänftigt sagte Danny: »Jau.«

Jolic zog seinen Grundriss heraus. Er hatte ihn mit roten Kreuzen markiert – eine Kristallvitrine hier, massives Silberbesteck da; hier eine antike Uhr, dort Porzellanfigurinen und eine Stereoanlage der Spitzenklasse. Sie wickelten das zerbrechliche Zeug in Luftkammerfolie und stopften alles Übrige in Müllsäcke.

Plötzlich war ein Mann im Küchenkorridor. Er stand mit dem Rücken zu ihnen und war offensichtlich gerade von der Arbeit draußen hereingekommen. Er war staubig, verschwitzt, roch nach Pferd und stemmte sich eine müde Hand ins Kreuz. Haar und Kragen waren dunkel vom Wasser, als wäre er durch die Waschküche hereingekommen und hätte sich erst ein wenig frisch gemacht. Verspätet zum Mittagessen, dachte Danny. Einfach scheißperfekt.

Jolic rannte mit Gebrüll wie ein Footballspieler auf den Mann zu und warf ihn mit einem Rammstoß zu Boden. Der Mann knickte in der Hüfte ein und Danny sah, wie sein Kopf gegen die Wand knallte, bevor er zu Boden sackte.

Zwei zu Null. Wie viele noch?

Jolic war jetzt wie ein Tiger im Käfig, wiegte sich von einem Fuß auf den anderen und schwang den Kopf auf der Suche nach Verfolgern herum. Danny erkannte, warum sich manche Frauen zu ihm hingezogen fühlen mochten. Er war wild, rücksichtslos, arrogant, schnell und leichtfüßig und er hatte brennende Augen. Aber er war auch verrückt und gefährlich und er fauchte Danny an: »Hilf mir, sie rauszuschaffen.«

»Raus?«

»Raus auf den verdammten Rasen, Dumpfbacke. Sofort!«

Die Frau, den Mann. Sie ließen ihre Köpfe wie Kartoffelsäcke über die Türschwelle holpern, dann über eine weiß gestrichene Steineinfassung und ins kühle, kurz gemähte Gras.

»Weit genug weg vom Haus«, sagte Jolic.

»Wozu?«

»Wir haben Spuren hinterlassen, du Rindvieh.«

Dass die Frau plötzlich aufgetaucht war, hatte sie abgelenkt. Sie hatten nicht an die Latexhandschuhe in ihren Taschen gedacht. Das bedeutete, noch einmal durchzugehen und alles abzuwischen, außer …

»Joll, nein, du …« Wie war das Wort? »… lässt die Sache eskalieren.«

»Eskalieren am Arsch«, und Danny trottete hinter ihm her in

die Werkstatt, wo es massenhaft Lumpen und Dosen mit der Aufschrift »Leicht entflammbar« gab. Dann wieder zurück in die Küche und die anderen Räume, wo sie das Zeug verspritzten und während ihres Rückzugs Zündhölzer hineinschnippten, zuletzt in der Küche, dann durch die Seitentür hinaus und in den Fairmont.

Der nicht ansprang. Sie hörten den Anlasser durchdrehen, müder und müder. »Scheiße.« Jolic schlug mit der flachen Hand auf das Lenkrad.

»Joll, schau.«

Ein Falcon Pick-up mit heißer lila Speziallackierung, Chrom-Überrollbügel, Breitreifen, rundum getönten Scheiben, und einem geschlossenen Anhänger in derselben Lackierung. Darauf stand: *Steve Pickham, Schmied.* Inzwischen drang Qualm aus dem Haus und Flammen schossen hinter Glas und Vorhängen empor. Sie sahen, wie der Kerl ausstieg und ihm der Unterkiefer ungläubig herunterklappte, während er zwei und zwei zusammenzählte. Dann zerrte er ein Handy aus seiner Brusttasche und hämmerte auf die Tasten ein.

Jolic war jetzt ganz ruhig und dachte nach, was bei ihm ein gefährlicher Zustand war. »Hast du ein Taschentuch? Schnell den Wagen abwischen, Armaturenbrett, Türgriff, Fenster, alles. Vergiss die Stereoanlage, wir nehmen das kleinere Zeug mit.«

»Zu Fuß?«

»Hast du 'ne bessere Idee?«

Innerhalb einer Minute waren sie durch den Gatterzaun, quer durch eine Koppel, vorbei an einer Pferdetränke, um ein aufgestautes Becken herum und verschwanden in einem kleinen bewaldeten Gebiet an einem Hügel. Von hier aus hatten sie Blick auf die Zufahrtstraßen. Danny stöhnte. Er ging hinter einen Baum, zog seine Jeans und Unterhosen herunter und fühlte es aus sich herausflutschen, schnell, erleichternd und perfekt geformt. Er machte seine Jeans wieder zu, spuckte in die Hände und wischte sie am Hemd ab. Er fühlte sich unsauber und der Gestank der Niederlage klebte an ihm.

Aber Jolic war mehr um ihre Lage besorgt. »Die Mistkerle haben nicht lang gebraucht. Schau.«

Streifenwagen mit funkelndem Rot-Blau-Licht, das entfernte Heulen von Sirenen. Sie näherten sich dem Haus aus beiden Richtungen. Und jetzt ein Löschzug. Es war zweifelhaft, dachte Danny, ob er und Jolic es geschafft hätten, selbst wenn der Fairmont nicht den Geist aufgegeben hätte. Straßensperren, der Polizeihubschrauber, sie hätten sie wie Ratten in der Falle erwischt.

Jolic beobachtete angestrengt. Er sieht so aus, als wünsche er sich, dort zu sein, dachte Danny, und das Feuer mit dem Wagen der Feuerwehr von Waterloo zu bekämpfen. Nach einer Weile zog sich Jolic zurück, drehte sich um und schritt zwischen den Bäumen hindurch, während der Müllsack mit den gestohlenen Sachen auf seiner Schulter wippte. Er sagte kein Wort zu Danny. Was sollte Danny tun? Wie war ihr Plan? Ließ Jolic ihn im Stich? Er rannte hinterher, Jolic hart auf den Fersen.

»Wo gehen wir hin?«

Jolic schnaufte. »Wir krallen uns ein Auto, klar?«

Um die Rennbahn von Waterloo herum, zu einem Kreisverkehr und dann am Rand einer Wohnsiedlung entlang, wo neue Häuser dicht an dicht hinter einem hohen Holzzaun standen. Durch die erste Einfahrtmöglichkeit, ein paar gewundenen Seitenstraßen folgend, bis zu einem braunen Mitsubishi Pajero, der in einer Einfahrt stand und aus dem Wasser in den Hof triefte, die Schlüssel im Zündschloss.

Sirenen heulten in der Entfernung.

Nach der Entdeckung von Jane Gideons Leiche hatte es einige Aufregung gegeben, aber die Ermittlungen traten auf der Stelle, und so kam ein Einbruch gerade recht, damit man nicht Moos ansetzte.

Ellen Destry parkte den weißen Commodore neben der Schotterauffahrt. Die Ambulanz und die Feuerwehrautos und die Polizeiwagen waren gekommen und wieder weggefahren. Jetzt lag es in der Hand der Kripo und der Brandinspektoren und des Teams der

Spurensicherung, das den Fairmont nach Spuren der Einbrecher durchkämmte.

Nach Aussage des Schmieds waren die Eigentümer des Anwesens vorzeitig aus dem Urlaub auf Bali zurückgerufen worden. Der Verwalter der Pferdezucht hatte sich Sorgen um den Zustand zweier dreijähriger Stuten gemacht, möglicher Siegpferde, besonders, da im Januar eine Hitzewelle erwartet wurde.

Die Ehefrau: schwere Gehirnerschütterung. Der Ehemann: wackelig, aber in der Lage auszusagen, dass die Täter zwei Männer gewesen waren, was der Schmied bestätigte. Grob gesagt suchten sie nach einem kleinen, mageren Kerl und einem großen, athletischen Typ.

Ellen wanderte durch das Haus. Der Geruch nach nasser Asche und feuchten Teppichen lag in der Luft, an Wänden und Decke waren versengte Stellen, und im Vorderzimmer, dem Wohnraum, der zuerst angesteckt worden war, gab es ziemlich schwere Brandschäden. »Sehen Sie sich's an«, hatte Challis gesagt. »Wir haben nicht die Mittel für eine groß angelegte Untersuchung. Ziehen Sie die Abteilung für Brandstiftung hinzu, wenn es nach einer größeren Sache aussieht.«

Große Sache bedeutete über zweihundert Riesen Sachschaden, und das hier war keine zweihundert Riesen wert. Aber es war ein ziemliches Tohuwabohu. Brandstiftung, Raub, Diebstahl eines Kraftfahrzeugs – zweier Kraftfahrzeuge, falls der Pajero, der drüben in der Wohnsiedlung als gestohlen gemeldet worden war, auch dazugehörte. Scobie Sutton und Pam Murphy waren ausgeschickt worden, um das zu überprüfen. Ellen zog Latexhandschuhe über und begann das Haus Zimmer für Zimmer durchzugehen.

Sie stand im Arbeitszimmer und tat, was Challis oft empfahl, nämlich sich in den Fall hineinzudenken, als sie eine von der Hitze verbogene Geldkassette in den verkohlten Überresten des Schreibtisches liegen sah. Sie stocherte mit einem Kugelschreiber nach dem Deckel. Fünfhundert kaum angesengte Dollar in einer Papierbanderole der Commonwealth Bank. Sie passten wie angegossen in die Innentasche ihres Jacketts.

Zur selben Zeit, aber in einiger Entfernung, ertönte schon wieder die Hupe hinter Stella Riggs, aber sie weigerte sich, zu bremsen, schneller zu fahren oder an den Rand auszuweichen. Wirklich, die Coolart Road war die schlimmste Straße der Halbinsel, was rücksichtsloses Fahren betraf: Schneiden, Überholen an unübersichtlichen Stellen, dichtes Auffahren, Geschwindigkeitsüberschreitung, Unverschämtheiten und schiere Aggressivität. Und die Fahrer gehörten zur allerschlimmsten Sorte. Nicht nur was die Manieren anging. Sie sahen gemein aus. Sie fuhren Wracks. Und wie oft hatte sie schon wegen des entgegenkommenden Müllwagens bremsen müssen, während er vor ihr auf die andere Seite zog, nur weil er den Müll von beiden Seiten der Straße aufsammelte! Als ob sie nicht einfach die eine Seite der Coolart auf dem Hin- und die andere auf dem Rückweg nehmen könnten! Und warum? Weil diese Männer so wenig wie möglich für ihr Gehalt arbeiten wollten, das war es. Grobe, ungehobelte Kerle im Blaumann.

Sie blickte wieder in den Rückspiegel. Dieser Idiot versuchte immer noch zu überholen und klebte praktisch an ihrer hinteren Stoßstange, dabei fuhr sie schon hundert! Was, wenn sie plötzlich bremsen musste? Unmöglich, wie der dauernd aus- und wieder einscherte, obwohl er doch sehen musste, dass nicht frei war!

Sie ordnete ihre Gedanken, um im Geiste eine Anzeige zu schreiben, falls das nötig werden sollte. Die Angelegenheit hatte an der Stelle begonnen, wo die Coolart Road die Waterloo Road kreuzte. Sie war in ihrem Mercedes auf dem Nachhauseweg und wollte links in die Coolart abbiegen, während sich gleichzeitig ein Mitsubishi Pajero von Waterloo her kommend näherte. Sie hatte Vorfahrt und schon begonnen abzubiegen, als sie merkte, dass der Pajero ebenfalls abbog, ohne zu blinken, und sie schneiden wollte. Spontan hatte sie beschleunigt, um als Erste um die Kurve zu sein. Schließlich hatte sie die Vorfahrt, nicht der andere Bursche, und das musste man ihm deutlich machen. Außerdem waren andere Autos hinter ihr. Es hätte nur unnötige Probleme gegeben, wenn sie plötzlich bremste. Also zog sie durch und schaffte es, um Haaresbreite vor dem anderen abzubiegen.

Wie der Kerl sie angeglotzt hatte!

Beschreibung. Eher ein flüchtiger Eindruck, wirklich, denn das Seitenfenster war getönt. Er wirkte durchtrainiert und zäh, mit kurz geschnittenem Haar und einer Andeutung von Tätowierungen. Alter Ende zwanzig? Der andere Bursche, der Beifahrer, na ja, der wirkte richtig erschrocken. Er war viel kleiner und magerer, mit ziemlich langen blonden Haaren. Auch in den Zwanzigern. Keiner der Männer wirkte besonders intelligent. Arbeiter, würde sie sagen.

Merkwürdig, dass sie einen Pajero fuhren und nicht ein gewöhnlicheres Auto.

Wie auch immer, seit dem Zwischenfall an der Kreuzung klebten sie an ihrem Mercedes, als wollten sie sie von der Straße fegen. Sie sah, wie sie ihr mit der Faust drohten. Gellendes Hupen. Die ganze Coolart Road lang. An der Chicory Kiln Road bog sie rechts ab und – das war etwas, was sie der Polizei nicht erzählen würde, sollte sie jemals Anzeige erstatten – hielt den Arm aus dem Seitenfenster und richtete den ausgestreckten Finger in die Luft, sodass sie es nicht übersehen konnten.

Und jetzt …?

Stella schluckte. Der Pajero war über die Abzweigung hinausgeschossen, aber dann stieß er zurück und bog in die Chicory Kiln Road ein und bedrängte sie abermals. Sie konnte nicht schneller fahren, denn die Chicory Kiln Road war in schauderhaftem Zustand, weich und trügerisch an den Rändern, in der Mitte schlimm ausgefahren. Und staubig! Es gab keine Hoffnung, die Männer abzuschütteln – sie mussten nur der Staubwolke folgen.

Was sie taten, als sie in die Quarterhouse Lane abbog.

Augenblicksentscheidung. Wenn sie ihr bis zu ihrer Haustür folgten, gingen sie vielleicht auf sie los.

Sie erinnerte sich, dass es vor Weihnachten ziemliche Aufregung am anderen Ende der Straße gegeben hatte, in der Gegend, wo sie auf den Old Peninsula Highway traf. Clara, so hieß sie.

Irgend jemand hatte ihren Briefkasten in Brand gesteckt. Seit damals hatte Clara ziemlich regelmäßig Besuch von einem Polizisten – fast täglich.

Ihr Freund?

Also fuhr Stella den Mercedes nicht nach Hause. Sie bog rechts ab in Claras Einfahrt, wobei sie den verkohlten Briefkasten bemerkte, und hoffte, während sie der kurvigen Schotterpiste folgte, dass der Polizeiwagen da war.

Er war nicht da.

Hinter ihr bremste der Pajero, aber er bog nicht ab. Er wartete, dunkel und bösartig, mit dem Motor im Leerlauf. Dann wendete er in der Auffahrt, bevor er in der Richtung davonschoss, aus der er gekommen war.

Ihr Atem ging jetzt stockend. Ihre Hände zitterten. Aber dann bewegte sich ein Vorhang an einem Vorderfenster des Hauses, darum fuhr sie den Mercedes so schnell sie konnte aus der Auffahrt, die Straße zurück zu ihrem eigenen Haus, bevor die Männer zurückkommen und herausfinden konnten, wohin sie verschwunden war.

Morgen würde sie für ein paar Tage nach Sydney fliegen, zu Freunden am North Shore, und offen gesagt, morgen konnte gar nicht früh genug kommen.

Das Nummernschild? Ein Angeberschild, LANCEL, was immer das heißen sollte.

Pam Murphy hatte ihr Notizbuch geöffnet. »Sie haben nicht gesehen, wie er gestohlen wurde?«

»Nein, sage ich Ihnen doch«, sagte die Frau. »Ich bin nur für eine Sekunde reingegangen, um das Fensterleder auszuspülen.«

»Und da haben Sie gehört, wie der Motor ansprang?«

»Ja. Ich dachte erst, es wären die Leute von nebenan.«

Sie befanden sich in der Diele eines Hauses im Seaview Estate. Scobie Sutton stand gleich hinter Pam und ließ sie die Fragen stellen. Sie fasste es als Vertrauensbeweis auf. Die Besitzerin des Pajero, Vicki Mudge, war in einer merkwürdigen Stimmung. Wütend, weil ihr der Wagen unter der Nase weggestohlen worden war, aber mit einer Art unterschwelliger Nervosität, als wäre ihr die Anwesenheit der Polizei gar nicht recht.

»Wir werden gleich noch mit Ihren Nachbarn sprechen«, sagte Pam. »Aber erst einmal brauche ich nähere Angaben zu dem Fahrzeug selbst. Mitsubishi Pajero«, sagte sie, während sie in ihr Notizbuch kritzelte. »Farbe?«

»Kastanienbraun.«

»Baujahr?«

»Äh, weiß nicht genau.«

»Na gut. Benziner? Diesel?«

»Benziner. Glaube ich.«

»Kennzeichen?«

An diesem Punkt schien sich das Gesicht der Frau zu verschließen. Pam konnte weder Empörung noch Zorn mehr darauf erkennen, oder irgendeine andere interpretierbare Regung.

»Wenn er wieder auftaucht, taucht er wieder auf. Wahrscheinlich waren es Jugendliche, die auf eine Spritztour aus sind. Wenn er beschädigt wird, zahlt die Versicherung.«

»Wir brauchen trotzdem das Kennzeichen, Mrs Mudge.«

Vicki Mudge verschränkte die Arme, starrte auf den Teppich und sagte hölzern: »Ein Spezialschild. Lancel.«

Pam ließ es sich buchstabieren. Ein Verdacht stieg in ihr auf. Plötzlich war sie äußerst wachsam. »Mrs Mudge, haben Sie im Augenblick Arbeit?«

»Worauf wollen Sie hinaus? Wollen Sie Äpfel und Birnen vergleichen?«

»Ich muss Sie das fragen: Haben Sie den Diebstahl des Pajero arrangiert?«

Die Frau fauchte: »Herrgott, Sie haben vielleicht Nerven!«

Sutton räusperte sich. »Wer wohnt sonst noch hier, Mrs Mudge?«

»Mein Mann. Er ist geschäftlich in Thailand.«

»Sie wollen Ihren Wagen doch zurückhaben, nehme ich an?«, sagte Pam.

Vicki Mudges Blick ging haarscharf an ihrem Ohr vorbei. »Ja, natürlich, er ist versichert.«

Irgendetwas stimmt da nicht, dachte Pam. Eine Spur von Hoffnung, dass der Pajero nie wieder auftaucht.

Als van Alphen Clara fand, saß sie zitternd im Dämmerlicht hinter den Vorhängen, mit einem Messer in der Hand. Keine Räucherstäbchen diesmal.

»Clara?«

»Ich versuche dich schon den ganzen Tag zu erreichen!«

»Es gab einen verdächtigen Brand.«

»Sie waren hier!«

»Wer war hier?«

»Die Leute, die mich umbringen wollen.«

Er ging zu ihr und dachte dabei, dass er mit ihrer Sprunghaftigkeit einfach nicht mithalten konnte und sie Gift für ihn war. Aber er steckte schon zu tief in der Sache, um noch aussteigen zu können. Sie verwirrte ihn. Sie hatte ihre lichten Momente, wo sie ganz entspannt und geistreich war, dann wieder leidenschaftlich und ungehemmt, wenn es zum Sex kam, manchmal auch komisch, aber auch leichtsinnig, wenn sie eine Linie Koks geschnupft hatte – und sie konnte auch so sein wie jetzt, total ausgeflippt und unbegreiflich. Er konnte sich nicht helfen, er nahm ihr nicht ab, dass sie in der Vergangenheit nur eine Gelegenheitskokserin gewesen war. Er glaubte, dass sie süchtig war und das Gift ihr das Gehirn geröstet hatte. Sie konnte die Tatsache gut verbergen. Jetzt war sie wieder voll auf dem Zeugs, dank seiner Hilfe, und der Wahnsinn brach durch.

All das ging ihm durch den Kopf, während er sie gleichzeitig fest in die Arme nahm, ihre Schläfen streichelte und sie so sehr begehrte, dass er seine Hand unter ihr T- Shirt schob, wo die Haut heiß und nachgiebig war.

Sie ging in die Luft, stieß ihn weg und schrie ihn an. »Hast du nicht gehört, was ich gesagt habe? Sie waren hier!«

»Clara, wer denn?«

»Ich hab's dir doch gesagt, die Leute, die mich tot sehen wollen.«

»Wer will dich tot sehen?«

»Leute aus meiner Vergangenheit. Egal. Ich brauche Schutz.«

»Wie haben sie ausgesehen?«

»Ich hab sie nicht gesehen.«

»Aber wie –«

»Ich habe ihren Wagen gesehen.«

»Wo?«

»Er kam direkt in meine Auffahrt, blieb da stehen und fuhr dann wieder weg.«

»Ah«, sagte van Alphen. Vielleicht war sie doch nicht dabei, den Verstand zu verlieren. »Kannst du ihn beschreiben?«

»Es war ein weißer Mercedes.«

»Bist du sicher?«

»Ich hatte auch mal so einen, in den guten alten, schlechten alten Tagen.«

Alles klar? Schon war sie wieder geistreich und konnte sich selbst auf den Arm nehmen.

»Also gut, weißer Mercedes. Hast du –«

»Ich hatte den Eindruck«, sagte Clara und konzentrierte sich, »dass draußen auf der Straße noch ein Auto war. Ein großes, dunkles. Es wurde langsamer, als es an der Einfahrt vorbeifuhr, aber dann achtete ich eigentlich nur noch auf das weiße in der Auffahrt.«

»Hast du das Kennzeichen?«

»Vergessen. Ich hatte zu viel Angst.«

»Ist schon in Ordnung, das geht den meisten Leute so.«

»Was wirst du tun?«

»Die Nacht über hier bleiben, zunächst mal.«

Sie schlang die Arme um sich und schaukelte mit geschlossenen Knien vor und zurück. »Ich bin total verkrampft, Van.«

»Ich massiere dich.«

Sie fuhr zu ihm herum und schrie: »Ich will keine verdammte Massage. Du musst mir mehr zum Schnupfen verschaffen.«

»Clara, lass die Finger von dem Zeug. Seit ich dich kenne, hattest du schon einen ganzen Berg von dem Mist.«

Sie musterte ihn verächtlich von Kopf bis Fuß. »Du willst mich haben, richtig? Meine Muschi?«

»Clara, ich –«

»Wenn du mich haben willst, dann musst du dafür bezahlen, wie jeder Freier. Schulde ich dir etwa besondere Privilegien? Ich glaube nicht.«

Es verstörte ihn, dass er sich so verletzt und hilflos fühlte. »Ich dachte –«

»Du dachtest, das hier wäre etwas Besonderes, hm? Das Besondere bin ich. Du willst mich haben, mein kleiner Liebling? Dann bezahl dafür. Stimmt was nicht? Sind wir etwa schockiert? Dachtest du, ich wäre ein kleines Engelchen?«

»Ich habe mich um dich gekümmert.«

»Dann kümmere dich verdammt noch mal weiter um mich. Beschaff mir mehr Stoff oder rück einen Hunderter raus, jedes Mal wenn du mich nackt sehen willst.«

Sie hob ihr T-Shirt an und wackelte kurz mit dem Oberkörper, bevor sie sich wieder bedeckte. Irgendetwas in van Alphen brach ein Stückchen weiter entzwei. Das Leben beruhte nur auf Angebot und Nachfrage, nicht auf Werten. So weit war es mit ihm nach einem Leben harter Arbeit in diesem Scheißjob gekommen.

Samstagabend, gegen elf Uhr. Challis war allein im Fahndungsbüro und klinkte sich in die Datenbank ein, um festzustellen, was die Analytiker herausgefunden hatten. Er suchte nach einem ähnlichen Muster von Entführungen und Sexualmorden in anderen Teilen des Landes, mit Querverbindungen zu Minivans, Geländewagen und anderen Fahrzeugen mit Ladefläche.

Als der Anruf kam, dass ein Mitsubishi Pajero verlassen und in Brand gesteckt auf einer unbefestigten Straße in der Nähe des Old Peninsula Highways gefunden worden war, lautete sein erster Gedanke: Vielleicht ist unser Mann in Panik geraten und beseitigt Beweismaterial.

Aber innerhalb einer Stunde hatte er festgestellt, dass der Pajero früher am Tag gestohlen worden war, vermutlich von zwei Männern, die vom Tatort eines Einbruchs flüchteten. Enttäuscht klinkte er sich aus und verließ das Gebäude.

Er kam nach Hause, gerade als der eine Tag in den anderen überging. Es war Silvester.

16

Sutton war im Einsatzraum und telefonierte Vicki Mudge die Neuigkeit durch, dass ihr Pajero gefunden worden war. »Unglücklicherweise ist er völlig zerstört. Abgestellt und dann angezündet.«

Ein seltsames Aufkeuchen in der Stimme der Frau – beinahe wie vor Erleichterung, dachte Sutton –, aber schnell von einem Hüsteln verdeckt: »Verbrannt? Du liebe Zeit!«

»Sicher wollen Sie Ihre Versicherung informieren. Natürlich werden wir der Sache weiter nachgehen. Wir glauben, dass die Männer, die gestern Ihren Pajero gestohlen haben, auch für einen ziemlich brutalen Einbruch verantwortlich sind.«

Und so hatte er erfahren, dass Vicki Mudge nicht die Besitzerin des Pajero war, sondern die Schwester des Besitzers. Der Name des Besitzers lautete Lance Ledwich, und der wohnte auf der anderen Seite des Seaview Estate.

Als Challis hereinkam, sagte Sutton: »Chef, wir müssen Ledwich noch einmal unter die Lupe nehmen.«

»Begründung?«

»Er hat uns angelogen. Er besitzt einen Mitsubishi Pajero, nur hatte er ihn beim Haus seiner Schwester untergestellt, nicht allzu weit von seiner Wohnung entfernt.«

»Warum hat Ihre Anfrage bei der Zulassungsstelle das nicht zu Tage gefördert?«

»Die Zulassung ist erloschen, Chef.«

»Weiter.«

»Es ist der Pajero, der nach dem Einbruch gestern gestohlen wurde. Der gestern Nacht angezündet wurde.«

»Sie glauben, er hat die Brandstiftung selbst arrangiert?«

»Möglich, aber ich denke es war einfach Pech.«

»Glück für uns vielleicht, außer dass er als Beweismaterial jetzt wertlos ist, nachdem er völlig zerstört ist. Was ist mit der Schwester?«

»Heißt Vicki Mudge.«

»Haben wir was über sie?«

»Über ihren Ehemann Paddy, wegen Sexualdelikten.«

Challis wurde plötzlich ganz still und wachsam. »Sie arbeiten zusammen.«

Sutton schüttelte den Kopf. »Paddy ist seit Ende November in Thailand.«

»Prüfen Sie das nach.«

»Mache ich«, sagte Sutton. »Als wir gestern Vicki Mudge vernommen haben, kam sie uns ziemlich nervös vor. Und gerade eben, als ich ihr sagte, dass der Pajero verbrannt ist, klang sie zuerst erleichtert, dann aber wieder beunruhigt, als ich sagte, dass es eine eingehende Untersuchung gibt. Da rückte sie endlich damit heraus, wem der Pajero gehörte.«

»Sie weiß, dass irgendetwas faul ist, und will ihre eigene Haut retten.«

»Kann sein.«

»Also gut, reden wir noch mal mit Ledwich.«

»Ich würde gerne die neue Beamtin mitnehmen.«

»Warum?«

»Sie hat 'ne Spürnase.«

»Schön«, sagte Challis.

Pam Murphys Schicht begann erst am Mittag, aber Detective Constable Sutton fand sie in der Kantine und sagte: »Sie kommen mit mir. Ich habe mit Ihrem Chef geredet.«

Sie fuhr, Sutton erzählte.

»Zurzeit besteht ihre Welt nur aus Drachen und Monstern. Vielleicht spürt sie, was in der Luft liegt. Als meine Frau das von Trina Unger hörte, sagte sie: ›Der Mann ist ein Monster‹, und Ros sagte: ›Wo ist das Monster? Ist da auch ein Drachen?‹«

»Wirklich?«

»Das Ganze entwickelt sich zu einem Kampf des Willens. Sie spielt meine Frau und mich gegeneinander aus, weigert sich, ins Bett zu gehen, macht Rabatz, wenn Badezeit ist, und isst nicht, was auf den Tisch kommt.«

»Klingt ziemlich typisch«, sagte Pam.

»Typisch, sicher«, sagte Scobie Sutton. »Aber solange man es nicht selbst erlebt hat, glaubt man gar nicht, was für einen starken Willen sie entwickeln. Ich meine, meine Tochter ist erst drei Jahre alt, aber wie man sich der Autorität widersetzt, da ist sie einer Bande Hell's Angels schon weit voraus.«

Pam befühlte ihren Kiefer. Er schmerzte. Sie war während der morgendlichen Lektion mit Ginger in der Brandung von ihrem Brett getroffen worden und seitdem betastete sie die Prellung dauernd mit den Fingern, was es nicht besser machte. Aber sie konnte es nicht lassen. »Sir, wohin fahren wir?«

»Kein Grund, mich ›Sir‹ zu nennen. ›Scobie‹ genügt. Inspector Challis möchte, dass wir ein Wörtchen mit einem Mann namens Lance Ledwich reden.«

»Warum ich, Sir?«

»Ich habe Sie gestern beobachtet. Ihr Instinkt hat Ihnen gesagt, dass mit Vicki Mudge etwas nicht stimmte. Nun, sie ist Ledwichs Schwester, und sie hatte den Pajero für ihn untergestellt.«

Pam sann darüber nach. »Ist Ledwich ein Verdächtiger bei den Highway- Morden?«

»Erst war er es, dann nicht mehr und jetzt ist er es wieder.«

»Wie kommt das?«

»Zum einen steht er auf der Liste der Sexualverbrecher. Zweitens sind seine Alibis ziemlich dünn. Drittens wissen wir jetzt, unseren Einbrechern sei Dank, dass er einen Allradwagen besitzt – oder besaß, bis sie ihn für ihn abgefackelt haben.«

»Das ist ein Jammer. Jetzt können Sie ihn nicht mehr auf gerichtsverwertbare Spuren untersuchen.«

»Ich sagte Challis bereits, dass Sie auf Draht sind.«

Pam schob ihren Unterkiefer ein wenig hin und her. »Danke, Sir.«

»Stimmt etwas mit Ihrem Mund nicht? Zahnschmerzen? Glauben Sie mir, verschleppen Sie's nicht in der Hoffnung, dass es wieder weggeht. Gehen Sie lieber gleich zum Zahnarzt. Ich hatte einmal fürchterliche Zahnschmerzen und konnte nichts dagegen tun, weil ich die ganze Woche bei Gericht war. Habe mich bloß mit

Schmerztabletten voll gestopft. Als ich dann endlich in den Zeugenstand gerufen wurde, hat der Verteidiger mich nach Strich und Faden fertig gemacht. Ich konnte nicht mehr klar denken.«

»Mich hat ein Surfbrett erwischt, Sir.«

Er starrte sie an. »Sie machen Witze. Sie surfen?«

»Ich lerne es.«

»Aha.«

Sie fanden Ledwich auf einer Stehleiter, wo er eine Lampe mit Bewegungsmelder an der Ecke seiner geschlossenen Garage anbrachte. Er kletterte herunter und wischte sich die Hände an einem öligen Lumpen ab. »Man kann gar nicht vorsichtig genug sein.«

»Tatsächlich?«, sagte Pam.

Wenn ihr ein Mann missfiel, starrte sie ihn gerne ungläubig an, um ihn aus dem Gleichgewicht zu bringen. Sie sah, dass es bei Ledwich funktionierte. Er hatte etwas Schmieriges an sich.

»Wir haben uns gefragt, Lance«, sagte Sutton und zog sein Notizbuch heraus, »ob Sie vielleicht Ihre Aussage von vor ein paar Tagen noch einmal überdenken möchten.«

»Welche denn?«

»Die da lautete: Nein, ich besitze kein Kraftfahrzeug.«

Ledwich meinte unwirsch. »Meine Schwester. Dumme Kuh.«

»Warum soll sie sich Ihretwegen in Schwierigkeiten bringen, Lance?«

»Er war halt nicht zugelassen. Ich darf noch zwölf Monate lang nicht fahren und sie hat eine gute Garage, also dachte ich: Stell ihn doch bei ihr ein.«

»Da muss Ihnen doch das Herz bluten.«

»Wieso?«

»Ihr ganzer Stolz, erst gestohlen und dann so zugerichtet.«

»Oh, ja«, sagte Ledwich, als hätte er sich gerade wieder darauf besonnen, bekümmert zu sein.

»Sie wirken gar nicht so aufgewühlt, Sir«, sagte Pam.

»Na ja, wissen Sie, die Versicherung wird ihn ersetzen.«

»Sind Sie sich da sicher?«

Ledwich stockte. »Etwa nicht?«

Sutton sagte: »Haben Sie jemanden dafür bezahlt, es für Sie zu tun, Lance?«

»Was tun?«

»Ihren Pajero zu stehlen und zu verbrennen.«

»Herrgott, nein.«

»Die Vermutung liegt nahe.«

»Ich kann Ihnen nicht folgen.«

»Spuren der toten Mädchen im Pajero, Fasern von ihren Kleidern, die Polizei überprüft die Reifen. Es war nur eine Frage der Zeit, bis Sie erwischt werden. Sie sind wohl in Panik geraten, wollten das Beweismaterial auf die Schnelle loswerden.«

»Sie klammern sich da an Strohhalme, Freundchen.«

Er wirkte zu unverschämt. So, als hätten sich einige seiner Sorgen kürzlich in Luft aufgelöst. Pam nahm ihren Mut zusammen und warf ein: »Nehmen wir mal an, dass Sie hier das Opfer sind, Mr Ledwich. Gab es irgendetwas Ungewöhnliches an Ihrem Pajero, was erklären könnte, warum er gestohlen wurde? Oder etwas, was uns dabei helfen kann, die Diebe zu identifizieren? Zubehör, CD-Spieler, zurückgelassene Gegenstände, etwas in der Art?«

Ledwich wischte sich wieder die Handflächen. »Nein, ich habe nichts zu verbergen.«

Das war eine eigenartige Antwort. Pam hakte nach: »Niemand hat das behauptet, Mr Ledwich.«

»Sie benehmen sich, als würden Sie sich mehr für meinen Wagen interessieren als dafür, wer ihn gestohlen hat. Ich meine, Herrgott noch mal.«

»Er ist nervös«, sagte Pam später.

»Hat definitiv etwas zu verbergen.«

Sie befragten die Nachbarn, dann fuhren sie zum Tatort des Einbruchs. Der Fairmont, den sie inzwischen zu einem älteren Witwer in Waterloo zurückverfolgt hatten, war abgeschleppt worden. Brand- und Versicherungsleute waren vor Ort, nicht jedoch die Hausbesitzer, die sich noch im Krankenhaus erholten. Pam ging durch das Haus, während Sutton mit einem der Stallknechte sprach. Der Schaden war minimal, ein paar versengte Stellen und eine Patina aus Ruß und Rauch, sodass sie sich mit etwas Fantasie die Räume so vorstellen konnte, wie sie vor dem Brand ausgesehen hatten. Jemand hatte die Wohnung mit mehr Geld als Geschmack eingerichtet. Es war, als betrachte sie ein Inneneinrichtungsmagazin im Wartezimmer eines Arztes. Ein Raum so etepetete wie der andere, sodass sie ihr merkwürdig bekannt vorkamen.

Ellen kam nach einem ergebnislos verstrichenen Vormittag zurück, an dem sie weitere Personen auf der Liste der Sexualverbrecher befragt hatte. Sie war überrascht, Rhys Hartnetts Jeep vor dem Gerichtsgebäude stehen zu sehen, und nachdem sie ihren Wagen abgesperrt hatte, ging sie zu ihm hinüber. Er lud Wandbelüftungsschächte aus. »Hi«, sagte sie und er zuckte zusammen.

»Hi.«

»Wir müssen aufhören, uns so zu treffen.«

Er runzelte die Stirn und rollte die Schultern, als wäre sie ihm zu nahe gekommen und sollte sich lieber zurückhalten.

»Sie sollten sich mal eine Pause gönnen, Rhys«, sagte sie.

Er zuckte die Achseln. »Solange ich diesen Auftrag nicht fertig habe, kann ich keine anderen angehen.«

Ellen hatte sich gar nicht klargemacht, dass seine Arbeit am Gerichtsgebäude einmal beendet war und er anderswohin ging. Er würde eine Lücke in ihrem Leben hinterlassen. Sie hatte die Angelegenheit nicht weiter mit Alan und Larrayne besprochen, aber plötzlich sagte sie: »Da wir gerade davon sprechen, ich habe beschlossen, Ihr Angebot anzunehmen.«

Er hielt inne und betrachtete sie argwöhnisch. »Geht das klar mit Ihrem Mann?«

»Es ist mein Geld.«

»Nur interessehalber: Wie viel haben die anderen Firmen verlangt?«

Sie blickte zu Boden und scharrte mit der Fußspitze im Kies. »Eigentlich habe ich niemanden sonst gefragt.«

»Um Sie zu beruhigen«, sagte er, »der Grund, warum ich immer Aufträge habe, ist, dass ich knapp kalkuliere.«

»Ich kann Ihnen eine Anzahlung geben«, sagte sie. »Würde das helfen?«

»Würde mir mit dem Finanzamt helfen.« Er hob beide Handflächen. »Hoppla, vergessen Sie, dass ich das gesagt habe.«

»Wir haben alle unsere Probleme mit dem Finanzamt, Rhys.«

»Ja. Eine Anzahlung ist eigentlich nicht nötig. Zahlen Sie, wenn alles fertig ist.«

Ellen dachte: Was für eine blödsinnige Unterhaltung! Er muss mich für bescheuert halten. Es liegt daran, dass wir uns nicht kennen. Wir sollten uns besser an einem ruhigen Plätzchen unterhalten, statt hier in aller Öffentlichkeit herumzustehen.

»Was halten Sie von einem Mittagessen im Pub?«, fragte sie bewusst leichthin.

Er sah sie einen langen Moment lang an, dann blickte er zu Boden. »Jetzt?«

»Geben Sie mir zehn Minuten.«

»Also bis dann«, sagte er.

Als Pam Murphy mit Scobie Sutton zurückkam, fand sie John Tankard schon wartend auf dem Beifahrersitz ihres Streifenwagens vor.

»Na, Pammy, haben wir uns bei der Kripo eingeschleimt?«

Sie ignorierte ihn und lenkte den Van zum Sonntagsmarkt auf dem Parkplatz gegenüber den Tennisplätzen in Waterloo. Es hatte zwar nie Anzeigen gegeben, dass hier Hehlerware verkauft wurde, aber die Polizei war trotzdem verpflichtet, einen Rundgang über den Markt zu machen. Pam parkte den Van unter einem Eukalyptusbaum, stieg aus und ließ Tankard auf dem Beifahrersitz hingelümmelt zurück. In den Tagen vor der Flugblatt-Kampagne hätte er auf dem Parkplatz Profiltiefen von Reifen kontrolliert, Mängelanzeigen auf die Windschutzscheiben geklatscht und ganz allgemein die Leute genervt. Jetzt nicht mehr. Es lag zu viel spürbarer Hass in der Luft, wenn er sich in der Öffentlichkeit blicken ließ.

Sie sah Danny Holsinger und bewegte sich langsam auf ihn zu. Danny und seine Mutter eröffneten jeden Sonntag einen Stand, wo sie gehäkelte Schals und Deckchen verkauften, Makrameeampeln für Blumen, Warmhaltehüllen für Thermosflaschen und Teekannen und allerhand flauschigen Krimskrams, für den niemand richtig Verwendung hatte. Schon gar nicht an einem heißen Sonntagmorgen.

Als seine Mutter einmal außer Hörweite war, sagte Pam: »Schönes neues Jahr für morgen, Danny.«

Überrascht sagte er: »Ja.«

»In der Nähe der Rennbahn gab es gestern einen Raubüberfall. Ziemlich übel. Was hört man so darüber?«

Danny sah nervös aus. Aber andererseits wirkte er in Gegenwart von Lehrern, Polizisten, Priestern oder anderen Autoritätspersonen immer nervös. »Damit habe ich nichts zu tun.«

»Das habe ich nicht gesagt. Du bist ein Einzelgänger, Danny. Aber hast du hier irgendwelche Gerüchte gehört? Wir suchen nach zwei Männern, einer ist groß, der andere hat ungefähr deine Figur. Sie haben einen Pajero gestohlen. Und ihn irgendwann gestern Nacht drüben auf dem Highway abgefackelt.«

»Ich war's nicht.«

»Danny, entspann dich. Halt einfach die Ohren offen, okay?«

Dann kam seine Mutter mit einem Arm voll flauschiger Kinderdecken zurück, die sie aus dem Kofferraum ihres Wagens geholt hatte. Pam schlenderte zum Stand mit den Bioprodukten und überlegte, ob sie Tomaten kaufen sollte. Daneben stand ein Donut-Wagen. Sie erstand ein paar für John Tankard.

Auf dem Rückweg zum Streifenwagen schlängelte sie sich zwischen den übrigen Ständen durch. Wo bekamen sie bloß das ganze Zeugs her, diesen Schrott, zur Hälfte alt, zur Hälfte brandneu und irgendwo in China billigst aus Metall und Plastik hergestellt? Spielzeug. Werkzeug. Haushaltsgeräte. Sie konnte sich nicht vorstellen, dass irgendjemand aus Waterloo direkt in China einkaufte. Also mussten es Waren aus Firmenbankrotten sein oder aus Zwangsversteigerungen, bis auf das hausgemachte Zeug, die Marmeladen, die Deckchen und den bunten Glasperlenschmuck.

Tankard hatte sich nicht gerührt. »Hunger?«

Er öffnete die Augen. »Murph, Sie sind ein Schatz.«

Pam schnallte sich an, startete den Motor und musterte ihn traurig. »Kein schöner Anblick.«

Mit vollem Mund und Zucker am Kinn fragte er: »Wohin jetzt?«

»Der Pajero«, sagte Pam.

»Warum das, zum Henker? Überlassen Sie das der Kripo.«

»Die Kripo glaubt, dass an der Sache etwas stinkt.«

»Unsere Superdetektivin im Einsatz.«

Pam ignorierte ihn. Ginger war am Morgen so lieb gewesen. Er hatte sie mit in sein Haus genommen und ihr sanft eine seltsame, übel riechende Creme in den Kiefer einmassiert. Hatte behauptet, es wäre Brotfruchtextrakt und würde Wunder wirken. Sie wartete immer noch darauf.

Sie fuhren schweigend dahin, bis Tankard sich plötzlich anspannte wie ein Jagdhund. »Das müssen wir überprüfen. Kaputtes Rücklicht.«

Typisch, dachte Pam. Einsame Straße, ein Autofahrer allein. »Lassen Sie's bleiben, Tank.«

»Ja, schön, das kennen wir ja von Ihnen, immer butterweich mit den Einheimischen.«

Pam ignorierte ihn. Tankard fuhr fort: »Wissen Sie, was Ihr Problem ist? Sie sind ein Snob.«

»Erst bin ich butterweich mit den Einheimischen, jetzt bin ich ein Snob. Was denn nun?«

»Sie lassen sich nie im Pub sehen. Sie bleiben für sich. Was sind Sie also?«

»Ich bin nicht Sie, Tank, und nur darauf kommt's an. Sie wollen, dass alle Welt so ist wie Sie, und ehrlich gesagt, das ist ein schrecklicher Gedanke.«

Die Stelle mit dem Pajero war leicht zu finden, eine kleine Fläche geschwärzten Grases und angesengter Bäume und Zaunpfosten. Ein Farmer, der spätnachts nach einem Kricketmatch aus dem Pub gekommen war, hatte die Flammen bemerkt und mit dem Feuerlöscher aus seinem Wagen erstickt.

In der Nähe parkte eine weiße Limousine. Ein Mann in kurzärmligem Hemd machte Fotos. Pam ging auf ihn zu und fragte: »Darf ich fragen, was Sie hier tun, Sir?«

Der Mann richtete sich auf. Er war um die Vierzig und wirkte ruhig und gemütlich. »Versicherung«, sagte er.

Pam nickte und sah dann auf das verbrannte Gras. »Wo ist das Auto?«

»Abgeschleppt zum Polizeihof, vor etwa« – der Mann sah auf die Uhr – »einer halben Stunde. Ich war mit der Untersuchung fertig. Jetzt überprüfe ich die Umgebung.«

Sie standen nachdenklich beieinander. Farnkraut, Brombeerdickicht, Hafergras und Eukalyptusbäume schmiegten sich beiderseits dicht an die Straße, aber hier war nur noch eine Aschefläche übrig von der Größe eines Zimmers, gesprenkelt mit Klumpen von geschmolzenem Glas und Plastik, ein paar Überbleibseln der Verkabelung und vier filigranen Drahtskulpturen, die alles waren, was von den Reifen übrig war. Um den Rand waren Flaschen, Getränkedosen und Zigarettenpäckchen verstreut, als hätte der Brandstifter da gestanden und sich an seiner Tat ergötzt.

»Wir kriegen jeden Monat ein paar solcher Fälle rein«, sagte der Versicherungsdetektiv. »Es gibt immer mehr Nachahmer.«

»Außerdem ist Sommer«, sagte Pam.

»Ja, der allgemeine Wahnsinn.«

Aus einem Impuls heraus sammelte Pam die neuer aussehenden Dosen, Flaschen und Zigarettenpäckchen ein, wobei sie sie mit dem Ende ihres Kugelschreibers auflas und in einen großen Plastikbeutel zur Beweissicherung steckte. Dann stutzte sie. Waren das die Innereien eines Autotelefons?

»Sie spinnen ja«, sagte John Tankard, als Pam wieder hinter dem Steuer saß. »Wenn Sie nicht langsam machen, werden Sie noch befördert.«

Im Laufe des Tages entdeckte Danny, dass er an beiden Händen nur Daumen hatte. Er ließ Münzen fallen, kriegte Papiertüten nicht auf und verschüttete Kaffee über einem der Teewärmer seiner Mutter auf dem Tapeziertisch, gerade als ihn jemand kaufen wollte.

»Was zum Teufel ist denn in dich gefahren?«

»Tut mir Leid, Ma.«

»Geh spazieren oder so, aber komm mir nicht mehr ins Gehege.«

»Tut mir Leid, Ma.«

Er folgte ihrem Rat und lief den Fahrradweg entlang. Um die Wahrheit zu sagen, seine Nerven lagen blank. Es war Jolic. Erst die Nummer, wie er gestern die Leute zusammengeschlagen hatte, und dann fuhr er noch dieser Tante in ihrem Mercedes nach, bloß weil sie ihm den Finger gezeigt hatte. Wie er wieder und wieder gebrüllt hatte: »Ich bring die Schlampe um, ich bring die Schlampe um!«, während sein Speichel durch den Pajero sprühte. Wie er danach einfach immer weiter und weiter fuhr, stundenlang, und dabei riskierte, dass sie erwischt wurden. Aber das war ihm egal, so außer sich war er.

Und dann kam der Gipfel, als Jolic auf einem abgelegenen Weg parkte und das Autotelefon des Pajero benutzte, um einen seiner schweren Jungs anzurufen, dass er sie abholen sollte.

Danny begriff nicht. Sie warteten auf dem Feldweg, Jolic eine massige dunkle Gestalt im düsteren Mondlicht. Da hatte Danny gefragt: »Warum können wir ihn nicht zu Hause in der Nähe stehen lassen und zu Fuß gehen?«

»Darum«, hatte Jolic erwidert.

Danny hatte sehr bald verstanden. Als Jolics Kumpel, Craig Oliver, mit seinem Kombi mit Führerkabine und ein paar Bierchen aus dem Pub anrückte, zündete Jolic den Pajero an. Dann standen sie alle drei da und sahen zu, wie er verbrannte.

Und jetzt tauchte diese junge Polizistin auf, als wüsste sie etwas.

Kein Wunder also, dass seine Nerven blank lagen.

McQuarrie kam um fünf Uhr, wünschte ihnen ein frohes neues Jahr und schlug ein kurzes Brainstorming zu dem Fall vor. Hirnzermarterung, aber kein Brainstorming, dachte Challis, während die Uhr an der Wand halb sechs zeigte, sechs, halb sieben. Sonntagabend, Silvester, und er konnte deutlich sehen, dass alle gründlich demoralisiert waren. Sobald McQuarrie den Raum verlassen hatte, schlich er auf Zehnspitzen zur Tür, streckte den Kopf auf den Korridor, sah nach links und rechts, schlüpfte dann in den Raum zurück, schloss die Tür und vollführte eine Pantomime der Auflehnung gegen die Autorität. Sie lachten, entspannten sich. Gut.

»Ich weiß, dass eure Familien auf euch warten«, sagte er, »aber falls irgendjemand noch auf ein schnelles Abendessen bleiben möchte, Pasta und ein oder zwei Gläser Roten, dann geht das auf mich.«

Er sah zu, wie sie sich streckten. Außer einigen wenigen griffen sie alle zum Telefon, um zu Hause anzurufen. Einige streitbar, andere um Verzeihung bittend. Um sieben saßen sie in dem Bistro, von dem aus man einen Blick auf den Jachthafen hatte. Sie waren ziemlich laut. Das war ihre Art, McQuarrie und grausame Todesfälle und die Misshelligkeiten des Lebens im Allgemeinen hinter sich zu lassen. Challis spürte, wie die Anspannung ein wenig von ihm wich. Der Anlass würde seine Detectives zusammenschweißen, sie würden ein bisschen besser zusammenarbeiten. Und sie würden daran denken, dass sie sich gar nicht so sehr von anderen Gehaltsempfängern unterschieden, die einen Anspruch darauf hatten, gelegentlich zusammen mit dem Boss auszugehen.

Irgendwann röhrte ihm Ellen Destry ins Ohr: »Wann nehmen Sie mich mal wieder zum Fliegen mit?«

»Wann immer Sie wollen.«

»Ich hab mich damit daheim nicht besonders beliebt gemacht.«

»Warum?«

»Alan glaubt, dass er mich verliert.«

»Sie an mich verliert?«

»Mich ganz allgemein verliert«, sagte Ellen.

Nach kurzem Schweigen neigte sie sich dicht an sein Ohr und fragte: »Hal, haben Sie jemals Ihre Frau betrogen?«

Challis lehnte sich von ihr weg und wölbte eine Augenbraue. »Ellie, wenn ich mich recht entsinne, war es umgekehrt.«

Zu spät wurde ihr klar, was sie gesagt hatte. »Bravo, Ellen. Gut gemacht. Aber hypothetisch gesprochen, Hal« – das rollte hübsch von der Zunge –, »also mal hypothetisch gesprochen, glauben Sie, dass bei den meisten Paaren die Versuchung da ist, fremdzugehen?« Sie schüttelte sich und versuchte, ihn zu fixieren. »Hypothetisch gesprochen.«

»Sie sind betrunken, Ellie.«

Sie schwankte zurück. »Na und? Hab ein Recht darauf.«

»Natürlich haben Sie das.«

»Ich hab beim Mittagessen angefangen.« Sie stieß ihn gegen die Brust. »Eines Tages werden wir auch Sie mal voll blau erleben.«

»Wie wär's mit jetzt gleich?«, fragte Challis und stellte fest, dass er grinste und sich tiefer in seinen Stuhl gleiten ließ.

17

Montag, erster Januar. Als Pam Murphy zum Dienst kam, ging sie mit den Fotos vom Schauplatz des Verbrechens direkt zu Sergeant Destry und sagte: »Sarge, ich glaube Marion Nunn steckt hinter dem Einbruch an der Rennbahn.«

Destry starrte sie einen langen Augenblick lang halb amüsiert an. »Es gibt nichts, was ich lieber tun würde, als Marion Nunn zum Teufel zu jagen, aber da müssen Sie schon deutlicher werden.«

»Na ja, neulich wurden John Tankard und ich zu einem Fotoladen gerufen, weil der Geschäftsführer wegen einiger Fotos besorgt war, die er gerade entwickelt hatte. Es waren Innen- und Außenaufnahmen eines Hauses, und Marion Nunn war die Kundin. Als ich dann später durch das Haus ging, wo der Einbruch stattgefunden hatte, kam es mir irgendwie bekannt vor. Gestern Nacht hat's dann geklickt.«

»Was hat Marion Nunn mit dem Haus zu tun?«

»Ihre Firma hat den Verkaufsauftrag, Sarge. Am Vorderzaun ist ein entsprechendes Schild. Wenn ihre Firma das Haus verkauft, würde sich doch niemand etwas dabei denken, wenn sie Fotos macht, sondern annehmen, dass sie sie für die Inserate braucht.«

»Aber wenn sie nicht zu Werbezwecken benutzt werden, wofür dann?«

»Ich glaube, dass Marion Nunn einen Komplizen hat. Sie gibt ihm die Fotografien und er arbeitet damit seinen Plan für den Einbruch aus.«

»Was waren das für Fotos?«

»Nicht die Art, die man normalerweise macht, wenn man ein Haus verkaufen will. Es waren Aufnahmen von der Hintertür dabei, den Fenstern, von der Alarmanlage, und so weiter.«

»Vielleicht hat sie irgendein Lehrling aus ihrem Büro aufgenommen, und sie sehen deshalb amateurhaft aus.«

»Marion Nunn hat sie persönlich zum Entwickeln gebracht, Sarge. Und auf der Aufnahme einer Glasvitrine ist ihr Spiegelbild zu sehen.«

»Wären die Besitzer nicht misstrauisch geworden, wenn sie solche Fotos macht?«

»Ich habe das Datum in meinem Notizbuch überprüft. Als die Aufnahmen zur Entwicklung gebracht wurden, waren die Besitzer schon seit vier Tagen auf Bali. Wenn sie das Haus für sie verkaufen sollte, hatte sie sicher einen Schlüssel. Und ihr Spiegelbild war im Glas zu sehen.«

»Also gut, nehmen wir mal an, dass Marion Nunn tatsächlich dahinter steckt. Wem gibt sie die Fotos?«

»Jemandem, den sie einmal verteidigt hat.«

»Vielleicht. Lassen Sie mich ein paar Dinge überprüfen und die Sache mit Inspector Challis durchsprechen.«

»Sie meinen, ich könnte da auf etwas gestoßen sein, Sarge?«

»Die Theorie ist auch nicht schlechter als andere, die ich in letzter Zeit gehört habe.«

Und so wurde Pam am nächsten Morgen von Sergeant Destry in ihr Büro gerufen, wo sie ihr mitteilte: »Da Sie so eifrig bei der Sache sind, habe ich arrangiert, dass Sie in diesem Einbruchfall ein bisschen Laufarbeit für die Kripo machen. Wie ich höre, haben Sie die Überreste eines Autotelefons gefunden, wo der Pajero verbrannt ist?«

»Ja, ich –«

»Setzen Sie sich mit Ledwich in Verbindung, besorgen Sie sich die Nummer des Autotelefons und überprüfen Sie, welche Anrufe damit am Samstag zwischen dem frühen Nachmittag und Mitternacht gemacht wurden.«

Destry war ganz in Ordnung, aber wie alle höheren Dienstgrade neigte sie nicht gerade zu übertriebener Leutseligkeit. Sie wandte sich bereits ab, um einen der Aktenordner auf ihrem Schreibtisch zu öffnen. Wenn Pam sich jetzt nicht umdrehte und ging, würde Destry vermutlich aufschauen und fragen: »War noch was?«

Es war noch was, nämlich Marion Nunn und die Fotografien, aber Pam trat in den Korridor hinaus und machte sich auf die Suche nach einem Schreibtisch mit freiem Telefon.

Lance Ledwich war nicht gerade erfreut, von ihr zu hören. »Die

Nummer? Warum? Ich habe gesehen, was von meinem Wagen übrig ist – ein Scheißdreck. Was soll Ihnen die Telefonnummer noch nützen?«

»Mr. Ledwich, wer immer ihn gestohlen hat, könnte das Telefon benutzt haben.«

»Das gefällt mir nicht. Ich sehe nicht, wozu das gut sein soll.«

»Mr Ledwich, wollen Sie mich zum Narren halten? Sie haben den Pajero gefahren, obwohl Ihr Führerschein eingezogen ist. Ist es das? Im Moment ist mir das egal und ich kann es ohnehin nicht beweisen. Wir hoffen, dass, wer immer Ihren Wagen gestohlen hat, ein paar Anrufe gemacht hat.«

Ledwich dachte geraume Zeit darüber nach. Vielleicht will er nicht, dass wir erfahren, wen er angerufen hat, dachte sie. Endlich sagte er: »Also gut«, und nachdem er eine Minute herumgestöbert hatte, kam er wieder an den Apparat und gab die Nummer durch. »Haben Sie's?«

»Ja.«

»Es wird doch alles glatt gehen, oder?«

»Was meinen Sie damit, Sir?«

»Die Versicherung und alles. Der Wagen wurde mir gestohlen, ganz ehrlich. Ich meine, ich weiß nicht, von wem oder warum.«

»Wir untersuchen die Angelegenheit, Sir.« Mehr Befriedigung wollte Pam ihm nicht gönnen. Wenn es stimmte, dass man bei diesem Job irgendwann einen Instinkt entwickelte, dann schrillten bei ihr jetzt die Alarmglocken.

Sie schob das ungute Gefühl beiseite und rief stattdessen die Telefongesellschaft an. Gegen Mittag hatte sie herausgefunden, dass am Samstag vor Mitternacht drei Gespräche von Ledwichs Autotelefon aus geführt worden waren. Die ersten beiden, zwischen neun Uhr vormittags und zwölf Uhr, mit zwei kleinen Videotheken. Pam wählte die dritte Nummer. Es klingelte eine Weile. Die Stimme, die sich meldete, klang mürrisch, gereizt und abgehackt, sodass Pam noch einmal nachfragen musste.

»Refinery Hotel, habe ich gesagt. Hören Sie, Sie haben mich angerufen, nicht umgekehrt.«

Pam stellte sich vor und sagte: »Ich versuche, einen Anruf zu ermitteln, der Samstag spätabends mit dieser Nummer geführt wurde. Können Sie mir da vielleicht helfen?«

Der Mann lachte. »Sie machen wohl Witze. Das hier ist die Hauptbar. Wissen Sie eigentlich, wie viele Anrufe wir hier kriegen?«

»Haben Sie am Samstagabend in der Bar gearbeitet, Sir?«

»Ich? Aber nein. Jetzt ist Vormittag, nicht wahr? Also, ich arbeite morgens.«

»Könnten Sie mir sagen, wer an diesem Abend in der Bar gearbeitet hat?«

»Moment, Moment.« Pam zuckte zurück, als der Hörer am anderen Ende auf eine harte Oberfläche klapperte, wahrscheinlich auf den Tresen.

Sie wartete mehrere Minuten lang. Der Mann kam mit den Namen von zwei Frauen und einem Mann zurück.

»Haben Sie die Privatnummern, Sir?«

»Da kann ich Ihnen nicht helfen, tut mir Leid. Versuchen Sie's mit dem Telefonbuch, aber denken Sie daran, dass sie gestern Nacht gearbeitet haben und jetzt sicher schlafen.«

Pam suchte Namen und Telefonnummern aus dem Telefonbuch heraus und fand auch die Adressen von allen dreien. Sie wartete bis zum frühen Nachmittag, bevor sie an die erste Tür klopfte.

Bei der ersten Adresse, einem Apartment im Erdgeschoss eines kleinen Blocks hinter dem Einkaufszentrum in Waterloo, erzählte ihr eine gut gelaunte Frau: »Meine Liebe, wir sind meistens zu beschäftigt, um uns darum zu kümmern. Sicher, manchmal wird einer der Stammgäste verlangt.«

»Erinnern Sie sich daran, ob irgendeiner Ihrer Stammgäste an jenem Abend einen Anruf bekommen hat?«

»Nein.«

Bei der nächsten Adresse, einem holzverschalten Haus zwischen Unkräutern hinter dem Flugplatz von Waterloo, bekam sie noch dürftigere Auskünfte. »Keine Ahnung, tut mir Leid«, sagte der Barmann.

»Es muss am späten Abend gewesen sein, gegen elf.«

Der Barmann gähnte und kratzte sich am Bauch. »Ich lasse immer jemand anderen rangehen.«

»Ein Mann – vermutlich ein Mann – der mit einem Ihrer Stammgäste sprechen wollte.«

»Hören Sie, probieren Sie's bei den Mädchen, die mit mir arbeiten. Vielleicht hat eine von ihnen den Anruf angenommen, Liz oder Rina.«

»Mit Rina habe ich gesprochen. Nein.«

Die Tür begann sich zu schließen. »Versuchen Sie's bei Liz.«

Pam stellte ihren Fuß in den Spalt. »Haben Sie persönlich einen Anruf bekommen?«

»Ich? Wer sollte mich schon anrufen?«

Die Tür schloss sich und Pam betrachtete das Unkraut und dachte, dass der Barmann vermutlich Recht hatte.

Liz, in der Eingangstür ihres Hauses in der Seaview-Siedlung, sagte: »Spätabends?«

»Vier nach elf.«

»Wir bekommen nicht allzu viele Anrufe. Warten Sie mal …«

»Ein Anruf für jemanden vom Hotelpersonal oder einen Ihrer Gäste«, sagte Pam. »Höchstwahrscheinlich von einem Mann.«

»Davon gab es zwei oder drei.«

»Für Ihre Gäste?«

»Ja.«

»Können Sie sich erinnern, für wen?«

Liz lachte. »Samstagabend haben wir den harten Kern der Stammgäste, Urlauber, Einheimische, die etwas essen oder trinken wollen, außerdem Tennis- und Kricketmannschaften von außerhalb. Geben Sie mir ein oder zwei Tage. Dann fällt's mir wieder ein.«

Als Pam sich abwandte, sagte Liz: »Von den beiden anderen hört man nicht mehr viel.«

Verwirrt blieb Pam stehen und sagte: »Die Leute, mit denen Sie zusammenarbeiten?«

»Nein, nein, die zwei Bullen, Tankard und der andere. Die haben ziemlich den Kopf eingezogen.«

Pam wollte sie nicht einfach so stehen lassen, aber ein gemütlicher Plausch über van Alphen und Tankard hätte bedeutet, dass sie die Grenze überschritt, die sie für sich gezogen hatte, als sie nach Waterloo versetzt worden war. Also sagte sie gar nichts, nickte nur und lächelte unverbindlich und ging zu ihrem Van zurück.

»Es ist gut, zu wissen, dass jemand wie Sie da ist, Pam«, rief ihr die Frau nach.

Pam konnte sich nicht erinnern, sie je zuvor gesehen zu haben.

Bei den Holsingers rief selten jemand an. Als es am Dienstagmorgen klingelte, sagte Danny zu seiner Mutter: »Wenn das Joll ist, sag ihm, ich bin nicht da. Sag ihm, ich bin für ein paar Tage weggefahren.«

»Der Schwachkopf«, sagte seine Mutter.

Sie nahm ab. Danny wartete in der Küche und trat von einem Fuß auf den anderen. An der Art, wie ihn seine Mutter ansah, erkannte er, dass tatsächlich Jolic am Apparat war. »Nicht da«, sagte seine Mutter. »Weiß nicht, wann er zurückkommt. Der Vorarbeiter hat ihm den Rest der Woche freigegeben, deshalb besucht er seine Tante droben in Sydney … Sag ihm das selbst«, sagte sie am Ende und legte den Hörer auf.

»Du solltest dich am Kopf untersuchen lassen, immer mit dem Schwachkopf rumzuhängen.«

»Ma, ich geh rüber zu Megan.«

»Auch so eine Idiotin.«

Megan war allein. Danny sagte: »Warum gehen wir nicht zusammen weg, irgendwo ganz anders hin?«

»Was meinst du?«

»Rauf Richtung Cairns«, sagte Danny. »Surfers Paradise. Die Gegend.«

»Einfach so? Meinen Job hinschmeißen, meine Mutter verlassen, meine Freunde, und einfach abhauen?«

»Nicht für immer, nur, weißt du, für 'ne Weile.«

Megan starrte ihn misstrauisch an. »Steckst du in Schwierigkeiten oder was?«

»Ich? Nö.«

»Mich kannst du nicht verarschen. Irgendwas geht da vor und ich will wissen, was.«

»Nichts, sag ich doch.«

»Ist es Boyd Jolic? Könnte ich wetten. In was hat er dich da reingezogen?«

Danny kaute auf seiner Unterlippe. »Ich sag dir, Meg, der ist übergeschnappt.«

»Da sagst du mir nichts Neues. Zu was hat er dich jetzt wieder angestiftet?«

»Nichts. Aber er ist ein verrückter Hund. Zum Beispiel verrückt auf Feuer.«

Megans Finger glitten zu dem schmalen Goldkettchen an ihrer Kehle. Danny hatte es ihr am letzten Sonntag gegeben. Schlicht und elegant, viel Klasse, aber jetzt fühlte es sich schwer und schmutzig an, als hätte sie eine Hundekette um den Hals. Sie nahm es ab. »Wo hast du das her?«

»Bei Myers gekauft«, sagte Danny wie aus der Pistole geschossen. »Schau mal, wenn er kommt und nach mir sucht, sag ihm, dass du mich nicht gesehen hast. Sag ihm, ich bin irgendwohin weggegangen.«

Sie starrte ihn an. »Wohin zum Beispiel?«

»Gib uns 'ne Chance, Meg. Ich habe Schiss vor dem Mistkerl. Ich will ihm für 'ne Weile aus dem Weg gehen.«

»Das gefällt mir nicht.«

»Also, was meinst du? Cairns? Noosa? Surfers?«

»Danny, ich geh hier nicht weg. Geh du doch, wenn du willst.«

Danny kaute wieder auf seiner Lippe. Als er seinen Arm um sie legte, stieß sie ihn zurück.

»Komm schon, Meg, nur ein Quickie, bevor deine Mutter zurückkommt.«

»Das ist alles, wozu ich gut bin, ja?«

»Hör mal, ich hab da so ein Video, das wir anschauen können, damit wir in Stimmung kommen.«

Sie runzelte die Stirn. »Was für 'n Video?«

»Wirst schon sehen.«

Nach ein paar Minuten löste sie sich von ihm und fingerte nach der Fernbedienung. »Das ist ekelhaft. Das ist krank. Wie konntest du? Wie kannst du dir einbilden, so ein Zeug würde mich antörnen? Mein Gott, Danny!«

Sogar Danny schien schockiert von dem, was er gesehen hatte.

An diesem Nachmittag sagte van Alphen zu Clara: »Das war's, finito. Der Weihnachtsmann kommt nicht mehr.«

Der Blick, den sie ihm zuwarf, besagte, dass er gerade sein wahres Gesicht gezeigt hatte. Sie wand sich aus seinen Armen und plötzlich fand er sich in einem törichten Handgemenge mit ihr wieder, das halb aus dem Versuch seinerseits bestand, sie zu umarmen und zu beruhigen, und halb aus blanker Wut ihrerseits. Er wollte, dass sie ihn ebenso sehr begehrte, wie er sie. Er wollte, dass sie auf die strenge Stimme der Vernunft hörte, das Kokain aufgab und in ihm ihren Rettungsanker fand.

Aber sie schüttelte ihn schließlich ab, kreischte ihn an, reckte ihm ihr hasserfülltes Gesicht entgegen, in der Hüfte fast rechtwinklig vornübergebeugt. »Du glaubst, du wärst hier um mich zu retten, richtig? Denkst, ich würde in deinen Armen dahinschmelzen? Da müsste ich's aber wirklich verdammt nötig haben, Freundchen, das kann ich dir sagen. Als Fick bist du nicht mal halber Durchschnitt. Also: Wenn du mir kein Koks mehr besorgen kannst, dann geh ich woandershin.«

Sie lief zum Vorhang und riss ihn auf. Dann ertränkte sie das Räucherstäbchen in den Resten ihres Gin Tonic. Das Licht vom Fenster her fiel grell auf ihr Gesicht und den gesamten Raum und fällte ein scharfes Urteil über die Lage, in die van Alphen sich gebracht hatte.

Er sah die Ironie. Er hatte gerade ein paar Tage seiner freien Zeit damit verbracht, einen Dealer zu beschatten, bis er schließlich Glück hatte, als er eine leere Wohnung filzte, die der Kerl zweimal hintereinander besucht hatte. Er fand ein Versteck mit Kokain und Amphetaminen hinter einer Deckenverkleidung im Badezimmer.

Er hatte das meiste davon durchs Klo gespült und nur so viel mitgenommen, dass er das ersetzen konnte, was er aus dem Safe mit Beweisstücken genommen hatte. Er wäre beinahe erwischt worden, aber das Entscheidende war, dass er damit durchgekommen war, und so war das tolle alte Gefühl zurückgekehrt, es mit der ganzen Welt aufnehmen und gewinnen zu können.

Der Riss in seiner Rüstung hieß Clara.

»Du brauchst das Zeug nicht mehr. Du musst wieder auf die richtige Bahn kommen.«

»Für wen hältst du dich eigentlich? Für meinen Vater? Meinen Bruder? Beide haben mich gefickt, also, wo ist der Unterschied?«

Gegen seinen Willen schnauzte er sie an. »Werd erwachsen!«

»Ah, guter Witz. Vor allem von dir.«

Er schlug sie, eine schnelle, schallende Ohrfeige, die ihr den Kopf zurückschleuderte und sie empörte. Sie erbleichte. »Und dafür hänge ich dich hin.«

Das hatte sie schon vorher gesagt, als hätte sie ihn damit in der Hand. »Ja, sicher.«

»Du bist ein jämmerlicher Schwächling. Kein Wunder, dass deine Frau dich verlassen hat.«

Sie waren dabei, ihre Giftpfeile abzuschießen. Van Alphen spürte, wie sich der Druck in seinem Schädel immer stärker aufbaute. »Ich könnte dich umbringen«, sagte er.

»Dazu hast du nicht den Mumm.«

Boyd Jolic hielt gerade ein Nickerchen, als das Telefon klingelte. Er stolperte durch die Küche und griff hastig nach dem Hörer, aber das Klingeln ging weiter und er starrte trübe auf den Hörer in seiner Hand, bis er die Quelle lokalisiert hatte.

Sein Handy lag auf dem Tisch neben einem schmierigen Teller, einem zerlegten Holley-Vergaser und einem öligen Lumpen. Er schien all die oft geübten Bewegungen vergessen zu haben, während er unbeholfen nach dem richtigen Knopf fummelte. »Ja?«

»Ich muss dich sehen.«

»Ach, du bist es«, murmelte er.

»Es ist auch ganz reizend, deine Stimme zu hören. Genau das, was ein Mädchen nach einem harten Tag braucht.«

Lange her, seit du ein Mädchen warst, dachte er, während er sich den Bauch kratzte, dann den Rücken. Er krümmte sich und schob die suchenden Finger hoch unter sein T-Shirt, zwischen die Schulterblätter. »Wann willst du mich sehen?«

»Jetzt. Heute Nacht. Wann immer.«

Das Jucken ließ nach und er betrachtete das Poster der örtlichen Feuerwehr an der Wand über seinem Sofa: BUSCHFEUER: WERDEN SIE ÜBERLEBEN? »Kann heute Nacht nicht«, sagte er.

»Warum, hast du ein besseres Angebot?«

»Was Geschäftliches zu erledigen«, meinte Jolic, versprach ihr aber, sie später in der Woche zu besuchen, und legte auf.

Er ließ sie gerne zappeln.

Es war vier Uhr nachmittags. Wo er schon einmal wach war, konnte er auch aufbleiben. Einen Aktionsplan ausarbeiten, davon ausgehend, dass er heute Nacht auf sich allein gestellt war, weil diese kleine Nulpe Danny Schiss gekriegt und ihn im Stich gelassen hatte.

Tessa Kane war den ganzen Tag unterwegs gewesen und öffnete ihre Büropost erst um fünf. Es war ein einzelner Brief. Sie wusste sofort, von wem er kam: dieselbe Blockschrift, dieselbe Art Umschlag.

Sie beschwerte den Umschlag mit einem Hefter, während sie die Klappe mit einem Brieföffner aufschlitzte. Dann hielt sie den Umschlag zwischen den Fingernägeln an einer Ecke fest, während sie den Brief mit der Klinge herauskitzelte und feststellte, dass sie dabei an Challis dachte. Sie tat es für Challis: Fingerabdrücke vermeiden.

Der Brief lautete:

Sackgasse, was? Habt mich in den Korb mit den ganz harten Nüssen gesteckt?
Schwerer Fehler, ihr Ärsche.

Mach ich Pause – oder juckt's mich schon wieder?
Das solltet ihr euch fragen. Einbrecher oder verwöhnte Reiche sind den Leuten egal. Die wollen wissen, ob ihre Töchter sicher aus dem Haus gehen können.

Tessa lachte. Sie hatte seinen wunden Punkt getroffen. Er wollte wieder auf die Titelseite.

Sie nahm das Telefon ab.

Verdammt. Challis war schon gegangen, wie die Telefonzentrale ihr mitteilte. Würde erst morgen wieder im Haus sein. Sie sah seine Privatnummer nach, begann zu wählen und zögerte dann.

Als Challis an diesem Abend nach Hause kam, klingelte das Telefon.

»Hal.«

»Hallo, Ange«, sagte er.

Er sah auf die Uhr. Sieben. Um die Zeit sollten sie doch sicher alle schon in ihren Zellen sein?

»Hal, ich musste deine Stimme hören.«

»Wie geht's dir, Ange?«

»Sei doch nicht so.«

»Wie?«

»Abweisend. Mich ausschließend.«

»Schau mal, Ange, ich bin müde. Ich bin gerade in dieser Sekunde zur Tür hereingekommen. Ich spreche vom Apparat in der Diele, den Aktenkoffer in der anderen Hand. Lass mich das Gespräch in die Küche legen, ja?«

»Du bist immer gerade zur Tür hereingekommen.«

»Ange –«

»Ich würde gerne sehen, wo du wohnst. Ich versuche es mir ständig vorzustellen. Ich –«

Challis ging in die Küche. Er versuchte die Zeit in die Länge zu ziehen, während er sich einen Drink und ein Sandwich machte, aber sie war immer noch dran, als er den Hörer aus der Gabel über der Arbeitsplatte nahm.

»Ich bin wieder da.«

»Ich hatte keinen guten Tag.«

»Ich hatte nicht erwartet, so spät noch von dir zu hören, Ange.«

Seine Frau antwortete plötzlich fröhlich, wie ein Kind, das gerade aus der Schule kommt: »Ich bin in der Aufführung! Wir haben heute Abend geprobt.«

Sie erzählte ihm davon. Er dachte an seinen Mörder auf dem Old Peninsula Highway und er dachte an Tessa Kane. Er hatte gehofft, sie würde am Apparat sein, als das Telefon klingelte. Dass sie anrief, um den Riss zu kitten.

Oder war das seine Aufgabe?

Wie auch immer, er wollte ihr kehliges Gurren an seinem Ohr hören.

Nachdem van Alphen sie verlassen hatte, war Clara nach Frankston gefahren, wo sie ein wenig Koks von einem Jungen von den Inseln ergattert hatte, der sie »Schwester« nannte. Es war nicht viel, aber der Preis war hoch, und er hatte ihr ein besseres Geschäft bei Heroin angeboten, meinte, es sei rein und in Mengen zu haben. Aber sie sagte ihm, dass sie das Zeug nicht anrührte. Dann waren zwei Bullen auf Fahrradstreife aufgetaucht, die aussahen wie stromlinienförmige Insekten. Sie radelten die Einkaufsstraße entlang und der Junge von den Inseln gab Fersengeld, während Clara auf dem Absatz kehrtmachte und sich in den nächsten Laden verdrückte. Dort gab's Computer und auf dem Schaufenster stand NEUJAHRS-SONDERANGEBOTE!. Sie war noch nie im Leben in einem Computerladen gewesen. Sie sagte: »Ich sehe mich nur um«, und als sie die Geräte und die bunten Schachteln in den Regalen betrachtete, fühlte sie sich verzagt, unwissend, vom Leben vergessen und sie konnte gar nicht schnell genug wieder da rauskommen. Sie ging direkt zu ihrem Wagen zurück und schnupfte drei Linien Kokain, worauf sie sich so high fühlte, dass sie nicht mehr riskieren wollte, selbst nach Hause zu fahren, und stattdessen ein Taxi nahm. Das Gute am Zeugenschutzprogramm war, dass es von Zeit zu Zeit ein wenig Geld zusätzlich gab, wenn sie es brauchte.

Momentan war sie angenehm zugedröhnt, aber das würde bald abklingen. Sie wusste, dass sie sich wieder etwas besorgen musste. Aber um diese Zeit konnte sie kaum noch einmal nach Frankston zurück, es war halb zwei Uhr früh. Außerdem hatte sie ihren Wagen dort gelassen.

Dann schienen sich die Hintergrundgeräusche der Nacht in ihrem Bewusstsein zu verändern und eines davon kristallisierte sich als das Knirschen von Reifen auf dem Kies vor ihrem Fenster heraus. Sie rekapitulierte gerade ein Sprichwort aus ihren alten Tagen: »Lass dich nie mit einem Bullen ein«, als irgendwo hinten im Haus Glas klirrte.

18

Es war eine Nacht der heißen Nordwinde. Am heißesten da, wo sie über die lodernden Dachbalken strichen. Funken sprühten aus dem brennenden Haus und einige landeten im hohen Gras, das trotz amtlicher Aufforderung nicht gemäht worden war. Kleinere Brandherde flackerten auf und vereinigten sich zu einem alles verzehrenden Flammenteppich. Dann fingen die Baumwipfel Feuer und ein Eukalyptus nach dem anderen explodierte in dem Naturschutzgebiet, das zwischen dem brennenden Haus und dem Obstgarten lag, der am nördlichen Eck an das Weingut grenzte und hinten an ein Gestüt. Der Besitzer des Obstgartens hörte seine Hunde, noch bevor er ganz wach war und den Rauchgeruch von seinen Träumen und der Tatsache, dass seine Hunde aufgeregt waren, trennen konnte. In den Ställen jenseits seines östlichen Begrenzungszauns gerieten die Pferde in Panik und weckten den Manager des Zuchtbetriebs und seine Frau. Sie liefen ins Freie und sahen die Feuerwalze hungrig heranrollen wie eine Flutwelle auf einen schlafenden Küstenstreifen. Evakuieren. Evakuieren.

Es war zu heiß zum Schlafen. Und zu laut. Die Bevölkerung von Penzance Beach schien um hunderte von Menschen angeschwollen zu sein – Familien, die für vier Wochen in ihre Strandhütten gekommen waren, Camper, Leute auf der Suche nach der nächsten Strandparty. Pam musste unwillkürlich an Ginger denken. Wenn sie den Nerv dazu hätte, wenn er bloß ein paar Häuser entfernt wohnen würde statt weiter die Küste entlang, dann würde sie sich hinausschleichen und an sein Schlafzimmerfenster klopfen. Sie trat auf die Holzterrasse ihres gemieteten Hauses und sog den Wind in die Nase.

Rauch.

Das Telefon klingelte.

»Pam? Ellen Destry. Ich hole Sie in fünf Minuten ab.«

Tessa Kane lag diesmal in Challis' Bett und sie konnte nicht schlafen und wollte nach Hause. Jetzt wusste sie, wie er sich gefühlt hatte, als er sich aus ihrem Bett hatte stehlen wollen. Sie sah kurz zu ihm hin. Er war ebenfalls wach. Sie wollten nicht noch einmal miteinander schlafen. Im Augenblick konnten sie sich nicht besonders gut leiden. Sie wollten nicht zusammen sein. Sie sehnten sich nach Tageslicht und Einsamkeit. Es waren Gefühle des Augenblicks, die vergehen würden. Aber dennoch nicht weniger real.

»Geh, wenn du gehen möchtest.«

»Ich glaube, ja«, sagte sie und begann sich anzuziehen.

»Ich mache dir eine Tasse Tee.«

»Hal, es ist zwei Uhr früh.«

»Du hast dreißig Minuten Fahrt vor dir.«

»Kein Tee, danke. Das Angebot zählt.«

Während sie sich anzog, sagte er: »Keine weiteren Briefe von unserem Mann?«

Sie suchte nach einem Ohrring. »Wenn, dann hätte ich es dir gesagt.«

Er nickte. »Was ist mit Julian Bastian? Hat man Druck auf dich ausgeübt, die Geschichte fallen zu lassen?«

»Druck? Wer denn?«

»Lady Bastian. Ihre einflussreichen Freunde.«

Sie hielt inne und starrte ihn an. »Wie McQuarrie? Ergreifst du jetzt seine Partei?«

»Herrgott, nein«, sagte er. »Ich finde, das Verfahren gegen den verzogenen Bengel sollte wieder aufgenommen werden.«

Sie lachte. »Darf ich dich zitieren?«

Erst klingelte sein Handy, dann ihres.

Ein Brand.

Der Anblick der Flammen nahm Jolic fast den Atem. Seine Haut prickelte. Eine seltsame, angenehme, elektrisierende Hitze breitete sich von seinen Lenden bis zur Kehle aus. Er wollte sich dringend einen runterholen. Jolic hielt sich am Schlauch des CFA-Löschfahrzeugs fest wie ein rachsüchtiger, brünstiger König.

John Tankard stand auf der Myers Road, wo er seinen Einsatzwagen mit in der Dunkelheit aufblitzendem Blaulicht quer gestellt hatte. Zu dieser Nachtstunde gab es nicht viel normalen Verkehr, aber immer mehr katastrophengeile Gaffer wurden von den Sirenen, dem Hubschrauber vom Katastrophendienst und der Evakuierungswarnung für die Haushalte südlich der Myers Road angelockt. Ein Triumph kam auf ihn zugebraust. Er schwenkte seine Taschenlampe, hob seine behandschuhte Hand, um ihn zu stoppen, und deutete auf die Quarterhouse Lane, die Umleitung, die den Verkehr vom Feuer wegführen sollte. Aber es war dieser verdammte Challis. Er hatte Tessa Kane bei sich.

»Tut mir leid, Inspector. Fahren Sie weiter.«

»Danke, Constable.«

Die Journalistin beugte sich über Challis zum Fenster. »Wie schlimm ist es, John?«

»Ein Haus zerstört – bei dem hat das Feuer angefangen. Es hat sich schnell ausgebreitet und ist über die Straße ins Naturschutzgebiet übergesprungen.« Er sah hoch in den rot glühenden Himmel. »Der Wind ist nicht gerade hilfreich.«

»Irgendwelche Verluste?«

»Ein paar Pferde mussten weggebracht werden.«

»Wessen Haus wurde zerstört?«

Tankard sah Challis Rat suchend an. Challis sagte: »Ist schon in Ordnung. Irgendwann muss sie es erfahren und ich auch.«

»Wir wissen nicht, wer dort wohnt, Sir. Eine allein stehende Frau, sagen jedenfalls die Nachbarn.«

»Geht es ihr gut?«

»Keine Spur von ihr, Sir.«

Dann schien der Wind zu drehen und gleich darauf noch einmal. Er blies ihnen heiß und rauchgeschwängert ins Gesicht. Ein Funke landete auf dem Rücken von Tankards Handschuh. Er wischte ihn weg und verschmierte dabei das weiße Leder. Seltsam, er konnte die Gefahr hören – den Wind, die Flammen? –, aber alles, was er sehen konnte, war ein entferntes Glühen.

»Sir, ich weiß nicht, wie gefährlich es dort drinnen ist. Wir leiten den Verkehr auf die Straße da um. Dort hat das Feuer zwar angefangen, aber inzwischen ist die Straße wieder sicher.«

Challis zog den Automatik-Wahlhebel auf Fahrtstellung. »Wir müssen da rein, John.«

Tankard dachte: Nenn mich nicht John, du Pfeife.

Ein Teil von Ellen Destry war eingenommen von der Hochstimmung und dem Gefühl der Tüchtigkeit angesichts der Gefahr, das der Brand bei allen hervorzurufen schien. Plötzlich schienen alle gleich zu sein, Männer und Frauen, Polizisten und Zivilisten. Sie arbeiteten gut zusammen. Sie stellten sich den Flammen entgegen und schlugen sie zurück. Ihre Kommunikation war effektiv. Es gab keine Drückeberger. Die Lichter, die Löschfahrzeuge, die schmutzigen Männer und Frauen in ihren gelben Schutzanzügen, der brüllende, heiße Wind, die rot glühenden Kohlen und lodernden Flammen. Ein oder zwei Eukalyptusbäume explodierten über ihren Köpfen. Schließlich half sie Pam Murphy, Teetassen herumzureichen, ein paar verbrannte Hände zu verbinden, Fahrzeuge und Inventar aus der Bahn des Feuers zu schaffen, die Katze einer alten Frau zu retten. Ein Teil von ihr konnte die Sentimentalität nachvollziehen, mit der die Zeitungen über Katastrophen berichteten, bei denen Feuerwehrleute, Polizisten, Rettungssanitäter und gewöhnliche Zivilisten am gleichen Strang zogen.

Aber ein anderer Teil von ihr erkannte auch, dass das Gemeinschaftserlebnis im Grunde auf die Männer beschränkt blieb. Männer umarmten Männer. Die Frauen waren geduldete Anhängsel.

Dann erfuhr sie, dass es Ermittlungsarbeit für sie gab.

Challis setzte Tessa Kane in der Notunterkunft der Gemeinde ab, wo einer ihrer Fotografen und ein oder zwei ihrer Reporter bereits die Leute interviewten, dann fuhr er vorsichtig die Quarterhouse Lane entlang zu dem Haus, wo der Brand ausgebrochen war. Die Luft war heiß und rauchgeschwängert. Qualmende Zaunpfosten markierten einen Weg zwischen einem unberührten Garten auf der einen Seite der Straße und aschebedeckter schwarzer Erde auf der anderen. Er fuhr unter einem brennenden Baum hindurch. Das Seltsame war, dass er, als er in die Auffahrt des zerstörten Hauses einbog, die Spuren eines früheren Feuers bemerkte: eine angekohlte Pinie. Er sah genauer hin. Ein kleiner, neu aussehender Briefkasten aus Metall auf einem Stück Stahlrohr.

Er fuhr hinein. Ellen Destry war bereits eingetroffen und starrte das an, was einmal ein holzverschaltes Farmhaus gewesen war, jetzt aber nur noch ein dem Boden gleichgemachter Flecken verkohlten Holzes und verbogenen, geschwärzten Blechdachs. Ein Kamin stand einsam am einen Ende der Ruine. Für Challis war offensichtlich, dass der Brand von diesem Haus seinen Ausgang genommen hatte. Der Wind hatte dann die Funken auf den Grashügel dahinter getragen, wo sich eine Feuerwalze entwickelte, die südlich in Richtung der Eukalyptusbäume an der Myers Road rollte, diese übersprang und sich im Naturschutzgebiet festsetzte. Na ja, allzu viel Natur war dort nicht mehr übrig, aber das Feuer war eingedämmt worden, bevor es das runde Dutzend Häuser erreichte, die im Süden an das Reservat angrenzten.

Plötzlich krümmte sich Ellen zusammen, hustete und spuckte. »Sind Sie in Ordnung?«

Sie wischte sich mit dem Handrücken über den Mund. »Ich atme seit zwei Stunden dichten Rauch.«

Ein Teil des Daches krachte hinter ihnen zusammen. Kees van Alphen zerrte an den Trümmern herum und stieß mit den Füßen dagegen.

»Lassen Sie's, Van. Warten Sie auf den Brandinspektor.«

»Sir, eine Frau hat hier gewohnt.«

»Wenn sie zu Hause war, hat sie das nicht überlebt«, sagte Challis.

Van Alphen war dabei, als sie die Leiche fanden – oder was davon übrig war. Die Ruine verwirrte ihn. Alle seine Sinne waren durcheinander. Nur der geschwärzte Kühlschrank und die Edelstahlspüle sagten ihm genau, wo ihr Körper in Relation zum Rest des Hauses lag.

Die Flammen hatten sie erwischt. Es war keine Rauchvergiftung. Wenn es Rauchvergiftung gewesen wäre, hätte er sie berühren, vielleicht sogar küssen können, denn dann wäre sie noch zu erkennen gewesen. Aber er konnte nicht Abschied nehmen von diesem vom Feuer verwüsteten, zusammengeschrumpften und verkohlten Stück Fleisch.

19

Tagesanbruch, Dienstag, dritter Januar. Challis hatte sich noch nicht lange bei dem niedergebrannten Haus aufgehalten, als der Brandinspektor eintraf und ihm den Verlauf erläuterte.

»Nach meiner Ansicht begann das Feuer hier, am Küchenherd. Eine heiße, trockene Nacht, heißer Nordwind draußen, eine Menge natürlicher Brandbeschleuniger wie Speiseöl, Lebensmittelverpackungen, hölzerne Wandschränke. Außerdem Außenwände mit Holzverschalung, hölzerne Dachbalken.«

Er deutete. »Sehen Sie das? Offenes Fenster, das einen Zug erzeugte.«

Challis sagte: »Woher wissen Sie, dass es der Herd war?«

»Schauen Sie.«

Challis schaute. Der Herd war genauso schwarz und verbogen wie alles andere in der Ruine.

»Sehen Sie das? Das sind die Überreste einer tiefen Pfanne oder einer Fritteuse. Das war der Ausgangspunkt Ihres Feuers.«

Während Challis davonging, fragte er sich, warum das Opfer in so einer heißen Nacht am Herd gestanden, warum sie so spät in der Nacht noch gekocht hatte.

Ellen Destry hatte es sich zur Regel gemacht, abzuschalten, wenn sie bei der Arbeit war. Die Dinge abzuschalten, die zuvor passiert waren, zu Hause, im Schlafzimmer oder am Küchentisch.

Sie rief beim Postamt an. Die tote Frau hieß Clara Macris. Stammte aus Neuseeland, so vermutete der Postbeamte, nach dem Akzent zu schließen.

Weiter kam Ellen nicht. Sie fühlte sich gefangen von der Schlechtigkeit der Welt: die Entführungen, die verbrannte, tote Frau. Sie sah aus dem Fenster des Einsatzraums, und da war Rhys Hartnett, der mühelos schwere Teile herumhob und Maß nahm und sogar bei der Arbeit vor sich hin pfiff. Und zu Hause hatte sie einen Mann, der Fett ansetzte, weil er trank und den ganzen Tag in seinem Streifenwagen saß, eifersüchtig war, weil er spürte, dass sie etwas für Rhys empfand, der jetzt bereits dreimal ins Haus gekommen war, um zu planen und zu vermessen. Und gekränkt, weil sie mehr verdiente als er.

Als sie nach dem Frühstück zu ihrem Wagen gegangen war, hatte sie gesagt: »Heute Abend wird es spät. Ich bringe mir etwas zu essen mit.«

Die Küchentür öffnete sich auf den Parkplatz. Früher hätte Alan sie dorthin begleitet und ihr einen Abschiedskuss gegeben. Jetzt machte er sich nicht einmal die Mühe, aufzusehen. »Wie auch immer.«

Das Morgenlicht strömte in die Küche und verlieh dem Raum eine trügerisch anheimelnde Atmosphäre. Larrayne lag noch im Bett. Alan las die Zeitung und schaufelte sich Eier und Speck in den Mund. Sein Schnurrbart glänzte. Nach jedem Bissen tupfte er ihn trocken. Ellen stand in der Tür und betrachtete ihn einen Moment lang, während sie mit den Schlüsseln klimperte. »Was soll denn das heißen?«

Er blickte auf. »Was soll was heißen?«

»Du hast gesagt ›wie auch immer‹. Was meinst du damit?«

Er zuckte die Achseln und wandte sich wieder seinem Frühstück zu. »Das heißt gar nichts. Du kommst spät, du bringst dir etwas zu essen mit, ich und Larrayne müssen uns selbst versorgen, ist doch nichts Neues. Die Geschichte dieser Ehe.«

Sie fühlte sich versucht, sich ihm gegenüber an den Tisch zu setzen. »Die Geschichte jeder Polizistenehe. Das wussten wir von Anfang an. Reife Erwachsene kommen trotzdem zurecht.«

Er rülpste, ein absichtlicher, feuchter Laut der Verachtung. »Reif? Was für ein Witz.«

»Was soll das wieder heißen?«

»Du gehst hier durchs Haus, als wärst du läufig, wie ein Teenager, dessen Titten zum ersten Mal betatscht wurden.«

»Nun, wenn irgendjemand sie betatscht, du bist es verdammt noch mal jedenfalls nicht«, hatte sie gesagt und die Tür hinter sich zugeknallt.

Jetzt hob sie wieder das Telefon ab. Es war ein Schuss ins Blaue, aber sie rief die Neuseeländische Polizei an. Es wäre etwas anderes gewesen, wenn Alan einen konkreten Grund zur Eifersucht gehabt hätte, aber aus ihrem Mittagessen mit Rhys Hartnett hatte sich nichts weiter entwickelt. Rhys selbst war nicht direkt ausweichend, aber er war sich bewusst gewesen, was es hieß, sich mit einer verheirateten Frau einzulassen, besonders der eines Polizisten. Der Wählton hörte nicht auf. Was Larrayne betraf, so war ihr Urteil über Rhys kurz und knapp. »Der ist ein Schleimer, Ma, und außerdem ein Widerling.«

»Hal, ich schneide um elf«, sagte die Pathologin.

»Hübsch gesagt, Freya.«

»Sie kennen mich ja.«

Die Autopsien wurden in einem kleinen Raum durchgeführt, der zum Peninsula General Hospital in Mornington gehörte. Als Challis ankam, hatte Freya Berg eine junge Studentin bei sich im Obduktionsraum. Challis blieb im Hintergrund, hielt sich ein mit Vicks Vaporub beschmiertes Taschentuch unter die Nase und sah zu.

Weiße Kacheln, Rohrleitungen, Schläuche, das ständige Tröpfeln von Wasser. Die Pathologin und ihre Assistentin trugen grüne Gummischürzen und Überschuhe, und um ihren Hals hingen Schutzbrillen, um ihre Augen vor Knochensplittern und Blut zu schützen, die von der elektrischen Säge hochgewirbelt wurden. Der Tisch hatte eine perforierte, mit Abflussrinnen versehene Oberfläche aus Edelstahl, und von jeder Ecke aus verlief ein Rohr zu den Abflusslöchern in dem mit Linoleum belegten Boden. Aus einem Schlauch sickerte Wasser, während Freya Berg in den Körper schnitt. Über ihr hingen blendfreie Leuchten. Abluftventilatoren summten in der Decke, um den überwältigenden Gestank des Mageninhalts und der inneren Organe abzuleiten.

Freya sagte: »Die meisten Brandopfer sterben an Rauchvergiftung. Ihre Leichen bleiben intakt und identifizierbar, obwohl viele oberflächliche Brandwunden haben, besonders an Händen und Gesicht. In diesen Fällen finden wir alle Hinweise in der Lunge. Wenn es geringe Rauchablagerungen in der Lunge gibt, suchen wir nach anderen nahe liegenden Ursachen, zum Beispiel Herzversagen. Auch Individuen, bei denen man es nie erwarten würde, erliegen unter extremem Stress oft einem Herzversagen. Aber dieses hier – dieses ist, sagen wir, gekocht worden.«

Gemeinsam begannen Freya und ihre Assistentin den Körper auf dem Obduktionstisch umzudrehen. Zwei ölig weiße Flecken leuchteten inmitten der Schwärze des Oberarms und der Hüfte auf und ließen sie innehalten.

Die Assistentin fotografierte die geschwärzte Flanke des Opfers und dann löste Freya das Gewebe vorsichtig mit einer Pinzette. »Aha. Baumwolle, glaube ich. Ein Nachthemd? T-Shirt? Sie lag auf der Seite, als die Flammen sie schließlich erreichten.«

Sie drehten den Körper vollends um. Freya legte einen Schnitt.

Die assistierende Studentin wurde aufgeregt. »Epidurale Blutung, Dr. Berg«, sagte sie. »Knochenbrüche. Als wäre sie zusammengeschlagen worden.«

Die Pathologin lächelte nachsichtig. »Sieht so aus, nicht wahr? Aber ziehen Sie keine voreiligen Schlüsse. Blutungen und Knochenbrüche können auch Folgen extremer Hitze sein.«

Challis trat vor, wobei er sich weiterhin das Vicks unter die Nase hielt. »Dann meinen Sie, sie ist zu Tode verbrannt?«

»Nur ein vorläufiges Ergebnis, Hal. Ich bin noch nicht fertig.«

»Ich schon«, sagte Challis und stürzte zur Tür hinaus, wo er Luft holen konnte.

Boyd war in den frühen Morgenstunden zu ihr gekommen. Er stank nach Ruß und Schweiß und Rauch und hatte eine Art Heißhunger auf ihren Körper. »Gerammelt wie die Karnickel.« Eine Phrase von vor zwanzig Jahren, aus ihrer Studienzeit, als jede neue Affäre so begonnen hatte, heiß und gierig, sodass man kaum innehielt, um Atem zu holen. Sie hätte nie gedacht, dass sie eine Ebene solcher Intensität jemals wieder erreichen würde.

Aber jetzt war Mittagszeit und sie war mit Klienten verabredet. Boyd lag auf dem Bauch ausgestreckt. Er war schön – sogar in seinem rußbeschmierten Zustand. Ein netter, knackiger Hintern, hübsche Beine, breite Schultern und schmale Hüften, aber mein Gott! – dieser Geruch. Schaler Schweiß, Rauch, Sperma und ihr eigener Beitrag. Sie musste unter die Dusche und sich abschrubben. Er würde verschwunden sein, wenn sie heute Nacht zurückkam. Sie durfte nicht vergessen, die Laken und Bettbezüge zu waschen und das Haus zu lüften. Sie hatte ein schönes Haus, und die Kluft zwischen ihm und dem, was Boyd verkörperte, verblüffte und erregte sie immer aufs Neue.

Pam Murphy fand Tank in der Kantine. »Ich habe gerade van Alphen getroffen. Er will, dass wir die Quarterhouse Lane abklappern. Anscheinend weiß niemand etwas über die Frau, die gestern Nacht verbrannt ist.«

Tankard schaufelte sich Reis in den Mund und kaute nachdenklich. »Aber Van kennt sie.«

»Tatsächlich?«

»Ja. Er hat ein paar Mal dort vorbeigeschaut. Ihr Briefkasten wurde angesteckt. Er kennt sie.«

»Es gibt Kennen und Kennen.«

»Oh, wie tief schürfend, Murph. Sie stammen wohl aus einer Familie von Intelligenzlern, oder was?«

»Hören Sie, die Tatsache, dass van Alphen sie getroffen hat, als ihr Briefkasten angezündet wurde, bedeutet nicht, dass er weiß, woher sie stammt oder wo ihre Familie lebt. Das müssen wir herausfinden.«

Tankard kratzte die letzten Krümel von seinem Teller. »Da haben Sie sicher Recht.«

Pam fuhr. Tankard neben ihr wurde von Gähnanfällen heimgesucht.

»Ich habe gestern Nacht den Verkehr umgeleitet. Bin nicht einmal nach Hause gekommen. Habe auf der Wache geduscht und mich umgezogen. Herrgott, bin ich geschafft!«

Und ich vielleicht nicht? dachte Pam. Ich habe auch die ganze Nacht lang geschuftet, aber das zählt nicht. »Was glauben Sie?«, fragte sie. »War es ein Unfall?«

Tankard zuckte die Achseln. »Weiß nicht. Sie glauben, es hat in der Küche angefangen.«

Kurze Zeit später, als sie in die Quarterhouse Lane einbogen, beugte sich Pam vor, um besser sehen zu können, und sagte: »Was ist denn da los?«

Mindestens ein Dutzend Fahrzeuge standen entlang der Zäune zu beiden Seiten der Quarterhouse Lane geparkt und engten den Verkehr auf einen schmalen, welligen Streifen voller Schlaglöcher ein.

»Gaffer«, sagte Tankard verächtlich. »Leichenfresser.«

Als sie sich der Ruine näherten, sahen sie Menschen mit Kameras herumlaufen. Mindestens zweimal, dachte Pam, ist ihr Van fotografiert worden, während er zwischen den Reihen von Autos hindurchfuhr und in die Auffahrt zu dem niedergebrannten Haus abbog. Tankard kurbelte sein Fenster herunter und brüllte: »Habt ihr nichts Besseres zu tun, Leute?«

»Das ist ein freies Land.«

Pam kurbelte ihr Fenster herunter. »Sehen Sie zu, dass Sie weiterkommen, sonst werden wir Sie wegen Behinderung festnehmen.«

»Polizeiwillkür.«

»Ja, ich liebe euch auch«, murmelte Pam und folgte der Auffahrt zwischen kleinen, verbrannten Zypressenbüschen. »Mein Gott, hier drin sind sie auch.«

Zwei Frauen richteten ihre Fotoapparate auf einen Mann von der freiwilligen Feuerwehr, der seine komplette Löschausrüstung trug. Er grinste, und sein Overall leuchtete gelb vor den verkohlten Balken und dem geschwärzten Dachblech.

Ein Mann mit feuerfesten Stiefeln, grauen Hosen, weißem Hemd und einem Schutzhelm trat aus der Ruine. Er trug ein Schreibbrett. »Hier geht's zu wie beim Schlussverkauf.« Er warf einen verächtlichen Blick auf den Mann von der freiwilligen Feuerwehr. »Verdammte Cowboys.«

Pam las das Namensschild, das am Gürtel des Mannes klemmte. Er war ein Feuerwehrinspektor. »Wir schaffen sie alle aus dem Weg, Sir.«

»Danke. Ich habe vorhin tatsächlich eine Souvenirjägerin erwischt. Eine alte Frau, könnte Ihre Großmutter sein, und sie klaubte Porzellanpüppchen aus der Asche.«

»Sir, haben Sie irgendeinen Hinweis auf die Identität des Opfers gefunden? Irgendwelche Papiere, Dokumentenkoffer, Wandsafe, egal was?«

»Nicht das Geringste«, sagte der Brandinspektor.

Als er auf seinem Trekkingrad von der Arbeit heimfuhr und um zwei Uhr nachmittags die Quarterhouse Lane hinunterholperte, um einen schnellen Blick auf das abgebrannte Haus zu werfen, hatte Danny eine Idee. All die Autos, all die Leute, die nichts Besseres zu tun hatten, Leute, die er kannte… Nun, wenn sie hier waren und das abgebrannte Haus anstarrten, dann konnten sie nicht gleichzeitig zu Hause in ihren eigenen Häusern sein, oder?

»War das nicht der junge Danny Holsinger?«

»War er.«

»Führt nichts Gutes im Schilde.«

»Da können Sie drauf wetten«, sagte Pam.

»Ich gebe es per Funk durch, damit die anderen die Augen offen halten.«

Pam bog rechts ab, weg von den Autos der Gaffer, und fuhr etwa dreihundert Meter bis zur nächsten Einfahrt, die sie zu einem großen, hölzernen Bauwerk führte, das wie eine Pergola aussah. Ein Schild besagte: »Probierraum«.

»Gibt guten Wein hier«, sagte Tankard.

Pam starrte ihn an. Hatte ihm der Wein geschmeckt oder einfach das Trinken Spaß gemacht? Eine Frau bog um die Ecke des Gebäudes. Sie hatte einen Overall an und trug eine Trittleiter.

»Kommen Sie wegen des Feuers?«

»Ja.«

»Ich kann Ihnen nicht viel erzählen. Wir hatten uns entschieden, uns in Sicherheit zu bringen, für alle Fälle. Sind erst heute Morgen wiedergekommen.«

»Eigentlich suchen wir nach Informationen über die Hausbewohnerin«, sagte Pam.

»Sie meinen Clara?«

»Ja.«

»Arme Frau. Was für eine schreckliche Sache! War es ein Unfall?«

»Das nehmen wir an. Was können Sie uns über sie erzählen?«

»Nicht viel. Ende zwanzig, Neuseeländerin. Ich habe nie rausgekriegt, wie sie mit Nachnamen hieß. Oder ich hab's wieder vergessen.«

»Freunde? Verwandte? Irgendetwas in der Art?«

»Da kann ich Ihnen nicht weiterhelfen. Sie hat sehr zurückgezogen gelebt.«

Die nächste Auffahrt, auf einer Hügelkuppe, brachte sie zu einem großen Haus mit Aussicht über die Bucht von Waterloo bis hin zur Raffinerie auf der Landzunge. An allen Fenstern waren die Vorhänge zugezogen und niemand antwortete, als sie an die Vorder- und die Hintertür klopften. Pam spähte durch einen Spalt in der absperrbaren Garage und sah einen ziemlich neu aussehenden Mercedes.

Dann hörten sie eine Blechdose im Gartenschuppen klappern und fanden einen älteren Mann, der Benzin in einen kleinen Rasentraktor füllte.

»Mein Gott, Sie können einen ja zu Tode erschrecken!«

»Wohnen Sie hier, Sir?«

»Ich? Nein. Ich schaue gelegentlich vorbei, mähe den Rasen, gieße, sehe nach dem Rechten. Warum? Was ist los?«

Pam zog ihr Notizbuch hervor. »Können Sie mir sagen, wer hier wohnt?«

»Stella Riggs. Sie ist für ein paar Tage weggefahren.«

Pam notierte sich die Details und fügte ein Memo hinzu, später zurückzukommen und die Riggs zu befragen. »Sir, wissen Sie irgendetwas über den Brand weiter unten an der Straße?«

»Ich? Nichts. Sollte ich?«

»Eine Frau namens Clara ist dabei umgekommen. Wir bemühen uns, ihre Verwandten zu finden.«

»Ich weiß gar nichts über sie.«

»Wohnen Sie in der Gegend?«

»Nein.«

Pam blickte sich bedeutungsvoll um. »Ich sehe kein Fahrzeug.«

Der alte Mann deutete auf ein rostiges Fahrrad. »Und wofür halten Sie das?«

Danny war gesehen worden, wie er über den Zaun stieg. Und er wurde auch bei seiner Rückkehr beobachtet. Diesmal von Sergeant van Alphen und einem Streifenbeamten in ihrem Dienstwagen.

»Danny, mein Lieber.«

»Scheiße.«

»Jetzt schau, was du angerichtet hast. Ein einwandfreier Videorekorder, und du lässt ihn einfach in den Dreck fallen.«

»Ich kann das erklären. Die Köpfe müssen gereinigt werden und ich wollte ihn gerade zu…«

Van Alphen schlug ihn. Nicht hart, aber so, dass Danny seine Position überdachte. »Wie war das, Danny? Ich hab dich nicht ganz verstanden.«

Unwillkürlich stiegen Danny die Tränen in die Augen und er merkte, dass es stimmte, was man sich über van Alphen erzählte. »Schlagen Sie mich nicht mehr. Ich will Constable Murphy sehen.«

»Warum?«

»Sie wird mir Straffreiheit garantieren.«

»Das ist ein großes Wort für einen schleimigen kleinen Scheißer wie dich. Und irgendwie zweifle ich daran.«

Sie brachten Danny auf die Wache und setzten die Anzeige gegen ihn auf. Aber diese Pam Murphy war nicht auf der Wache, also sagte Danny: »Ich will meine Anwältin sprechen.«

Nunn kam schnell aus den Startlöchern. War zehn Minuten später da. Danny konnte es kaum fassen. Sie verlangte, ihn allein zu sprechen, und sobald sich die Tür geschlossen hatte, sagte sie: »Du bist eine einzige lebende Katastrophe, was, Danny?«

»Was soll denn das heißen?«

Danny warf ihr einen hitzigen Blick zu. Hält sich für ach so großartig, total aufgemotzt mit ihrem engen Rock und Jackett, Aktentasche, Haaren, die aussehen, als wären sie stundenlang gewaschen und gebürstet worden, und einem Geruch, als wäre sie in eine Flasche Parfüm gefallen. Und dazu dieser widerliche hochnäsige Ausdruck auf dem Gesicht. »Sie haben kein Recht, mich zu beschimpfen.«

»Ich habe jedes Recht dazu. Als deine Anwältin habe ich jedes Recht. Was hast du dir eigentlich dabei gedacht? Bei hellem Tageslicht. Du hast einen guten Job. Reicht dir das vielleicht nicht? Ich kann nicht meine ganze Zeit damit verschwenden, dich aus Schwierigkeiten rauszupauken.«

Arrogante Scheißzicke. Für wen hielt die sich eigentlich? »Also, komme ich raus oder nicht?«

»Freundchen«, sagte Marion Nunn. »Offen gesagt kann ich dich gar nicht schnell genug hier rauskriegen. Man kann sich nicht darauf verlassen, dass du die Schnauze hältst.«

Und was sollte das jetzt wieder heißen? Egal, besser draußen als drinnen.

Als das Telefon klingelte, hob Challis ab und bellte seinen Namen hinein. Es war sechs Uhr und er wollte nach Hause gehen. »Challis.«

»Ich bin's, Freya. Haben Sie eine Minute Zeit?«

Challis lehnte sich in seinen Bürostuhl zurück und starrte zur Decke. »Das klingt nach schlechten Neuigkeiten.«

»So ist es.«

»Ich bin ganz Ohr.«

»Die Lungen. Frisch und rosig innen.«

Challis legte seine Füße auf die Schreibtischkante. »Sie meinen damit, dass sie schon zu atmen aufgehört hatte, als das Feuer anfing?«

»Genau.«

»Herz?«

»Das Herz war in Ordnung. Aber erinnern Sie sich an die Blutungen und Knochenbrüche?«

»Wie könnte ich das vergessen?«

»Nun, das meiste davon kam von der extremen Hitze, aber nicht alles. Sie wurde vorher zusammengeschlagen. Zu Tode geprügelt, mit anderen Worten.«

Challis verabschiedete sich und starrte gegen die Wand. Nach einer Weile rief er beim *Progress* an und sagte zu Tessa Kane: »Du wirst möglicherweise die Druckpressen anhalten wollen.«

Und wunderte sich über seine Beweggründe.

20

Am Donnerstagmorgen kam Ellen zu spät. Challis' Triumph stand bereits auf dem Parkplatz, ebenso Scobie Suttons Kombi und weitere Autos, die wahrscheinlich den von Rosebud und Mornington ausgeliehenen Beamten gehörten.

Sie fand Rhys, der gerade mit dem Taschenmesser den Klebstreifen um eine kleine Schachtel aufschlitzte. Er lächelte, berührte dann aber plötzlich ernüchtert ihren Unterarm. »Geht es Ihnen gut?«

Sie hatte die halbe Nacht geweint. »Nur müde.«

»Erzählen Sie's mir.«

Seine großen Hände lagen auf ihren Schultern. Sie sah weg und zwinkerte heftig. »Es ist nichts, Rhys. Mir geht's gut.«

Sie fühlte, wie sich seine Finger entspannten und sie endlich losließen. »Schon gut. Es geht mich nichts an.«

Aber irgendwie tat es das schon. Sie wich zurück und betrachtete forschend sein Gesicht. Sie wünschte sich, ihm sagen zu können, dass sie einen furchtbaren Streit mit ihrem Mann gehabt hatte, dass ihr Mann Angst hatte und sich bedroht fühlte, dass er sie beschuldigt hatte, sie wäre nur die Karriereleiter raufgefallen, weil sie eine Frau war, dass sie Geld für eine Klimaanlage zum Fenster hinauswarf, nur um ihn vorzuführen, und dass sie den Mann fickte, den sie mit der Installation beauftragt hatte. Aber alles, was sie zu Rhys Hartnett sagte, war: »Die Lage zu Hause ist ein bisschen angespannt, das ist alles.« Sie zögerte. »Sehen Sie, Rhys, ich weiß nicht, wie ich es ausdrücken soll, aber – nun, wir werden die Klimaanlage doch nicht einbauen lassen. Es ist … der falsche Zeitpunkt.«

Er zuckte vor ihr zurück. »Es war sowieso kein Vergnügen, das Objekt der Abneigung Ihres Mannes zu sein. Oder Ihrer Tochter.«

»Ach, Rhys, das ist es nicht, es ist –«

»Ich bin nicht dumm.«

Sie betrachtete sein Gesicht, dann sagte sie so fest sie konnte: »Es tut mir sehr Leid.«

Er sah weg und stand steif und verärgert da. »So was kommt vor.«

»Wird Ihnen das Geld nicht fehlen?«

»Es ist Sommer. Da wollen die Leute immer Klimaanlagen.«

»Das ist gut.«

Seine wohlgeformten Finger nahmen ein kleines, geeichtes Instrument aus der Schachtel. »Ich werde heute Morgen hier fertig. Muss nur noch ein paar dieser Thermostaten installieren, und das war's dann.«

Sie blickten auf das Gerichtsgebäude. »Ich werde Sie vermissen«, sagte sie.

»Ja, nun…«, sagte er.

»Ach, ich fühle mich schrecklich.« Sie fischte in ihrer Geldbörse. »Hier sind hundert Dollar. Sie haben Stunden im Haus verbracht, alles ausgemessen und den Kostenvoranschlag gemacht, und jetzt war alles umsonst. Nennen Sie's eine einmalige Sonderzahlung.«

Er starrt auf das Geld. Sie wusste sofort, dass sie taktlos gewesen war, und wäre am liebsten in den Boden versunken.

Challis nickte Ellen Destry zu und wartete, bis sie sich gesetzt hatte. Er hatte eine dringende Besprechung einberufen und das Fahndungsbüro war überfüllt mit seinen Kripoleuten und allen verfügbaren Sergeants und anderen Beamten in Uniform.

Er stand auf. »Wir stellen die Entführungsermittlung nicht zurück, aber bis weitere Indizien oder Spuren auftauchen, können wir nicht viel mehr tun, als das zu verfolgen, was wir bereits haben. In der Zwischenzeit: das Feuer in der Quarterhouse Lane. Wie Sie bereits wissen, ist es jetzt offiziell eine Morduntersuchung.«

Er deutete auf ein Foto, das an die Wand gepinnt war; die Leiche war als schimmernder Fleck erkennbar. »Das Opfer war eine gewisse Clara Macris. Wie es scheint, wurde sie zu Tode geprügelt, bevor das Feuer ausbrach. Was den Brand betrifft, er sollte nach einem Unfall aussehen, wurde aber absichtlich gelegt, und zwar von jemandem, der wusste, was er tat. Wollte er die Tatsache vertuschen, dass ein Mord geschehen war? Hat er sich durch die

Brandstiftung einen Kick verschafft? Wie auch immer, wir müssen die Vermutung aufgreifen, die heute im *Progress* geäußert wurde, dass wir es mit einem Feuerteufel zu tun haben.«

Challis bemerkte ihr amüsiertes und wissendes Grinsen. Sie wissen Bescheid über mich und Tessa Kane, dachte er. Er fuhr fort:

»Ich möchte, dass Sie noch einmal alle Brände unter die Lupe nehmen, die wir unlängst hatten. Die Serie mit den Briefkästen, zum Beispiel; den Pajero und die versuchte Brandstiftung in dem Haus drüben in der Nähe der Rennbahn. Ist unser Feuerteufel gleichzeitig ein Einbrecher? Schaukelt er sich hoch? Gibt es irgendwelche Wirrköpfe bei den freiwilligen Feuerwehren? Setzen Sie sich mit der Abteilung für Brandstiftung in Verbindung. Haben sich irgendwelche bekannten Pyromanen hier niedergelassen? Sergeant Destry wird Ihnen Anweisungen geben, wer was zu tun hat.

Und jetzt zu der toten Frau. Clara Macris. Das ist so ungefähr alles, was wir von ihr wissen. Ihre Nachbarn sagen, dass sie lieber für sich geblieben ist. Wir müssen noch mit den Ladenbesitzern reden, Bankkassierern und allen anderen, die vielleicht mit ihr Kontakt hatten. Anscheinend hatte sie einen neuseeländischen Akzent, aber wir wissen nicht, wie lange sie schon in diesem Land war. Möglicherweise seit Jahren. Wir haben bei der neuseeländischen Polizei angefragt, ob sie etwas über sie in den Akten haben. Was wir wissen, ist, dass sie vor etwa achtzehn Monaten in diese Gegend gezogen ist. Hat sie das Haus gekauft oder gemietet? Jemand soll das überprüfen. Ist sie regelmäßig ins Pub gegangen? Hat sie Sport getrieben? Ist sie gereist? Überprüfen Sie die hiesigen Reisebüros. Jemand kann sich um ihre Post kümmern, wenn welche kommt.

Im Übrigen, ihr Wagen wird vermisst. Überprüfen Sie, ob er als gestohlen gemeldet oder verlassen aufgefunden wurde, beschlagnahmt ist oder einfach irgendwo zur Reparatur steht.

Überprüfen Sie, ob sie jemals mit dem Taxi gefahren ist.

Das alles ist notwendig, weil wir nicht wissen, wer sie ist, und das Feuer alle persönlichen Papiere zerstört hat, die uns hätten Aufschluss geben können.

Lassen Sie uns unvoreingenommen an die Sache herangehen. Vielleicht ist der Feuerteufel nicht der Täter. Jemand anders hat sie getötet, ein Bekannter, den sie selbst eingelassen hat – oder ein Einbrecher, unmöglich zu sagen, weil das Haus vollständig zerstört ist. Warum hat er sie getötet? – Immer vorausgesetzt, es handelt sich um einen Mann, und davon dürfen wir nicht notwendigerweise ausgehen. War es ein Einbrecher, den sie auf frischer Tat ertappt hat? In diesem Fall würde dieser Vorfall sehr unserem letzten schweren Einbruch ähneln – außer, dass Clara Macris offenbar nicht reich war und diese Tat bei Nacht geschah.

Oder war es jemand, den sie kannte, Freund, Verwandter oder Liebhaber, und es kam zu einem Streit? Wir müssen dringend etwas über ihr Privatleben in Erfahrung bringen. Van, Sie waren der ermittelnde Beamte, als ihr Briefkasten angesteckt wurde. Können Sie uns irgendetwas sagen?«

Die Art, wie die Frage gestellt wurde, und der Wechsel vom Allgemeinen zum Speziellen, schienen den Raum zum Verstummen zu bringen und jedermanns Aufmerksamkeit auf Kees van Alphen zu lenken. Sein hageres, bleiches Gesicht rötete sich. Er machte den Mund auf und zu, hustete dann, bis er sich schließlich wieder gefasst hatte, und sagte: »Sie war nicht gerade gesprächig, Inspector.«

»Sie sind dort niemand anderem begegnet? Sie hat nichts von sich erzählt?«

»Mir nicht.«

»Ihre Beamten haben die Nachbarn befragt. Haben sie irgendetwas herausgefunden?«

»Nichts. Nur eine Nachbarin, Stella Riggs, ist noch verreist und kommt erst morgen zurück.«

»Wir müssen mit ihr sprechen. Wir müssen sehr schnell eine Menge Boden gutmachen, deshalb möchte ich, dass Sie sich paarweise auf den Weg machen, je einer in Uniform und einer von der Kripo, und Fragen stellen, wo immer Clara Macris aufgetaucht sein könnte.

Gut, gehen wir mal alle Möglichkeiten durch. Nehmen wir an, der Mörder war kein Familienangehöriger oder intimer Freund,

und es war auch nicht unser Feuerteufel. Wir haben ein Haus in einer stillen Nebenstraße. Wen und was, im Sinne von Personen und Fahrzeugen, dürften wir erwarten dort anzutreffen? Scobie, übernehmen Sie.«

Hände hoben sich und Scobie Sutton legte verlegen und mit weit aufgerissenen Augen eine Liste auf der weißen Tafel an: Nachbarn, Postbote, Zeitungsausträger, Müllabfuhr, Wertstoffabfuhr, Gaslieferant, Zählerableser, Planierraupe, Taxi, Vermessungstrupp, örtliche Bewuchskontrolle wegen Brandgefahr, Steuerprüfer, Pizzalieferdienst, Elektrizitätswerk.

Challis sagte: »Ich wohne in einer ähnlichen Straße. Ich habe schon Tankwagen zur Leerung von Klärgruben gesehen, Reparaturtrupps aller Art, Wassertankwagen, Kammerjäger. Feuerholzlieferanten – wenn auch nicht in dieser Jahreszeit. Ein Mann kommt mit einem tragbaren Gerät, um das halbe Dutzend Schafe meines Nachbarn zu scheren. Junge Leute arbeiten in den Weingärten. Vielleicht suchen wir nach einem Gärtner. Sonst noch etwas?«

»Zeugen Jehovas.«

Sutton schrieb es an die Tafel. Die Männer und Frauen im Raum sanken ein wenig tiefer in ihre Stühle hinein.

In der Kantine sagte John Tankard: »Ist ja prachtvoll.«

Es saß ihr am Tisch gegenüber, in seinen Stuhl zurückgelehnt, und die Zeitung verbarg seinen Kopf und Oberkörper, was Pam ganz recht war. Es gab eine Schlagzeile wegen eines Feuerteufels, über die die höheren Kripoetagen anscheinend stinksauer waren. Sie schlürfte ihren Tee und dachte an Ginger.

Aber die Zeitung bebte. »Hören Sie sich das an, Murph: ›Laut Berichten aus Polizeikreisen rief Superintendent Mark McQuarrie die Beamten, die die Festnahme durchgeführt haben, im Namen der Familie Bastian an, worauf auf Befehl eines weiteren Beamten, Senior Sergeants Vincent Kellock, die Anklage gegen Julian Bastian und seine Freundin fallen gelassen wurde.‹«

»Das wissen wir«, sagte Pam.

»Aber hören Sie weiter: ›Aus verlässlicher Quelle verlautete auch, dass die Anklage gegen Mr. Bastian zurückgezogen wurde, nachdem seine Familie zugestimmt hatte, die Vorwürfe wegen illegaler Festnahme und Polizeiwillkür fallen zu lassen.‹«

Pam beugte sich vor. »Die haben einen Handel gemacht? Die Dreckskerle!«

Tankard war immer noch hinter der Zeitung verborgen. »Jau.«

»Ich dachte, das wäre einfach ein Fall von ›er hat reiche und mächtige Freunde, also ist er unberührbar‹.«

»Nee.«

Sie verstummten. Pam starrte über den Tisch hinweg auf die Zeitung. Der *Progress* schien sich der »guten Sache« in der einen oder anderen Richtung verpflichtet zu fühlen. Laut Kantinenklatsch hatte die Herausgeberin was mit Challis.

Tankard räusperte sich. »Es wird berichtet, dass die Polizisten, die die Festnahme durchführten, in höchstem Maße erzürnt sind.«

»Das steht da?«

»Jau.«

»Ich bin wütend, Sie sind wütend, aber woher weiß der *Progress*, dass wir wütend sind?«

Tankard langte um den Zeitungsrand herum nach seinem halb gegessenen Donut, der wie eine fette Made auf dem Teller lag. Mit vollem Mund sagte er: »Sie wissen schon, verlässliche Quellen und so.«

»Ja, sicher, Tank«, sagte Pam.

Es war zum Lachen. Vor Weihnachten war Tankard noch kaum besser als ein Sturmbannführer gewesen. Jetzt stand er für Gerechtigkeit in einer Welt, die von Vetternwirtschaft regiert wurde.

Plötzlich war van Alphen da, leise wie eine Katze, und baute sich über ihnen auf. »Sie beide, kommen Sie bitte mit.«

Sie folgten ihm in sein Büro. Es war wie der Mann selbst: ordentlich, sparsam, gleichmäßige Flächen. »Es ist der Teufel los«, sagte er. »Für den Augenblick konzentrieren Sie sich auf den Brand. Vergessen Sie alle kleineren Vergehen, wenn Sie darüber stolpern. Wir haben schlicht und einfach weder Zeit noch Personal.«

»Okay, Sergeant.«

»Jeder von Ihnen wird mit einem Zivilbeamten zusammengespannt. Klopfen Sie an Türen, reden Sie noch mal mit Ladenbesitzern, mit den Nachbarn. Wir müssen Clara Macris' Gewohnheiten kennen lernen, herausfinden, wer sie kannte, wer mit ihr gesehen wurde. Das Übliche.«

Er schob einen Stapel Papiere über den Schreibtisch. Pam blätterte ihn durch. Sie war mit Scobie Sutton eingeteilt.

Tankard neben ihr verlagerte sein Gewicht im Stuhl, um sein schmerzendes Kreuz zu entlasten. »Wie war sie, Sergeant?«

Es klang ehrlich neugierig, aber Pam sah, wie van Alphens Gesicht sich verschloss und wachsam wurde. »Was meinen Sie, wie sie war? Woher zum Teufel soll ich das wissen?«

»Sergeant, nichts für ungut. Ich meine, war sie vielleicht ein bisschen zweifelhaft? Sie wissen schon, Drogengeschichten. Freunde in den falschen Kreisen.«

Pam sagte: »Tank, genau das sollen wir herausfinden.«

»Schon gut. War nur eine Frage.«

Van Alphen warf ihr einen seltsam dankbaren Blick zu. Der Ausdruck war genauso schnell wieder verschwunden, wie er gekommen war. Dann sah sie, wie er beinahe schüchtern einen braunen Umschlag über den Tisch gleiten ließ.

»Übrigens, ich habe einen Bericht für den District Commander geschrieben.«

Sie griff danach. »Worüber, Sarge?«

»Lesen Sie.«

Tankard schob seinen Stuhl näher heran. Er verströmte enorme Energie, sie konnte seinen Körper gleichsam hören. Dann hörte sie seine Stimme, die laut vorlas, während sie sich von ihm weglehnte und mitlas:

> »Die Niederschlagung der Anklage gegen Mr Julian Bastian am Tag des angesetzten Anhörungstermins vor dem Gerichtshof von Waterloo stößt bei mir selbst und den Beamten, die die Verhaftung vornahmen, den Constables John Tankard und Pamela Murphy, auf schwerste Bedenken.

Die Unterstellung, meine Beamten hätten gelogen und willkürlich einen Verhaftungsgrund konstruiert, ist falsch. Ich habe vollstes Vertrauen in ihre Befähigung und ihr Urteilsvermögen. Alle Beweise stützen ihre Vorwürfe gegen Bastian.

Die gegenwärtige Situation ist potenziell schädlich für die Sicherheitsorgane. In der Lokalpresse werden bereits Vorwürfe über Günstlingswirtschaft, Korruption und Einmischung auf höchster Ebene erhoben, die sich auf den ganzen Staat ausdehnen könnten.«

Pam fühlte, wie ihr Herz einen Sprung machte. Neben ihr sagte John Tankard: »Gute Sache, Sarge.«

Van Alphen murmelte: »Irgendetwas musste geschehen.«

Er wirkte müde und in seinem Gesicht spannte sich die Haut. Müde und, dachte Pam, beinahe, als peinigte ihn ein starkes Gefühl, wie Trauer oder Liebeskummer.

Nach der Einsatzbesprechung machte Challis seinen Anruf. Der *Progress* lag vor ihm auf dem Schreibtisch. Die erste Seite stellte die Frage »Feuerteufel am Werk?« und erläuterte im Weiteren was Tessa Kane als eine »Epidemie von Brandstiftungen im Bezirk« bezeichnete. Zwölf Briefkästen angesteckt in einer denkwürdigen Nacht vor Weihnachten, einschließlich dessen des Opfers der neuesten Tragödie… Hatte sie etwas gesehen? War es ein Racheakt gewesen? Ein gestohlener Allradwagen in der Chicory Kiln Road angezündet. Der Versuch von Einbrechern, ein Haus in der Nähe der Rennbahn niederzubrennen.

Sie zeichnete auch das psychologische Profil eines typischen Feuerteufels:

»Er weist von frühester Jugend an Symptome einer antisozialen Persönlichkeit auf – eine andere Bezeichnung für einen Psychopathen –, einschließlich Bettnässen und Grausamkeit gegenüber Tieren, Zorn gegen die ganze Welt und eine Neigung zur Gewalttätigkeit. In seiner Vorgeschichte hat er schon häufig Feuer gelegt und dann selbst bekämpft oder anderen beim Löschen zugesehen.«

Oft legt er Brände, um seine Wut zu artikulieren, um sich an Einzelpersonen oder Institutionen zu rächen, von denen er sich ungerecht behandelt fühlt. Die Angst der anderen mildert seine Wut. Die zerstörerische Kraft des Feuers fasziniert ihn. Er fühlt sich mächtig.

Der Zusammenhang von Feuer und Sexualität bei Pyromanen ist wohl bekannt. Feuer scheint ihr Verlangen nach sexueller Befriedigung zu steigern.«

Als sie an den Apparat kam, sagte Challis: »Was zum Teufel hast du dir dabei gedacht?«

»Ich freue mich auch, deine Stimme zu hören, Hal.«

»Vielleicht besteht überhaupt keine Verbindung zwischen diesen Brandstiftungen.«

»Komm schon, Hal, zwischen einigen davon muss es eine Verbindung geben. Sieh der Tatsache ins Gesicht: Da ist ein Feuerteufel am Werk.«

»Statt ein bisschen Gemeinsinn zu beweisen, versuchst du weiterhin, allen Angst einzujagen. Reißerische Schlagzeilen und irgendwelchen psychologischen Mist, den du wahrscheinlich aus ein paar billigen Magazinen zusammengeschustert hast.«

»Das nehme ich dir übel.«

»Tess, es war verantwortungslos.«

Ellen ging die High Street entlang zur Bank und hob vierhundert Dollar ab, die sie den hundert hinzufügte, die sie Rhys Hartnett zu geben versucht hatte. Sie musste in einer langsam vorrückenden Schlange warten, in der jeder über das Feuer reden wollte und wie er mehr oder weniger gefährdet gewesen war. Alle redeten erregt durcheinander, wie knapp sie entkommen waren, was sie für Angst ausgestanden hatten und wie sich die Vorfälle häuften. Als sie zur Wache zurückkehrte, stopfte sie die fünfhundert in die Spendenbox im Foyer. In ihrer Kindheit hatte ihre Mutter eine ›Missionsbox‹ angelegt, womit sie die abgelegte Kleidung meinte, die sie für die Inlandsmission beiseite tat. Jedes Weihnachten legte sie dann einen Umschlag auf den Tisch und fragte die Familie scheu: »Vielleicht möchtet ihr etwas für die Mission geben.« Ellen fragte sich, ob es heute noch Leute gab, die so etwas taten, fragte sich, wie sehr sie sich seit ihrer Kindheit verändert und wie weit sie sich von ihrer Mutter entfernt hatte.

Die machten es sich leicht mit ihren Etiketten: »Mörder-Highway«. »Highway-Mörder«. Bildeten sie sich ein, sie könnten ihn einfach in eine Schublade stecken? Wie würden sie ihn jetzt nennen, wo er mitten unter ihnen war und umherstreifte, wo sie ihre Kinderwagen schoben und ihre Autos wuschen und mit den Nachbarn schwatzten?

Sie würden eine Bezeichnung für ihn finden, etwas nichts Sagendes, überzeugt, dass sie ihn in ihr Schema gepresst hatten. Und wenn sie das getan hatten, würde er das Schema erneut ändern.

Aber nicht das Töten.

Andere Männer hatten Träume. Er setzte sie in die Tat um. Die geifernden Träume, gefolgt von zitternder Erlösung. Der Heißhunger dabei, wie eine Mahlzeit, die man hinunterschlang und verdaute.

Die Nächste war ein echtes Luder. Das würde ihm Spaß machen. Sie fertig zu machen würde sie wirklich ins Mark treffen, genau da, wo's wehtat. Morgen früh würde er sie sich schnappen, am helllichten Tag, zwischen Milchbar und Kirche, genau vor ihren Nasen.

Bei der würde er sich Zeit lassen.

Ein bisschen wie Rache. Süße, saftige Rache.

21

Am nächsten Morgen um neun sagte Scobie Sutton: »Mrs Stella Riggs?«

Sie stand mit dem Rücken zu ihm und sah nach, ob sie die Eingangstür abgesperrt hatte. »Ja?«

»Ich bin Detective Constable Sutton. Ich muss Ihnen ein paar Fragen betreffend des Feuers im Haus Ihrer Nachbarin stellen.«

Sie wandte sich von der Tür ab und trat auf den Weg, als wolle sie ihn beiseite schieben. »Ich fürchte, ich kann Ihnen gar nichts darüber sagen.«

»Nach meinen Aufzeichnungen waren Sie im Urlaub?«

Sie zwängte sich an ihm vorbei, entlang einer Reihe von Rosen die von ihrer Haustür wegführte. »Wenn Sie das wissen, dann wissen Sie auch, dass ich keinesfalls etwas über den Brand wissen kann. Und man kann sie kaum meine Nachbarin nennen. Zwischen unseren Grundstücken liegt noch ein Stück Land.«

»Das weiß ich«, sagte Sutton und versuchte, mit ihr Schritt zu halten. Er mochte die Frau nicht. Kurz angebunden, befehlsgewohnter Ton, ungeduldig und arrogant. »Aber ich muss Sie trotzdem fragen, wie gut Sie Clara Macris kannten.«

»Ich kannte sie überhaupt nicht.«

»Sie haben nie mit ihr gesprochen? Sie besucht?«

»Ganz sicher nicht.«

»Hat sie Sie jemals besucht?«

»Großer Gott, nein. Hören Sie, meine gesamte Post wartet auf dem Postamt auf mich. Ich bin gestern Nacht sehr spät zurückgekommen und habe viel zu tun. Wenn es Ihnen nichts ausmacht, möchte ich –«

»Wissen Sie, wer ihre Freunde waren?«

Sutton stellte seine Fragen jetzt im Laufschritt, während er Stella Riggs um die Ecke des Hauses folgte, wo sie eine Fernbedienung auf die versperrte Garage richtete. Die Tür glitt auf und gab den Blick auf einen weißen Mercedes frei.

»Woher soll ich wissen, wer ihre Freunde waren? Das geht mich nichts an.«

»Besucher in letzter Zeit, regelmäßige Besucher, Fremde, wissen Sie denn gar nichts?«

»Sie hatte einen Geliebten. Zumindest nehme ich an, dass es ihr Geliebter war. Sein Wagen stand immer da.«

»Geliebter«, sagte Sutton.

»Einer von Ihren Leuten. Ein Polizist. Mit einem Polizeiwagen. Ständig da. Großer, missmutig aussehender Kerl. Wenn Sie mich jetzt bitte entschuldigen würden, ich habe viel zu tun.«

Sutton kehrte zum Wagen zurück. Als Pam Murphy den Motor anließ, murmelte er: »So eine Zimtzicke.«

»Setzen Sie sich, Sergeant«, sagte Challis eine Stunde später.

Aber van Alphen blieb stehen, starrte zuerst Challis grimmig an, dann Scobie Sutton, schließlich Senior Sergeant Kellock. Er deutete auf Kellock. »Was will der hier?«

Kellock räusperte sich. »Ich repräsentiere die Interessen der Streifenpolizei, Sergeant.«

»Bocksmist. Sie sind hier, weil Sie sauer sind, dass ich Ihre Entscheidung bezüglich Bastian infrage gestellt habe, Ihre und die von McQuarrie, und Sie wollen mich in die Pfanne hauen.«

Sutton sagte: »Van, warum setzen Sie sich nicht erst mal?«

Die Müdigkeit hatte die Kanten von van Alphens flächigem Gesicht schärfer gemacht. Nicht zum ersten Mal fiel Sutton die frappierende Ähnlichkeit zwischen van Alphen und Challis auf. Sie waren hagere, hart arbeitende Männer, die von ihren privaten Dämonen gehetzt wurden. Als wäre er sich bewusst, dass die größere Bedrohung von Challis ausging, setzte sich van Alphen endlich direkt gegenüber dem Inspector an den Schreibtisch.

Challis sagte: »Sie haben gerade behauptet, der Senior Sergeant wolle sie in die Pfanne hauen. Wie sollte er das können? Gibt es irgendetwas, was Sie uns mitteilen möchten?«

»Ich bin nicht dumm, Sir.«

»Das hat auch niemand behauptet.«

»Ich kriege den Kantinenklatsch genauso mit wie jeder andere, selbst wenn es um mich geht. Sie glauben, ich hätte Clara Macris ermordet.«

Challis sagte: »Tun wir das?«

Van Alphen verschränkte die Arme. Er saß reglos wie ein Fels und schien von Verachtung erfüllt. Es war die Verachtung für einen Polizeiapparat, der seine eigenen Leute nicht schützte, schloss Sutton, und schien sich nicht gegen Challis persönlich zu richten. »Van, wir müssen alles über Ihre Beziehung zu der toten Frau wissen«, sagte er.

Van Alphens schmaler Kopf schwang langsam herum, bis sie sich direkt in die Augen starrten. Kein Wunder, dass die Einheimischen ihn hassen, dachte Sutton.

»Welche Beziehung, Constable?«

Schön, dachte Sutton, wenn du es so haben willst, lasse ich das ›Van‹ und spreche dich mit Rang und Nachnamen an. »Sergeant van Alphen, wir haben einen Zeugen, der bei mehreren Gelegenheiten einen Polizeiwagen vor Clara Macris' Haus gesehen hat. Wir haben die Fahrtenbücher und Dienstpläne überprüft. Sie haben sich häufig einen Wagen genommen.«

»Wirklich? Tatsache?«

Challis schaltete sich ein. »Sie haben den Brand am Briefkasten der Frau untersucht, ist das richtig?«

»Ja.«

»Sie haben auch anschließend noch Besuche bei ihr gemacht?«

»Kann sein.«

»Entweder Sie haben oder Sie haben nicht. So lange ist das nicht her.«

»Sie war sehr aufgewühlt.«

»Und Sie haben vorbeigeschaut und sie ein bisschen geknuddelt, in der Hoffnung, dass sie sich mit Ihnen einlässt«, warf Kellock ein.

Challis' Miene verfinsterte sich. »Senior Sergeant, bitte verlassen Sie den Raum.«

»Ich habe das Recht, hier zu sein, Inspector.«

Challis war kurz angebunden und abweisend. »Nein, haben Sie nicht. Das ist ein Mordfall. Constable Sutton und ich ermitteln in Mordfällen. Sie nicht.«

»Das ist meine Abteilung.«

Challis hieb mit der flachen Hand auf den Tisch und brüllte: »Und das ist meine Ermittlung. Raus hier!«

Kellock stand langsam und schwerfällig auf, machte mühsam gute Miene zum bösen Spiel und verließ den Raum.

Challis grinste. Nach einer Weile gestattete van Alphen sich ein frostiges Lächeln.

»Clara Macris nahm Drogen«, sagte Challis. »Das geht aus dem toxikologischen Bericht hervor.«

»Das habe ich mir gedacht.«

Challis nickte. »Aber das ist alles, was wir über sie wissen. Und es ist ein Aspekt ihrer Persönlichkeit, der sie mit anderen Menschen in Kontakt gebracht haben muss.«

Van Alphen zuckte die Achseln. »Vermutlich.«

»Wissen Sie, wer sie beliefert hat?«

»Nein.«

»Was hat sie Ihnen über sich erzählt?«

»Nicht viel.«

»Haben Sie sie gemocht?«, fragte Sutton plötzlich.

Van Alphen blinzelte. »Ja.«

»Ist das der Grund, warum Sie sie immer wieder getroffen haben?«

Van Alphen sagte gereizt: »Ich habe sie nicht immer wieder getroffen. Ich habe vielleicht ein paar Mal vorbeigeschaut.«

»Hatten Sie Sex mit ihr?«

»Nein.«

»Wollten Sie?«

»Ah, das ist also der Grund, warum ich sie umgebracht habe. Ich wollte einen Fick und sie nicht, also habe ich sie getötet.«

»Na, war es so?«

»Nein. Ich meine, nein, ich habe sie nicht getötet.«

Challis war dem Wortwechsel aufmerksam gefolgt, zurückgelehnt, den rechten Fuß auf das linke Knie gelegt, sich mit einem Kugelschreiber gegen die Zähne tippend. Er richtete sich wieder auf. »Worüber haben Sie gesprochen?«

»Nicht viel.«

»Sie hat Ihnen nichts über ihr Privatleben erzählt?«

»Nein.«

»Was ist mit Ihren alten Fällen, Van?«

Van Alphen runzelte die Stirn. »Mit was?«

»Sie sind nicht gerade populär. Hat irgendjemand Sie bedroht? Sie verfolgt? Ist es möglich, dass jemand Ihr Mädchen töten wollte, um sich an Ihnen zu rächen?«

»Sie war nicht mein Mädchen. Niemand ist mir gefolgt.«

»Kommen Sie schon, Sergeant, wir bieten Ihnen einen Rettungsring an. Sie haben doch mit ihr geschlafen, oder?«

»Nein.«

»Haben Sie sie mit Drogen versorgt?«

»Ob ich was habe?«

»Sie haben schon verstanden. Sie war süchtig. Sie hat Ihnen gesagt, sie würde mit Ihnen schlafen, wenn Sie sie mit Drogen versorgen.«

»Ich kann nicht glauben, was ich da höre!«

Nun, diese Worte hättest du vielleicht nicht wählen sollen, dachte Sutton. Sie klingen falsch. Er beschloss nachzufassen. »Woher hatten Sie die Drogen? Aus dem Asservatenschrank?«

»Wie es scheint«, sagte van Alphen und sah an die Decke, »sollte ich ohne Anwalt vielleicht nichts mehr sagen.«

»Oder haben Sie einen Dealer ausgeplündert? Haben Sie sie auf diese Art versorgt?«

»Sie machen da einen verdammt großen Sprung von meinen paar beruflichen Besuchen bei ihr zu dem Vorwurf, ich hätte sie mit Drogen beliefert, um sie ins Bett zu kriegen.«

»Mehr als ein paar Besuche«, schnappte Challis. »Ihr Wagen wurde mehrfach dort gesehen, von verschiedenen Anwohnern der Quarterhouse Lane.«

Van Alphen murmelte trotzig etwas in sich hinein.

»Sprechen Sie laut, Van.«

»Ich sagte, dass sie dachte, jemand wäre hinter ihr her.«

Die Spannung wich aus dem Raum. Challis sagte sanft: »Haben Sie mit ihr geschlafen?«

»Ja.«

»Was hat sie Ihnen über sich erzählt?«

»Fast gar nichts. Sie kam aus Neuseeland, ich hielt sie für abhängig, und das ist so ziemlich alles.«

»Wer, glaubte sie, war hinter ihr her?«

»Sie hat es nicht gesagt, wollte nicht darüber reden.«

»Was hat sie auf den Gedanken gebracht, jemand könnte es auf sie abgesehen haben?«

»Sie dachte, die Geschichte mit dem Briefkasten wäre eine Warnung gewesen.«

»Sie haben ihr von den anderen Briefkästen erzählt?«

»Ja. Ich glaubte, ich hätte sie überzeugt, aber sie war die ganze Zeit ziemlich kribbelig. Die Entführungen haben auch nicht gerade geholfen. Sie sagte mir, dass sie es für ein Ablenkungsmanöver hielt, dass sie das eigentliche Opfer und es nur eine Frage der Zeit sei.«

»Sie müssen sich eine Meinung über sie gebildet haben, Van«, sagte Sutton. »Wer sie war, ob sie etwas zu verbergen hatte oder nicht.«

Van Alphen blickte wieder zur Decke. »Ich kam zu der Ansicht, dass sie vor irgendetwas weglief.«

»Was zum Beispiel?«

»Vor ein paar schweren Jungs. Einem gewalttätigen Ehemann oder Freund. Jemand, dem sie Geld schuldete. Jemand, den sie übers Ohr gehauen hatte. Etwas in der Art.«

»Aber sie hat es nicht gesagt?«

»Nein.«

»Glauben Sie, dass sie vor Schwierigkeiten in Neuseeland auf der Flucht war?«

»Keine Ahnung.«

»Aber Sie glauben, dass sie sie aufgespürt haben?«

Van Alphen sah Sutton an und sagte vorsichtig: »Sie glaubte, dass sie sie gefunden hätten. Aber sie neigte dazu, überall Gespenster zu sehen. Sie hatte Angst. Wenn irgendetwas passierte, was von der Normalität abwich, hat sie es fehlinterpretiert, ganz auf sich bezogen.«

»Nur«, sagte Challis, »dass sie es diesmal nicht fehlinterpretiert hat.«

»Vermutlich.«

»Sie haben sich das nicht aus den Fingern gesogen?«

»In der Nacht, als ihr Briefkasten in Flammen stand, waren auch Feuerwehrleute da. Die werden Ihnen bestätigen, dass sie außer sich vor Angst war, wo jemand anders einfach wütend gewesen wäre.«

Sutton nickte. Sie hatten bereits mit den Feuerwehrmännern gesprochen.

»Und, wo stehe ich jetzt?«, fragte van Alphen herausfordernd.

Challis sagte: »Senior Sergeant Kellock möchte Sie vom Dienst suspendiert sehen.«

»Darauf hätte ich wetten können, dieser Dämlack.«

»Wir werden Sie nicht suspendieren«, fuhr Challis fort. »Aber ich möchte Sie nicht im Außendienst einsetzen, solange unsere Untersuchung läuft. Ich möchte nicht, dass Sie mit jemandem darüber sprechen. Ich will, dass Sie Innendienst machen und eine Liste aller Leute aufstellen, an deren Verurteilung Sie beteiligt waren oder die aus anderen Gründen einen Groll gegen Sie hegen könnten.«

Van Alphen höhnte: »Klingt für mich auch nach einer Art Suspendierung.«

»Und Sie klingen für mich wie ein nicht ganz so ehrlicher Bulle«, knurrte Challis. »Das ist alles. Sie können gehen.«

Challis sprang rasch die Treppen hinunter. Er klang beinahe beschwingt.

»Wie geht's Ihrer Tochter, Scobie?«

Scobie beschleunigte seinen Gang, um mitzuhalten. War Challis wirklich interessiert, oder sagte er das nur aus Höflichkeit? »Sie ist nicht einfach, seit sie den ganzen Tag zu Hause ist.«

»Schicken Sie sie zurück in den Kinderhort, wenn er wieder aufmacht?«

»Wahrscheinlich. Mal sehen, wie's läuft.«

»Gut.«

Vielleicht hätte Challis gerne Kinder gehabt, bevor sein Leben aus den Fugen geraten war. Sie erreichten das Erdgeschoss und Sutton wechselte das Thema. »Chef, Sie denken doch nicht, dass Van sie umgebracht hat, oder?«

Challis lief durch die Hintertür auf den Parkplatz. Die Hitze traf sie wie ein Schlag. »Ich bezweifle es. Aber er war für sie mehr als nur ein besorgter Polizist. Deshalb will ich mich mit Stella Riggs unterhalten. Sie scheint die einzige unvoreingenommene Zeugin zu sein.«

»Ich weiß nicht, was sie Ihnen Neues erzählen soll, Chef. Zeitverschwendung.«

»Scobie, ich stelle ja Ihr Gespräch mit ihr gar nicht infrage. Ich möchte nur auf festerem Boden stehen, bevor wir uns noch näher mit van Alphen befassen.«

Scobie schnaubte: »Sie wird sie nicht mit offenen Armen empfangen.«

»Nein?«

»Sie ist eine hochnäsige Zicke.«

»Dann muss ich sie eben von ihrem hohen Ross holen. – Mit den Zigeunern Glück gehabt?«

»Nein.«

»Die können inzwischen schon in New South Wales sein.«

Mittlerweile hatten sie den Commodore erreicht. Pam Murphy, die im Gras unter der Reihe Eukalyptusbäume zwischen Polizeirevier und Gericht gefaulenzt hatte, bürstete sich hastig die Blätter von der Uniform und kam zu ihnen. Challis stützte sich auf das Dach des Wagens. »Was ist mit Ledwich? Denken Sie immer noch, dass mit ihm etwas faul ist?«

»Wir haben ihn ziemlich gründlich überprüft, Chef. Seine Alibis sind nicht wasserdicht, aber wir können nicht beweisen, dass er zu den beiden Zeitpunkten, die uns interessieren, nicht bei der Arbeit war. Die Geschichte mit dem Pajero ist ein Blindgänger. Die Zulassung war abgelaufen und er hatte den Führerschein verloren. Trotzdem fuhr er weiter damit herum und hatte deshalb Angst, dass die Polizei und die Versicherung ihm auf die Schliche kommen würden. So sehe ich das.«

»Sie glauben, er war deshalb so kribbelig? Weil er vermeiden wollte, dass jemand dahinter kommt?«

Sutton zuckte die Achseln. »Es wäre eine Erklärung.«

Sie fuhren vom Parkplatz. »Zurück zur Quarterhouse Lane, Constable«, sagte Challis.

Stella Riggs führte sie in einen weiten, hellen Raum mit polierten Bodendielen, einem riesigen, offenen Kamin, mehreren üppigen Ledersesseln und zwei dazu passenden Sofas, einem antiken Barschrank und Fenstern, die den Blick auf Weinberge und Gärten bis hin zur Westernport Bay in der diesigen Ferne eröffneten. Das Gelände zur Rechten war versengt.

»Wie ich Ihrem Mitarbeiter hier schon gesagt habe, Inspector, ich kannte die Frau nicht.«

Sutton warf sich in die Brust. Sie war keine Britin, aber nach Tonfall und Haltung hätte sie eine sein können. Bevor er antworten konnte, sagte Challis: »Trotzdem wussten Sie etwas über ihre Aktivitäten.«

»Alles, was ich wusste, Inspector, war, dass sie oft von einem Polizisten in einem Polizeiwagen Besuch hatte. Bei zwei Gelegenheiten habe ich ihn tatsächlich gesehen. Ich habe Ihrem Mitarbeiter eine Beschreibung gegeben.« Sie wandte sich an Sutton. »Ich hoffe doch, dass Sie die Information weitergeleitet haben. Es würde mich nicht überraschen, wenn –«

Challis sagte: »Sie haben sie nie besucht?«

»Nein.«

»Sie haben nie bemerkt, dass sie andere Besucher hatte?«

»Nein.«

»Nie eine Person oder ein Fahrzeug in der Quarterhouse Lane gesehen, das dort nichts zu suchen hatte?«

»Nein. Oder jedenfalls ...«

»Ja?«

»Einmal wurde ich von jemandem verfolgt.«

»Sprechen Sie weiter.«

»Sie müssen doch davon gehört haben. Es stand in der Zeitung.«

Sutton runzelte die Stirn. Worauf wollte die dumme Kuh hinaus? »Was denn, Mrs Riggs?«

Sie wandte sich mit steifem Rücken und nach oben gereckter Nase zu ihm, als wolle sie einem schlechten Geruch entgehen. »Der Amokfahrer, natürlich.«

»Amokfahrer«, sagte Challis.

»Dieser Mensch dachte, ich hätte ihn geschnitten, und ist mir den ganzen Weg bis nach Hause gefolgt.«

»Aber was hat das mit Miss Macris zu tun?«

»Selbstverständlich wollte ich nicht, dass dieser Mensch herausfindet, wo ich wohne.«

Scobie begriff immer noch nicht. »Und?«

Aber Challis hatte verstanden. Er starrte Stella Riggs voll Abneigung an. »Sie sind nicht zu Ihrem eigenen Haus gefahren, sondern zu Clara Macris' Haus.«

»Ja.«

»Sie dachten, wenn es später Schwierigkeiten gibt, dann würde sie sie abbekommen.«

»Ich muss protestieren. Ich war nicht annähernd so berechnend. Ich –«

»Viele Zwischenfälle mit Amokfahrern enden gewalttätig. Clara Macris ist vielleicht Ihretwegen gestorben.«

Zum ersten Mal tauchten Risse in Stella Riggs' Fassade auf. »Ich dachte nicht –«

»Nein, das haben Sie nicht.«

Sie kreischte: »Ich bin in ihre Einfahrt abgebogen in der Hoffnung, dass der Polizist da sei. Oder, wenn nicht, dass sie ihn zu Hilfe rufen könnte.«

Challis schloss die Augen. Dann machte er sie wieder auf und sagte ruhig: »Was geschah dann?«

»Der Mann, der mir gefolgt war, fuhr am Eingangstor vorbei, dann wendete er und raste davon, also fuhr auch ich wieder weiter.«

»Sie haben Miss Macris nicht gesehen oder gesprochen?«

»Nein.«

»Wie hat er ausgesehen, dieser Mann?«

»Zwei Männer.«

»Zwei Männer. Würden Sie sie wieder erkennen?«

»Der Fahrer hatte kurzes Haar und trug ein Unterhemd, das ist alles, was ich Ihnen sagen kann. Er sah wie ein Arbeiter aus. Der andere Bursche war kleiner.«

»Und das Fahrzeug?«

»Es war ein Mitsubishi Pajero.«

Challis lehnte sich zurück. »Ein Pajero.«

Sie klang beinahe stolz. »Mein verstorbener Mann hat viele Jahre einen gefahren. Daher kenne ich den Typ.«

Sutton fragte: »Welche Farbe?«

»Kastanienbraun, wenn ich mich recht entsinne.«

»Was können Sie uns sonst noch darüber sagen?«

Stella Riggs stand auf und ging durchs Zimmer zum Kaminsims. »Ich habe das Kennzeichen notiert. Ja, hier ist es.«

Beim Hinausgehen sagte Sutton: »Sie hat sie umgebracht, nicht?«

»So gut wie«, sagte Challis.

Eine halbe Stunde später klopfte Pam Murphy an Challis' Tür. Sie zögerte, weil sie nicht wusste, ob er beschäftigt war und keine Zeit hatte.

»Sir, ich habe Ihr Gespräch im Auto mit angehört. Sie glauben, dass der Fahrer des Pajero möglicherweise später zurückgekommen ist und Clara Macris getötet hat.«

Der Inspector wandte ihr seine volle Aufmerksamkeit zu. »Das ist möglich. Haben Sie etwas dazu?«

Sie berichtete ihm von den Abfällen, die sie an der Stelle aufgelesen hatte, wo der Pajero abgebrannt war.

»Sie haben das auf eigene Faust gemacht?«

»Ja, Sir.«

»Flaschen, Dosen, und was noch? Zigarettenpäckchen?«

»Ja, Sir.«

»Und Sie haben nichts angefasst?«

»Mit meinem Kugelschreiber aufgehoben, Sir.«

»Wo sind sie jetzt? Im Asservatenschrank?«

Pam wand sich. »In meinem eigenen Spind, Sir.«

»Verdammt.«

»Sir?«

Challis sah leicht gereizt zu ihr hoch. »Wir brauchen eine lückenlose Dokumentation des Beweismaterials, wenn wir es vor Gericht verwenden wollen. Alles, was Sie am Schauplatz eines Verbrechens finden, muss sofort und offiziell registriert werden. Wenn die Kette unterbrochen ist, hat das zur Folge, dass das Material de facto unbrauchbar ist, selbst wenn niemand es angerührt hat.«

»Tut mir Leid, Sir.«

»Was haben Sie sich dabei gedacht?«

»Na ja, Sir, ich hatte eigentlich nichts an dem Ort verloren und ich kam mir etwas dumm vor, weil Tank – Constable Tankard, Sir – auf mir rumhackte, weil ich meine Zeit verschwendete. Und die Schicht war fast zu Ende und wir hatten eine Menge zu tun …«

Challis gestikulierte. »Ist schon in Ordnung, Constable. Zumindest können wir schauen, ob es irgendwelche brauchbaren Fingerabdrücke gibt. Wenn wir Glück haben, passen sie zu welchen, die bereits registriert sind. Wenn ja, dann kommt es darauf an, entsprechenden Druck auszuüben oder anderes Beweismaterial zu finden, das wir auch vor Gericht verwenden können.«

»Ja, Sir.«

»Also, bringen Sie alles rüber ins Labor. Ich sage Bescheid, dass die Sache Priorität hat.«

»Danke, Sir.«

»Wie alt war das Zeug, das Sie aufgelesen haben? Lag es schon lange da?«

»Das alte Zeug habe ich liegen lassen.«

Tessa Kane musste fast eine Stunde lang an der Anmeldung warten, bevor Challis auftauchte. Sie sah, wie sich sein Gesicht in dem Moment verschloss, als er sie erblickte. Er sah müde aus. Er strich sich abwesend die Haare aus der Stirn und sagte: »Ich schaue mal, ob ich ein leeres Büro für uns finde.«

»Ist nicht nötig. Ich wollte nur das hier abgeben.«

Sie reichte ihm einen Brief und dann einen Umschlag, jeweils in einem Gefrierbeutel verpackt. »Das war heute Morgen im Briefkasten. Ich habe versucht, dich früher zu erreichen, aber du warst beschäftigt.«

Er sagte, ohne sie anzusehen: »Stimmt.«

Sie blickten beide auf den Brief in seinen Händen. »Unser Mann klingt verbittert«, sagte Challis.

Tessa lehnte sich flüchtig gegen ihn. »Er will wieder auf die Titelseite.«

Nach einer Weile sagte Challis: »Danke, Tess«, und wandte sich zum Gehen.

»Hal, können wir nicht noch einmal von vorne anfangen?«

Später, als Challis den schmalen Weg zu seinem Eingangstor entlangholperte, während Tessa Kane in ihrem Saab dicht hinter ihm folgte, musste er plötzlich scharf bremsen, weil ein mächtiges Hindernis vor ihm auftauchte, das mit einem Ende ein Stück in den Weg hineinragte, während der Rest im Seitentor zum Weingarten seines Nachbarn stand. Es war ein Behälter mit Superphosphat, kalkweiß im Abendlicht, der oben auf einem Metallgestell ruhte. Noch ein Fremder der Landstraße, den er seiner Liste hinzufügen musste: Düngemittellieferant. Seit er Waterloo verlassen hatte, waren ihm bereits zwei weitere eingefallen. Pferdetrainer. Rotkreuz-Spendensammler.

Er gab es auf, darüber nachzudenken. Die Frage war ohnehin

akademisch. Sie mussten herausfinden, wer Clara Macris töten wollte. Nicht, wer einen Grund hatte, sich in der Quarterhouse Lane aufzuhalten.

Challis parkte und öffnete die Haustür. Sein Blick glitt automatisch zum Lämpchen an seinem Anrufbeantworter. Eine Nachricht. Er drückte den Abspielknopf, hörte die Stimme seiner Frau, tief und erstickt und hektisch, und schaltete augenblicklich wieder ab.

Tessa Kane betrat das Haus hinter ihm. Sie hielt Einkaufstüten im Arm. Sie hatte frischen Fisch gekauft, Salat, eine Zitrone und Kartoffeln für Pommes frites. Es war sieben Uhr und der Horizont färbte sich rosa, während die Sonne unterging. Sie schnitten die Kartoffeln in Streifen, ölten sie, gaben sie in eine Kasserolle und schoben sie in den Ofen. Sie hatten einander nicht viel zu sagen und Challis fragte sich, ob er nicht einen Fehler machte, auch wenn er es schön fand, das Essen zusammen mit einer attraktiven Frau zuzubereiten und mit ihr bei einem Drink auf der Veranda zu sitzen, während es köchelte. Er zündete eine Zitronella-Kerze an, um die Stechmücken zu vertreiben, und stieß mit Tessa an. Im Zwielicht wirkte sie weicher und nicht so verschlossen. Das Telefon klingelte. Challis stöhnte. Es gab Leute, die es fertig brachten, das Telefon fröhlich zu ignorieren, und andere, die beinahe zwanghaft abheben mussten. Wenn er ein normales Leben führen würde und kein Polizist wäre, würde er zu den Ersteren gehören. Dachte er oft. »Entschuldige mich.«

Es war Scobie Sutton. »Chef, schalten Sie mal *Crime Beat* ein, Kanal 9.«

Challis' Küche öffnete sich zum Wohnzimmer hin und er hatte einen kleinen Fernseher in der Ecke stehen. Er fand die Fernbedienung, stellte das Gerät an und kehrte zum Telefon zurück. »Okay.«

»Passen Sie auf.«

Er sah eine Außenaufnahme, ein bescheidenes Haus in Dromana, dann die Eltern von Kymbly Abbott, die auf einem Veloursofa saßen, das schon bessere Tage gesehen hatte. Sie wirkten unbeholfen und beklommen, die Opfer schlechter Ausbildung und noch schlechterer Ernährung. Sie schienen zu spüren, dass die Sympathie und das vorgebliche Mitgefühl der Interviewerin, einer jungen Frau mit Kurzhaarschnitt, schwarzem Minikleid und pflaumenfarbenem Lippenstift, nicht tiefer reichte als ihre Schminke.

Aber trotzdem, dachte Challis, während das Interview weiterging, genossen sie es, im Fernsehen zu sein, und das übertönte sogar beinahe ihre Trauer. Er hörte die Interviewerin sagen:

»Sie glauben, dass die Polizei zu wenig unternimmt?«

Kymbly Abbotts Vater schien das Reden übernommen zu haben. »Ja.«

»Sie glauben, dass es eigentlich deren Aufgabe wäre, das zu tun, was Sie und die Eltern von Jane Gideon jetzt tun?«

»Ja.«

»Fotos zu verteilen und mit Leuten zu reden?«

»Ja.«

»Helfen Ihnen Mr und Mrs Gideon dabei?«

»Wir haben die Idee von ihnen.«

»Sie glauben, wenn Sie Fotos Ihrer Tochter verteilen, wird das bei irgendjemandem eine Erinnerung auslösen?«

»Ja.«

Dann beugte sich Kymbly Abbotts Mutter vor und traf die einzige originelle Feststellung, die Challis so weit gehört hatte:

»Zum Beispiel, die ganze Zeit habt ihr Reporter euch bloß auf uns konzentriert« – sie schlug sich gegen die Brust –, »auf unsere Gefühle, statt euch darum zu bemühen, dass die Leute sich erinnern, ob sie Kymbly gesehen haben.«

Während Challis zusah, füllte sich der Bildschirm mit einer Nahaufnahme von einem Flugblatt, Kymbly Abbott in Farbe, als Überschrift die Worte *Haben Sie gesehen, wer unsere Kymbly mitgenommen hat?* und eine Telefonnummer am unteren Rand.

Mit dem Hörer am Ohr sagte Challis: »Das hätten sie nicht tun sollen.«

»Chef, wenn sie das Flugblatt wieder einblenden, achten Sie auf die Beschreibung und das Foto.«

Challis achtete darauf. Eine weitere Nahaufnahme mit Off-Ton, der Kymbly Abbot in der Nacht beschrieb, als sie entführt und ermordet worden war.

»Scobie, ich weiß nicht, worauf Sie hinauswollen.«

»Der Rucksack, Chef. Die haben verdammt noch mal vergessen uns zu sagen, dass sie einen Rucksack bei sich hatte, als sie verschwand.«

22

Am Samstag um Viertel nach acht stand Challis vor der weißen Tafel und sagte: »Gut, heute wird es wieder ein heißer Tag. Je eher wir nicht mehr zusammengepfercht hier drin sitzen müssen, desto besser.«

Er stützte beide Arme auf die Rückenlehne eines Stuhls. »Zwei dringend benötigte Glücksfälle. Nummer eins, Pam Murphy, eine junge Streifenpolizistin, war so vorausschauend, ein paar Flaschen und Dosen an der Stelle sicherzustellen, wo Lance Ledwichs Pajero in der Chicory Kiln Road angezündet wurde.«

Er zeigte den Ort auf der Wandkarte und drehte sich wieder um. »Wie Sie wissen, glauben wir, dass das Fahrzeug von den beiden Männern gestohlen wurde, die für den Einbruch bei der Rennbahn verantwortlich sind. Der Wagen, in dem sie gekommen waren, hatte eine Panne und sie liefen zu Fuß bis zu einer nahe gelegenen Wohnsiedlung, wo sie den Pajero fanden. Nach den Fingerabdrücken auf den Flaschen und Dosen, und davon ausgehend, dass dieselben Männer für den Einbruch und den Diebstahl und das Abfackeln des Pajero verantwortlich sind, sprechen wir von Boyd Jolic, Danny Holsinger und Craig Oliver. Alle aus Waterloo und polizeibekannt.«

Eine Stimme: »Ich dachte, Sie sagten zwei Männer, Chef.«

Challis nickte. »Wir glauben, dass einer der drei zur Chicory Kiln Road hinausgefahren ist, um die anderen beiden abzuholen. Am selben Abend wurde von Lance Ledwichs Autotelefon ein Gespräch mit dem Refinery Hotel geführt. In der Zwischenzeit hat eine Bardame bestätigt, dass Craig Oliver das Gespräch annahm und die Bar kurz darauf verließ. Nun, es ist gut, zu wissen, dass wir eine Spur im Fall des Einbruchs haben, aber wir hatten doppeltes Glück, nämlich eine Zeugin, die denselben Pajero mit der Quarterhouse Lane in Verbindung bringt.«

Er erklärte weiter, wie der Vorfall zwischen Stella Riggs und dem Amokfahrer und ihre Ausweichtaktik vielleicht zur Ermordung von Clara Macris geführt hatten. »Mein Gott«, sagte jemand. Andere schüttelten die Köpfe.

»Wir haben drei Teams im Einsatz, um Jolic, Holsinger und Oliver zu verhaften«, fuhr Challis fort. Er sah auf die Uhr. »Sie müssten bald zurück sein.«

»Dann ist Van aus dem Schneider, Chef?«

Challis starrte in den Raum voller Beamter. Nach einer Weile sagte er: »Ich habe die Gerüchte gehört, dass van Alphen mit Clara Macris ins Bett ging, dass sie Streit hatten, dass er sie umbrachte. Sie alle wissen, dass wir Sergeant van Alphen vernommen haben.«

Er machte eine Pause. Er wirkte liebenswürdig, ungezwungen, verbindlich. Dann schnellte er plötzlich vor und stemmte sich mit beiden Händen auf den Tisch. »Clara Macris wurde ermordet. Sie untersuchen einen Mord. Sie sind Polizeibeamte. Vor allem anderen. Vor persönlichen Gefühlen oder Gefälligkeiten. Wenn ein Polizist mit einem Verbrechen in Verbindung gebracht wird, wie vage auch immer – vielleicht fälschlicherweise durch Manipulationen eines Dritten –, dann müssen wir gegen diesen Polizisten ermitteln, bis wir so oder so Gewissheit haben.«

Er richtete sich auf. »Haben Sie das alle verstanden?«

Sie hüstelten, wetzten hin und her, murmelten, wichen seinem Blick aus oder sahen ihn mit säuerlicher Miene an.

»Wenn es Sie beruhigt, Sergeant van Alphen steht ziemlich weit unten auf meiner Liste.«

»Und jetzt zu einer anderen Entwicklung. Einige von Ihnen haben vielleicht gestern Abend im Fernsehen *Crime Beat* gesehen. Die Eltern von Kymbly Abbott waren auf Sendung und gaben eine Vorstellung à la Gideon – mit anderen Worten, sie treiben sich inzwischen an Straßenecken an der Auffahrt zum Old Peninsula Highway herum und verteilen Fotos von ihrer Tochter.«

»Aber sie ist tot, Chef!«

Challis runzelte die Stirn. »Denken Sie nicht auch, dass sie ihren Mörder hinter Gittern sehen wollen? Die armen Leute hoffen, dass jemand beobachtet hat, wie sie mitgenommen wurde. Wichtig ist, dass in der Beschreibung ihrer Tochter ein teurer schwarzer Lederrucksack erwähnt wird, der auch auf dem Foto zu sehen ist. Hätten wir das früher erfahren! Jemand könnte den Rucksack zum Beispiel nahe der Stelle gefunden haben, wo die Leiche lag, und es entweder verschwiegen oder einfach die Bedeutung nicht erkannt haben. Oder vielleicht hat ihn der Mörder noch. Wir wissen es nicht.«

Er schwenkte das Flugblatt vor ihren Augen. »Ich habe gestern Abend die Abbotts aufgesucht und mir ein paar Kopien davon besorgt, damit Sie selbst sehen können, wie der Rucksack aussieht. Und jetzt hat Scobie Ihnen noch etwas zu sagen.«

Scobie stand unbehaglich auf und sagte: »Vor Weihnachten kam eine Zigeunerin zu mir und tischte mir einen hellseherischen Hokuspokus auf, wo Jane Gideons Leiche zu finden sei. Später habe ich sie in Verbindung mit einer Reihe von Diebstählen vernommen. Wie Sie aus einer früheren Besprechung wissen, fand ich drei Männer in ihrem Lager vor und ein paar allradgetriebene Fahrzeuge. Ich habe aber auch einen Lederrucksack gesehen. Sie hatten sich schon verdrückt, als ich zurückkam, um die Frau unter Diebstahlsverdacht festzunehmen, aber wegen des Rucksacks ist es wichtig, dass wir sie finden.« Er setzte sich wieder, rot im Gesicht.

Challis stand auf. »Dem stimme ich zu. Wir müssen sie finden.«

Als Ellen Destry den Raum verließ und durch den Korridor zur Treppe ging, holte Challis sie ein und murmelte: »Geht es Ihnen gut?«

»Bestens, Hal.«

»Sie sehen mitgenommen aus. Ist zu Hause alles in Ordnung?«

Er war jemand, dem sie vertrauen konnte. Sein eigener Schmerz machte ihn zu einem guten Zuhörer. Sie hätte ihm gerne erzählt, wie sie in ihrem Privatleben den sicheren Weg eingeschlagen und ihren Mann an erste Stelle gesetzt hatte. Von dem Schmerz, den sie spürte, wenn sie auf den Parkplatz fuhr und Rhys Hartnett nicht bei der Arbeit am Gerichtsgebäude nebenan sah. Aber die Zeit würde diese Wunde heilen. Deshalb konnten sich alle zum Teufel scheren. Zu Challis sagte sie nur: »Chef, Sie sehen selbst etwas mitgenommen aus.«

»Das bezweifle ich nicht. Gut, ich brauche Ihre Hilfe im Vernehmungszimmer. Ich habe Scobie zum Wohnwagenpark geschickt, um zu sehen, ob der Rucksack noch da ist, und die Spur der Zigeuner zu verfolgen.«

»Das mit dem Rucksack ist eine wilde Vermutung, Hal. Ich habe selbst schon solche gesehen.«

»Wenn sich eine Morduntersuchung so lange Zeit hinzieht«, sagte Challis, »dann gibt es nur noch wilde Vermutungen.«

Danny Holsinger war in das Vernehmungszimmer gleich neben den Arrestzellen gebracht worden. Boyd Jolic und Craig Oliver waren ebenfalls im Gebäude, in anderen Verhörräumen. Die drei Männer waren getrennt voneinander verhaftet und eingeliefert worden. Challis betrat das Verhörzimmer, gefolgt von Ellen.

Danny saß an einem kleinen Tisch. Eine uniformierte Polizistin hatte an der Tür Wache gestanden. Sie nahm ihre Position wieder ein, während Challis sich Danny gegenübersetzte. Ellen ging weiter, bis sie hinter ihm stand. Ein Geruch nach Industriereiniger hing im Raum und eine Hochwassermarkierung aus Schmutz zog sich in Wischmopphöhe die weiß glänzenden Wände entlang.

Challis begann damit, dass er Danny seine Rechte verlas, dann sagte er: »Danny, dies ist nur eine vorläufige Vernehmung. Wenn alles glatt geht, machen wir eine offizielle Aufzeichnung des Verhörs auf Band und Video.«

»Warum, was hab ich denn getan?«

»Mal sehen – schwerer Diebstahl, Brandstiftung in einem Wohnhaus, Diebstahl eines Kraftfahrzeugs und Mord.«

Danny schluckte. »Mord?«

Ellen legte die Hände auf Dannys Schultern und neigte ihren Kopf dicht zu seinem Nacken. Sie atmete flach. Sie glaubte nicht, dass Danny sich nicht wusch, aber er hatte seit fünf Uhr morgens Abfallkübel geleert und war verhaftet worden, bevor er nach Hause gehen und sich duschen und umziehen konnte. »Stimmt, Danny. Mord.«

Er versuchte, sich nach ihr umzusehen, aber sie hielt sich außerhalb seines Blickfeldes. Er sah wieder Challis an. »Sie sind wohl verrückt? Sie haben mich neulich erst wegen Einbruchs hopsgenommen. Und vor Weihnachten. Das ist mein Stil, nicht Mord. Mord an wem?«

Challis stellte einen Beweissicherungsbeutel mit einer Dose Fosters' Lager darin auf den Tisch zwischen ihnen. »Danny, wir haben deine Fingerabdrücke überall da drauf gefunden.«

»Und?«

»Genau an der Stelle, wo ein Mitsubishi Pajero in der Chicory Kiln Road in Brand gesteckt wurde. Dasselbe Fahrzeug wurde zuvor von zwei Männern gestohlen, die vom Schauplatz eines Einbruchs flüchteten. Vielleicht kannst du uns deine Verbindung zu dem Pajero erklären?«

»Ich hab ihn nicht genommen.«

»Wer dann? Einer deiner Kumpels? Boyd Jolic? Craig Oliver?«

Ellen konnte die Anspannung in Dannys Schultern spüren. Sie beugte sich wieder dicht an sein Ohr. »Sie sind hier, Danny. Sie haben dich hingehängt.«

»Bockmist.«

»Deine Kumpels haben dich verpfiffen.«

»Nö, das glaub ich nicht. Mich wegen was verpfiffen?«

Er klang sicherer, als ihr lieb war. Sie warf Challis einen Blick zu weiterzumachen.

»Also hast du den Pajero nicht genommen. Schön. Aber du hast geholfen, ihn zu verbrennen.«

»Nö.«

»Du warst dort, Danny. Deine Abdrücke auf dieser Bierdose beweisen es.«

»Nö. Ich fahre jede Woche mit dem Müllwagen die Chicory Kiln Road lang. Ich muss die Dose aus dem Fenster geschmissen haben.«

»Dein Arbeitgeber wird nicht begeistert sein, wenn er hört, dass du bei der Arbeit trinkst.«

Danny versuchte gegenzusteuern. »Vielleicht war ich neulich Nacht mit einer Braut da oben. Genau, das ist es.«

Challis schob ihm ein Blatt Papier und einen Stift über den Tisch. »Name und Adresse.«

»Was?«

»Von der Braut, die du in der Chicory Kiln Road dabeihattest.«

»Kann mich nicht erinnern. Muss eine gewesen sein, die ich im Pub aufgegabelt hab. Ja, so war's, jetzt erinnere ich mich.«

Ellen sprach ihm sanft ins Ohr: »Das wird Megan Stokes nicht sehr gefallen.«

Danny machte einen Satz in seinem Stuhl. »Woher wissen Sie von ihr?«

»Wir wissen alles über dich, Danny, mein Junge.«

»Halten Sie sie da raus. Die bringt mich glatt um.«

»So, wie du Clara Macris umgebracht hast?«

»Wen?«

»Du weißt schon, Danny, es war überall in der Zeitung und im Fernsehen. Die Frau, die in der Quarterhouse Lane ermordet und verbrannt worden ist. Tatsächlich haben zwei unserer Beamten dich am nächsten Tag dort gesehen. Wie ein Mörder, der an den Tatort zurückkehrt, so sah's aus.«

»Nein!«

»Der Pajero, Danny. Erzähl uns davon.«

»Also gut, also gut. Ich kam mit meinen Kumpels aus dem Pub zurück, Sie wissen schon, 'ne Abkürzung, und wir sehen was brennen. Beim Näherkommen haben wir dann gesehen, dass es diese Allradkiste am Straßenrand war.«

»Ihr habt nicht versucht, den Brand zu löschen?«

»Was?«

»Das Feuer auszumachen.«

»Wir haben nichts zum Ausmachen dabeigehabt.«

»Boyd Jolic ist bei der freiwilligen Feuerwehr, oder?«

»Ja. Und?«

»Warum hat er nichts unternommen?«

»Er war ziemlich besoffen.«

»Er sieht es gerne brennen, nicht wahr? Ist es dir nicht genauso gegangen? Hast du deswegen das Haus von Clara Macris angesteckt, nachdem du sie getötet hast?«

»Nie im Leben. Und ich kann doch nicht wissen, was Jolic gedacht hat.«

»Wirklich nicht?«

»Nein.«

»Du hast das Autotelefon gestohlen und Craig Oliver im Pub angerufen, damit er euch abholt, ist das richtig?«

»Nein. Er war mit uns zusammen, als wir es entdeckt haben.«

»Mit welchem Auto seid ihr gefahren?«

»Äh, Jolls Transporter.«

»Du bist nicht sicher?«

»Doch, es war bestimmt Jolls Transporter.«

»Hast du das Autotelefon in die Flammen geworfen, nachdem du Mr Oliver angerufen hattest, um euch abzuholen?«

»Ich hab doch gesagt, er war die ganze Zeit dabei.«

»Erklär uns mal die Dosen, Flaschen und Zigarettenpäckchen die wir am Tatort gefunden haben. Alle voll mit deinen Fingerabdrücken.«

Danny stieß ein bizarres, schrilles Lachen aus. »Wir hatten 'ne Art Party.«

»Es hat dich richtig angetörnt, dazustehen und zuzusehen, wie etwas brennt?«

Danny sagte säuerlich: »So einer bin ich nicht.«

»Was für einer bist du denn, Danny?«, fragte Ellen.

Er drehte sich um, um sie anzusehen. »Es kam so unerwartet, einen Wagen brennen zu sehen. Sie wissen schon.«

»Hast du gesehen, wer das Feuer gelegt hat?«

»Hab gar niemand gesehen.«

»Hast du es angezündet oder Boyd Jolic?«

»Ich hab doch gesagt, wir –«

Ellen beugte sich wieder zu seinem Ohr und sagte: »Was, wenn ich dir sage, dass wir jemanden haben, der bezeugen kann, einen dürren kleinen Kerl – nämlich dich – und Jolic in dem Pajero gesehen zu haben, und zwar kurz nachdem ein schwerer Einbruch bei einem Gestüt nahe der Rennbahn verübt wurde? Dieser Jemand hat etwas getan, was euch sauer gemacht hat, und deshalb seid ihr ihm zu einem Haus in der Quarterhouse Lane nachgefahren.«

»Sie lügt.«

Challis sagte ruhig: »Wer hat denn gesagt, dass es eine Frau war, Danny?«

»Äh, ich meine, Sergeant Destry.«

»Nein, tu ich nicht.«

Challis übernahm. »Du bist dieser Zeugin zu einem Haus in der Quarterhouse Lane gefolgt. Später bist du zu dem Haus zurückgekehrt, bist eingebrochen, hast die Bewohnerin umgebracht und Feuer gelegt, um deine Spuren zu verwischen.«

»So ein Abschaum bist du, Danny«, sagte Ellen. »Da behindert dich jemand aus Versehen ein wenig im Verkehr, und das ist so eine Beleidigung für dein bisschen Männlichkeit, dass Mord die einzige Vergeltung ist.«

»Nein. Ich schwör's.«

»Womit hast du Clara Macris geschlagen?«

»Ich hab sie nie geschlagen.«

»War es Jolic?«

»Nein. Ich weiß nicht.«

»Du meinst, er ist allein hingegangen, um es zu tun?«

»Ich hab nie keinen umgebracht.«

»Komisch. Warum behaupten das dann die Leute?«

»Wer?«

»Willst du deine Anwältin, Danny?«

»Diese Kuh. Die hackt bloß ständig auf mir herum.«

»Du stimmst also zu, dass wir das Verhör ohne Rechtsbeistand weiterführen?«

»Ich sag kein Wort mehr. Ich hab alles gesagt, was ich weiß.«

Challis stieß seinen Stuhl zurück. »Na schön, Danny. Das wäre im Moment alles.«

»Ich kann heimgehen?«

»Du machst wohl Witze?«

Craig Oliver erzählte ihnen dieselbe Geschichte.

Damit blieb nur Boyd Jolic, und als Ellen Destry bemerkte, dass Marion Nunn bei ihm im Vernehmungszimmer war, nahm sie Challis beiseite. »Chef, tut mir Leid, dass ich das nicht früher erwähnt habe. Die Macris-Sache ist dazwischengekommen, aber die Nunn könnte der führende Kopf hinter den ganzen Einbrüchen sein.« Sie berichtete ihm von Pam Murphy und den Fotos.

Challis grinste, als sie fertig war. »Auch wenn nichts dran sein sollte, allein das Wissen, dass der Verdacht besteht, wird dieses Verhör umso interessanter machen.«

Sie traten ein, stellten das Band an, lasen Jolic seine Rechte vor und begannen mit dem Verhör. Die Geschichte, die Jolic ihnen erzählte, war im Wesentlichen dieselbe wie die von Danny Holsinger und Craig Oliver. Sie wären im Pub gewesen und hätten bis spät in die Nacht getrunken. Als sie gingen, so sagte Jolic, nahmen sie die Chicory Kiln Road, um nicht in eine Alkoholkontrolle zu kommen. Er grinste: »Zu spät, jetzt können Sie mich nicht mehr festnehmen.« Dann waren sie an dem Pajero vorbeigekommen. Er brannte bereits lichterloh. Ein solches Schauspiel mitten in der Nacht und mitten im Nirgendwo, da blieb man natürlich stehen um zuzusehen, schlürfte ein paar kühle Bierchen am Straßenrand, rauchte ein paar Kippen. Das war alles, Ende der Geschichte.

»Sie sind bei der freiwilligen Feuerwehr. Hatten Sie keine Angst, es könnte ein Buschfeuer ausbrechen?«

»Nö. War kein großes Feuer.«

»Groß genug, dass ein vorbeikommender Autofahrer anhielt und es löschte.«

Jolic zuckte die Achseln.

»Warum haben Sie das Feuer nicht gemeldet?«

»Mann, wir waren voll wie Strandhaubitzen. Ich hab ein Strafregister, wer hätte uns denn geglaubt, dass wir's nicht waren?«

Marion Nunn regte sich. »Wenn Sie keine weiteren Fragen an meinen Klienten haben, darf ich –«

»Nein«, sagte Challis. »Sie dürfen nicht. Mr Jolic, Sie wurden früher am Tag gesehen, wie Sie den Pajero in der Coolart Road fuhren.«

»Das ist gelogen.«

»Auf Grund eines Zwischenfalls an einer Kreuzung haben Sie einen anderen Wagen bedrängt und sind ihm die ganze Strecke bis zu einem Haus in der Quarterhouse Lane gefolgt.«

»Nein.«

»Später sind Sie zu diesem Haus zurückgekehrt, haben die Bewohnerin überfallen und getötet und dann das Haus in Brand gesteckt.«

»Nein.«

»Inspector, wirklich. Ich hoffe, Sie können diese Behauptungen untermauern«, sagte Marion Nunn.

»Wir haben eine Beschreibung des Fahrzeugs, des Fahrers und Beifahrers, und wir haben das Kennzeichen.«

»Ich habe ein Recht zu wissen, wer Ihr Zeuge ist.«

»Wir möchten gerne, dass unser Zeuge lange genug lebt, um bei der Verhandlung aussagen zu können, Mrs Nunn. Daher habe ich im Augenblick nicht die Absicht –«

»Ich verwahre mich gegen die Implikationen dieser Bemerkung. Ich hatte nie –«

Ellen fiel ihr ins Wort. »Es törnt Sie an, Feuer zu legen, nicht wahr, Boyd?«

»Ich muss wirklich protestieren. Wenn Sie handfeste Beweise haben, stellen Sie meinen Klienten unter Anklage. Wenn nicht, fordere ich Sie auf, ihn freizulassen.«

»Wir haben noch ein paar Stunden Zeit, bevor wir verpflichtet sind, das zu tun«, sagte Challis. »Wir werden Mr Jolics Haus durchsuchen. Würden Sie gerne dabei sein?«

Marion Nunn blickte Jolic an. Challis sah einen seltsam intimen Ausdruck über ihr Gesicht gleiten. Sie wandte sich wieder zu Challis und sagte: »Das ist nicht nötig. Ich wäre jetzt gerne mit meinem Klienten allein, und ich bestehe darauf, dabei zu sein, wenn er wieder verhört wird.«

»Das würden wir gar nicht anders haben wollen, Marion.«

Als sie auf dem Korridor ankamen, sagte Challis: »Irgendetwas geht da vor. Ist Ihnen aufgefallen, wie sie ihn angesehen hat?«

»Sie ist eine echte Landplage, ich würde sie liebend gerne hinter Gitter bringen.«

»Warum sollte sie Jolic in ein bewohntes Haus schicken?«

»Sie wussten ja nicht, dass jemand da ist. Die Besitzer waren vorzeitig aus dem Urlaub zurück gekommen.«

»Und anstatt umzukehren und wegzufahren, ging Jolic hinein und hat damit die Lawine losgetreten. Sie muss in Panik sein.«

»Mittlerweile«, sagte Ellen, »müssen wir uns nach handfesten Beweisen umtun, sonst können wir Jolic und Co. wieder laufen lassen.«

Da kam Challis eine Idee. »Pam Murphy hat mir erzählt, dass sie an der Stelle, wo der Pajero angesteckt wurde, einen Versicherungsdetektiv getroffen hat. Ich werde mal sehen, ob ich ihn ausfindig machen kann. Vielleicht hat er Material, das uns entgangen ist.«

Sie kehrten ins Fahndungsbüro zurück. Zunächst rief Challis Ledwich an, und Ledwich fragte: »Was soll ich denn jetzt wieder getan haben?«

»Ich brauche den Namen Ihrer Versicherung, Mr Ledwich.«

»Die wollen nicht blechen, die Mistkerle.«

»Und wessen Schuld ist das? Den Namen, bitte.«

Ledwich gab nach. Challis rief die rund um die Uhr besetzte Nummer an und setzte Tonfall und Rang ein, um an die Privatnummer des Detektivs zu kommen. »Ein Beamter wird später am Tag vorbeikommen, um sich das Material anzusehen.«

Am anderen Ende des Raums wurde ein Anruf für Ellen Destry durchgestellt. Statik knisterte in der Leitung.

»Mein Name ist Goodall. Ich rufe aus Neuseeland an, vom Polizeihauptquartier in Christchurch. Wenn ich richtig informiert bin, untersuchen Sie den Tod einer Frau namens Clara Macris.«

»Das stimmt. Wir –«

»Clara Macris ist ein Deckname. Ihr wirklicher Name spielt

keine Rolle. Entscheidend ist, dass sie im Zeugenschutzprogramm war.«

Ellen ließ sich in den Stuhl plumpsen. »Zeugenschutz.«

»Ich war für ihren Fall zuständig. Ich habe ihr bei der Umsiedlung geholfen.«

»Sie glauben, jemand dort drüben hat herausgefunden, wo sie war?«

»Das ist möglich. Ich weiß es nicht, aber es wäre möglich.«

»Hatte sie Kontakt zu irgendeinem ihrer Freunde, ihrer Familie oder den Leuten, mit denen sie früher Umgang pflegte?«

»Ich weiß nicht«, sagte der neuseeländische Beamte rechtfertigend. »Aber jemand hatte sie bereits entdeckt, als sie das Land verließ.«

Er berichtete von dem Vorfall am Flughafen von Christchurch.

»Und Sie glauben, man ist ihr gefolgt?«

»Sie nicht?«

»Warum achtzehn Monate warten?«

Der neuseeländische Beamte sagte: »Um sie in falscher Sicherheit zu wiegen.«

23

Pam Murphy chauffierte Sutton wieder in dem weißen Commodore.

»Habe ich Sie neulich nicht am Myers Point gesehen?«

Er sah, wie sie sich verkrampfte und ihre Knöchel weiß am Lenkrad hervortraten. »Kann sein, Sir.«

»Scobie. Nennen Sie mich Scobie. Sie hatten einen Neoprenanzug an und trugen ein Surfbrett. Ich konnte nicht genau sehen, deshalb hätte es auch jemand anders sein können.«

»Ich nehme dort gelegentlich Surfunterricht.«

»Ja, Sie waren mit einer Gruppe anderer zusammen.«

Er sah, wie sie sich entspannte. »Und was haben Sie dort gemacht?«

»Wir waren mit unserer Tochter am Strand. Sie wollte ihren neuen rosa Badeanzug ausprobieren. Aber dann redete sie sich ein, dass es dort Drachen gebe, deshalb schafften wir es nicht mal über die erste Düne hinaus.«

Murphy antwortete nicht. Sutton gab es auf. Er nahm eines der Flugblätter, die Challis ihm gegeben hatte, und dann hätte er aus heiterem Himmel am liebsten losgeheult. Er konnte Roslyn genau vor sich sehen, wie sie in fünfzehn Jahren sein würde. Fröhlich und unkompliziert und reif für einen Mörder. Er hustete, blinzelte und riss sich zusammen.

Sie fuhren in den Wohnwagenpark. Pam Murphy sagte: »Als wir zuletzt hier waren, wusste der Manager nicht, wohin diese Zigeuner gefahren sind. Warum sollen wir ihn noch einmal befragen?«

»Diesmal befragen wir den gesamten Campingplatz«, teilte Sutton ihr mit, »und wir sehen nach, ob der Rucksack noch im Mülleimer ist.«

»Bestimmt nicht. Und wenn doch, woher sollten wir wissen, ob er Kymbly Abbott gehört hat?«

»Es ist kein gewöhnlicher Rucksack. Ich würde gerne herausfinden, wo er herkommt.«

»Ungewöhnlich aber auch nicht«, sagte Pam. »Ich habe genau so einen kurz vor Weihnachten gesehen.«

Die Erde schien unter ihr zu schwanken. Marion Nunn sah ihren Geliebten im Vernehmungszimmer an und sagte: »Hast du sie umgebracht? Sag mir, dass du sie nicht umgebracht hast. Hattest du vorher Sex mit ihr?«

Boyd Jolic starrte mit verschränkten Armen störrisch gegen die Wand. »Ah, halt's Maul, du dumme Kuh.«

»Was hast du dir dabei gedacht«, zischte sie, »all die Brände zu legen?« Herrgott, sie konnte nur hoffen, dass es keine versteckten Mikrophone in den Vernehmungszimmern gab.

Jolic zuckte die Achseln.

Sie ließ ihren Blick über die nackten Wände gleiten, dann berührte sie Jolic und ließ ihre Hand vom Knie zur Innenseite seines Oberschenkels gleiten. »Boyd? Wo hast du dich da nur reingeritten?«

»In gar nichts. Und dein Job ist, dafür zu sorgen, dass es so bleibt.«

Gekränkt ließ sie sich gegen die Lehne ihres Stuhles zurückfallen, dann verengten sich ihre Augen und sie fauchte: »Denk immer daran, wer dich vor dem Gefängnis bewahrt. Wer dir hübsche Jobs besorgt. Wer dir die Adressen von Zeugen gibt, damit du deine Schläger hinschicken kannst.«

Er verzog den Mund. »Du hast dich in meinen Schwanz verliebt, gib's doch zu, du dumme Kuh.«

»Du armseliger Wicht. Du bist ein Psychopath.« Sie tippte sich an die Stirn. »Du bist nicht ganz richtig im Kopf. Eine Schraube locker. Ich wette, als kleiner Junge hast du Schmetterlingen die Flügel ausgerissen. Und jetzt legst du Feuer. Wie ist das – wichst du, während du zusiehst? Eine ganz neue Art, die Flammen zu löschen. Blöder, hirnloser Scheißtrottel!«

»Wenn es mich erwischt, du Miststück, dann erwischt es dich auch.«

»Dann sollten wir lieber mal sichergehen, dass das nicht passiert, oder? Nach dieser Sache ist es aus zwischen uns.«

Seine Gesichtszüge verzerrten sich zu einer schwerfälligen Parodie der Seelenqual. »Oh, die arme kleine Anwaltslady, in unheilvoller Verstrickung mit ihrem großen bösen Klienten.«

»Halt den Mund.«

Sie zündete sich eine Zigarette an und sog wild daran.

Challis nahm Ellen in seinem Triumph mit.

»Chef, wir sitzen auf dem falschen Dampfer.« Sie konnte nicht anders, sie begann den Mut zu verlieren.

Challis gab ihr postwendend einen Rüffel. »Eins nach dem anderen. Besonders in einem Fall wie diesem. Wenn unser Mörder ein Kiwi-Auftragskiller war, dann ist er längst über alle Berge. Inzwischen haben wir immer noch Jolic und Co. in Gewahrsam, was wir nicht mehr lange so aufrechterhalten können. Also sehen wir zu, dass wir ihre Verbindung zu dem Pajero unwiderlegbar nachweisen, bevor wir anderswo zu suchen anfangen.«

»Tut mir Leid, Hal, Sie haben Recht.«

Er fuhr durch den Kreisverkehr. Sie bemerkte, dass es bei Pizza Hut voll war. Keines der Autos kam ihr bekannt vor. Die Stadt hatte sich seit dem zweiten Weihnachtsfeiertag mit Fremden gefüllt, Stammgäste, die für den Sommer in ihre Strandhütten zurückkehrten, Familien, die auf den Campingplätzen Urlaub machten, andere, die Apartments oder Häuser gemietet hatten. Sie fielen auf in den Läden. Sie waren irgendwie besser gekleidet, so als hinkten die Einheimischen der Mode fünf Jahre hinterher. Entgegen Tessa Kanes Befürchtung hatte der Tourismus eigentlich kaum unter dem Highway-Mörder gelitten.

»Erwartet er uns?«

Challis nickte. »Im Büro in Mornington.«

Dreißig Minuten später inspizierten sie Fotos von Lance Ledwichs Pajero aus den Akten der Versicherung. »Selbstredend haben wir Mr Ledwichs Anspruch verworfen. Das Fahrzeug war nicht nur nicht zugelassen, er hat auch versäumt uns mitzuteilen, dass er ein paar Wochen vorher den Führerschein verloren hatte und trotzdem noch damit fuhr.«

»Er ist nicht gerade glücklich darüber«, sagte Challis.

»Er ist stocksauer.«

»Er wird mehr als das sein«, sagte Ellen. »Sehen Sie sich das an, Hal.«

Es war ein Foto, das die Rückseite der ausgebrannten Zelle des Pajero zeigte. Gleich hinter der verkohlten Zone kam ein helleres Gebiet, die Schotterstraße selbst, und daneben der flache Straßengraben. Dort, festgehalten im feinkörnigen Grund aus Schlamm und Sand, war ein perfekter Reifenabdruck.

Sie tippte mit dem Zeigefinger darauf. »Wenn ich mich nicht irre, hat ein Cooper-Reifen diesen Abdruck hinterlassen.«

Der Techniker von der Spurensicherung bestätigte das, als er das Foto mit seiner Liste von Reifenabdrücken verglich.

»Definitiv ein Cooper. Wir sollten die Übereinstimmung nachweisen können.«

»Können wir nicht. Alle vier Reifen sind verbrannt.«

»Ah.«

»Können Sie nicht mehr aus dem Foto herauslesen? Profiltiefe und -abnutzung, Risse und Löcher im Gummi, etwas in der Art?«

»Ich werde es einscannen und das Bild verbessern«, sagte der Techniker, »und es mit dem Abguss vergleichen, der beim Wasserreservoir gefunden wurde.«

Sie sahen zu. Challis fühlte eine seltsame Erregung in sich aufsteigen, wie sie sich immer einstellte, wenn alle Elemente der Detektivarbeit, Methodik, Wissenschaft und technische Hilfsmittel plötzlich ineinander griffen.

Er sah, wie der Reifenabdruck auf dem Bildschirm größer wurde. Der Techniker griff erst ein Segment heraus, dann ein anderes, vergrößerte sie und verglich sie mit dem Gipsabguss.

Endlich sagte er: »Es ist ein Cooper. Ich fürchte, mehr kann ich nicht sagen.«

»Das genügt fürs Erste«, sagte Challis.

Wieder zurück im Fahndungsbüro, sagte Ellen: »Wie werden wir vorgehen?«

»Sehr vorsichtig. Es könnte eine harmlose Erklärung geben. Es könnte Zufall sein.«

»Ich glaube nicht an Zufälle.«

»Ich auch nicht.«

»Also dann...«, sagte sie.

»Wir müssen seine Alibis erschüttern«, sagte Challis. »Gehen Sie noch einmal zurück und befragen Sie jeden seiner Mitarbeiter, die Nachbarn, das Übliche.«

Ellen sagte: »Stöhn.«

»Wir brauchen außerdem einen Durchsuchungsbefehl, der uns das Recht gibt, das Haus und jedes andere Gebäude zu durchsuchen, das Ledwich vielleicht besitzt, plus seinen Arbeitsplatz, und alle Fahrzeuge, die ihm oder irgendeinem Familienangehörigen gehören. Und inzwischen holen wir ihn zum Verhör ab.«

Irgendwo im Fahndungsbüro klingelte ein Telefon. Es lenkte sie ab. Der Raum selbst hatte das Fluidum zu vieler im Sande verlaufener Spuren, langer Tage und Nächte ohne frische Luft, aufgestauter Spannungen und hastig hinuntergeschlungener Mahlzeiten. Was für ein Schlamassel!, dachte Ellen. Sie legte den Kopf in den Nacken. »Würde jemand bitte abheben?«

Aber es waren nur drei Beamte im Raum, die mit hochgerollten Hemdsärmeln an ihren eigenen Telefonen oder Bildschirmen hingen. Also ging sie durchs Zimmer zu dem lästigen Telefon und riss es hoch.

»Destry.«

»Ellen?«

Es war ihr Mann. »Alan?«

»Ist Larrayne bei dir?«

Noch lange später erinnerte sie sich daran, dass ihre erste Reaktion nur aus Gereiztheit bestanden hatte. Ihr Mann war in den letzten Tagen immer mehr auf den Hund gekommen, war oft sprunghaft, vergesslich, neigte zu Fehleinschätzungen. »Alan, sie hat heute ihre Tennisstunde.«

»Das weiß ich. Ich habe auf sie gewartet, um sie hinzubringen.«

»Sie ist wahrscheinlich bei Kathy. Das ist früher schon vorgekommen. Warte einfach auf sie.«

Ellens Ton besagte: Muss ich denn wirklich alles selbst machen?

Ihr Mann sagte: »Ich habe bei Kathy angerufen. Sie sagt, sie hat Larrayne den ganzen Tag nicht gesehen.«

Ellen fühlte die Kälte an ihren Armen hochkriechen. Ihr Herz schien auszusetzen. Dann schrie sie:

»Warum zum Teufel hast du das nicht gleich gesagt?«

Er klang verletzt. »Es sind Ferien, du dumme Kuh. Warum hätte ich mir Sorgen machen sollen, dass sie nicht da ist? Ich dachte, ich hätte vielleicht etwas missverstanden und du bringst sie selbst zum Tennis.«

Unwillkürlich schoss sie zurück: »Warum rufst du dann überhaupt an?« Sie hätte lieber den Hörer hingeknallt und etwas unternommen.

»Ich wollte mich nur vergewissern, das ist alles. Das ist mehr als du getan hättest, du verdammtes Miststück.«

Diesmal gab sie keine Antwort. Sie war zur Statue erstarrt und etwas in ihrem Gesicht und an ihrer Art musste Challis alarmiert haben, denn plötzlich schloss sich seine Hand über der ihren und er nahm ihr den Hörer ab. Und nahm ihre Ängste in die Hand.

24

»Ich bring ihn um«, sagte sie.

»Nein, werden Sie nicht«, sagte Challis.

»Wenn er sie erwischt hat und ihr wehgetan hat, bringe ich ihn um, Hal, Sie werden sehen.«

Zwei Limousinen und ein Polizeivan. Drei Kripobeamte, vier Uniformierte und zwei forensische Experten. Sie näherten sich aus verschiedenen Richtungen der Wohnsiedlung, in der Lance Ledwich lebte. Scobie Sutton hatte einen vierten Wagen genommen, um Ledwich am Arbeitsplatz festzunehmen und zu seinem Haus zu bringen.

»Ziehen Sie keine voreiligen Schlüsse«, sagte Challis. »Denken Sie daran, sein Pajero wurde zerstört. Wie also soll er sich Larrayne geschnappt haben?«

Erleichterung schien sie zu durchfluten, doch sogleich verspannte sie sich wieder. »Seine Frau hat ein Auto. Einen Kombi.«

»Ah.«

Sie fuhr sich mit beiden Händen durchs Haar. »Ich verstehe nicht, wie das passieren konnte. Er muss sie sich auf dem Weg zu Kathy geschnappt haben. Aber wie? Ich meine, sie ist ein Polizistenkind, sie würde doch nie freiwillig mit einem Fremden gehen.«

Dann schien sie die Bedeutung ihrer Worte zu begreifen, stöhnte und verbarg das Gesicht in den Händen.

Es gab noch andere Erklärungen, aber Challis brachte sie nicht vor. Ihre Tochter ist ein gereizter Teenager. Ihre Tochter hasst Sie und ist mit einem Freund durchgebrannt. Aber irgendwie wusste er, dass nur eine Erklärung wirklich infrage kam: Jemand hatte ihrer Tochter mit einem Montiereisen über den Kopf geschlagen.

»Er hat seine Operationsbasis verlagert, Hal«, sagte Ellen und nahm die Hände vom Gesicht. »Die ganze Publicity, wir haben ihn vom Highway vertrieben. Jetzt geht er mitten zwischen den Menschen auf die Jagd, da, wo sie leben. Mein Gott!«

Challis hörte den ansteigenden Ton in ihrer Stimme, die Furcht, Empörung und Hysterie. »Etwas wenigstens arbeitet für uns: Es ist hellichter Tag«, sagte er. »Und jetzt beruhigen Sie sich und denken wie eine Polizistin.«

»Helllichter Tag? Wie sollte uns das helfen? Er hat sie mitten am Tag geschnappt und niemand hat etwas bemerkt.«

»Aber er wird nicht –«

Er hätte fast gesagt: Aber er wird nicht wagen, ihre Leiche bei Tageslicht irgendwo abzuladen. Er sagte: »Ledwich hat eine Arbeit. Tagsüber ist er über seinen Verbleib Rechenschaft schuldig. Er wird nichts unternehmen, bevor es dunkel ist.«

»Sie den ganzen Tag gefangen halten? Oh Gott, ich hoffe, Sie haben Recht, so schlimm das auch wäre.«

Der Wagen kroch über ein paar Bodenschwellen und Challis zeigte nach vorn. »Scobie ist schon da. Das ging schnell.«

Der Polizei-Falcon stand quer über Ledwichs Einfahrt und blockierte den Kombi, der neben dem Haus parkte. Ellen spähte nach den Gestalten im Falcon. »Ich kann Ledwich nirgendwo sehen. Sagen Sie mir nicht, dass er getürmt ist.«

Dann kam Sutton an Challis' Fenster. »Er war nicht bei der Arbeit, Chef. Hat sich gestern krankgemeldet.«

Ellen Destry schien zu schrumpfen. Sie begann auf ihrem Finger zu kauen. »Oh Gott!«

»Haben Sie's im Haus versucht?«

»Wollte auf Sie warten, Chef.«

Sie stiegen aus und näherten sich dem Haus. Challis drückte einen Knopf neben der Eingangstür, ein schweres, geschnitztes Ding, von dem sich unter der täglichen erbarmungslosen Sonneneinstrahlung der Lack schälte. Challis widerstand der Versuchung, an den abblätternden Streifen zu zupfen. Die Tür öffnete sich.

»Mrs Ledwich?«

»Ja?«

Challis bedeutete Sutton, mit zwei der uniformierten Beamten zum rückwärtigen Teil des Grundstücks zu gehen, und drängte sich dann, gefolgt von Ellen Destry und den anderen Beamten, ins Haus.

»Wir haben einen Durchsuchungsbefehl für das Grundstück

und alle in Ihrem Besitz befindlichen Fahrzeuge. Ist Ihr Mann zu Hause?«

Ledwichs Frau sah müde und zerfahren aus. »Er liegt im Bett. Sommergrippe.« Dann starrte sie von einem zum anderen. »Warum lassen Sie ihn nicht in Ruhe? Er hätte fast seine Arbeit verloren, weil Ihr überall herumlauft und Fragen stellt. Geben Sie ihm doch eine Chance!«

»Wir müssen nur mit ihm reden«, sagte Challis.

Ellen drängte sich vor. »Hören Sie, bringen Sie uns jetzt zu ihm oder nicht?«

»Fahren Sie nicht gleich aus der Haut.«

Das Haus wirkte deprimierend. Wände und Decken schienen für einen kleinwüchsigen Menschenschlag gedacht. Die Möbel waren zu groß dafür, als bestünden sie nur aus störenden Ecken und Winkeln. Challis sah einen riesigen Fernseher und einen Heimtrainer. Irgendwo lief eine Quizsendung im Radio. Sie erreichten das Schlafzimmer. Ledwichs Körper zeichnete sich unter einem Laken und einer rosa Decke ab. Er sah elend aus, das Gesicht rot und aufgedunsen, sein Atem rasselte.

»Was wollt ihr Mistkerle?«

Challis sagte seinen Namen und Rang. Er wusste, dass irgendetwas nicht stimmte. Das war nicht der Mann, der früher am Tag aus dem Haus gegangen war, um einen Teenager zu entführen, zu vergewaltigen und zu töten, oder zumindest irgendwo zu verstecken.

Auch Ellen Destry wusste es. Challis spürte ihre Enttäuschung. Sie sagte: »Lance, wo waren Sie heute Morgen?«

»Genau hier. In diesem Bett. Und zwar seit gestern.«

Challis betrachtete die Tapeten, den glänzend weißen Einbauschrank, die Spitzenvorhänge. Ein Geruch nach Krankheit und abgestandener Luft hing in dem kleinen Zimmer. Das Bett war eine teure, geschmacklose Monstrosität mit einem silbernen und goldenen Vinyl-Kopfteil und Reihen von Messingpolsternägeln. Ein Radio mit zwei Lautsprechern war darin eingelassen.

Er wandte sich an Ledwich. »Sie sind nicht in Penzance Beach gewesen?«

»Mir geht's saumäßig dreckig, das sehen Sie doch.«

»Na gut, versuchen wir's anders. Können Sie nachweisen, wo Sie in den Nächten des zwölften und siebzehnten Dezembers waren, und um die Morgendämmerung am dreiundzwanzigsten?«

»Ich hab der Schnalle hier schon gesagt –«

Ellen trat dicht ans das Bett heran und verpasste ihm eine saubere Kopfnuss.

»Autsch.« Er rieb sich den Kopf.

»Beantworten Sie die Frage, Lance.«

»Wie ich Ihnen schon gesagt habe, ich war bei der Arbeit.«

»Laut Ihrem Vorarbeiter gingen Sie sehr freizügig mit Ihrer Arbeitszeit um.«

»Ja, aber nicht genug, um rauszugehen, eine Frau zu schnappen und umzubringen und sie irgendwo zu verstecken. Und wenn ihr Arschlöcher eure Hausaufgaben gemacht hättet, dann wüsstet ihr, dass ich am dreiundzwanzigsten Frühschicht hatte, um sechs Uhr morgens. Meine Frau hat's im Kalender notiert. Ich weiß es, weil ich's noch mal überprüft habe, nachdem ihr mich letztes Mal in der Mangel hattet. Also kann ich da niemanden ermordet haben, wer's auch war, und die anderen hab ich auch nicht umgebracht.«

Challis nickte Ellen zu und sie verließ den Raum.

»Bevor Ihr Pajero gestohlen wurde, ist er da jemals von jemand anderem gefahren worden? Einem Freund, Nachbarn, Verwandten?«

»Meine Schwester, mein Schwager.«

»Soviel ich weiß, ist Ihr Schwager seit einem Monat in Thailand. Wer hatte sonst Zugang?«

Ein Erröten und ein Zug von Halsstarrigkeit unter der roten, aufgesprungenen Haut. »Hören Sie, ich weiß, dass er nicht zugelassen war. Ich weiß, dass ich im Moment keinen Führerschein habe, das gebe ich ja zu, aber ich war verzweifelt, ich musste doch zur Arbeit.«

»Also haben Sie ihn beim Haus Ihrer Schwester abgestellt und ihn von Zeit zu Zeit von dort aus selbst benutzt?«

»Ja. Ich musste zur Arbeit kommen.«

»Hätte Ihre Frau Sie nicht fahren können?«

»Sie muss selbst zur Arbeit fahren.«

»Sie haben gedacht, dass, wenn die Polizei je käme, um zu überprüfen, ob Sie nicht trotz Fahrverbot herumfuhren, sie Sie dann nicht mit dem Pajero sehen würde. Und dass Sie dann als braver Junge gelten würden?«

»So in der Art.«

»Nicht besonders klug, Lance.«

Ledwich verschränkte die Arme trotzig über dem Bettzeug vor seiner Brust.

»Ich frage Sie noch einmal: Hat jemand anders Ihren Pajero gefahren?«

»Nein.«

»Und den Kombi?«

»Gehört meiner Frau.«

»Aber Sie fahren manchmal damit?«

»Nicht oft. Nicht ohne Führerschein. Sie hatte Schiss, dass die Polizei ihn beschlagnahmt, wenn ich damit fahre.«

»Haben Sie ihn heute Morgen genommen?«

»Nur meine Frau. Ich brauchte Schmerztabletten. Sie war nur zehn Minuten weg.«

»Zurück zu dem Pajero. Hatten Sie einen Grund, vor Weihnachten einen anderen Satz Reifen aufzuziehen?«

»Nein. Warum?«

»Besitzen Sie noch ein anderes Fahrzeug?«

»Sehe ich so aus, als könnte ich mir drei leisten?«

»Ich will offen mit Ihnen sein, Lance«, sagte Challis. »Ein Ermittler hat einen Cooper-Reifenabdruck von Ihrem Pajero in der Chicory Kiln Road gefunden.«

»Keine Ahnung, was für Reifen das waren. Sie waren schon drauf, als ich ihn gekauft habe.«

»Das Fahrzeug, das wir in Verbindung mit dem Mord an Jane Gideon suchen, war mit einem Cooper-Reifen desselben Typs und derselben Größe ausgerüstet.«

»Blödsinn.«

»Können Sie uns das erklären, Lance?«

»Erklären? Sie wollen mir was anhängen. Ihr rennt kopflos herum wie aufgescheuchte Hühner und kommt zu keinem Ziel, also denkt ihr euch, Moment mal, hängen wir's doch dem guten alten Lance an.«

»Ein Cooper-Geländereifen ist ziemlich ungewöhnlich, hat ein ziemlich unverwechselbares Profil.«

Challis sah, wie Ledwich diese Information zu verarbeiten suchte, und wie sich dann sein Gesicht entspannte und er sagte, was jeder gute Verteidiger sagen würde: »Ja, aber Sie können nicht behaupten, dass mein Reifen mit dem identisch ist, nach dem Sie suchen. Nur, dass es derselbe Typ ist.«

»Wo haben Sie Ihre Reifen montieren lassen?«

»Ich hab Ihnen doch gesagt, sie waren schon dran. Ich hab nicht drauf geachtet, was für welche es sind. Ein Reifen ist ein Reifen für mich. Egal, alles hätte damit passieren können nach dem Diebstahl. Vielleicht haben die, die ihn geklaut haben, neue Reifen draufgemacht, oder vielleicht war der Ersatzreifen ein Cooper und sie hatten eine Reifenpanne.«

Alles gute Argumente für die Verteidigung, dachte Challis.

An diesem Punkt kam Ellen mit dem Kalender. Sie sah abgespannt und blass und niedergeschlagen aus. Challis zog sich mit ihr in den Korridor zurück, wo sie murmelte: »Wenn das stimmt, hat er am dreiundzwanzigsten tatsächlich um sechs Uhr morgens mit der Arbeit angefangen.«

»Das könnte auch später hinzugefügt worden sein«, sagte Challis. »Also überprüfen Sie es noch einmal bei seinem Arbeitgeber.«

»Im Übrigen«, sagte Ellen, »war Lance den ganzen Tag im Bett und kann Larrayne offensichtlich nicht erwischt haben. Und jetzt?«

Draußen sprach Challis in sein Handy: »Sir, ich habe eine Bitte. Es muss schnell gehen.«

»Schießen Sie los«, sagte McQuarrie.

»Ich brauche ein Team aus Streifenpolizisten und Kripobeamten in Penzance Beach. Sergeant Destrys Tochter ist seit dem frühen Morgen nicht mehr gesehen worden.«

Schweigen. Dann: »Mein Gott.«

»Vielleicht besteht ja gar kein Zusammenhang, aber wir müssen von der Möglichkeit ausgehen. Höchste Alarmstufe.«

»Ich hätte in der Sekunde informiert werden müssen, als Sie davon erfuhren.«

»Verzeihung, Sir.«

»Gut, Sie bekommen Ihre zusätzlichen Leute«, sagte McQuarrie. »Haben Sie wenigstens irgendeine Spur?«, fragte er verdrießlich.

»Mehrere«, sagte Challis kalt, »und wir sind dabei, den Brandstiftungs-Mord zu knacken.«

»Halten Sie mich auf dem Laufenden, Hal, ja? Regelmäßig?«

»Sie können sich darauf verlassen, Sir.«

Challis steckte das Telefon ein.

»Chef?«

Scobie Sutton rüttelte vergeblich an der Seitentür von Ledwichs Stahlgarage. »Abgesperrt, Chef.«

»Vergessen Sie's. Wir fahren zurück aufs Revier.«

Einer der uniformierten Beamten fuhr. Challis hätte sich beinahe in den Fond zu Ellen Destry gesetzt, aber ihre Angst war zu greifbar. Sie telefonierte während der ganzen Fahrt mit dem Handy. Vom Beifahrersitz aus konnte er spüren, wie zittrig sie war, hörte ihre gequälte Stimme, während sie ihre Anrufe abspulte.

Er hörte sie sagen: »Irgendetwas von den Krankenhäusern?«

Die letzten drei Gespräche waren mit ihrem Mann gewesen. War dies noch eins? Nein …

»Constable, ich will keine Entschuldigungen hören. Tun Sie's einfach!«

Sie trennte die Verbindung. Challis wandte sich zu ihr um, um mit ihr zu reden, sie abzulenken, aber er sah, dass ihr Finger schon wieder die Wähltaste drückte. Sie hatte auf dem Schoß ihr Notizbuch, auf dessen letzten paar Seiten Telefonnummern aufgelistet waren.

»Hier ist Sergeant Destry. Ich versuche meine Tochter ausfindig zu machen. Nein, nichts, worüber man sich Sorgen machen müsste. War sie heute im Laden? Nein? Sie sagte, sie würde vielleicht mal vorbeikommen, um eine CD zu kaufen. Nein? Gut, vielen Dank.«

Challis blickte wieder nach vorn. Die Anrufe erfüllten eine sinnvolle Funktion. Sie hielten sie beschäftigt – wenn sie auch hyperaktiv erschien – und in gewisser Weise leistete sie gleichzeitig Polizeiarbeit. Wer weiß, vielleicht fand sie irgendetwas heraus, was sie zu ihrer Tochter führte.

25

Die Frau hatte ein Mädchen bei sich. Siebzehn oder achtzehn, feindselig und schmollend. Mutter und Tochter, vermutete der Dienst habende Sergeant an der Anmeldung und wandte sich an die Mutter. »Kann ich Ihnen helfen, Madam?«

»Ich muss mit jemandem sprechen.«

Sie wirkte schmal und verhärmt. Ihre Hände waren knotig und geädert, die Hände einer alten Frau, obwohl sie wahrscheinlich nicht älter als fünfundvierzig war. »Genüge ich Ihnen?«

»Es geht um den Rucksack aus dem Fernsehen.«

Es war Befehl ergangen, dass jeder, der Information über die Entführungen hatte, direkt zu einem Vernehmungszimmer gebracht werden sollte. »Inspector Challis wird gleich kommen und mit Ihnen sprechen«, sagte der Dienst habende Sergeant.

Sie mussten fünf Minuten warten. Es war früher Abend, genau sechs Uhr. Challis war todmüde. Ellen Destry war zu ihrem Mann nach Hause gefahren, aber er wusste, dass sie bald zurück sein würde. Die anderen Beamten waren mit der Suche nach Larrayne Destry beschäftigt. Also blieb es an ihm hängen, sich mit den Spinnern und Zeitverschwendern abzugeben.

»Sie sagten meinem Sergeant, dass es um einen Rucksack geht, Mrs Stokes.«

»Den aus dem Fernsehen.«

»Sprechen Sie weiter.«

»Megan« – sie deutete auf ihre Tochter –, »na ja, sie hat einen Freund.«

»Einen Freund. Und weiter?«

»Er hat ihr einen Rucksack geschenkt.«

»Name?«

»Nun, es war ein Markenname ins Leder eingeprägt. Und irgendein Etikett war ans Futter genäht, aber jemand hat es herausgeschnitten.«

Challis fühlte ein Prickeln auf der Haut. Laut Mrs Abbott hatte Kymbly Abbott ihren Namen auf die Rückseite des Etiketts ihres

Rucksacks gestickt. Er erinnerte sich an ihr verweintes Gesicht. »Ich hab ihr noch gezeigt, wie sie es machen muss, Mr Challis«, hatte sie gesagt.

»Auf den Rucksack kommen wir noch zurück, Mrs Stokes. Ich meinte den Namen des Freundes.«

»Danny Holsinger.«

Challis strahlte die Frauen über den Tisch hinweg an. »Na, das ist aber ein Zufall! Genau in diesem Moment ist uns Danny bei unseren Ermittlungen behilflich.«

»Das wundert mich gar nicht«, sagte Mrs Stokes.

»Warum lasst ihr ihn nicht alle in Ruhe«, sagte das Mädchen. »Er hat gar nichts getan.«

»Erzählen Sie mir von dem Rucksack.«

»Danny hat die Mädels umgebracht, nicht wahr?«, fragte Mrs Stokes. »Er hat sie umgebracht und ein paar von ihren Sachen zur Erinnerung aufgehoben und dann hatte er auch noch den Nerv, meiner Tochter den Rucksack zu geben.«

»Wir wissen nicht, ob es derselbe Rucksack ist.«

»Klar ist er das. Ich hab 'nen Blick drauf geworfen, wie er ihn Megan gegeben hat. Der ist hübsch, sage ich. Dann sehe ich, dass das Etikett rausgeschnitten ist. Ich sage: Was ist denn das? Und er: Ach, den hab ich secondhand gekauft, deswegen hat er kein Etikett. Aber ich hab ihm nicht geglaubt.«

Challis wandte sich an das Mädchen. »Megan? Hat Danny gesagt, wo er den Rucksack herhatte?«

Sie sah zu Boden. »Er sagte, er hätte ihn gekauft.«

»Ganz tief drin in Ihrem Herzen, glauben Sie, dass das die Wahrheit war?«

»Nein.«

»Er hat ihn geklaut, der kleine Mistkerl. Hat das Mädel umgebracht und ihn geklaut«, fiel Mrs Stokes ein.

»Nie im Leben! Immer hackst du nur auf ihm rum.«

Mrs Stokes wandte sich zu ihrer Tochter. »Na und? Ich weiß von zweimal, wo sie ihn wegen Klauens drangekriegt haben.«

Sie kramte in ihrer Handtasche und schmiss ein Videoband

über den Tisch zu Challis hin. »Außerdem ist er ein Perverser. Wollte Megan dazu bringen, sich das da anzuschauen, wo Leute mit Tieren Sex haben. Wer weiß, zu was für krankem Zeug der noch in der Lage ist.« Sie wandte sich wieder ihrer Tochter zu. »Du solltest dir mal den Kopf untersuchen lassen, mit so einem Stück Dreck rumzuziehen.«

»Was weißt denn du schon, du frigide Kuh.«

Challis schlug mit der flachen Hand auf den Tisch. »Das hier ist eine Morduntersuchung. Es gibt auf der Welt nichts Ernsteres. Hören Sie mit dem Gezanke auf, oder ich lasse Sie so schnell wegen Behinderung in die Zelle verfrachten, dass sich Ihnen der Kopf dreht.«

Mrs Stokes nahm sich zusammen und sagte: »Machen Sie weiter. Ich bin bereit.«

Megan starrte wütend zu Boden.

»Vergessen wir Danny mal für den Augenblick.«

»Schwer, den kleinen Scheißer zu vergessen.«

»Mrs Stokes, ich warne Sie.«

»Nichts für ungut. Ich bin ganz Ohr.«

»Sie kommen also in den Besitz eines Rucksacks, Megan. Wo ist er jetzt?«

»Ma hat ihn sich klauen lassen, nicht? Blöde Kuh.«

»Ich verstehe. Und wie kam es dazu?«

»Sie hat diese Zigeunerin ins Haus gelassen.«

Mrs Stokes breitete die Arme aus. »Wie hätte ich wissen sollen, dass sie uns ausrauben will? Sie hat nicht viel mitgenommen. Ich hab nicht mal gemerkt, dass sie den Rucksack hat mitgehen lassen, bis zu der Sendung. Ich sage zu Megan, sage ich: ›Der sieht aus wie deiner.‹ Dann sagt sie mir, dass ihrer geklaut worden ist. Ist doch nicht meine Schuld.«

»Ist es schon«, sagte Megan.

»Halten Sie den Mund, beide! Megan, hören Sie zu, halten Sie es für möglich, dass Danny den Rucksack jemandem gestohlen und Ihnen geschenkt hat?«

Er beobachtete sie. Nach einer Weile begann sie zu nicken. »Deshalb habe ich es nicht gemeldet, als er mir geklaut wurde. Vor allem hab ich's Ma nicht gesagt, Sie sehen ja selber, wie sie ist. Wissen Sie, Danny schenkt mir gerne etwas. Ich weiß nicht, wie er sich auch nur die Hälfte von dem Zeug leisten könnte, das er mir gibt, wenn's nicht geklaut ist.« Sie blickte auf und sagte tapfer: »Ich möchte, dass er einen neuen Anfang macht. Er muss aufhören, Sachen zu klauen.«

Challis traf im Korridor auf Ellen Destry, die ihre Autoschlüssel noch in der Hand hielt. Sie sah zerzaust und ruhelos aus. Er blieb stehen und sagte sanft: »Wie steht's?«

»Was glauben Sie denn?«

Er ergriff ihren Arm. »Das wird Sie aufmuntern.« Er steuerte sie auf die Vernehmungszimmer zu.

Sie entwand sich ihm. »Hal, ich habe viel zu tun. Telefonate. Hat sich Scobie schon zurückgemeldet? Ich will ein Auge auf die Suche haben. Auf eine Million Dinge.«

»Wir verhören Danny Holsinger noch einmal.«

»Ich bin mehr daran interessiert, Larrayne zu finden, als den Mörder von Clara Macris.«

»Haben Sie Geduld. Ich kann ihm den Rucksack nachweisen.«

»Einen Rucksack. Wie ich schon sagte, es müssen Dutzende davon in Umlauf sein.«

»Diesen speziellen hat er gestohlen. Das Etikett war entfernt worden, entweder von ihm selbst oder schon bevor er ihn gestohlen hat, das muss ich noch herausfinden.«

Sie schloss die Augen. »Ich bete zu Gott, dass das der Durchbruch ist.«

»Danny, hast du das Etikett entfernt, nachdem du den Rucksack gestohlen hattest, oder war es schon herausgeschnitten?«

»Ich hab ihn nicht gestohlen, Mr Challis. Sergeant Destry hier weiß, dass ich es nicht getan habe.«

»Ich weiß nichts dergleichen.«

»Sie haben mir geglaubt, als Sie und diese Pam Murphy mich hier drinnen hatten.«

»Jetzt glaube ich dir nicht.«

»Ich hab ihn ganz ehrlich gekauft, in einem dieser Secondhandläden.«

»Beweis es. Zeig uns die Quittung.«

»Papierkram. So Zeug heb ich normalerweise nicht auf.«

Challis beugte sich vor. »Danny, dein Geschwätz interessiert mich nicht. Soll ich dir ein Geheimnis anvertrauen? Dieser Rucksack – er gehörte Kymbly Abbott.«

»Wem?« Er schien ehrlich verdutzt.

»Sie wurde ein paar Wochen vor Weihnachten vergewaltigt und ermordet«, sagte Challis. »Liest du keine Zeitung, siehst du keine Nachrichten?«

»Ich kenne die Namen nicht«, murmelte Danny.

»Das klingt glaubhaft«, sagte Ellen. »Sie sind nur ein Stück Fleisch für dich, nicht wahr? Du vergewaltigst sie, bringst sie um und beseitigst ihre Leichen. Wen interessiert es schon, wie sie heißen?«

Seine Stimme brach und überschlug sich bei den hohen Tönen. »Ich hab niemanden umgebracht!«

»Wir müssen diesen Fall aufklären, Danny«, sagte Challis. »Und du bist unser Hauptverdächtiger.«

»Ich kann beweisen, dass ich sie nicht getötet habe.«

»Hast wohl ein Alibi? Boyd Jolic? Wer würde dem schon glauben. Megan? Sie war gerade an der Anmeldung und hat eine Aussage gemacht. Sie fängt so an: ›Danny Holsinger ist ein Lügner, ein Dieb und sieht gerne illegale Pornographie‹, und von da an wird es nur noch schlimmer.«

Danny wirkte betroffen. »Das würde sie nie tun.«

»Du hast keine Freunde, Danny. Niemand wird dir ein Alibi geben. Niemand wird dir eine Träne nachweinen, wenn wir dich einsperren. Dreimal ›lebenslänglich‹ bekommst du mit Sicherheit.«

Ellen beugte sich vor und Challis sah, wie schwer es ihr fiel zu sagen: »Viermal ›lebenslänglich‹. Siehst du, Danny, meine Tochter ist verschwunden, und im Augenblick neige ich genauso sehr wie jeder andere dazu, dir jede Schandtat zuzutrauen. Leg dich nie mit einem Bullen an, Danny, haben dir das deine Kumpel aus der Gosse nicht beigebracht?«

Er fuhr in seinem Stuhl zurück. »Ich hab Ihrer Tochter nichts angetan, ich schwör's.«

Challis sagte sanft: »Der Rucksack, Danny.«

Er sank in sich zusammen. »Es ist, wie Sie gesagt haben, ich hab ihn genommen. So ein Haus oben bei Frankston.«

Challis brachte ihn zum Schweigen. »Danny, das ist immer noch ein offizielles Verhör. Ich werde das auf Band aufzeichnen, ja? Willst du einen Anwalt dabeihaben?«

»Nein.«

»Für die Akten, Mr Holsinger hat zugegeben, einen schwarzen Lederrucksack aus einem Haus bei Frankston entwendet zu haben. Danny, jetzt weiter. Hast du das Etikett herausgeschnitten?«

»Es war schon herausgeschnitten, wie man's manchmal in Secondhandläden sieht.«

»Hast du noch etwas anderes aus dem Haus gestohlen?«

»Kann sein. Hab ich vergessen. Bargeld und so.«

»Wo hast du den Rucksack gefunden?«

Danny feixte. »Stellen Sie sich vor – hinter diesen Verkleidungsdingern im Bad. Ich war mal in 'nem anderen Haus, wo ich aus Versehen gegen die Wanne getreten hab. Die Seitenwand fällt runter und drinnen sind ein paar Gewehre. Wenn ich mir seitdem ein Haus vornehme, schau ich immer da zuerst nach.«

»Wir brauchen vielleicht die Adresse von diesem speziellen Haus, Danny«, sagte Challis trocken. Aber er spürte das alte, vertraute Jagdfieber. Das musste Kymbly Abbotts Rucksack sein. Es war ein Souvenir. Aber keines, das man offen herumliegen lassen konnte.

Ellen kam auf die Füße. »Du wirst uns zeigen, wo, Danny. Jetzt.«

Challis hob die Hand. »Nur noch eine Minute. Danny, du bist zu einem schweren Einbruch in einem Haus in der Nähe der Rennbahn verhört worden, zum folgenden Diebstahl und der

Brandstiftung eines Mitsubishi Pajero und der Ermordung und Verbrennung von Clara Macris in der Quarterhouse Lane. Du hast jede Kenntnis von diesen Verbrechen geleugnet. Möchtest du deine Aussage noch einmal überdenken?«

Danny ließ den Kopf sinken. »Das mit dem Diebstahl war ich.«

»Und der andere Beteiligte?«

»Boyd Jolic.«

»Und Mr Oliver?«

»Hal, komm schon!«, sagte Ellen. Sie war wie besessen und trat von einem Fuß auf den anderen.

Challis hob die Hand. »Danny?«

»Craig kam uns abholen, nachdem Joll den Pajero angesteckt hatte.«

»Du gibst zu, ihn nach dem Einbruch gestohlen zu haben?«

»Ich und Joll. Es war Jolls Idee.«

»Und das Pornovideo?«

»Ich wusste nicht, was drauf ist.«

»Danny, mich interessiert nur, wo du es herhattest.«

»Es war in dem Pajero. Da war so 'ne Pappschachtel hinten drin, ein halbes Dutzend Videos, also hab ich mir eins gegriffen.«

»Gut. Warst du auch in einen Verkehrszwischenfall verwickelt mit einem weißen Mercedes und einer Frau am Steuer, am selben Nachmittag? Auf der Coolart Road. Mit dem Pajero?«

»Ja.«

»Erzähl uns, was passiert ist.«

»Die Tussi hat Joll geschnitten und ihm den Finger gezeigt. Also fuhr er ihr bis nach Hause hinterher. Er war stinkwütend und hat gesagt, dass er zurückkommen und es ihr zeigen wird.«

»Was hast du gedacht, was er damit meint?«

»Ich weiß nicht. Er ist ein verrückter Hund. Er hat versucht, mich mitzuschleifen.«

»Um was zu tun?«

»Es ihr zu zeigen.«

»Sie umzubringen? Ihr Haus niederzubrennen?«

»Hat er nicht gesagt. Aber ich war nicht überrascht, als ich von dem Feuer hörte. Hören Sie, er ist ein übler Bursche. Macht mir eine Heidenangst. Sie müssen ihn wegsperren.«

Im Gang fauchte Ellen: »Wertvolle Sekunden, Hal, wertvolle Sekunden!«

»Genau«, sagte Challis.

26

Danny dirigierte sie zu einer Siedlung, die an das Buschgebiet zwischen Frankston und Baxter angrenzte. Challis und Ellen fuhren im ersten Wagen mit Danny. Challis saß am Steuer. Scobie Sutton und drei uniformierte Beamte folgten im zweiten Wagen.

»Schön, Danny. Zeig uns das Haus.«

Sein schmales Gesicht verzog sich besorgt. »Sie sehen alle gleich aus.«

Das stimmte. Kleine Backsteinhäuser mit Ziegeldächern, alle um die dreißig Jahre alt. Einheimische Bäume säumten die Straßen. Es gab keine Vorderzäune. Die Autos in den Einfahrten oder auf den naturbelassenen Flächen sprachen von bescheidenem Einkommen und bescheidenen Aussichten. Challis fuhr langsamer wegen eines Pulks von Teenagern, die Kricket spielten. Ansonsten waren die Straßen verlassen.

Er bog ab und umrundete den ganzen Block, bevor er sich dem nächsten zuwandte. Dann dem übernächsten.

Endlich sagte Danny: »Es war so ähnlich wie das da.«

»Nur ähnlich, oder war es das?«

»Das war es.«

Überlanges Gras und Unkraut, Wände mit weißem Rauputz und glasierten Klinkern hoben es von den anderen Häusern ab, aber nur gerade so eben. »Woran erkennst du es?«

»Weiß nich. Die Wände, so was. Plus das Ding auf dem Dach.«

Eine Satellitenschüssel.

»Gut. Gehen wir.«

Fünfzehn Minuten später sagte Challis: »Wie sicher bist du dir?«

»Ziemlich sicher. Es war nachts.«

»Danny, dieses Haus ist unbewohnt. Und zwar schon seit einer ganzen Weile.«

Tatsächlich hatte Challis ein »Zu vermieten«-Schild im Gras gefunden.

»War's aber nicht, als ich eingestiegen bin.«

Challis warf Ellen einen Blick zu. Ihr Gesicht war zerfurcht von Frustration und äußerster Sorge. Sie blinzelte und ließ den Tränen freien Lauf. »Er hat eine neue Operationsbasis. Er könnte überall sein.«

Challis nahm Sutton beiseite. »Erkundigen Sie sich bei den Nachbarn. Und sehen Sie zu, ob Sie eine Privatnummer von der Agentur kriegen, die den Vermietungsauftrag hat. Wir müssen wissen, wem das Haus gehört, wer es zuletzt gemietet hatte, Nachsendeadresse et cetera.«

»In Ordnung.«

Challis sah zum Himmel. Es war beinahe dunkel. Er konnte das bläuliche Flackern des Fernsehers in einigen Häusern sehen. Ein Schimmer lag über dem Horizont. Die Lichter von Melbourne.

Er ging zum Wagen zurück. »Na gut, Danny, wir fahren dich nach Hause.«

»Nach Hause?«

Ellen fauchte: »Dein Zuhause für die nächste Zeit, außer du kommst auf Kaution raus, du nutzloses Stück Scheiße.«

Danny schniefte. Er schniefte auf dem ganzen Rückweg durch die kleine Siedlung, während Challis ein paar Mal falsch abbog und sich in Sackgassen verirrte und in Straßen, die sich umeinander schlängelten wie die Eingeweide eines komplizierten Organismus. Danny hätte vielleicht weiter vor sich hin geschnieft, aber als Challis endlich eine Straße fand, die sie zum Highway zurückführte, straffte er sich plötzlich und streckte den Finger aus. »Da. Das ist das Haus.«

In den meisten Einzelheiten unterschied es sich nicht von dem anderen, außer, dass der Rasen gemäht war und jemand eine Werbetafel mit einem Firmennamen hineingehämmert hatte. Und dass ein Jeep mit derselben Aufschrift in der Einfahrt geparkt stand.

»Ich erinnere mich an das Schild«, sagte Danny.

Rhys Hartnett – Spezialist für Klimaanlagen.

27

Challis parkte ein Stück weiter die Straße hinunter und funkte nach Sutton und seinem Team. Als sie ankamen, stellte er einen Mann zur Bewachung des Jeeps ab und beorderte Sutton und die anderen Männer zum Hinterhof an der Rückseite. »Scobie, Sie warten an der Hintertür. Postieren Sie einen Mann an jeder Ecke, damit er jede Bewegung an einem der Seitenfenster des Hauses sehen kann. Ellen und ich übernehmen die Vorderseite.«

Er wandte sich zurück zum Wagen. »Danny, gib mir dein Handgelenk, bitte. Ich tue das nicht gerne, aber …«

Er fesselte das schmale, widerstandslose Handgelenk mit Handschellen an den Haltegriff über der Tür. »Nicht zu fest?«

Dannys Augen glänzten. »Sie holen ihn sich?«

»Ja, Danny, das tun wir.«

»Ich schaue zu.«

»Tu das.«

Challis wandte sich ab. Ellen Destry wartete außer sich vor Ungeduld auf dem Fußweg, wollte reden, wollte handeln. Sie trat gegen die Reifen des Jeeps. Sogar im Zwielicht konnte Challis erkennen, dass sie abgefahren waren und nicht passten. »Das sind keine Cooper-Reifen.«

Ellen verzog beschämt das Gesicht. »Hal, ich denke Hartnett hat gesehen, wie ich die Reifenabgüsse ausgeladen habe, die wir am Reservoir gemacht haben. Er hat die Cooper-Reifen wahrscheinlich noch am selben Tag gegen gebrauchte Reifen ausgetauscht.« Sie blickte zur Seite. »Wenn er sie umgebracht hat, werde ich es mir nie verzeihen.«

Es hatte keinen Sinn, zornig auf sie zu sein. Challis nahm sie am Arm. »Sind Sie bereit?«

»Was für eine Frage!«

Sie näherten sich der Haustür. In den angrenzenden Gärten bellten Hunde. Challis erschlug einen Moskito auf seiner Wange. Er konnte ein ungleichmäßiges Plätschern hören, als ob jemand im Garten zur Rechten ein Beet mit der Gießkanne wässerte. Ellen hob die Faust und klopfte mit den Fingerknöcheln.

Eine Stimme sagte: »Verzeihung. Sind Sie von der Polizei?«

Challis ging rasch zu der mit Bäumen und Büschen bestandenen Grundstücksgrenze. »Ja?«

»Sind Sie hinter dem Klimaanlagen-Typ her?«

»Was können Sie mir über ihn sagen, Sir?«

»Wir haben uns gerade unterhalten. Als er Ihren Wagen langsamer werden sah, ist er wie der Teufel über meinen hinteren Zaun.«

Daher die bellenden Hunde, dachte Challis. »Können Sie mir zeigen, wo?«

Der Mann deutete. »Ich hatte das Gefühl, dass er ins Naturschutzgebiet wollte.«

Challis rannte zum Fußweg. Das Schutzgebiet war eine dunkle Masse im schwindenden Abendlicht. Er betätigte mit dem Daumen den Sendeknopf seines Funkgeräts. »Scobie, ist die Hintertür offen?«

»Ja, Sir.«

»Schicken Sie einen Mann rein. Sagen Sie ihm, er soll Ellen die Haustür aufmachen. Die beiden werden zurückbleiben und das Haus durchsuchen. Sie und die anderen kommen mit mir. Er ist zu Fuß in den Busch geflüchtet.«

Ellen durchsuchte fieberhaft das Haus, riss sich dann zusammen und suchte noch einmal gründlicher. Sie stieß immer wieder mit dem uniformierten Polizisten zusammen. Es war ein kleines Haus. Vordergründig deutete nichts darauf hin, dass mit dem Mann, der es bewohnte, etwas nicht stimmte. Er besaß ein Fernsehgerät, eine Stereoanlage, ein paar Bücher. Nichts fiel aus dem Rahmen an der Beleuchtung, an den Tapeten, den Gegenständen in seinen Schränken und Schubladen. Es gab keine Pornographie, keine Utensilien der Grausamkeit. Nirgends war ein Körper, lebend oder tot, oder ein Anzeichen, dass jemals einer da gewesen war.

Aber das Haus sprach von einem unflexiblen Leben. Keine Unordnung, kein Staub, kein Anzeichen dafür, dass ein gewöhnlicher

Mensch dort am Ende des Tages ausspannte und alle viere von sich streckte. Ellen gewann einen Eindruck von Rhys Hartnett, seiner Erstarrung und seinem Hass auf jede Unordnung.

Und, ohne dass es noch viel änderte, da war ein Computer und ein Canon-Drucker.

Sie erinnerte sich an das Bad. Sie hebelte die Seitenverkleidungen weg. Nichts.

Nur ein feuchter Geruch.

Aber er hatte ein Souvenir behalten, Kymbly Abbots Rucksack. Hatte er auch andere behalten? Oder hatte er nach Dannys Einbruch damit aufgehört?

»Die Decke, Sarge?«

Da war ein Schachtloch. Sie stellten den Dielentisch darunter und sie sah zu, wie der Constable sich durch die schmale Öffnung hievte. Sie hörte das Knarren von Deckenbalken. Sie hörte ein Niesen.

Dann tauchte sein Gesicht auf. »Nichts, Sarge.« Er nieste wieder.

»Kommen Sie wieder runter. Wir müssen herausfinden, ob er noch woanders ein Haus besitzt oder gemietet hat.«

»Wir haben den Schuppen noch nicht durchsucht, Sarge. Und vielleicht hat er irgendwo ein Lager, für seine Apparate und so.«

Sie hätte sich am liebsten die Haare ausgerauft. Es juckte ihr in den Händen, ihren eigenen Körper zu verletzen.

»Zuerst der Schuppen.«

Es war ein Garten- und Geräteschuppen. Ein Rechen, eine Gabel, eine Schaufel und eine kleine Hacke waren mit dem Griff voraus in einer großen Holzkiste in einem Eck verstaut. Holzpflöcke lagen quer über den Balken über ihren Köpfen. Drei der Wände waren mit Regalen bedeckt. Ellen hob einen Honigkübel aus Plastik hoch. Er war voller Schrauben. Die vierte Wand hing voller Hämmer, Meißel, Schraubenzieher und Rohrzangen. Die Schraubenschlüssel waren in einem Werkzeugkasten auf dem Boden. Sie vermutete, dass sich im Jeep noch mehr Werkzeug befand.

Sie packte den Constable. »Wir haben seinen Wagen nicht überprüft.«

Das war nachlässig von ihr gewesen. Hartnett hätte einen Haken schlagen, zurückkehren und damit entkommen können. Und es gab gute Gründe, warum sie ihn zuerst hätten durchsuchen sollen.

Alle Türen waren abgesperrt. Ellen schickte den Constable auf die Suche nach den Schlüsseln, während sie wieder und wieder um den Wagen herumging, an den Griffen zerrte und versuchte, durch die getönten Scheiben hineinzuspähen. Eine fahrbare Hölle, dachte sie und fing an zu weinen. Er hatte Larrayne schon vor mehr als zehn Stunden verschleppt. Wenn er sich treu geblieben war, dann war ihre Tochter jetzt tot. Sie musste damit rechnen, musste sich der Tatsache stellen. Sie zerrte wieder an den Griffen der Hecktür.

Der Jeep schien ihr Rütteln zu erwidern, so unmerklich, dass sie es fast nicht bemerkt hätte. Sie traute ihren Sinnen nicht. Es hätte eine kleine Verschiebung der Erdplatten sein können, weit entfernt, tief unter ihr, das sich in einem winziges Erzittern hier in dieser Einfahrt manifestierte.

Der uniformierte Polizist kam die Schlüssel schwenkend zurück. »In einem Korb auf der Küchenbank«, sagte er stolz. Er blieb stehen und sah zum Reservoir hin. »Sie haben den Hubschrauber geholt.«

Ellen entriss ihm die Schlüssel. Das Einzige, was sie interessierte, war, diese Türen aufzuschließen.

Das hintere Abteil, das ihr einst so vertraut erschienen war, ein kleiner, maskuliner Ort, der von Rhys Hartnetts geschickten Händen und seiner Tüchtigkeit zeugte, schien jetzt nur noch aus scharfen Metallkanten und der Kälte von Stahl zu bestehen. Regale, Bügel, Werkzeuge, Stücke von Aluminiumblech, Stromkabel, Schubladen, ein großer, mit einem Vorhängeschloss gesicherter Kasten auf einer Seite der Ladefläche.

Ein dumpfes Klopfen. Wieder eine Andeutung von Schaukeln.

Sie bemerkten es gleichzeitig. Der uniformierte Polizist fummelte die Schlüssel aus dem Schloss und suchte nach den kleineren Schlüsseln an dem Bund. Sie führten einen kleinen, lächerlichen Tanz auf, ein Gezerre wie auf dem Spielplatz, bevor der Constable ihr die Schlüssel überließ.

Die Klappe des Kastens schwang nach oben auf. Larrayne lag zusammengekrümmt auf der Seite, eingewickelt in eine Decke aus dünnem, festem Schaumstoff. Ihre Handgelenke und Knöchel waren mit Klebeband gefesselt. Ein Klebstreifen verschloss ihr den Mund. Ihre Augen waren weit aufgerissen und verängstigt und dann begannen sie die Tränen wegzublinzeln und sie fing an, ihren Körper wild hin und her zu werfen, hin und her, bis sie sie endlich herausheben und losschneiden konnten.

Challis fühlte, wie sich seine Brust zusammenzog. Er hatte einen sauren Geschmack im Mund und sein Atem ging in mühsamen, zitternden Stößen, die ihm kaum genug Luft verschafften. Asthma. Er erinnerte sich an seine Kindheit. Am Abend war immer die schlimmste Zeit gewesen. Er hatte noch herumklettern wollen, rennen und toben. Alles, um noch nicht ins Bett zu müssen, alles, um die Minuten zu füllen, bevor er ins Haus gerufen wurde. Und dann kamen die Attacken. Manchmal so schlimm, dass seine Eltern in Panik gerieten und die Ambulanz riefen. Aber das war in seiner Kindheit gewesen. Es kam auch eine frischere Erinnerung hoch, an einen kleinen Ort, an seine Frau, an den anderen Constable, an die Affäre, die unbemerkt von ihm zwischen den beiden entflammt war, bis ihn ein anonymer Anruf zu einem Hain neben einer mondlosen Nebenstraße gelockt hatte. Die Schüsse. Er hatte einen in den Arm abbekommen, einen Streifschuss, der eine Fleischwunde hinterließ. Er war entkommen, hatte dann einen Bogen geschlagen und den Mann erschossen, der ihn aus dem Weg hatte räumen wollen. Jetzt blieb Challis stehen, mit einer Hand gegen einen Baumstamm gestützt. Sein Atem ging rasselnd und keuchend. So viel zur Lautlosigkeit, dachte er.

Verstärkung war unterwegs. »Fünfzehn Minuten«, hatte der Dienst habende Sergeant in Frankston gesagt. Und ein Hubschrauber mit Suchscheinwerfer.

Hartnett hatte zwei Minuten Vorsprung. Er kannte sich vermutlich im Naturschutzgebiet aus. Challis hatte keinen Streifenwagen zum anderen Ende des Schutzgebiets geschickt. Es gab einfach keine Straßen dorthin. Und so tappten sie alle vier – er, Sutton und die beiden uniformierten Polizisten – im Zwielicht mit lediglich zwei Taschenlampen herum.

Er schaltete sein Funkgerät ein. »Irgendetwas gesehen?«

Die Antwort kam postwendend. »Nichts, Chef.«

»Alle mal eine Minute still stehen bleiben und horchen.«

Nach einer Weile sagte er: »Jetzt etwas?«

»Nein, Chef.«

Dann hörte Challis es, das rhythmische Hämmern der Rotorblätter. Eine Stimme knisterte in seinem Funkgerät. »Inspector Challis?«

»Im Schutzgebiet. Können Sie es erkennen?«

Stille, dann: »Wir kommen jetzt auf Sie zu.«

»Wir sind zu viert«, sagte Challis. »Zwei Uniformierte, zwei Zivilbeamte. Wir tragen weiße Hemden.«

»Wie ist unsere Zielperson gekleidet?«

»Ich weiß nicht.«

»Roger. Wir scheuchen ihn raus, beginnen jetzt ein Suchraster.«

Plötzlich sondierte ein Lichtstrahl die Bäume in Challis' Nähe. Der Strahl zuckte wie ein drohender Finger und begann dann, das Schutzgebiet in gleichmäßigen Bögen zu bestreichen, während der Hubschrauber es langsam der Länge nach abflog. Challis wurde schlecht von dem betäubenden Krach, der es unmöglich machte, einen klaren Gedanken zu fassen. Er dachte plötzlich daran, dass er seit vielen Stunden nichts gegessen hatte. Er überlegte, dem Licht zu folgen, beschloss dann aber, in die entgegengesetzte Richtung zu gehen. Es waren genug Männer da, um Hartnett zu schnappen, wenn das Licht ihn aufscheuchte. Aber was, wenn der Scheinwerfer direkt über ihn hinweggeglitten war und er sich jetzt hinter dem Suchpfad befand, um im Schutz der Dunkelheit zu warten, bis er sich verdrücken konnte?

Hartnett hätte sich nicht bewegen dürfen, dachte Challis später. Hartnett hätte einfach warten müssen. Aber er wartete nicht. Er brach unter ohrenbetäubendem Gebrüll aus einem Dickicht hervor und schwang ein Messer. Challis spürte, wie die Klinge oberhalb seiner Brustwarze ins Fleisch schnitt. Zuerst fühlte er eine warme Nässe, dann den Schmerz.

Er versuchte zu bluffen und ließ sich stöhnend auf ein Knie sinken. Hartnett schwang herum. Er schrie immer noch und stieß mit dem Messer Löcher in die Luft. Die Gefahr für Challis lag nicht in Hartnetts Geschicklichkeit und Berechnung, sondern im wilden Herumgefuchtel seines Arms. Challis rollte sich auf den Rücken und zog die Knie an die Brust. Für Hartnett musste es wie ein Signal der Unterwerfung ausgesehen haben, denn er rannte tief gebückt vorwärts und attackierte Challis immer noch schreiend von links.

Challis wartete. Er wartete auf das Heben des Armes, das Blitzen des Mondlichts auf der Klinge, das ihm sagte, dass sie gleich niederfahren und zustechen würde. Auf beide Unterarme gestützt schwang er seinen Oberkörper herum und stieß mit den Füßen zu.

Er erwischte Hartnett an den Knien. Das eine knallte gegen das andere und Challis vernahm das nasse, dumpfe Knacken eines brechenden Knochens. Hartnett kreischte auf. Seine Arme schwangen hoch und sein Rücken bog sich nach hinten durch. Er plumpste zu Boden und begann hilflos zu zappeln. Challis fühlte sich schrecklich. Er hatte noch niemanden so furchtbare Schmerzen leiden sehen und auch noch niemandem solche zugefügt.

28

»Er hat immer wieder gesagt: ›Deine Mutter ist eine Schlampe. Blöde Bullenschlampe. Eine blöde Bullenschlampe, die ihr Wort nicht hält.‹«

»Pst, Liebes, alles ist gut.«

»Als wäre es etwas Persönliches gewesen.«

»Ich glaube, das war es diesmal auch.«

»Er hat gesagt, dass ich immer gemein zu ihm war. Na ja, war ich auch. Ich dachte immer, er ist ein Widerling. Ich hab dir gesagt, dass ich das denke. Ich konnt's nicht glauben, dass du ihn uns ins Haus geschleppt hast.«

»Ist schon gut, mein Liebling. Ist schon gut. Jetzt bist du in Sicherheit.«

Sie saßen im Wagen. Sutton am Steuer und Challis neben ihm. Die Rettungssanitäter hatten Challis' Wunde gesäubert und verbunden, bevor sie Hartnett wegbrachten. Larrayne Destry saß mit ihrer Mutter im Fond des Wagens. Sie hatte sich geweigert, sich ins Krankenhaus bringen zu lassen.

»Du musst jetzt nicht darüber reden.«

»Ich will aber.«

»Also gut, mein Liebling.«

»Du glaubst, er hat mich vergewaltigt, nicht wahr? Das wollte er auch, hat er gesagt. Hat mir all die Dinge erzählt, die er mir antun wollte. Hat gesagt, dass es diesmal anders sein würde als die anderen Male. Diesmal wollte er es ein paar Tage lang hinziehen.«

Challis hörte das leise Rascheln von Stoff auf Stoff. Er drehte sich nicht um. Mutter und Tochter hatten keine Sicherheitsgurte angelegt, sondern saßen eng aneinander gedrückt zusammen, schnieften, weinten gelegentlich, und Ellen berührte unablässig das Gesicht ihrer Tochter.

»Er hat mir das ganze Zeug gezeigt.«

»Was für Zeug?«

»Eine Uhr, ein Ring, eine Haarspange. Kleinigkeiten.«

»Souvenirs.«

»Oh.«

Eine Wolke schob sich vor den Mond. Sie schienen ganz allein auf der schwarzen Straße zu sein. Challis hüstelte und sagte über die Schulter: »Wo hast du diese Dinge gesehen, Larrayne?«

Er spürte, dass sich Larrayne zu ihm vorbeugte. »Da, wo Mutter mich gefunden hat, in diesem Kastendings im Wagen.«

Challis nickte. »Und er hat über die anderen Frauen gesprochen, die er entführt hat?«

»Immer und immer wieder. Geprahlt damit.«

Ellen sagte: »Ich kann nicht fassen, dass ich ihn diese Reifenabgüsse sehen ließ. Er muss sich ins Fäustchen gelacht haben, direkt neben der Polizei zu arbeiten und zu sehen, wie wir im Dunkeln tappen. Konnte wahrscheinlich sein Glück kaum fassen.«

Challis nickte. Es hatte schon einer gewissen Art von Arroganz und Kaltblütigkeit bedurft, dass Hartnett am Gerichtsgebäude blieb, arbeitete und beobachtete.

Als hätte sie seine Gedanken gelesen, sagte Ellen: »Die ganze Zeit war er direkt vor unserer Nase. Ich habe ihm vertraut.«

Es kam Challis so vor, als hätte sein Sergeant etwas zu verbergen. Sie kämpfte gegen unangenehme Gefühle und Erkenntnisse an. Ihre Redseligkeit – sicher, es war die Erleichterung, aber fühlte sie sich vielleicht auch betrogen und beschämt? Es war, als wäre etwas geschehen, was ihre Selbstachtung infrage stellte. Er erinnerte sich daran, sie mehrmals mit Hartnett zusammen gesehen zu haben. Wie weit war es gegangen?

»Wie lange beabsichtigen Sie meinen Klienten noch festzuhalten?«

Scobie Sutton sagte: »Alles zu seiner Zeit, Mrs Nunn.«

Er war müde und schmutzig. Er war von dem Brombeergestrüpp am Rand des Schutzgebietes zerkratzt, in dem sie Hartnett gefangen genommen hatten. Er wollte nach Hause. Es schien Tage her zu sein, dass er seine Tochter zuletzt gesehen hatte, jedenfalls in wachem Zustand.

Challis hatte ihn ins Bild gesetzt. Er hatte sich das auf Band aufgenommene Verhör mit Danny Holsinger angehört. Er war bereit.

»Mr Jolic, Sie stehen immer noch unter Anklage.«

»Sicher.«

»Ich muss Sie informieren, dass einer Ihrer Komplizen gegen Sie ausgesagt hat.«

»Überrascht mich nicht.«

»Boyd, halten Sie den Mund«, sagte Marion Nunn.

»Halte selber den Mund.«

Sutton fuhr müde fort: »Sie und Danny Holsinger –«

»Danny Holsinger. Gewohnheitsmäßiger Dieb und Lügner. Mein Klient –«

»Mrs Nunn, bitte, lassen Sie mich ausreden.«

»Ja, lass den Mann ausreden.«

»Ist Ihnen denn egal, was aus Ihnen wird?«

»Halt den Mund. Du langweilst mich.«

Sutton beschloss, einfach dazusitzen und zuzusehen. Er wandte sich zu Marion Nunn, die seinen Blick spürte und sagte: »Ich wäre gerne einen Moment allein mit meinem Klienten.«

»Sicher.«

»Aber ich will keinen Moment mit ihr allein sein«, sagte Jolic.

»Boyd, ich warne Sie, Ihre große Schnauze bringt Sie noch in Teufels Küche.«

Suttons Blick glitt zu Jolic. Jolic wirkte auf einmal weniger hart und arrogant. Er schien sich mühsam zu einer Frage durchzuringen: »Mr Sutton, Sie würden doch sagen, dass ich ziemlich normal bin, oder?«

»Kommt auf den Maßstab an, den man anlegt, Boyd. Aber, sicher, das würde ich schon sagen.«

»Nicht geisteskrank oder verdreht?«

Sutton schüttelte nachdrücklich den Kopf. »Nein.«

»Schluss damit! Jetzt aber Schluss damit!«, sagte Marion Nunn. »Constable Sutton, ich fordere Sie auf, dieses Verhör jetzt zu beenden.«

»Aber Mr Jolic hat noch etwas zu sagen«, sagte Sutton.

»Wenn ich Ihnen bestimmte Informationen liefere, dann stehe ich in den Augen des Staatsanwalts doch besser da, oder?«, fragte Jolic.

»Das könnte sehr gut sein.«

»Also gut. Legen wir los. Ich war das mit dem Einbruch. Ich hab den Scheißallrad abgefackelt. Ich hab die Frau umgebracht. Aber Sie müssen verstehen – sie hat mich gereizt. Sie hätte nicht …«

»Boyd, halt den Mund!«

Aber Boyd Jolics Daumen zuckte in ihre Richtung. »Die Kuh da? Sie gibt mir Grundrisse von Häusern, Fotos, was man eben dazu braucht, und ich zieh die Sache für sie durch. Wir teilen fifty-fifty.«

»Interessant.«

»Hören Sie, Sie Glotzauge. Sie werden doch sein Wort nicht gegen meines nehmen!«

Sutton starrte sie an.

»Sie hat da ein leeres Haus, Mr Sutton«, sagte Jolic. »Der ganze Krempel ist wahrscheinlich noch da.« Er machte eine Pause. »Sie hätte nicht sagen dürfen, dass ich geisteskrank bin.«

»Rein mit Ihnen.«

»Wollen Sie mich nicht verprügeln, Sergeant?«

»Ach, ich habe gerade gute Laune«, sagte van Alphen und schob Marion Nunn freundlich in die Zelle.

Am nächsten Morgen sagte Challis: »Scobie, Sie begleiten mich.«

Sie fuhren durch die Stadt, die jetzt weniger gereizt wirkte, gutmütiger und vertrauensvoller, als hätte jeder über Nacht die Nachrichten gehört und wäre wieder er selbst geworden. Oder liegt es an mir, fragte sich Challis. Sehe ich die Dinge so, wie sie sind oder wie ich sie empfinde? Aber es waren mehr Leute unterwegs. Und die meisten wirkten heiter im Schein der Morgensonne.

Sie trafen Lance Ledwich in seinem Wohnzimmer an, wo er ein Morgenprogramm im Fernsehen ansah, Frauen in engen Trikots bei der Gymnastik, während das Opernhaus von Sydney hinter ihnen vorbeisegelte. Challis roch Eukalyptusdämpfe, und ein Glas mit heißem Zitronensaft stand auf dem Fußboden. Er warf das Videoband, das Megan Stokes so angewidert hatte, auf den Couchtisch.

»Wissen Sie, was das ist, Lance?«

Etwas von seiner Lebenskraft schien aus Lance Ledwich zu weichen. »Noch nie gesehen.«

»Komisch, es wurde in Ihrem Allrad gefunden.«

»Ich weiß nicht das Geringste darüber.«

»Scobie, durchsuchen Sie die Küche, sehen Sie zu, ob Sie die Schlüssel zu Mr Ledwichs Garage finden.«

Ledwich sank in seinem Stuhl zusammen. Eine Minute später kehrte Sutton zurück und hob einen Bund Schlüssel.

»Bleiben Sie bei ihm«, sagte Challis. »Ich brauche nicht lange.«

Eine Wand der Garage war von Metallregalen gesäumt. Challis fand eine professionelle Videokopierstraße mit einem Dutzend Rekordern. Außerdem gab es einen Farbkopierer und einen Stapel greller Titelbilder, die bereitlagen, um in die leeren Kassettenhüllen eingeschoben zu werden. Auf der Bank daneben lag ein gefütterter Umschlag mit US-Briefmarken darauf, der das Masterband enthielt. War der Schwager auf Einkaufsreise in Thailand? Steckte die Schwester auch mit drin? Hatten sie viele Kunden, die ihre Videos unter dem Ladentisch kauften? Wie viel verlangten sie dafür? Sicher genug, dass Ledwich sich einen Pajero leisten konnte, entschied Challis – der Pajero gehörte mit zum Image des Mannes als eiskalter Geschäftemacher.

Er sah auf die Uhr. Mittag. Er gab sich selbst den Rest des Tages frei. Sollte doch ein anderer Rhys Hartnetts Vernehmung leiten. Es interessierte ihn nicht, was Hartnett zu seinen Taten trieb.

Die veränderte Atmosphäre war Pam sofort aufgefallen, als sie zu Beginn ihrer Schicht das Revier betrat. Challis hatte eine Verhaftung vorgenommen. Destrys Tochter war in Sicherheit. Das gesamte Revier schien fröhlicher zu sein.

Sie war an diesem Tag John Tankard zugeteilt. Sie fuhr. Ihr

erster Auftrag war, den Diebstahl von zwei Campingkombis zu untersuchen, die Surfern am Myers Point gehörten. Sie stellte fest, dass ihr Herz und ihr Magen seltsame Dinge aufführten. Sie fragte sich, ob sie Ginger treffen würde. Allein der Gedanke, dass er in der Nähe war, machte sie scharf.

In John Tankards Schoß lag eine Zeitung. »Verfahren wieder aufgenommen. Das höre ich gerne. Meinen Sie nicht auch, Murph?«

»Großes Pfadfinderehrenwort«, sagte sie mit künstlich tiefer Stimme und vorgeschobenem Unterkiefer und packte das Lenkrad, als zögen sie in die Schlacht.

Er errötete. »Sie sind vielleicht ein Herzchen.«

Auf der anderen Seite der Halbinsel brachte Challis eine neue Rumpfstrebe in die richtige Form. Er hatte sich im scharfen Biss des Hobels verloren, in Lucky Oceans im Radio und in einem Brief, der von einem alten Mann aus Darwin kam:

> »Bezug nehmend auf Ihre Anfrage bezüglich Informationen über A33-8. Dies war eine Air-Force-Seriennummer, die zivilen Dragons zugeteilt wurde, die während des Krieges zum Dienst bei der RAAF requiriert wurden. Ich hatte das Vergnügen, die A33-8 im Frühjahr 1942 kurz vor dem Fall Javas zu fliegen. Ich war in Broome stationiert und machte ein Dutzend Flüge mit ihr, um holländische Flüchtlinge nach Port Hedland zu verfrachten. Ich weiß, dass Ihr Flugzeug seine Karriere bei der Vacuum Oil Company begann, für die sie Geologen im Nordwesten transportierte. Was nach dem Krieg aus ihr wurde, kann ich leider nicht sagen. Wenn es nicht zu viel Mühe macht, würde ich mich freuen, wenn Sie mir einen Schnappschuss schickten.«

In den Fünfuhrnachrichten kam ein Bericht, dass man menschliche Überreste im Schilf an einer Bachbiegung auf der anderen Seite der Halbinsel gefunden hatte. Challis fegte seine Hobelspäne in einen Kübel, packte seinen Overall in den Triumph und fuhr über die holprigen Nebenstraßen nach Hause. Er ging hinein und seine Schritte hallten dröhnend in den Tiefen des Hauses wider. Das rote Licht auf dem Anrufbeantworter blinkte. Drei Anrufe. Er drückte den Abspielknopf. Die Leiche im Bach war identifiziert worden. Dann seine Frau. Und bevor der dritte Anruf erklang, stellte er mit einem leichten Schwanken seines Gleichgewichts fest, dass er auf eine leise, eindringliche Stimme wartete.

Garry Disher

Garry Disher, 1949 geboren, wuchs im ländlichen Südaustralien auf und lebt heute an der Küste in der Nähe von Victoria. Er schreibt Romane, Kurzgeschichten, die Wyatt-Thriller und Kinderbücher. Sein Roman »The Sunken Road« (Allen & Unwin, 1996) stand auf der Auswahlliste für verschiedene bedeutende Auszeichnungen und wurde von seinem englischen Verlag für den Booker-Preis vorgeschlagen.

Auswahlbibliografie

Romane:

Steal Away (1987); *The Stencil Man* (1988); *The Sunken Road* (1996); *The Dragon Man* (1999, dt. *Drachenmann*, 2001)

Die Wyatt-Romane:

Kickback (1991, dt. *Gier*, 1999); *Paydirt* (1992, dt. *Dreck*, 2000); *Deathdeal* (1993, dt. *Hinterhalt*, 2001); *Crosskill* (1994); *Port Vila Blues* (1996); *The Fallout* (1997)

Der »Drachenmann« – Kalkül und *human factor*

Der australische Schriftsteller Garry Disher hat in fast allen Bereichen der Literatur gewirkt, hat Sachbücher, Kinderbücher und Romane geschrieben. Zu schriftstellerischem Ruhm und zu internationalem Renommee eines *writers' writer* allerdings hat er es mit einem Subgenre gebracht, das zwar immer zur populären Kultur gehörte, aber nie wirklich populär war: dem Gangsterroman.

In den Büchern um den Profi-Gangster Wyatt entwickelte Disher seine klare, kühle und präzise Prosa, dem Erzählstoff perfekt angepasst. Wyatts ausgetüftelte Coups funktionieren, weil sie Garry Disher literarisch genauso sorgfältig geplant und kalkuliert hat. Es stimmt alles – das Timing, das Vorgehen, die technischen Details, die Schauplätze, die psychologische Einschätzung der Menschen, die Dosierung von Gewalt als Mittel zum Zweck. Es stimmt allerdings auch der *human factor,* an dem die meisten Unternehmungen von Wyatt scheitern. Es sind meistens seine Kumpane, die die Nerven verlieren und ihn hintergehen möchten. Oder andere Menschen, denen Wyatt notgedrungen vertrauen muss, wenden sich gegen ihn. Am Ende hat er zwar obsiegt, ist aber auf der Flucht und hat meistens gerade mal die nackte Haut gerettet. Das ehrt ihn zwar, macht ihn aber nicht unbedingt zu einer Figur, mit der sich Leser leicht und freudig identifizieren können.

Insofern ist der Sprung vom Gangster- zum Polizeiroman nur auf den ersten Blick verblüffend und hat bei genauerem Hinsehen sogar eine doppelte Logik. Romane mit Polizisten (und mögen sie noch so gebrochene und vielschichtige Figuren sein) haben immerhin noch den leisen Anschein, dass jemand etwas unternimmt gegen das Elend der Welt – während Gangsterromane diesen Zustand auch noch zu feiern scheinen –, sie haben aber auch, ästhetisch gesehen, die breiteren Möglichkeiten. Ähnlich wie Privatdetektivromane haben Gangsterromane die Tendenz zur Zentralperspektive, zum autoritären Blick auf das Erzählte. Polizeiromane fächern Perspektiven eher auf. Ein kalkulierender Schriftsteller wie Garry Disher kann also seine Fähigkeit, sorgfältig gedrechselte Abläufe und Verfahren zu schreiben, sozusagen eine Ebene höher ins Spiel bringen. Die Sorgfalt und Meisterschaft des *plottings* bezieht sich jetzt auf ganze Erzählstränge, die Disher miteinander verwebt.

Gleich sein erster Polizeiroman, »Drachenmann«, faltet diesen Konstruktionsplan sehr schön aus. Die Fälle, die Detective Inspector Hal Challis und seine Leute zu bearbeiten haben, passieren alle gleichzeitig – eine Serie von Morden, eine Serie von gewaltsamen Einbrüchen, eine Serie von Brandstiftungen. Während der Aufklärung dieser Verbrechen ereignen sich neue, die nur sehr mittelbar miteinander zu tun haben. Am Ende hat alles mit allem zu tun, aber dennoch gibt es keinen Superschurken, keinen Masterplan, sondern nur einen kleinen Designer-Rucksack aus Leder, der als klassisches Leitmotiv durch den Roman wandert. Die literarische Textur ist so dicht gewebt, dass sie einerseits realistisch wirkt, andererseits und gleichzeitig auf ihre Literarizität hinweist. Das ist dann eben kein naiver Realismus mehr, sondern Kunst.

Aber »Drachenmann« ist beileibe kein Meta-Thriller, sondern folgt den Genre-Konventionen sogar da, wo man es nicht erwarten würde. Es ist für einen Serienmörderroman inzwischen absolut ungewöhnlich, dass der Killer nicht nach langer Jagd sozusagen als *diabolus ex machina* aus dem Hut gezogen wird, sondern schon immer und lange unbemerkt an den Rändern der Handlung und manchmal auch mittendrin teilnimmt. So entsteht ein Whodunit in einem Romantyp, der eigentlich gegen den klassischen Whodunit konzipiert war. Allein schon das zu beobachten ist hoch spannend – so spannend wie die Frage nach dem Täter.

Noch schöner: Der ausgeprägte Detailrealismus, der uns den südaustralischen Hochsommer mit seiner Hitze und Wasserknappheit fühlbar werden lässt, die antifolkloristische Schilderung der Gesellschaft und die vielen knapp, aber plausibel gezeichneten Figuren, lassen das Stahlskelett der Konstruktion beim Lesen vergessen. Der *human factor,* der in den Wyatt-Romanen noch für Katastrophen und Debakel stand, wird hier ebenso breit aufgefächert wie Perspektiven und Handlungen. Die frustrierte Jungpolizistin verwandelt ihre Enttäuschung in gute Arbeit, und die erfahrene, integre Polizistin klaut aus reichlich egoistischen Motiven Geld von einem Tatort. Hal Challis schließlich, die Hauptfigur mit der problematischen Vorgeschichte und dem Wunsch, nur noch sein altes Flugzeug restaurieren zu dürfen, ist vom *human factor* zum optimistischen Melancholiker (oder zum melancholischen Optimisten) geläutert.

Und somit haben wir mit »Drachenmann« einen relativ seltenen Glücksfall – einen realistischen Roman, der seine überzeugende Realitätstüchtigkeit und seine Spannung nicht über Kolportage-Elemente bezieht, sondern über seine künstlerische Machart.

Thomas Wörtche

Der Übersetzer

Peter Friedrich, Jahrgang 1956, geboren und aufgewachsen in Caracas/Venezuela, studierte in Deutschland Theaterwissenschaft, Ethnogeografie, Kunstgeschichte und Sinologie/Japanologie. Jobs als Oldtimer-Restaurator, Filmkritiker, Reporter, Skilehrer. Seit 1987 lebt er in Süddeutschland als Filmemacher, Autor, Designer von multimedialen Museumsausstellungen und als Übersetzer aus dem Englischen.

»Übersetzer schaffen Internationalität. Ich bin dreisprachig aufgewachsen. Mein Bruder ist Anglo-Australier, ich selbst bin Deutscher mit venezolanischem Pass. Oder umgekehrt. Der Fluch der Internationalität ist möglicherweise, dass man keine Heimat kennt. Aber ich sehe das lieber positiv: Man ist überall zu Hause.«

UT *metro*

»Die metro-Bände gehören auf jeden Fall zum Besten, was derzeit an so genannter Spannungsliteratur zu haben ist.«
Michaela Grohm, Südwestrundfunk

Mongo Beti *Sonne, Liebe, Tod*
Zam, der Journalist, hat Sorgen: Leiche in der Wohnung, Freundin entführt, Überfälle. »Ein schwelgerisches Buch, bunt mäandernd zieht es uns in seinen Bann.« *Sächsische Zeitung*

Blue Lightning
Ohne Musik wäre das Leben ein Irrtum.
»Es kommt nicht oft vor, dass der unterhaltsamste Krimi des Jahres eine Sammlung von Kurzgeschichten ist.« *London Times*

Pierre Bourgeade *Das rosa Telefon*
In den Labyrinthen des Telefonsex: »Eine frivol und mit laszivem Zungenschnalzen servierte Story, die in ein überraschendes Finale mündet.« *Neue Luzerner Zeitung*

R. Bradley, S. Sloan *Temutma*
Ein blutdürstiger Mörder macht Hongkong unsicher. »Mystery mit Biss: eine schnörkellos erzählte X-Akte made in China – gruselig, philosophisch, spannend.« *Brigitte*

Jerome Charyn *Der Tod des Tango-Königs*
»Mehr als nur einen Thriller: das visionäre Porträt einer Stadt, in der sich der gesamte irrationale Wahnsinn des globalen Zeitalters konzentriert.« *Robert Brack, schwarze taz*

Jon Ewo *Torpedo*
»Hier wird sichtbar, wovor die westlichen Gesellschaften so gern die Augen schließen: Das organisierte Verbrechens agiert, als habe nicht der Staat, sondern die Mafia das Gewaltmonopol.« *Stuttgarter Zeitung*

Santiago Gamboa
Verlieren ist eine Frage der Methode
In Bogotá gerät der Journalist Silanpa in einen Strudel aus Traum und Albtraum. »Ein raffinierter Großstadt-Krimi – spannend bis zur letzten Seite.« *Der Spiegel*

Alicia Giménez-Bartlett
Hundstage; Boten der Finsternis
Dicke Luft zwischen Inspectora Delicado und Subinspector Garzón: Ihre Beziehungen machen ihnen Sorgen, und es gibt genug Gründe, einander zur Hölle zu wünschen. »Ein Paar wie von Cervantes und Hammett.« *La Esfera*

Chester Himes *Die Geldmacher von Harlem; Lauf Mann, lauf!; Der Traum vom großen Geld; Fenstersturz in Harlem; Heiße Nacht für kühle Killer; Plan B*
»Wer Chester Himes' Krimis liest, taucht ab ins tiefste Harlem ... Hier harrt ein Klassiker seiner Entdeckung.« *Annabelle*

Jean-Claude Izzo
Total Cheops; Chourmo; Solea
»Izzo war für Marseille, was Malet für Paris, Hammett für San Francisco, Jerome Charyn für New York war. Als er starb, das war, als habe die Stadt ihr Gedächtnis verloren.«
Süddeutsche Zeitung

Stan Jones *Weißer Himmel, Schwarzes Eis*
In einem brisanten Umweltskandal riskiert Nathan Active Kopf, Kragen und Karriere. »Ein packender Kriminalroman – in der eisigkalten Welt Nordamerikas.« *Nordwest-Zeitung*

Yasmina Khadra *Morituri*
»Selten ist ein politischer Zeitzeugenroman so unterhaltsam gewesen.« *Trierischer Volksfreund*
»Ein großartiges Buch.« *Elke Heidenreich*

Brian Lecomber *Letzter Looping*
Wer sich mit der Mafia anlegt, muss vorsichtig sein. Vor allem als Kunstflieger. »Brian Lecomber macht aus Flugzeugen und Piloten, was Dick Francis aus Pferden und Pferderennen macht.« *New York Times*

William Marshall *Manila Bay*
Battling Mendez, der legendäre Kampfhahn, auf Spurensuche. »Dieses Buch ist Schwindel erregend, verrückt, grob und gesittet, exzentrisch und exzessiv.« *Los Angeles Times*

UT *metro*

Bill Moody *Solo Hand*
Was haben Jazz und das Aufklären von Verbrechen gemeinsam? Die Kunst der Improvisation! »Wenn Bill Moody schreibt, hört man die Blue Notes von den Wänden hallen.« *New York Times*

Christopher G. Moore
Haus der Geister; Nana Plaza
»Konsequente Action, meisterhafte Sprache, authentischer Schweiß aus Bangkok, dazu angelsächsischer Humor at its best.« *DeutschlandRadio*

Walter Mosley *Socrates in Watts*
Nach siebenundzwanzig Jahren im Knast will Socrates ein ordentlicher Mensch werden. »Ein Buch mit dem Blick von unten: wahrhaftig, glaubhaft und ehrlich.« *Deutsche Welle*

Katy Munger
Beinarbeit – Ein Fall für Casey Jones
»Ein erfrischender Wechsel weg von all den saft- und kraftlosen DetektivInnen, die Weißwein trinken und die kalifornische Küste rauf- und runterjoggen.« *Thrilling Detective*

Celil Oker
Schnee am Bosporus; Foul am Bosporus
»In Sachen Kriminalroman tut sich was in der Türkei. Istanbul als Hintergrund für Suchaktionen und Verfolgungsjagden ist für den Krimileser spannendes Neuland.« *SWR1*

Jerry Raine *Frankie Bosser kommt heim*
»Ein blendend geschriebener Krimi, der das Gewohnte von seiner hässlichen Seite zeigt. Nichts für schwache Nerven – für robustere ein Vergnügen!« *Zürich Express*

M.K. Wren *Medusa Pool*
Sheriff zu sein ist nicht einfach – schon gar nicht für eine schwarze Frau. Aber Neely Jones packt sie alle.
»Neely Jones ist eine echte, komplexe Figur mit genug Eigenschaften, um die Leser zu verwirren oder sogar zu provozieren.« *Statesman Journal*

Helen Zahavi
Donna und der Fettsack; Schmutziges Wochenende
»Zahavi gewinnt dem Machtkampf zwischen Mann und Frau bizarre Seiten ab.« *Stern*
»Wahnsinnig, komisch, mit wunderbaren Dialogen.« *The Sunday Times*

Noch mehr Spannung im Unionsverlag

Guillermo Arriaga *Der süße Duft des Todes*
In einem kleinen Dorf in Mexiko entsteht aus Lügen eine Wahrheit, von der niemand verschon bleibt. »Voll versteckter Poesie, die der Hemingway'schen Prosa nahe kommt.« *Semanario Siempre*

Pablo De Santis *Die Übersetzung*
»Die Gratwanderung zwischen Fiktion und Krimi stellt die Sprache in den Mittelpunkt, gibt das Rätsel auf, löst es, fesselt die Leser bis zum Ende.« *Lateinamerika Nachrichten*

Friedrich Glauser *Schlumpf Erwin Mord; Matto regiert; Die Fieberkurve; Der Chinese; Die Speiche; Der Tee der drei Damen*
»Der Glauser mit dem gläsernen Herzen – noch heute sieht man beim Lesen seiner Kriminalgeschichten ungehindert in diesen klaren, wahren Kern hinein.« *Vogue*

Walter Mosley *Socrates' Welt*
»Bad or Good, Right or Wrong im alltäglichen Überleben sind die Fragen, die dieser Roman stellt. Wie man mit Schuld leben und mit dem Versuch, ein besserer Mensch zu sein, in der Gewalt überleben kann. In dieser Haltung ist Socrates Fortlow dem Helden Franz Biberkopf aus Döblins Alexanderplatz ein Bruder im Geiste.« *WDR3*